Dirty Rich Men

Collection créée par Hugues de Saint Vincent
Ouvrage dirigé par Franck Spengler
Traduit par Thierry Laurent
Photo de couverture : © Shutterstock.com
Couverture : Jef Cortes

Pour la présente édition
© 2018, Éditions Blanche/Hugo Publishing
34-36, rue la Pérouse
75116 - Paris
www.hugoetcie.fr
ISBN : 9782846285940
Dépôt légal : septembre 2018
N° d'imprimeur : 193931

NEW ROMANCE®

Laurelin Paige

Dirty Rich Men

Roman

Traduit de l'anglais (États-Unis)
par Thierry Laurent

BLANCHE

Hugo Roman

PREMIÈRE PARTIE

Les garçons

CHAPITRE 1

Personne au monde ne savait mieux embrasser que Weston King.

Quand son visage se penchait vers moi, j'en avais le souffle coupé. Quand sa bouche se posait sur la mienne, je sentais comme une décharge. Quand sa langue se glissait entre mes lèvres, j'étais au paradis. Je grimpais aux rideaux, selon l'expression consacrée. Mon cœur explosait dans ma poitrine. Ma peau se couvrait de chair de poule. Des frissons me parcouraient partout. Dans chacune de mes cellules, chacune de mes fibres, je sentais profondément comme une invasion. Ses baisers transformaient un simple corps fait de chair, de sang et d'os en quelque chose de totalement différent. Je devenais matière combustible, courant électrique, je prenais feu.

Du moins, c'est ainsi que je m'imaginais ses baisers.

Constat basé uniquement sur l'observation que j'avais pu en faire… et à maintes reprises !

La fille avec qui il avait choisi de sortir ce soir-là, qui gigotait et se tortillait contre lui, avait l'air de littéralement s'embraser. Comment s'appelait-elle ? Nichette, Nikita ? Quand elle s'était présentée à lui, une heure auparavant, impossible de la comprendre dans tout le brouhaha de la soirée et, depuis, il avait dû prononcer son nom peut-être une fois ou deux, pas plus. À n'en pas douter, un prénom rare, un brin prétentieux, un prénom qui allait venir se fondre dans la liste des autres prénoms tout aussi rares et prétentieux de ses ex.

Un type qui suivait les cours d'économie avec moi venait de passer en trébuchant, tout en rigolant avec ses copains, et je m'étais aplatie encore plus contre le mur en tenant fermement mon gobelet en carton pour ne pas le renverser. Même si je n'aimais pas tellement la bière artisanale qui coulait du tonneau cette semaine-là, d'habitude c'était ce que je préférais durant les fêtes au Donjon. Le principal intérêt de ces soirées était toujours la bière artisanale et les alcools. La plupart des autres riches étudiants de Harvard[1] aimaient à attirer du monde à leurs soirées avec des médicaments utilisés comme drogue et que l'on pouvait se procurer sur simple ordonnance. Ils en faisaient des cocktails tellement nouveaux que l'Agence nationale des médicaments n'avait pas encore eu le temps de les interdire.

Au Donjon, les garçons s'en tenaient à des choses plus simples et tout à fait légales, en dehors du fait qu'on y servait pas mal de mineurs. À ce propos, j'ai entendu Brett Larrabee, qui s'était autoproclamé manager du lieu, déclarer plus d'une fois :

– Attention, ne pas laisser de trace compromettante derrière soi !

Ce qu'il disait volontiers quand il voulait qu'un mec lui suce la queue, généralement assorti d'une autre réflexion, tout aussi récurrente, du genre :

– Un jour, je serai sénateur.

Je dois rendre à César… Le truc marchait souvent très bien.

---

1. Célèbre université américaine de la côte Est, située à Cambridge, ville de l'agglomération de Boston, dans l'État du Massachusetts. (NdT, ainsi que pour les notes suivantes)

Mon autre centre d'intérêt durant les soirées au Donjon était Weston King. En fait, je dois l'avouer, il était l'unique raison pour laquelle je me rendais à ces teufs. J'étais complètement intriguée par ce mec. Je le trouvais sexy, charmant et, en plus, il était riche. Il était devenu mon addiction, mon obsession, mon béguin et ma faiblesse, tout à la fois.

J'avais remarqué Weston dès le premier jour du cours *Introduction à l'éthique professionnelle*. J'avais pris place au premier rang de la salle (parce que j'étais ce genre de fille) et il était arrivé en retard (parce qu'il était ce genre de garçon), un petit sourire en coin en regardant son portable. Il avait encore cette expression quand il remit son portable dans sa poche arrière, avec toujours cette lueur particulière dans ses yeux bleus. Ses yeux bleu acier. Le cours se tenait dans une salle de conférence, il lui fallut donc quelques secondes pour traverser la pièce et je ne pus m'empêcher de le suivre des yeux. Je l'ai regardé pendant tout ce temps. Je l'ai regardé passer la main dans ses cheveux blond foncé qui retombaient sur son front. Je l'ai regardé lancer un clin d'œil à l'assistant du prof qui lui jetait un regard furieux à cause de son retard. Weston était cool, arrogant. Le type même du gosse de riche BCBG qui a réussi à rentrer à Harvard grâce à un nom de famille et une grosse donation faite à l'université. Il avait tout du mec que je devais haïr, moi qui étais arrivée à Cambridge munie d'une bourse après que mon père eut englouti toutes ses économies pour en arriver là.

Mais son regard croisa le mien. À ce moment-là, je ne pense pas qu'il m'ait vue, mais ce qui est certain, c'est que moi, je l'avais bien remarqué. Il était à la fois l'aisance et le charme personnifiés, avec ce petit air élitiste qui m'avait vraiment interpellée. J'en avais le souffle coupé. Je me sentis rougir sous l'effet de pensées trop sexuelles pour un cours qui parlait d'éthique. Il m'avait vite fait oublier les raisons pour lesquelles je détestais ce genre de mec.

Pire, je voulais en savoir davantage.

Ce qui n'avait pas été trop difficile. Son père n'était autre que Nash King, propriétaire associé de *King-Kincaid Financial*, l'un des plus gros cabinets de placements financiers au monde. Sans même trop poser de questions, les gens parlaient de Weston naturellement. J'ai vite découvert qu'il était tout comme moi en première année et qu'il vivait avec plusieurs mecs dans une *brownstone*[2] de quatre étages, à dix minutes du campus. Une maison passée depuis si longtemps entre les mains de riches familles que personne ne savait exactement pourquoi on l'appelait Le Donjon. La maison était réputée pour les soirées qui s'y tenaient tous les week-ends. J'y allais à chaque fois. Nous étions déjà fin octobre, et pourtant Weston ne m'avait pas encore adressé la parole une seule fois, pas plus qu'il ne m'avait regardée directement ni même donné le moindre indice qu'il me savait vivante, tout simplement.

Chaque fois, installée dans un coin, je passais ma soirée à l'observer, toujours collé contre une fille. Chaque fois, j'étais dans un coin différent, chaque fois il était avec une fille différente. J'avais bien essayé de savoir s'il avait un genre de fille préféré, mais je n'avais pas réussi à trouver le modèle type. Celle-ci était rousse, la semaine dernière, l'autre était blonde. La semaine d'avant, la fille avait les cheveux à peu près du même ton châtain que le mien, mais elle était bouclée. La rousse était aussi filiforme que moi, mais, visiblement, elle s'était fait refaire les seins. Une autre fois, je l'avais vu avec une fille encore plus plate que moi. Non, décidément, pas de modèle type. Ce qui

2. Brownstones : maisons typiques américaines, étroites, généralement collées les unes aux autres et souvent faites de grès rouge.

m'avait poussée à croire que la meilleure chose à faire était d'avoir le courage d'aller lui parler. Alors, peut-être…

Et puis après ?

Pas si folle que ça, je savais que je n'avais rien de bien spécial à lui offrir. Aucun piège n'allait se refermer au moment où la queue de Weston serait en moi. Il allait me baiser, on en resterait là et, bien entendu, mon obsession pour lui n'en deviendrait que plus pitoyable. Me connaissant, je ne serais plus seulement la fille avec un gros béguin pour Weston mais la fille accro qui n'arrivait pas à passer à autre chose. La pauvre fille, quoi !

Malgré tout, j'avais rêvé que les choses puissent se passer différemment. Qu'un jour, il aurait pu me remarquer, qu'il aurait pu y avoir une étincelle, cette sorte d'étincelle qui dure toute la vie. Quand il aurait réalisé que je m'étais préservée pour un mec comme lui, il aurait voulu me conquérir… et il aurait réussi. Nous aurions eu cette belle histoire romantique et nous aurions vécu parfaitement heureux.

Pour une fille qui avait pris « business » en matière principale, j'ai toujours eu une imagination débordante. J'en avais parfaitement conscience.

– Salut, super-sexy !

En me passant devant, un des mecs qui habitait la maison (sincèrement, je n'ai jamais su exactement combien ils étaient) attira dans ses bras une fille qui portait un sweater moulant et des leggings imprimés.

– Ça fait un bail que je ne t'ai vue ! Veux-tu te joindre à nous pour la prochaine partie ?

Tout en jetant un regard autour de moi, j'avais fait le tour du billard que les garçons avaient installé à la place de la table dans la salle à manger, jusqu'à l'instant où j'avais aperçu Weston et sa conquête du jour. Juste au bon moment. Ils étaient à côté de l'escalier, Weston se penchait vers cette rousse et lui murmurait quelque chose à l'oreille. Elle répondit en se trémoussant, puis acquiesça de la tête.

Ce fut tout. La sortie. Le moment où les deux s'éclipsèrent pour passer au niveau supérieur… le moment où il ne me restait plus qu'à vivre la semaine à venir en m'imaginant dans les moindres détails que j'étais cette fille-là. Rêve que je faisais souvent, la main dans ma culotte.

En fait, sans doute avais-je tout simplement envie de me faire baiser.

Mal à l'aise, j'avais pris une autre gorgée de cette bière artisanale vraiment pas terrible. D'habitude, quand Weston emportait son plan pour la nuit, je finissais mon drink et rentrais à la maison. Il avait l'habitude de l'amener là-haut dans sa chambre. Du moins, c'est ce que je pensais. L'étage supérieur était chasse gardée, la porte de l'escalier restait fermée à clé et, même si elle ne l'avait pas été, je ne me serais jamais aventurée dans leur espace privé.

Mais cette fois-là, quand Weston et sa proie prirent l'escalier, il ne ferma pas la porte à clé derrière eux. Depuis l'autre côté de la pièce, alors que mes yeux ne quittaient pas le gros loquet sorti de la serrure, je fus prise d'une étrange idée. Quelque chose d'inexplicable. Comme à mon habitude, je restai encore une minute le dos appuyé contre le mur, mais la suivante, j'étais à tâtons dans le noir de l'escalier qui montait à l'étage supérieur du Donjon.

Les escaliers étaient silencieux et vides. Arrivée sur le palier, je m'arrêtai. Toutes les lumières étaient éteintes et il me fallut un moment pour m'habituer au noir. Devant moi, il y avait comme une salle de bains ; à ma droite, sans doute un couloir et, sur ma gauche, un peu plus loin, une chambre à la porte entrebâillée. Des gloussements s'échappaient de la pièce et je m'en approchai sur la pointe des pieds, me maudissant à chaque pas. Mais qu'est-ce que j'étais venue faire là ? Voulais-je espionner Weston pendant qu'il se tapait cette nouvelle fille ? Voulais-je qu'il me remarque soudain à la porte et m'invite dans son lit à la place de l'autre ? Voulais-je qu'il m'invite à les joindre pour un plan à trois ?

Pas bien joli tout ça.

J'ai failli repartir… J'aurais dû repartir.

À ce moment-là, Nicorette prit une grande bouffée d'air. Tout à coup, je voulus savoir ce qui se passait.

Je m'avançai à pas de velours, jetai un œil à l'intérieur et je sursautai pratiquement quand je vis le couple dans un bouche-à-bouche frénétique. J'ai alors réalisé que ce que je voyais était la réflexion d'un miroir qui couvrait tout un mur. Eux étaient de l'autre côté du lit et la lune traversant la fenêtre illuminait la scène.

Comme c'était excitant !

La rousse avait déjà perdu son chemisier et son soutien-gorge. Weston, bientôt penché sur elle, lui tétait un sein et embrassait son téton bien dressé tandis qu'il lui pressait l'autre sein.

Nikita laissa retomber sa tête en gémissant. Inconsciemment, je ne pus m'empêcher de toucher ma poitrine à travers mon pull et je faillis pousser un petit cri en m'apercevant combien mon propre téton était sensible et tendu. Je dus me mordre les lèvres pour rester silencieuse. Et croiser mes chevilles pour soulager la pulsation entre mes jambes.

Je regardais Weston enlever doucement sa chemise… D'où je me trouvais, l'angle était parfait pour voir son magnifique dos musclé. Il faut dire qu'il faisait partie de l'équipe d'aviron. Quoi d'autre, lui tellement BCBG, tellement bourgeois, tellement riche ! Mais tout de même… ces muscles ! Que Dieu bénisse l'équipe d'aviron !

Puis il ouvrit son jean. Elle lui sortit la queue. Je pouvais sentir mes yeux s'élargir en essayant de mieux voir son sexe. J'ai même osé me pencher un peu. Rien à faire, je ne voyais qu'une masse sombre dans les mains de la rousse qui commença à le branler doucement.

– Ouais, Nicky, vas-y, comme ça, oui, c'est bon.

Ce grognement sourd dans la voix de Weston me fit trembler les jambes. Je l'entendais distinctement sur le boum-boum des basses qui montait de l'étage en dessous.

– Michelle, corrigea-t-elle.

C'était donc ça, son vrai prénom.

– Ouais, Michelle.

Il la tira vers lui et lui dévora la bouche. Il l'embrassa de longues minutes, rageusement, avant de la laisser retomber et de quitter la réflexion du miroir. Il se dirigeait vers moi.

Je me suis faite toute petite dans l'encoignure du couloir, certaine qu'il allait me voir. Mais non, Weston se contenta de refermer la porte.

J'appuyai un instant mon dos contre cette porte fermée et respirai un grand coup.

Et pourquoi ? Parce que j'aurais pu me faire prendre en flagrant délit. J'aurais pu me faire jeter du Donjon pour toujours. J'aurais pu perdre, avant même de l'avoir mérité, le respect que Weston aurait peut-être eu un jour pour moi.

Et pourquoi donc étais-je si intéressée par ce mec ? Je ne le connaissais même pas vraiment ! J'avais besoin de remettre de l'ordre dans mes idées. J'avais besoin de me rappeler pourquoi mon père avait travaillé toutes ces années dans un magasin d'ameublement, besoin de comprendre pourquoi on avait gardé, sans la toucher, l'assurance-vie de ma mère. Pour que je puisse faire l'école dont j'avais envie, oui, mais certainement pas pour passer mon temps à rêvasser sur la gueule d'amour d'un play-boy.

Et pourtant… quelle belle gueule il avait !

J'étais vraiment mal partie avec cette histoire.

– Il ne s'intéressera jamais à toi, me dit une voix qui semblait venir de l'ombre devant moi. Pas tant que tu es vierge.

Je fronçai les yeux et, en regardant plus attentivement au bout du couloir, j'aperçus une autre chambre dont la porte était grande ouverte. Je distinguai à peine une silhouette, je voyais vaguement quelqu'un sur un fauteuil qui fumait une cigarette. Ou peut-être un cigare.

Je fis quelques pas en direction de la chambre du fond. Il ne devait pas s'adresser à moi, mais, en même temps, il n'y avait personne d'autre aux alentours.

– Excusez-moi ?

– Weston ne sort jamais avec des vierges. C'est l'une de ses règles.

Je sentis une chaleur monter dans mon cou et venir inonder mes joues.

– Euh…

– Vous vous sentez blessée ?

– Oui, un peu.

Et embarrassée. Depuis combien de temps ce type me regardait ?

À l'évidence, il m'avait vue espionner Weston. Ce qui était très vexant. Heureusement, il faisait trop sombre pour qu'il puisse distinguer mon visage.

– Vous pouvez m'expliquer ?

À nouveau, je fis un pas en avant. Puis d'autres. Des pas que j'aurais plutôt dû faire pour descendre l'escalier pendant que j'étais encore une fille anonyme dans le noir.

Le fait d'être observée par quelqu'un d'autre sans le savoir me fit ressentir avec ce garçon une sorte d'affinité que je n'avais encore jamais connue. Le temps que j'avais passé à regarder Weston était pour moi comme un secret… et voilà que la première personne à le découvrir était quelqu'un qui m'avait regardée… en secret !

Ou peut-être tout ceci n'était qu'une excuse que je m'inventais. En fait, j'étais seule, j'avais bu ou j'étais complètement à la ramasse.

Je fis une pause à l'entrée de sa chambre.

– Tout d'abord, vous ne pouvez pas savoir ce que votre colocataire aime ou n'aime pas. Ensuite, ma virginité n'est pas un sujet de discussion.

Il prit une bouffée de son cigare *(ce n'était donc pas une cigarette)*, et la fumée remplit la pièce d'une douce odeur boisée qui me rappela les feux de cheminée et les vieilles bibliothèques.

– Je vous demande la permission de ne pas être de votre avis sur ces deux points.

Je lâchai un souffle d'énervement. Que pouvais-je répondre à cette réflexion aussi prétentieuse ?

En fait, si, j'avais des tas de réponses à faire. J'allais tourner les talons lorsqu'il reprit la parole :

– Écoutez-moi. Je connais Weston depuis qu'il portait des couches. Je le connais mieux que sa mère, mieux que cette fille qui est en train de lui sucer la queue et surtout, je le connais certainement mieux que vous.

Je compris qu'il connaissait parfaitement Weston. Je connaissais également ce type. Il était l'assistant de mon prof d'éthique. Au début, je ne l'avais pas reconnu, mais maintenant, je le remettais parfaitement. Il s'appelait Donovan Kincaid et n'était autre que le fils de l'associé du père de Weston. J'ignorais totalement qu'il habitait également cette maison, il faut dire que je ne l'avais jamais croisé aux soirées du Donjon.

Je commençais à transpirer des mains et sentis mon cœur battre plus fort.

Donovan était plus âgé que nous de quelques années et terminait sa maîtrise. Une vraie légende sur le campus, connu comme un type super-intelligent et impitoyable.

Ses idées sur le monde des affaires n'étaient pas seulement brillantes, elles étaient aussi sans appel. On devinait tout de suite en lui cette sorte d'homme qui allait gouverner le monde. Grand, beau, coriace, efficace, puissant. Perspicace. Il m'intimidait terriblement.

Là, il me terrorisait.

– Quant à votre virginité, continua-t-il, vous la portez sur la figure comme un badge sur vos vêtements.

– Ce n'est pas vrai !

En fait, si. Un peu. À ce moment-là, pour cette soirée d'étudiants, je portais un pull sans forme et un jean. Mes cheveux étaient ramassés un peu n'importe comment dans une queue-de-cheval. J'avais des Doc Martens aux pieds dont ma colocataire m'avait dit qu'elles étaient ringardes depuis déjà plus de dix ans. Ce n'est pas que j'essayais d'être une petite boulotte, j'aimais juste m'habiller simple et confort. En tant que fille aînée sans mère à la maison, personne ne m'avait jamais appris comment être « une fille ».

– Vous n'avez aucune raison de vous sentir offensée, ajouta Donovan en prenant une gorgée de son drink.

J'avais parié pour du bourbon et quelque chose me disait que ce n'était pas son premier verre de la soirée.

– Je n'émets aucune critique. En réalité, je vous propose simplement mon aide.

Je mis un petit moment à comprendre ce qu'il voulait vraiment dire.

– Oh… je vous en prie.

– Je ne plaisante pas. Passerons-nous en revue les plus et les moins ?

Je relevai la tête et l'observai, pour autant que je pouvais l'observer dans la pénombre. Était-il réellement en train de me proposer de coucher avec lui ? À l'évidence, il n'avait aucune idée de qui j'étais.

– Je, hum… ne pense pas. (Je me mis à tirer sur le bout de ma queue-de-cheval, un tic que j'ai toujours eu.) Je suis sûre que c'est à cause du manque de lumière ou parce que nous sommes trop nombreux dans cette maison, mais je suis votre cours *Introduction à l'éthique professionnelle*. En fait, je suis votre étudiante.

Il se pencha sur le côté et alluma d'un coup sec la lampe qui se trouvait près de lui. Je clignai des yeux plusieurs fois, la chambre était maintenant plus claire. Pieds nus, il portait un pull noir tout simple et un jean. Dans cette lumière douce, ses cheveux en bataille semblaient plus roux, on distinguait des traces de marron dans ses yeux verts. Il avait l'air plus rude que d'habitude. Plus intense. Son menton pimentait le look. Il était légèrement souligné de poils, comme s'il ne s'était pas rasé depuis la classe d'hier et, tout à coup, je fus prise d'une impulsion comme jamais auparavant. J'avais une envie terrible de passer ma main sur ce duvet. J'avais envie de savoir quelle sensation cela allait produire sous mes doigts. Était-ce doux ? Piquant ? Qui était la dernière femme qui y avait passé sa main ? En était-il amoureux ?

– Je sais qui vous êtes, Sabrina Lind. (Les mots de Donovan me laissèrent sans voix.) Quatre-vingt-dix-sept virgule trois de moyenne. Vous êtes ici grâce à une bourse, ces chiffres sont donc importants. Vous n'avez jamais manqué un jour de cours. Vous êtes toujours assise vers l'avant, du côté droit. Chad Lee copie régulièrement sur vos interros, mais vous ne le savez pas. Vos rendus sont un peu trop détaillés, mais créatifs, et je respecte cette façon de faire. J'ai apprécié votre réponse sur le renvoi injuste de Peter Oiler des magasins *Winn-Dixie*[3], mais votre point de vue sur la décision prise par Ford de ne pas modifier la version originale de la Pinto manquait de largeur d'esprit.

---

3. Chaîne américaine de supermarchés.

J'en restai bouche bée. C'en était trop. Je choisis de commencer par la réponse la plus facile à faire :

– La décision de Ford a tué des gens.

– Elle a aussi rapporté beaucoup d'argent à Ford. On appelle ça le principe de réalité.

Malgré cette réponse sèche, sa voix était douce comme le parfum du superbe scotch qui, je l'imaginais, devait persister sur sa langue. Je me demandai un court instant quel goût il aurait sur ma propre langue.

Tout à coup, j'explosai :

– Moi qui pensais que le cours s'appelait *Éthique professionnelle !*

Le cas auquel il faisait allusion m'avait beaucoup troublée. En 1970, Ford avait découvert dans la fabrication de la Pinto un vice de fabrication sévère qui pouvait causer plusieurs centaines de morts et de blessés. Au lieu de remédier au problème, leur analyse coût-bénéfice les avait conduits à déduire qu'il leur reviendrait moins cher de faire face aux éventuelles actions en justice. Ils prirent donc la décision de ne faire aucune modification.

– Je pense pourtant vous avoir enseigné que l'éthique doit être définie par chacun.

Tout en se rasseyant, Donovan se mit un pied sur le genou et chercha à croiser mon regard avant de tirer une nouvelle bouffée de son cigare.

– L'offre tient toujours.

Je clignai des yeux avant de réaliser de quelle offre il parlait.

– Quelle offre ? M'avez-vous bien entendue quand je vous ai dit que vous étiez mon professeur ?

Pourquoi étais-je encore là en train de parler à ce mec ? J'aurais dû m'en aller depuis déjà un moment. Mais j'étais comme scotchée sur place, tout aussi fascinée par cette discussion que je l'étais tout à l'heure par Weston King.

– Je ne suis pas vraiment votre professeur. Je suis l'assistant de votre professeur.

Techniquement, c'était vrai. Officiellement, Monsieur Velasquez donnait son cours le lundi, le mercredi et le vendredi, mais il n'enseignait que la moitié du temps et, même quand il donnait son cours, Donovan était toujours assis devant un bureau sur le côté. Il y classait des papiers, lisait ou bien faisait ce qu'il avait à faire tandis que nous écoutions le cours.

De toute évidence, l'une des choses qu'il faisait également était de nous observer attentivement. Ou bien… étais-je la seule qu'il observait ?

Je sentis soudain un frisson parcourir ma peau. Mon esprit s'emballa et je me tapai sur les bras pour me calmer.

Donovan eut un petit sourire, comme s'il avait parfaitement compris les réactions qu'il provoquait chez moi.

– Il n'y a rien dans le règlement intérieur de l'école qui interdise de fraterniser avec les élèves.

– Selon ma propre définition, ce serait contre l'éthique, précisément, dis-je dans un mouvement de réaction instantanée.

– Et pourquoi cela ?

Sa voix n'était plus douce, elle devenait chaude.

– Vous notez mes devoirs.

– Et alors ?

Il me regardait fixement, intensément, et cette conversation prenait un tour ridicule. Il était clair que je n'y prêtais pas assez attention.

Je posai mes yeux ailleurs, histoire de quitter les siens un instant, et mon regard s'arrêta sur un portrait encadré au-dessus de la cheminée. On y voyait Donovan en compagnie d'une femme, tous deux éclatant de rire, visiblement surpris par le photographe. Cette photo ne pouvait pas avoir été prise depuis très longtemps : Donovan semblait avoir à peu près le même âge que celui qu'il avait maintenant, mais ses cheveux étaient courts et sa coiffure soignée. La femme, je ne l'avais jamais vue. Peut-être l'attendait-elle chez lui, là où Donovan habitait, ou peut-être était-ce une femme avec il avait rompu, ou alors qu'il était en train de tromper en flirtant avec moi.

À nouveau, je tournai mon regard vers lui et m'aperçus qu'il m'avait vue regarder la photo.

– Si j'ai une histoire avec vous, mes notes en seront affectées, dis-je pour répondre à sa dernière question.

– Si vous n'avez pas d'histoire avec moi, vos notes pourraient également en être affectées.

Sa voix était descendue d'un ton. Un ton nettement froid.

J'eus un petit rire jaune et cherchai mon équilibre, passant d'un pied sur l'autre en attendant de savoir s'il plaisantait ou non.

Vu son expression, à l'évidence, il ne plaisantait pas.

– Tu n'es qu'un trou du cul, osai-je en ravalant ma salive.

– Vraiment ? Qui est entré ici en demandant de l'aide ?

– Que veux-tu dire ?

La conversation soudain échappait à mon contrôle, et la direction qu'elle prenait n'allait pas du tout là où je voulais qu'elle aille.

– Tu es seule ici avec moi dans ma chambre à coucher. Suis-je supposé croire que tu recherches autre chose que de te faire baiser ?

Je me mis à trembler. Je sentis ma peau se hérisser dans le cou et le sang quitter mon visage. Donovan posa alors son drink sur une petite table à côté de lui, se pencha en avant et mit ses avant-bras sur ses cuisses.

– Sors d'ici, Sabrina. Cet étage reste privé durant nos soirées. La prochaine fois que tu viendras à l'une d'elles, peut-être réfléchiras-tu à respecter les règles de la maison.

Sans hésiter la moindre seconde, je tournai les talons et me précipitai à l'étage du dessous.

CHAPITRE 2

Vite, j'attrapai mon manteau dans la chambre de l'étage principal, là où tout le monde avait déposé son vestiaire. Je courus vers la porte de sortie en ajustant ma ceinture autour de la taille tandis que je dévalais les marches du perron. Je tirai mon téléphone de ma poche et regardai l'heure : trop tard pour prendre le risque de rentrer seule à pied chez moi. Ce n'était pas très loin, mais nous étions dans la zone du campus et je suis plutôt du genre courageuse mais pas téméraire. J'utilisai mon application qui permet de trouver quelqu'un pour vous accompagner, remis mon téléphone à sa place et me frottai les mains pour me réchauffer.

La nuit était froide. L'automne était arrivé à l'heure dans le Massachusetts. Mais, pour rien au monde, je ne serais retournée à l'intérieur, plutôt geler.

Ce qui était complètement idiot. J'étais en train de me punir moi-même alors que la seule personne que je voulais punir était Donovan. À quoi tout ça rimait-il ?

Je me repassai tout le film de notre conversation en faisant les cent pas sur le trottoir, j'essayai de comprendre ce qui était réellement arrivé entre nous. Tout avait été bizarre, un peu limite, inconvenant, mais il s'était passé quelque chose d'autre. Quelque chose que je n'arrivais pas à définir. Je n'aurais jamais dû me laisser entraîner dans une telle situation, ce qui n'est pas du tout mon habitude, mais j'avais été comme happée par ce type, il m'avait littéralement attirée à lui. C'était donc ça, le truc de Donovan Kincaid, le truc pour lequel il était si connu, un vrai manipulateur. C'était un homme qui savait tirer les ficelles au bon moment, et il m'avait aimantée vers lui.

Et pourquoi était-il devenu si glaçant vers la fin ?

De toute évidence, cela faisait partie du jeu depuis le début. Il m'avait embrouillée. Il m'avait surprise là où je ne devais pas être et me l'avait fait payer. Je l'avais bien mérité, ce qui ne voulait pas dire que j'avais aimé ça. Ce qui ne voulait certainement pas dire que j'avais aimé l'attitude de Donovan.

Je jetai un coup d'œil vers sa fenêtre et me mis à trembler. Était-il debout derrière ses carreaux à m'observer ? Je pouvais presque deviner la lueur de son cigare dans la pénombre. Je pouvais presque sentir ses yeux glisser sur ma peau. Rien que d'y penser, cela me faisait comme chaud et froid à la fois. Je me sentais moins seule et plus seule que jamais.

À ce moment-là, la porte du Donjon s'ouvrit. Surprise, je me retournai. Theo, un type que j'avais déjà rencontré plusieurs fois, se mit à marcher sous le porche tout en respirant l'air ambiant :

– Putain ! Il fait un froid de mes couilles dehors.

Ginger Baldwin le suivit bientôt, accompagnée d'un garçon avec qui je pensais qu'elle allait rentrer, vu la manière dont ils étaient accrochés l'un à l'autre.

– Tes couilles sont gelées ? lui demanda-t-elle en rigolant. Tu trouves ça normal ?

– Pas les miennes en tout cas, renchérit son boy-friend pour la nuit. Tu dois avoir un problème anatomique, mon vieux.

– Ah… c'est malin ! répondit Theo. Mon anatomie est plus que normale. Tu veux la sortir, qu'on compare ?

– Tu veux toujours me faire sortir ma queue. Essaierais-tu de me dire quelque chose d'autre, par hasard ?

– Tu sais quoi ? Va te faire foutre ! répondit Theo en colère.

Je baissai la tête et me réfugiai dans l'ombre, sur le côté des marches. Blablater en société n'a jamais été mon fort quand les gens sont sobres, mais quand certains ont trop bu, encore moins. Ce qui était le cas. De toute façon, je n'étais pas d'humeur à parler avec qui que ce soit.

Malheureusement, le fait d'avoir bougé avait dû attirer l'attention de Theo.

– Qui est là ?

Je sortis mon portable en feignant d'écrire un texto tout en prétendant ne pas les écouter, mais je sentais leurs regards rivés sur moi.

– Je la connais, elle est dans mon cours de statistiques, dit calmement Ginger. Puis, descendant quelques marches et d'une voix plus forte : Hey, Bree, ça va ? lança-t-elle.

– Ouais, répondis-je en remettant mon portable dans ma poche. J'attends quelqu'un pour me raccompagner.

Tout à coup, j'avais l'air de la petite fille perdue, avec personne pour la raccompagner chez elle. J'avais réussi à décider ma colocataire de m'accompagner à l'une des précédentes soirées, mais visiblement, ça n'avait pas été son truc. En fait, Sheri et moi n'étions pas si proches que ça, tout simplement parce que nos emplois du temps ne concordaient pas et, qu'en plus, elle avait un boy-friend qui occupait tout son temps.

Ginger eut un sourire un peu trop franc et je pus aisément imaginer ce qu'elle pensait, du genre : *je n'avais pas vraiment envie de m'occuper de toi, Dieu merci, je suis bien contente de ne pas avoir à le faire*, quand soudain elle déclara avec une gentillesse affectée :

– Super. Je suis heureuse que tu aies utilisé ton appli.

Puis elle suivit son boy-friend dans sa voiture garée juste devant la maison. Son cavalier, très gentleman, lui ouvrit la porte et s'adressa à son pote toujours sur les escaliers :

– Theo, tu viens ?

Theo passa ses mains dans les cheveux en haussant les épaules.

– Non, non. Je vais marcher.

Surprise ! Au lieu de descendre sur le trottoir, il fit un pas vers moi.

– Avant ça, je vais tenir compagnie à Sabrina pendant qu'elle attend. Tu n'y vois pas d'inconvénient, Bree ?

Je ne connaissais pas ce mec si ce n'est pour l'avoir croisé lors de précédentes soirées. La proposition me parut donc étrange et un peu déplacée.

– Ce n'est vraiment pas la peine.

– Très bonne idée, lança le rencard de Ginger, encore debout, la portière côté conducteur toujours ouverte. Tu ne devrais pas rester comme ça, dehors toute seule. On n'est jamais trop prudent.

Je n'étais pas vraiment seule. La maison derrière moi était pleine de gens et j'attendais quelqu'un pour me raccompagner. Mais si Theo avait l'âme du bon petit scout pour attendre avec moi, cela donnait à Ginger et son boy-friend une bonne raison de se débarrasser de lui.

– Ok, c'est vrai, tu as raison. Merci.

Si Theo pensait que j'allais me lancer dans une conversation fournie, j'avais d'autres chats à fouetter. La voiture à peine démarrée, je réalisai que ce n'était pas vraiment la conversation qui intéressait Theo.

– Sabrina, commença-t-il, se rapprochant de moi (un peu trop près à mon goût), tu es bien plus jolie que tu veux bien le laisser croire. Je suis sûr qu'on te le dit souvent.

– Non, pas vraiment. Merci, mais…

Je tirai sur ma queue-de-cheval et détournai le regard en posant mes yeux sur le bord du trottoir. Le problème avec ce service d'accompagnateurs était le sous-effectif, spécialement les samedis soir : ils ne disaient jamais à quelle heure ils arrivaient. Au fond, j'aurais peut-être dû attendre à l'intérieur. Il n'était pas trop tard pour changer d'avis.

– Pourquoi caches-tu toute cette beauté ? dit alors Theo en dégageant une main pour défaire la ceinture de mon manteau et l'ouvrir.

– Pardon ?

Je tournai brusquement la tête vers lui en lui arrachant sèchement mon manteau des mains, mais il ne voulut rien lâcher.

– Je parierais que ton corps aussi est superbe.

– Theo, je te remercie, mais je ne suis pas très à l'aise ni avec ce que tu viens de me dire ni avec ce que tu viens de faire.

Clairement, il avait trop bu et me draguait. Je me rendis vite compte qu'il faisait plus que me draguer.

– Je m'en fous que tu sois à l'aise ou non avec ce que je dis et fais, Sabrina.

Son haleine puait la bière, mais il ne bredouillait pas, il était en pleine possession de ses moyens et savait très bien ce qu'il faisait.

J'essayai de l'esquiver, mais il posa ses mains derrière moi contre le mur. J'étais coincée. J'avais fait une erreur en me mettant plus tôt dans l'ombre parce que maintenant, je me retrouvais coincée à l'endroit où les marches rejoignent la maison, et Theo m'empêchait de m'enfuir.

– Theo, s'il te plaît… dis-je en ravalant ma salive.

Il renifla pour la seconde fois, soit à cause du froid, soit parce qu'il grognait. Je ne savais pas très bien.

– S'il te plaît quoi ? répondit-il, comme s'il n'avait aucune idée de ce que je lui demandais.

– Laisse-moi partir.

Il fit semblant de prendre ma demande en considération, puis fit un mouvement de la tête m'indiquant qu'il était désolé mais qu'il ne pouvait satisfaire ma demande.

– Écoute-moi bien, me dit-il alors en posant son pouce sur ma lèvre inférieure (qui se mit à trembler sous l'effet de ce contact non désiré), je ne pensais pas avoir à te dire ça de cette façon, mais voici ce qui va se passer : je vais te baiser, un point, c'est tout. Tu peux rendre ça facile ou difficile, mais nous savons bien, toi et moi, qui détient le pouvoir.

Je n'ai même pas réfléchi, je me suis mise à crier :

– Au sec… !

Theo s'y attendait. Il mit sa main sur ma bouche, m'empêchant d'émettre le moindre son supplémentaire. Avec un large sourire, il ajouta :

– Parfait. J'espérais que tu choisirais le chemin difficile, j'aime bien quand les filles se débattent. Ce sera mieux pour toi aussi, ça me fait jouir beaucoup plus vite.

– Va te faire foutre ! lui dis-je, d'une voix étouffée sous sa main.

Tout à coup, je haïs l'idée de lui donner ce qu'il voulait et, même s'il devait mesurer plus d'un mètre quatre-vingts et peser près de cent kilos, même si je n'avais aucune chance de m'en sortir, j'essayai de répondre à son attaque. Je poussai sur ses épaules de toutes mes forces. Je tombai à genoux, je me débattai, criai, pleurai.

– Comme ça, c'est parfait, grogna Theo.

Il pressa son corps avec force contre le mien tout en utilisant ses cuisses pour empêcher mes jambes de gigoter. Avec sa main libre, il défit son pantalon et sortit sa queue.

Je me suis mise à pleurer plus fort. J'avais déjà vu un pénis, j'avais beau être vierge, je n'étais pas si prude que ça : au lycée, j'avais un petit copain à qui je faisais des pipes et que je branlais. Il m'en avait fait assez pour que je me demande parfois si j'avais toujours mon hymen intact.

À la vue de la bite de Theo, j'eus envie de vomir. Ce devait être la chose la plus laide que j'avais jamais vue, un truc dégoûtant. Je ne voulais pas que ce machin-là m'approche et, pire que tout, je ne le voulais surtout pas en moi !

Je devais me sortir de là à tout prix.

Je mis mes mains sur son visage et le griffai aussi fort que je pus. Jusqu'au sang.

Theo commença à jurer et lâcha sa queue pour pouvoir me saisir les mains. Dès qu'il les eut immobilisées au niveau de ma poitrine, il remonta son autre main et me couvrit à la fois la bouche et le nez.

– Je peux laisser ma main exactement là où elle est et, dans quelques instants, tu n'auras même plus la force de bouger. C'est ça que tu cherches, c'est ça que tu veux ?

Il commença à me fixer froidement en remontant sa main encore plus haut sur mon visage pour s'assurer que j'avais bien compris ses paroles… pour s'assurer que j'avais bien compris qu'il dépendait de moi de respirer ou non.

Je secouai la tête.

– Alors, tu vas te calmer ?

Avais-je le choix ? Mes poumons étaient déjà au bord de l'explosion, je commençais à voir des papillons noirs, la panique montait tandis que je cherchais ma respiration.

Je finis par acquiescer.

Il ne bougea pas sa main d'un poil.

J'acquiesçai de plus belle. Je pleurais à chaudes larmes. J'étais prête à tout.

Il finit enfin par descendre légèrement sa main, juste assez pour laisser libres mes narines. Je pus alors prendre difficilement de longues bouffées d'air froid, autant que je pouvais en prendre par mon nez à peine découvert.

Ma poitrine se levait et s'abaissait lourdement à chaque bouffée d'air.

Petit à petit, Theo me libéra les mains tout en me jetant des regards appuyés en signe d'avertissement, puis il se mit à se branler.

Cette fois, j'avais bien compris. Le pouvoir, c'était lui qui l'avait. Pas moi. J'avais appris ma leçon. Une putain de leçon de merde.

Je me débattais toujours, je n'y pouvais rien. C'était comme un réflexe, comme cette fois où j'étais allée chez une pédicure et que je n'avais pas pu m'empêcher de lui donner des coups de pied parce que ses soins me chatouillaient de trop. Je m'étais abandonnée à Theo, mais mon corps combattait toujours.

– Défais ton jean, m'ordonna-t-il d'une voix serrée tout en continuant de se branler.

Non, s'il te plaît, non, pensai-je, *ne m'oblige pas.* Je ne bougeai pas, je ne pouvais pas.

À nouveau, il glissa légèrement sa main de ma bouche vers mon nez. L'horreur ! Sans même m'en rendre compte, je me mis à défaire les boutons-pression et à descendre ma fermeture Éclair.

Des larmes dégoulinaient sur mes joues tandis que Theo m'écartait sèchement les mains. Il suça deux de ses doigts et me dit :

– J'ai pas envie d'aller là-dedans si c'est trop sec.

Puis il les fourra dans ma culotte en cherchant le trou qu'il convoitait.

Un sanglot déchira ma poitrine, je fermai les yeux, j'aurais donné n'importe quoi pour être à mille lieues de là. Un déluge de pensées m'assaillit dans le flot de panique qui inondait ma conscience. *Non, je ne suis pas ici, je suis ailleurs. Je suis sur la plage, sur la Riviera Maya. Je ne peux rien dire à mon père, il serait trop furieux. Je ne me suis pas rasée. Est-ce qu'il gèle en octobre ? Cette rousse avait une belle poitrine. Comment s'appelait-elle déjà ? Ce n'est que ma virginité, ce n'est que du sexe. En parlerai-je à ma sœur ? Tout ceci est tellement vexant. J'aurais dû attendre à l'intérieur. Il fait tellement froid ! Qui donc était cette blonde sur la photo dans la chambre de Donovan ? Le dernier voyage que nous avons fait avec maman sur la Riviera Maya était en octobre, cela fera trois ans en décembre prochain. Et s'il me faisait mal ? Et s'il me faisait réellement mal ? Pourvu que personne ne sorte et nous surprenne. Jamais je ne pourrai en parler à ma sœur ni même à personne d'autre. Nichelle, je continue à faire exprès d'oublier son nom. Ma mère me manque. Mon Dieu, je vous en prie, faites que quelqu'un nous surprenne et fasse arrêter tout ceci !*

Pourtant, je restais consciente de ce qui m'entourait. Hyperconsciente. Je savais, par exemple, qu'à partir de maintenant, je reconnaîtrais l'odeur du shampooing de Theo entre mille. De son eau de toilette aussi. J'entendais parfaitement le tic-tac de sa montre dans le silence qui s'était installé, chaque seconde paraissait une éternité alors que ses ongles irritaient les parois de mes parties intimes.

J'étais probablement moins consciente que je ne le pensais parce que, jamais, je n'ai pas entendu la porte s'ouvrir ni les pas qui descendaient les marches. Je n'ai pas vu Donovan attraper Theo par le dos de sa veste, pas plus que je ne l'ai vu me délivrer de Theo. En revanche, je l'ai bien vu lui foutre un pain sur la gueule, j'ai nettement entendu le craquement de son nez et j'ai bien vu le sang pisser !

– Putain de bordel ! hurla Theo tout en tenant son nez d'une main et en remontant son pantalon de l'autre. Merde… Kincaid !

Je ne sentais plus mes jambes tellement j'étais soulagée : enfin libérée de Theo ! Enfin libérée de ses mains moites et de son corps étouffant ! Je m'échappai de ce coin maudit dans lequel j'étais piégée, effrayée à l'idée de m'y retrouver coincée, et remontai mon jean aussi vite que possible. En toute hâte, je séchai mes larmes, mais même si je me sentais plus rassurée, je tremblais encore comme une feuille.

Theo, ayant fort bien compris qu'il était en très mauvaise posture, commença à s'éloigner, mais Donovan le rattrapa par la manche et le tira à lui d'un coup sec :

– Tu m'as entendu dire qu'on en avait fini ?

Theo avait plus d'une tête de plus que Donovan, mais Donovan avait l'air de s'en foutre complètement.

Je mordis mes lèvres encore tremblantes et m'entourai de mes bras du mieux que je pus. Si Donovan n'avait pas peur, moi, si. J'étais encore trop choquée pour chercher du secours. Trop paralysée.

– Euh… je ne crois pas que tu comprennes très bien ce qui est arrivé… commença Theo.

Donovan coupa net :

– Tu n'as pas le droit à la parole, rétorqua-t-il en tirant de nouveau sur son bras d'un coup sec. C'est à Sabrina de décider si elle veut porter plainte ou non. Sabrina ?

Donovan me regarda, ses yeux verts plongés dans les miens, essayant de deviner si j'étais complètement perdue ou non.

Sans doute l'étais-je un peu. Je clignai des yeux, venait-il de me poser une question ?

– Que viens-tu de dire ?

– Veux-tu porter plainte contre Theo ?

Tout à coup, la réalité de la situation me revint comme un boomerang. Je venais d'être agressée. Ce connard avait déjà ses doigts en moi et si Donovan n'était pas arrivé, à l'heure qu'il était, j'aurais été une fille violée.

J'essayais de dégager la boule qui me bloquait la gorge. Bien évidemment, je voulais porter plainte. Sauf que…

À bien y réfléchir, le scénario était le suivant : garçon blanc, riche, accusé d'agression par une fille quelconque. Sans compter l'alcool impliqué dans l'histoire. Pas de réel viol. Problème en vue pour ma bourse d'études. En aucun cas, cela ne pouvait bien se terminer pour moi. Sans doute le monde avait besoin de combattantes courageuses contre le viol des femmes, mais ce combat-là n'était pas pour moi. Le principe de réalité me rattrapait, la honte m'envahissait.

Je marmonnai un *ça ira* et je sentis une larme couler. Je n'avais qu'une envie, oublier, rentrer à la maison, prendre un bain… et prétendre que rien ne s'était passé.

– Quoi ? s'exclama Donovan, m'obligeant à répéter ce que je venais de dire.

– Je ne porte pas plainte, dis-je plus distinctement, je suis désolée.

Désolée pour qui ? Pour moi… ou pour les victimes qui n'ont jamais eu la chance de voir en face d'elles leur agresseur menotté ?

– Bon, je vois…

Donovan lâcha le bras de Theo, mais, dès que ce dernier se retourna vers lui, il lui empoigna les roubignolles :

– Tu mérites bien plus que ça, gros connard. Malheureusement, la loi américaine ne nous permet pas d'aller beaucoup plus loin. En revanche, les sanctions au Donjon sont plus sévères. Tu n'es plus le bienvenu ici. Tu ne feras jamais de business avec nos familles. Tes investissements chez *King-Kincaid* seront tout simplement annulés. Maintenant, tu fous le camp de chez moi. Et, en plus, tu saignes sur mes Ferragamo[4].

D'un revers de main, Theo essuya le sang qui gouttait de son nez tout en avançant une épaule pour provoquer Donovan. Puis il se ravisa et recula d'un pas :

---

4. Salvatore Ferragamo : marque de chaussures italiennes.

– Ok, j'ai compris, Kincaid. Je ne savais pas que tu te la réservais.

– Fous le camp d'ici, je te dis !

D'habitude, Donovan n'élevait jamais la voix, mais, là, le ton affirmé de ses paroles, la froideur de ses yeux et son attitude sans appel en disaient long : Theo, barre-toi, un point c'est tout.

Je tremblais encore, je pleurais toujours. J'étais en train de m'essuyer les yeux et commençai à me tourner vers Donovan. Mon attention fut alors distraite par une voiture arrivant du virage sur la droite : mon accompagnateur. Timing parfait.

Quand je voulus parler à Donovan, il remontait déjà les escaliers en direction de la porte d'entrée sans même m'avoir dit au revoir. Sans même un *ça va aller ?*

J'ai pleuré tout le long du chemin vers la maison. J'ai pleuré pendant une heure sous la douche. Ce n'est que bien plus tard, quand j'étais au fond de mon lit, recroquevillée en position fœtale, que je réalisai une chose : les Ferragamo de Donovan étaient des chaussures montantes. Et elles étaient parfaitement lacées. De la fenêtre de sa chambre, il avait bien remarqué dans quel embarras je me trouvais, mais il avait pris le temps de lacer ses chaussures avant de venir me délivrer.

CHAPITRE 3

Je ne suis pas allée à mes cours le lundi suivant.

J'ai prétexté une grippe et suis restée au lit à fixer lemur. Sheri m'a apporté une soupe à réchauffer au micro-ondes et quelques crackers achetés à la boutique de la station Shell. Je lui ai raconté que je pleurais simplement parce que j'avais mal à la tête.

Mardi, j'ai commencé à reprendre mes esprits. À bien réfléchir, il ne s'était pas passé grand-chose, Theo ne m'avait pas vraiment violée. J'étais la même fille qu'avant. De plus, je n'avais aucune obligation de le recroiser, nous ne suivions pas les mêmes cours. Il était en fin de cycle et nous ne fréquentions pas les mêmes cercles. Personne d'autre n'était au courant de ce qui s'était passé et j'avais moi-même décidé de ne pas en parler. La seule chose qui me restait à faire était de sourire et de prétendre que rien n'était arrivé. Fastoche.

Ok, ce n'était pas vraiment facile, mais c'était faisable. Pas plus difficile en tout cas que n'avait été la mort de ma mère il y a cinq ans, et que les élèves à l'école qui murmuraient derrière mon dos en me montrant du doigt. Je me souviens que j'avais décidé de garder le sourire et de faire comme si de rien n'était. Comme si cela ne m'avait rien fait. Cette expérience m'avait appris quelque chose d'important : comment faire face à un coup dur. Il faut garder le sourire, hocher de la tête et aller de l'avant.

C'est exactement comme ça que j'avais l'intention d'attaquer le prochain cours d'*Introduction à l'éthique professionnelle*. Je savais pourtant que ce serait un peu différent, à cause de Donovan, parce qu'il savait ce qui était arrivé. En même temps, il n'allait pas en parler pendant le cours. Nous ne nous étions jamais adressé la parole avant cette soirée au Donjon. Il était juste mon prof. Lui m'enseignait ce que je voulais apprendre, et moi, j'étais une autre copie à noter. Il n'y avait donc aucun problème.

Comme d'habitude, j'entrai à l'avance dans la salle de conférence et m'installai dans les premiers rangs. Normalement, j'arrivais par la porte du bas, mais cette fois, comme je m'étais arrêtée prendre une bouteille d'eau avant le cours, j'avais emprunté celle du haut. Tout en descendant, je jetai un œil vers le bureau du prof. Sans doute parce que j'étais un peu nerveuse à l'idée de revoir Donovan, j'espérais secrètement que ce serait Velasquez qui donnerait le cours.

Mais non.

Donovan était assis devant son ordinateur. Il portait un pantalon gris et une chemise habillée avec une cravate sous un pull noir. Comme s'il avait pressenti que j'arrivais, il leva la tête et nos regards se croisèrent.

Je m'arrêtai net. Je ne pouvais plus faire un pas.

Je ne sentais plus mes jambes, la transpiration perlait dans mes sourcils, il était comme la gâchette qui avait tout déclenché. Je perdis mes moyens et me retrouvai transportée aux pires moments de l'autre nuit. Soudain, je sentis la main de Theo sur ma bouche, j'entendis même le craquement de son nez, l'émotion me submergeait.

Je ne ressentais ni terreur ni humiliation, mais quelque chose de pire encore. Quelque chose à la fois de moche et d'irréfutable.

Je fus prise d'un moment de panique. Donovan s'en aperçut. Je voulus faire demi-tour et quitter la salle. Impossible, cela aurait eu pour effet d'attirer encore plus l'attention sur moi. De plus, j'avais les jambes comme du coton, je me glissai donc dans le rang au niveau duquel je me trouvais et baissai la tête pour faire comme s'il n'y avait rien d'étrange dans mon attitude, pour faire comme si je ne savais pas que son regard était fixé sur moi.

En fait, je ne faisais pas semblant, cela m'était bien égal qu'il me regarde. Cela m'était bien égal d'observer Weston quand il rentrerait, comme je le faisais toujours. J'étais plus inquiète sur ce qui déconnait en moi : j'avais le cœur qui battait à cent à l'heure, j'avais l'impression que mes vêtements étaient beaucoup trop chauds, je me sentais inquiète et perturbée.

Ce n'était pas Theo qui me mettait dans un état pareil, mais plutôt Donovan. Je pensais à la façon dont il s'était moqué de moi dans sa chambre, à la façon qu'il avait eue de gérer la situation avec Theo, à la façon qu'il avait eue de me regarder avec une intensité très particulière.

Mon Dieu, ces yeux !

Je lui jetai un regard furtif au moment où il se leva pour commencer son cours. Une autre vague équivoque et tumultueuse roula dans mon corps. Je me replaçai sur mon siège, mais sans résultat. Au moment où il commença à parler, ce fut pire. Sa voix m'envoyait des frissons le long de la colonne vertébrale. Je buvais chacune de ses paroles et pourtant je ne comprenais rien de ce qu'il disait.

Je merdais à fond.

Il devait bien y avoir une explication toute simple à ce qui m'arrivait ! Je devais faire une crise psychotique. Mon esprit essayait de transformer les choses horribles vécues l'autre nuit en associant Donovan à des émotions agréables à la place de Theo et de sa détestable agression.

Sauf que ces émotions n'étaient pas si agréables que ça. Violentes et agressives, elles sonnaient faux et me faisaient souffrir. J'ai dû croiser et décroiser mes jambes près de cent fois avant d'arriver à la fin du cours, me haïssant mille fois de ne pas pouvoir me calmer.

Tout ça me rendait dingue et me mettait très mal à l'aise. Pour des tas de raisons. Maintenant, j'en voulais à Donovan pour tout ce qu'il savait. Pas seulement à propos de ce que Theo avait fait, mais aussi à cause de ce qu'il m'avait dit dans sa chambre. Ces choses sur moi qu'il avait comprises si facilement. Je n'aimais pas qu'il me connaisse si bien. Je trouvais ça très indiscret. D'une certaine façon, ça ressemblait aussi à un viol.

J'étais également furieuse du temps qu'il avait pris pour venir à mon secours et puis, il n'avait pas l'air d'être vraiment content de m'avoir sauvée d'un mauvais pas.

Mais surtout, j'étais furieuse de ce que je pensais de lui, même si ce n'était pas vraiment de sa faute. S'il n'avait pas autant merdé dans la façon de gérer cette soirée, je ne serais probablement pas aussi troublée par ce que j'en pensais maintenant. J'avais donc peut-être raison de l'en rendre responsable.

Peu importait à qui incombait cette responsabilité, cela n'avait plus beaucoup d'importance. C'était maintenant à moi de gérer cette merde. À l'évidence, il lui était parfaitement égal de savoir comment j'allais sortir de ce cauchemar. D'une manière ou d'une autre, j'allais bien y arriver par moi-même.

Après ce qui me sembla l'heure la plus longue de ma vie, le cours prit fin. Je m'échappai le plus vite possible et, pour éviter Donovan, je repris les marches vers le haut plutôt que de sortir vers l'avant. Je devais déjeuner rapidement avec une amie, mais je dus repasser chez moi pour changer de culotte avant le cours suivant. C'est dire où j'en étais !

Hors de la présence de Donovan, j'étais certaine que toutes ces étranges impressions disparaîtraient. Je me mis donc à penser à Weston pour me changer les idées. Après tout, il était celui qui occupait mes pensées, celui qui me donnait des briques dans l'estomac. Depuis toujours et même encore maintenant.

Le restant de la journée pourtant, je ne pus m'empêcher de penser à Donovan de temps en temps, j'imaginais des fins différentes à la soirée du Donjon. Que serait-il arrivé s'il m'avait demandé de monter après ce qui s'était passé avec Theo ? Que serait-il arrivé surtout s'il n'avait pas bougé de sa chambre ?

À vrai dire, je me sentais honteuse.

C'est pourtant en pensant à tout cela que je compris comment je pouvais faire pour me débarrasser de ce cauchemar qui me hantait depuis la scène de l'escalier. Cette nuit-là, quand je me réveillai, glacée et transpirante, comme si le fantôme de Theo touchait encore ma peau, je glissai une main dans ma culotte et j'effaçai l'horrible souvenir en pensant à Donovan.

Vous a-t-il fait très mal, me demandait-il en me caressant la joue tandis que Theo clopinait en s'éloignant, le nez ensanglanté. Sa main chaude sur ma joue restait timide, sans vraiment m'apaiser.

Pas très mal, je murmurai en regardant ses yeux noisette. Mon accompagnateur arrivait dans le virage, nous avons tourné ensemble la tête dans sa direction, mais au lieu de s'éloigner, Donovan me prenait dans ses bras.

Laisse-moi m'occuper de toi ce soir, me disait-il et, d'un petit mouvement de tête, il renvoyait la voiture. Puis il se mettait à genoux, ouvrait mon pantalon et faisait glisser ma culotte, sans rien me demander, sans même s'excuser de son audace.

Mais, lui, je le désirais. Tout à coup, cela n'avait plus rien à voir avec les violences de Theo. L'air était froid sur mes jambes nues, mais bientôt je ne sentais plus que la chaleur de sa langue entre mes lèvres. Il me léchait avec insistance la fente de haut en bas et faisait grossir sa langue avant de la faire glisser en moi.

J'ai joui d'un seul coup et me suis endormie jusqu'au matin.

L'effet que Donovan me faisait restait bien ancré dans ma mémoire, mais j'arrivais à mieux gérer cette histoire. J'apprenais à ne plus le regarder dans les yeux, à ne plus m'asseoir dans les premiers rangs comme j'avais l'habitude de le faire, je souriais, j'acquiesçais, j'allais de l'avant.

La nuit, malgré tout, je continuais à adoucir mes rêves en fantasmant sur lui. Je jouais avec mes doigts et me pénétrais en continuant de penser à d'étranges versions de mon agression. Parfois je jouissais après qu'il m'avait débarrassée de Theo, parfois Theo était complètement absent de la scène. Parfois, je lui demandais de s'occuper de moi, parfois j'en arrivais même à le supplier de me faire jouir.

Parfois – à vrai dire, très souvent –, il était aussi froid et cruel que Theo l'avait été.

CHAPITRE 4

– Je vous prie de m'excuser.

– Pas…

Je marquai un temps d'arrêt en réalisant qui venait juste de me bousculer en voulant s'asseoir à côté de moi : Weston King.

– … de problème.

Je me redressai tout de suite sur mon siège et baissai les yeux en regardant ce que je portais. Jean, pull, queue-de-cheval. L'ennui total. Bravo ma vieille ! Je n'avais qu'à m'en prendre à moi-même. Je ne pouvais pas vouloir passer inaperçue aux yeux de Donovan tout en restant sexy aux yeux de Weston. Les deux n'étaient pas compatibles. J'en avais décidé ainsi parce que depuis trois semaines, depuis l'incident avec Theo, j'avais l'impression que je faisais tout le temps attention à Donovan, mais qu'en revanche je restais transparente aux yeux de Weston.

Jusqu'à aujourd'hui où, miracle des miracles, Weston venait juste de s'asseoir à côté de moi.

Mon cœur battait à mille à l'heure, mes jambes n'arrêtaient pas de gigoter. Ouh là là ! Nos coudes étaient pratiquement à touche-touche. Petite joie supplémentaire quand je le vis sortir un cahier à spirale de son sac… il était donc le genre de garçon à prendre des notes à l'ancienne ! Cool.

Voilà qui en était presque assez pour me faire oublier le cours que Donovan venait de donner, juste avant l'arrivée de Weston. Sauf que le premier avait déjà une emprise sur moi, qu'il m'était difficile de nier. Tout spécialement quand il parlait de sujets sur lesquels je travaillais d'arrache-pied, comme celui qu'il avait abordé aujourd'hui : dérégulation du secteur financier.

J'avais fait beaucoup de progrès sur cette question depuis mon arrivée à Harvard. Même si je comprenais parfaitement les obstacles que la régulation imposait aux sociétés de placement comme *King-Kincaid*, je n'oubliais pas que j'étais née de l'autre côté de la barrière. Nous n'étions plus au temps où les milliardaires furent privés de leurs revenus durant la Grande Dépression de 1929. Nous n'étions plus au temps où les riches se voyaient confisquer leurs maisons, leurs voitures et leurs vies. J'ai toujours pensé que la régulation du secteur financier avait été un moyen de faire rentrer une certaine moralité dans le système et c'est ce que je me suis efforcée de développer dans mon dernier rendu.

Ma foi inébranlable en la régulation n'avait cependant rien à voir avec mon agacement envers Donovan et le fait qu'il enseignait l'exact contraire avec conviction. J'étais surtout agacée par la place grandissante qu'il prenait dans mes pensées au quotidien, et en particulier dans mon lit. Je détestais ça, mais il me fallait l'admettre : ce type m'attirait comme un aimant. Il forçait mon attention, il exigeait ma concentration.

Mon Dieu ! Comme je le détestais soudain ! Je ne pus m'empêcher de murmurer entre mes dents :

– Quel trouduc… !

– Que dis-tu ? me demanda Weston en se redressant sur son siège.

Zut et rezut, je me sentis rougir :

– Quoi ?

Il se pencha vers moi pour pouvoir parler sans gêner le cours :

– Je rêve ou tu viens de traiter Kincaid de trouduc ?

– Je n'ai pas pu dire une chose pareille.

Mais si cela suffisait à Weston pour se pencher vers moi et murmurer à mon oreille, je pourrais bien le répéter. Enfin, peut-être. Quand je ne serais plus atrocement gênée par ce que je venais de dire. Dans cent ans peut-être, pas avant.

– Ne regrette surtout pas ce que tu as dit, ajouta tranquillement Weston. Génial, j'adore !

Je me retournai alors vers lui :

– Mais, vous êtes des amis, ou…

Waouh ! De près, ses yeux paraissaient encore plus bleus. Je remarquai aussi qu'il avait de toutes petites taches de rousseur sur le nez.

– On est un peu de la même famille, je l'aime comme on aime un frère. Mais tu as raison, c'est un vrai trouduc… Je ne pense pas l'avoir encore traité de ça. Je peux t'emprunter un stylo ?

– Euh, oui… répondis-je en farfouillant dans mon sac.

– Celui-là, le Sharpie fera l'affaire, dit-il en regardant par-dessus mon épaule.

Nous avions fait le même geste en même temps pour l'attraper. Nos doigts se touchèrent et je dus me mordre les lèvres pour m'empêcher de paraître surprise.

– Merci, me dit-il en souriant.

Juste assez pour creuser cette géniale petite fossette qui lui va si bien. Aïe ! Je crois que je pourrais tomber dans cette fossette sans jamais essayer d'en sortir. Cette fossette allait me perdre pour toujours.

Je l'observais tandis qu'il ouvrait son cahier. Les unes après les autres, les pages portaient un seul mot écrit en énorme, en format paysage : grosse bite, bâton merdeux, pauvre connard, tête de nœud, sac à foutre. Il s'arrêta sur une page vierge et prit le bouchon du Sharpie dans sa bouche. Tout de suite, je pensai à l'usage que j'allais faire de ce bouchon un peu plus tard. Puis il écrivit : va te faire foutre !

– Mais… que fais-tu ? je demandai.

Je me sentis mal à l'aise et excitée à la fois. Comme si j'avais pénétré une intimité qui pouvait être grossière ou, tout compte fait, pas si grossière que ça. Cette sorte de grossièreté qui a toujours l'air d'être amusante mais qui aussi peut devenir trop récurrente.

– Je donne toujours des notes à Donovan quand il fait ses cours pour qu'il sache bien où il en est. Je ne lui ai encore jamais donné « trouduc ».

À peine avait-il écrit le mot qu'il leva son cahier, comme s'il arbitrait un événement sportif. J'en avais la tête à l'envers.

– Et… tu fais ça à chaque cours ?

– Quand Velasquez n'est pas là. Et même quand il est là, j'essaie d'en glisser une en cachette.

Quelques étudiants sur le même rang, mais de l'autre côté de l'allée, faisaient des signes à Weston pour connaître la note du jour.

Comment avais-je pu ne pas m'apercevoir d'un truc pareil avant aujourd'hui ?

Weston ramena le cahier devant lui tout en l'agitant à nouveau pour Donovan qui refusa de jeter un œil dans notre direction. Si nous nous étions assis plus haut dans la salle, sans doute n'aurait-il pas été capable de lire l'inscription, mais nous étions assez près du premier rang et le gros trait noir du Sharpie rendait le mot parfaitement lisible.

– Ne t'a-t-il jamais fait une remarque ? demandai-je en voyant comment Donovan restait impassible.

– Non, me dit-il en fermant son cahier et en le remettant dans son sac. Il faut dire que je n'insiste jamais. Je dois avoir le sens de l'humour d'un mec de dix-neuf ans ou quelque chose d'approchant. C'est comme quand tu vas à Buckingham Palace et que tu essaies de faire sourire les gardes, tu vois ce que je veux dire ?

Depuis la maison, je n'avais jamais été plus loin qu'Harvard. Même notre petite virée familiale au Mexique était plus proche.

– Je ne suis jamais allée à Buckingham Palace.

Il se mit à me regarder avec insistance et sans doute à me juger pour n'avoir jamais mis les pieds en Angleterre. L'endroit le plus basique à visiter au monde pour les gens riches. Cela avait-il vraiment de l'importance pour un type comme lui ?

Un superbe sourire illumina son visage. *(Ah, cette fossette !)*

– Il va falloir que je t'y emmène, me dit-il en s'approchant à nouveau de moi tout en jouant avec ma queue-de-cheval. Au fait, je m'appelle Weston.

Tout à coup, j'eus du mal à respirer.

– Je sais qui tu es. Je fréquente tes soirées. Du moins, j'avais l'habitude de les fréquenter. Je m'appelle Sabrina.

Au moment où je me présentai, la voix de stentor de Donovan traversa la salle en hurlant mon nom :

– Sabrina ! Vous avez des choses à partager sur l'éthique de la régulation du secteur financier ? Je crois que vous en savez pas mal sur le sujet.

Mon sang ne fit qu'un tour. Je détestais parler en public, mais surtout Donovan n'appelait jamais aucun étudiant par son nom. Jamais ! Qu'est-ce qui lui prenait ? Nous n'étions certainement pas les premiers qu'il surprenait à bavarder durant ses cours !

– Trouduc, marmonna Weston à côté de moi.

Ce qui me provoqua un petit fou rire. Heureusement, à ce moment-là Donovan remarqua l'heure :

– Vous voilà libérés par la montre, j'ai bien l'impression que le cours est terminé, dit-il, non sans une certaine rancœur dans la voix. Les notes de vos travaux sur la connaissance de la stratégie et l'éthique des entreprises seront affichées dans l'entrée pour la fin de la semaine. Rappelez-vous que ce rendu comptera pour moitié dans votre note finale.

Il avait l'air de me dévisager en prononçant ces mots, sans doute était-il encore froissé d'avoir dû interrompre son cours à cause de moi. Je fis la grimace. Je détestais quand il me regardait de cette façon et, en même temps, je me demandai si j'aurais aimé qu'il arrête de le faire. Quelque chose me disait que non.

Et lui ? Que penserait-il si j'arrêtais de le regarder ?

– Tu as un autre cours maintenant ? me demanda Weston.

Je me détournai du regard perçant de Donovan et m'aperçus que Weston tenait mon sac dans ses bras.

– Merci et, non, pas de cours jusqu'à 14 heures, répondis-je en traînant les pieds dans l'allée en le suivant.

– Et toi ?

– D'habitude, je déjeune avec un copain.

Pendant quelques secondes, je me demandai où il voulait en venir avec ses questions. Mais non, il était juste sympa. Il hocha de la tête dans ma direction :

– Tu veux te joindre à nous ?

*
* *

L'ami en question n'était autre que Brett Larrabee. Je connaissais Brett depuis les soirées du Donjon, mais je ne l'avais jamais rencontré officiellement et j'étais contente de pouvoir le faire dans cette circonstance. Noir américain, ouvertement homosexuel, terriblement extraverti et politiquement conservateur, Brett était tout et son contraire, un oxymore à lui tout seul. Je le trouvais tout à fait fascinant. C'était également un beau parleur. Il nous amena dans un petit vietnamien peu fréquenté malgré une cuisine excellente et raffinée. Il monopolisa la conversation pendant tout le déjeuner.

Peu m'importait, j'étais très heureuse de faire partie de cette petite parenthèse. À chaque instant, je me demandais si j'étais bien éveillée ou si tout ça n'était qu'un rêve. Non, j'étais bien assise à table en train de me rendre ridicule en maniant des baguettes en face de Weston King !

– Le DOW[5] baisse, le DOW baisse, le DOW baisse ! s'exclama Brett d'un air las et anxieux en balayant l'application finances de son portable. (Il parlait beaucoup, mais il s'arrangea pour être le plus rapide à déjeuner. Il avait déjà fini et jouait avec son portable depuis cinq bonnes minutes.) J'espère que la Banque fédérale ne va pas augmenter le taux d'intérêt. Ce n'est pas le moment.

– Mon père dit que c'est pour bientôt, ajouta Weston en poussant son assiette.

– Au fait, coupa Brett comme s'il venait tout à coup de se souvenir de quelque chose, vous avez entendu cette histoire à propos de Theodore Sheridan ?

Oups, Theo ! J'en laissai tomber mes baguettes en entendant son nom… Par chance, comme je les avais déjà laissées tomber plusieurs fois, personne ne le remarqua. Heureusement, personne non plus ne remarqua que mes mains tremblaient quand je pris un peu d'eau pour dégager ma gorge soudain atrocement sèche.

5. Le *Dow Jones Industrial Average* est l'indice de la Bourse de New York.

– Rien qui ait pu retenir mon attention, répondit Weston après un petit temps de réflexion.

Alors, tu n'as pas entendu l'histoire où Theo a presque violé une fille sous le porche de ta propre maison. Au moins, il était rassurant de constater que Donovan n'avait pas tout raconté à ses colocataires. Il est vrai que, selon moi, Donovan n'était pas du genre à balancer sur tout le monde.

Brett se pencha sur la table en baissant le ton de sa voix sur le ton de la confidence :

– Il a été arrêté avec plus d'un kilo de coke sur lui.

– Et tu nous annonces ça seulement maintenant ? ajouta Weston comme s'il venait de lire dans mes pensées.

Sans doute, Theo n'était pas un ami assez proche de Brett pour qu'il considère cette nouvelle comme importante, mais pour moi en revanche, elle l'était. Ne voulant surtout pas que les garçons s'en rendent compte, je baissai la tête en remuant machinalement les nouilles dans mon bol. J'avais perdu tout appétit dès que j'avais entendu prononcer le nom de Theo.

– Eh bien, dit Weston, je savais qu'il avait un problème avec la dope, mais qu'a-t-il pu donc faire pour attirer l'attention des keufs sur lui ?

– Je ne sais pas, mais il a été accusé de trafic illégal.

– Theo n'a pas besoin d'argent. Il a touché l'intégralité de son *trust fund*[6] à ses dix-huit ans.

– Il dit qu'il a été victime d'un coup monté, ou un truc comme ça. Peu importe, papa Sheridan le sortira de là, mais il est renvoyé pour le restant de l'année.

– C'est dingue.

Même si j'étais soulagée de penser que je n'allais plus croiser Theo cette année, j'étais moins heureuse à l'idée

6. *Trust fund* : fonds fiduciaire. L'argent et les titres placés ne peuvent être récupérés par le bénéficiaire que sous les conditions imposées par le donateur.

qu'il ne fasse pas de prison. Brett avait raison, sa fortune et sa position sociale allaient le sauver de ce mauvais pas : que ce soit pour la drogue ou pour le viol, il s'en sortirait à bon compte.

Brett, semblant en avoir fini avec le scandale Theo, était prêt à balancer un nouveau sujet :

– Tête de nœud a donné son cours aujourd'hui ? demanda-t-il en se balançant en arrière sur sa chaise.

– En fait, aujourd'hui c'était plutôt trouduc, répondit Weston en levant les yeux vers moi d'un air complice.

– Pas mal, j'aime bien, dit Brett en me regardant à son tour. Tu n'aimes pas Donovan ? Raconte…

Est-ce que j'aimais Donovan ou pas ? Question piège. Mes sentiments à son sujet étaient mélangés, comme agrafés ensemble : si j'en pensais du bien, immédiatement j'en pensais du mal… et vice versa. Je lui étais reconnaissante de m'avoir sortie d'un mauvais pas et, en même temps, je lui en voulais. Tout en triturant ma queue-de-cheval, j'essayais de penser, façon étudiante préoccupée.

– C'est juste qu'il est… enfin, vous voyez ce que je veux dire. Une sorte de Monsieur-je-sais-tout, égocentrique et prétentieux. Qu'est-ce que vous en pensez, les mecs, après tout, c'est vous qui vivez avec lui.

Weston échangea un regard furtif avec Brett.

– Exact et, comme je l'ai déjà dit, je l'aime comme un frère. Mais, parfois, les frères sont difficiles à aimer. Tu en as, toi, un frère ?

Habile changement de sujet, moins embarrassant à répondre. Brett se remit à jouer avec son portable, je m'adressai donc à Weston :

– J'ai une sœur, Audrey, tout ce qu'il y a de facile à aimer. Elle a treize ans, un peu maladroite, mais adorable.

Confortable sur sa chaise, Weston croisa les bras et posa son pied sur un genou :

– Elle met probablement sa grande sœur de dix-huit ans sur un piédestal.

– Dix-sept ans, je corrigeai.

– Dix-sept ?

– J'ai passé mon bac très jeune.

– Bravo ! Impressionnant !

– Merci, répondis-je en détournant mon regard, gênée par le compliment. Tout en soupirant, j'ajoutai : je ne suis pas certaine d'avoir fait le bon choix en venant étudier dans une université aussi éloignée de chez moi.

– D'où viens-tu ? me demanda-t-il sur un ton détaché, comme s'il s'en foutait totalement.

– Du Colorado, mais ce n'est pas vraiment la distance qui me pose problème. Ma mère est décédée quand j'avais douze ans et je me sens mal de laisser mon père et Audrey tout seuls.

En disant ça, je savais qu'il ne comprendrait sans doute pas. Il appartenait à un monde plein de nounous, de chauffeurs, d'employés de maison et de précepteurs. Il n'avait aucune idée de ce qu'être seul voulait dire.

– Et toi, tu as des frères et des sœurs ? Pas comme Donovan, des vrais ?

Il hocha de la tête avant même que j'aie fini ma question :

– Oui, j'ai une sœur, elle a dix ans et nous vivons dans un monde complètement différent.

Il se pinça les lèvres tout en réfléchissant. C'en était trop… Je sentis monter une bouffée de chaleur.

– J'ai grandi très proche de Donovan, bien qu'il ait quatre ans de plus que moi. Nous avons fréquenté les mêmes écoles et nous étions dans la même équipe de joueurs d'échecs. Nous avons fait de l'aviron ensemble. Nos familles passaient leurs vacances ensemble. Il a toujours été mon modèle.

Il se redressa et, se penchant vers moi, il ajouta comme une confidence :

– Sans doute était-il l'idole de mon enfance.

– Mais plus maintenant ?

– Non. Aujourd'hui, c'est différent.

Il laissa sa réponse en suspens, et je cherchai les mots pour l'inciter à en dire davantage, tout en essayant de comprendre pourquoi je voulais en savoir plus. Oui, pourquoi ? Parce que la réponse en dirait plus sur Weston ou parce qu'elle en dirait plus sur Donovan ? Je décidai d'en rester là.

Mais à ce moment-là, Brett ajouta :

– On dit qu'il n'est plus le même depuis la mort d'Amanda. Je ne suis qu'en deuxième année, donc je ne l'ai pas beaucoup connu avant ça.

– Amanda ?

Cette fois, je voulais en savoir plus.

– Brett, s'il te plaît… ajouta Weston, agacé.

En réponse, Brett lui lança un regard furieux :

– Et alors… il est interdit d'en parler, c'est ça ? Il n'est même pas présent !

Weston marqua un temps d'arrêt avant de poursuivre :

– Amanda était la petite amie de Donovan. Elle est morte dans un accident de voiture il y a un an. À peu près à cette époque-ci. Elle revenait des vacances de Thanksgiving.

J'en eus le souffle coupé :

– Mon Dieu ! Qu'est-il arrivé ?

– Un conducteur a mal calculé son coup et s'est rabattu sur sa file en la poussant sur une autre. On dit qu'elle est morte sur le coup. Elle était presque arrivée sur le campus quand l'accident a eu lieu, c'est donc Donovan qui a dû reconnaître le corps.

– C'est horrible, j'en suis toute retournée !

C'était le genre de réponse que je faisais toujours en pareil cas, mais cette foi-ci, la nouvelle me touchait vraiment. Là encore, pourquoi ?

– En plus, ils s'entendaient à merveille, continua Weston. Donovan voulait la maison, les enfants, le grand jardin. Il avait prévu de la demander en mariage au moment de Noël. Je crois même qu'il avait déjà acheté une bague de fiançailles.

Je suis sûre que c'était elle, la blonde sur la photo au-dessus de la cheminée. Il avait vu que je l'avais remarquée avant de me battre froid.

– Est-ce pour cette raison qu'il est tellement…

Je cherchais mes mots. Il était quoi exactement, Donovan : distant, tranchant, solitaire ? Weston semblait avoir compris ce que je voulais dire.

– Avant ce drame, il n'a jamais été quelqu'un que je qualifierais d'amical, mais depuis, il est devenu plus froid, plus sec. Sans doute est-il devenu un meilleur businessman, si tant est que cela veuille dire quelque chose.

– Je crois que oui. C'est peu comme lorsque tu perds l'un de tes sens, les autres deviennent soudain plus aiguisés.

J'aurais pu m'appuyer sur l'expérience de la mort de ma mère, mais c'était plutôt à mon agression que je pensais en disant ça. Quelle conséquence avait-elle eue sur moi ? Étais-je devenue plus froide, plus sèche, plus perspicace en business ? Et que dire des pensées que j'avais maintenant pendant mes nuits, ces pensées obscènes avec Donovan ?

– Ouais, quelque chose comme ça, répondit Weston alors que le serveur venait de déposer l'addition sur la table.

Je cherchai mon sac, mais Weston remua la tête :

– Non, elle est pour moi…

Et il décocha son fameux sourire à fossette tandis qu'il tendait sa carte bleue.

– Merci, c'est vraiment très gentil.

Malgré tout, ma réponse ne fut pas très chaleureuse, j'étais toujours préoccupée par Donovan. Je ne sais pas trop pourquoi, mais son histoire me faisait de la peine. Même s'il avait montré peu d'intérêt pour la mienne. Incroyable, mais je me sentais fascinée – comme attirée – par sa douleur. Je pouvais très bien comprendre comment il la supportait… où il avait pu enfouir les détails de sa détresse : dans une bouteille de scotch, sous une remarque acerbe, derrière un mur d'indifférence.

Lui, il connaissait le secret que je cachais derrière mes petits sourires et mes hochements de tête et, maintenant, moi je savais ce qu'il cachait derrière cette apparence froide et impassible. Finalement, nous étions à égalité.

– Bon, dis-je en me recentrant sur Weston, j'ai l'impression que tu as toujours été un bon ami pour lui.

– En lui donnant des notes pendant qu'il fait ses cours ?

Son ton était volontairement sarcastique, mais j'entendais une pointe de défaitisme derrière sa réflexion. Il ne savait plus quoi faire pour aider son ami, son frère. Certes, je n'avais pas la réponse pour l'aider, mais je pouvais au moins lui réaffirmer :

– Exactement pour cette raison.

Il quitta des yeux le reçu de carte bleue qu'il venait juste de signer :

– Sabrina, tu as fait le bon choix en venant à Harvard, me dit-il en me dévisageant. Je suis certain que ton père va très bien se débrouiller avec ta sœur. Je pense qu'il a déjà fait un superbe travail avec toi.

– Tu ne me connais même pas ! lui répondis-je dans un petit rire dédaigneux.

– Bien sûr que si. Je vois que tu es une fille forte, avec un caractère bien trempé. Je vois que tu es maligne, probablement plus maligne que Brett et moi réunis. Tu es jolie, et ça se voit. Il tira gentiment sur ma queue-de-cheval en ajoutant : En plus, je sais maintenant que tu vas être là pour ma soirée de samedi.

Les picotements avaient fait leur retour dans mon estomac, mais cette fois-ci, ils étaient devenus bien agréables. Ce qui était en train d'arriver était tout ce que je désirais, tout ce que j'avais longuement espéré. Un rencard avec Weston King ! Ces impressions glauques et troublantes que je ressentais encore étaient probablement juste dues à l'idée de retourner au Donjon pour la première fois depuis l'affaire Theo.

Ce devait être ça. Donc, souris, hoche de la tête avec naturel et va de l'avant.

– Après tout, je pense que oui, tu me connais vraiment.

Et pourtant… comment le pouvait-il, alors que je commençais à peine moi-même à comprendre qui j'étais ?

CHAPITRE 5

Audrey : Papa refuse de faire la farce[7] *si tu n'es pas là.*

Moi : Eh bien, fais la farce toi-même !

Je quittai du regard la fenêtre de discussion en haut de mon écran d'ordinateur pour revenir au fichier Excel sur lequel je faisais mes statistiques. Nous étions jeudi, tôt dans l'après-midi, deux jours avant la soirée de Weston, un jour après qu'il m'eut invitée à l'accompagner. Malgré tout, j'étais toujours hésitante, des sentiments mélangés m'assaillaient, j'étais anxieuse. Les efforts déployés par ma sœur pour me convaincre de prendre un vol de dernière minute pour Thanksgiving étaient loin d'apaiser mes questionnements.

Un autre message apparut :

Audrey : Mais je ne sais pas comment le faiiiiiire !!!

En véritable ado, ma sœur en faisait des tonnes dans ses chats, tout comme dans ses conversations courantes.

Moi : Tu as treize ans, Stove Top[8] *est à ta portée.*

Audrey : Mais qui va mettre des olives sur ses doigts et faire des Olive Monsters[9] *avec moi ?*

Une notification apparut sur le haut de mon écran, un nouveau message à lire sur l'intranet de l'université.

---

7. De la dinde traditionnelle pour Thanksgiving.
8. Marque américaine de produits culinaires tout faits.
9. Littéralement : « monstres olive », personnages grotesques aux formes molles et destinés à faire peur aux enfants lors des fêtes de Thanskgiving.

Moi : Mets des olives à Bambi.

Ok. Bambi, c'était notre chien, mais j'étais pressée : j'avais plein de trucs à faire, des rendus à peaufiner, etc.

En cliquant sur l'intranet, le message concernait le cours *Introduction à l'éthique professionnelle,* plus exactement mon travail sur la connaissance de la stratégie et l'éthique des entreprises dont Donovan nous avait promis le corrigé cette semaine. Je cliquai donc sur le lien « notes et commentaires » et attendis le chargement du dossier.

Audrey : Très drôle. Rentre viiiiiiite !!!

Moi : Tu n'es pas supposée être à l'école en ce moment ?

Je recliquai sur le dossier. Mon sang ne fit qu'un tour : là, sur mon écran, où j'aurais dû voir un « A », s'affichait un gros « F ».

Quoi ? Impossible, je n'ai jamais eu un « F » de toute ma vie !

Je cliquai ensuite sur le bouton « commentaires » : « Les conclusions de l'étudiante méprisent les responsabilités économiques des entreprises envers leurs actionnaires. L'étudiante parle de la supériorité de la morale, non sans poésie, mais sans considérer comment les actions à mener pour y parvenir sont réalisables. L'étudiante n'a pas de vue globale sur le concept de la stratégie d'une entreprise. »

Nom de Dieu… Donovan !

J'étais furieuse. J'avais parfaitement intégré le concept de la stratégie d'une entreprise. C'est Donovan qui ne pouvait pas accepter une opinion différente de la sienne.

Comme si ce n'était pas assez de blesser ma fierté, cette note comptait pour plus de la moitié dans la moyenne de l'année ! Je n'allais jamais pouvoir dépasser « D » si on en restait là… et ma bourse exigeait un « B » !

Non, même si ce gros macho de Donovan m'en voulait, il n'avait pas le droit de bousiller ainsi mes notes.

En quelques secondes, je vérifiai les horaires d'ouverture de bureau de Velasquez : il était encore disponible dans l'heure qui suivait. Le temps était superbe pour un mois de novembre, nous n'avions encore pas vu la neige ; en me dépêchant, je pouvais y arriver. S'il jetait un œil sur mon travail, il verrait tout de suite qu'il méritait une bien meilleure note et que Donovan n'était qu'un gros connard.

La fenêtre de discussion sonna à nouveau :

Audrey : Nous sommes en étude.

Moi : On va devoir remettre notre chat à plus tard.

Je fermai mon ordinateur portable et traversai le campus, prête à me battre pour faire changer ma note.

*

* *

Une demi-heure plus tard, j'étais devant la porte du bureau de Velasquez. En chemin, j'avais essayé de me calmer pour présenter rationnellement mon point de vue à mon prof, mais en réalité, j'étais plus énervée que jamais. Le travail faisait quinze pages. J'aurais au moins dû avoir un « C » pour avoir respecté la longueur exigée. Quant à mon supposé mépris des actionnaires, j'avais joint un plan de financement détaillé pour justifier ce que j'en pensais. Si je m'étais trompée dans mes calculs, il aurait pu enlever un point ou deux, mais cela ne justifiait certainement pas de me reléguer au bas de l'échelle de notation.

C'était tellement évident : tout ça n'avait rien à voir avec mon travail mais avec Donovan. Pourquoi me faisait-il subir une telle humiliation ? Je me demandais si je n'aurais pas dû aller directement au Donjon et frapper à sa porte plutôt qu'à celle de Velasquez.

Non, je ne plaisantais pas. Velasquez allait me rétablir une note plus juste et, si Donovan avait des ennuis pour m'avoir si mal notée, après tout, c'était son problème.

La porte était fermée, mais je distinguai de la lumière à travers les vitres gelées. Je frappai en me balançant d'un pied sur l'autre avec impatience, en attendant la réponse du prof.

– C'est ouvert !

Je tournai la poignée et entrai dans le bureau. À peine plus grande qu'une boîte à chaussures, la pièce était encombrée d'étagères dépareillées couvertes de livres. Il y en avait tellement qu'on ne pouvait pas ouvrir complètement la porte et il me fallut l'avoir refermée pour apercevoir le bureau de Velasquez.

Et là… patatras ! Donovan était assis à sa place. Merde, la tuile !

Ce fils de pute ne leva même pas les yeux de l'écran de son ordinateur portable et murmura :

– Que puis-je pour toi, Sabrina ?

J'en avais les mains moites et les glissai dans les poches de mon manteau. Impossible de parler à Donovan. Pas comme ça, surtout maintenant qu'il m'avait déjà si mal notée !

– Où est Velasquez ?

– Tu dois prendre un rendez-vous si tu veux le voir.

Sa chemise habillée était d'un blanc impeccable et assez ajustée pour laisser deviner sa musculature saillante.

– J'aimerais donc prendre un rendez-vous avec Velasquez, lui dis-je en m'empêchant de le regarder.

– Tu dois faire ça par Intranet.

Mon Dieu ! Bien sûr !

Je posai ma main sur la poignée de la porte, prête à partir.

– Il est ici les vendredis à partir de quinze heures, dit Donovan dans mon dos.

– À cette heure-là, j'ai cours, répondis-je après un rapide scanner mental de mon emploi du temps.

– Alors ton choix est simple, soit tu sèches ton cours, soit tu me parles directement.

Finalement, il leva la tête et attrapa mon regard, ou plutôt, il me mit en cage en me transperçant de ses yeux clairs et brillants.

– En quoi puis-je t'être utile, Sabrina ?

Je ne pouvais pas parler et, en même temps, je ne pouvais pas partir.

– Ma note, dis-je.

Il pencha la tête, comme si cet enfoiré de trou du cul n'avait aucune idée de ce dont je voulais parler.

– Et alors ?

La colère me donna du courage. Je sortis les mains de mes poches et m'avançai devant lui.

– Ta note n'est pas juste, et tu le sais. Je comprends que tu puisses ne pas être d'accord avec mes conclusions, mais mon raisonnement est bon et solide. J'ai aussi fait référence aux sources les plus crédibles et les plus fiables…

– Assieds-toi Sabrina, je te sens terriblement énervée, me répondit-il en désignant la chaise face à son bureau.

Il ne m'avait pas demandé de m'asseoir, il l'exigeait. Condescendante et furieuse, je répliquai :

– Je préfère rester debout.

Tout à coup, j'en transpirai. Je retirai mon caban et le jetai sur la chaise.

– Mon travail valait bien mieux qu'un « F ».

Il secoua sa tête et serra les mâchoires plusieurs fois tout en réfléchissant :

– Nos opinions divergent.

– Le subjectif n'a pas sa place ici ! dis-je en haussant le ton.

– En fait, si.

Il restait impassible, en contraste total avec mon agitation.

– Malheureusement pour toi, seul mon point de vue compte.

Plus il était calme, plus je m'énervais. Il faisait exprès de me provoquer. Il fallait partir, je le savais, partir à tout prix ! Je mis la main sur mon caban et brutalement lui demandai :

– Pourquoi, mais pourquoi agis-tu ainsi envers moi ?

– C'est bien triste, en effet.

Donovan abaissa l'écran de son portable qu'il mit de côté. Puis, joignant ses mains en silence comme s'il allait prier, il les pointa vers moi :

– Tu étais si pleine de promesses au début du semestre, Sabrina. Mais depuis quelque temps, tu es devenue quelqu'un d'autre. Tu arrives en retard aux cours, tu n'es plus concentrée, tu es dissipée. Les travaux que tu rends, celui-ci par exemple, ne sont même pas à noter « acceptable ». C'est une honte de constater que tu as laissé les événements d'un soir envahir le reste de ta vie.

Pleine de sous-entendus, sa dernière phrase avait du poids.

– Es-tu…

J'étais sidérée. Était-il en train de condamner mes actes au regard de ce qui était arrivé avec Theo ?

– Ah bon ? Et tu es sans doute le parfait exemple de comment ne pas laisser un événement tragique envahir le reste de sa vie ?

– Pardon ? me dit-il en levant ses sourcils.

La vérité était que je n'avais pas changé à cause de l'affaire Theo, mais à cause de lui. Et ça, je ne pouvais pas le lui dire.

– Mon changement d'attitude n'a pas interféré dans la qualité de mes travaux.

– Je suis ton professeur, c'est à moi d'en juger et j'ai constaté le contraire.

Dans sa réponse, j'entendis clairement *Dossier clos !* Surtout lorsqu'il bascula son fauteuil en arrière et mit les pieds sur le bureau en croisant les chevilles.

Je sentis des semaines d'émotions réprimées refaire surface. Mon corps entier vibrait de colère, de manque, d'horreur et de honte.

– Va te faire foutre ! dis-je distinctement, sur un ton aussi contrôlé que possible malgré la situation.

Je devais partir, je devais parler à Velasquez, je devais rendre compte des agissements injustes de Donovan. J'avais de bons arguments. Il ne fallait pas s'inquiéter. J'allais m'en sortir.

J'attrapai mon caban sur la chaise et fis à nouveau demi-tour pour partir.

– Tu ne veux pas plutôt dire « trouduc » ?

J'étais sur le point de sortir, la porte était déjà ouverte, mais je la refermai aussitôt. Il fallait que je sache quelque chose :

– C'est donc pour ça que tu agis comme tu le fais ? À cause de Weston ?

Était-il jaloux, par hasard ?

Pendant un bref instant, j'eus l'impression d'avoir touché un point sensible. Son expression se crispa et une certaine satisfaction vint m'envahir à l'idée que Donovan puisse être jaloux. À cause de… *moi*.

Mais soudain, il éclata d'un rire froid :

– Non. Je te faisais marcher. Je ne supporte pas que l'on plaisante avec moi.

Une plaisanterie… Était-ce ainsi qu'il voyait les choses ?

– Je suis tout ce qu'il y a de plus sérieuse ! Dans une colère noire, je laissai tomber mon manteau et dégageai ses pieds du bureau en ajoutant : Figure-toi que nous parlons ici de ma bourse d'études !

Sans plus attendre, il se releva, fit le tour de son bureau et se posta devant moi :

– Je t'ai déjà dit comment tu pouvais changer tes notes, si vraiment tu y tiens.

Il faisait référence au petit arrangement dont il m'avait parlé dans sa chambre, quand il avait évoqué comment il pouvait « m'aider » à propos de ma virginité. Un autre moyen pour lui de banaliser la situation, mais en plus, il pouvait jouer de mes émotions. Je détestais cette façon qu'il avait de mettre une carotte devant moi. Il abattait cette carte, comme s'il se doutait que, au plus profond de moi, je le désirais.

Tout ça ne faisait qu'augmenter ma colère et je finis par lui donner une gifle avec une telle force que j'en eus mal à la main.

Donovan se frotta la joue… Ses yeux soudain se mirent à briller d'un nouvel éclat :

– C'est comme ça que tu as réussi à repousser Theo ? me demanda-t-il sans broncher.

– Pas du tout, répondis-je non sans hésitation.

Sournoisement, quelque chose changeait entre nous.

– Repousse-moi comme tu l'as repoussé.

Bien sûr, j'aurais pu dire non, cette demande était tellement bizarre, tellement perverse ! Mais j'étais à bout et prête à riposter. Après les semaines passées remplies de fantasmes, de désirs contenus et de besoins inassouvis, je ne voulais surtout pas dire non.

Après tout, était-ce vraiment une demande bizarre et perverse si, au fond de moi, j'avais parfaitement compris l'impulsion qui la provoquait ? Sans plus attendre, je bousculai Donovan aussi fermement que possible puis, à son tour, il me repoussa les mains violemment… sensation agréable que de bousculer et aussi d'être bousculé. Comme la victoire de soulever un poids très lourd et le soulagement de le déposer par la suite.

Donovan me fit signe de continuer. À nouveau, je le bousculai, mais cette fois-ci, il m'attrapa le bras et me fit une clé derrière le dos. Il essaya de faire la même chose avec l'autre bras, mais je lui donnai un coup de genou sur le côté en repoussant son visage alors qu'il s'était penché. Trop fort pour moi, il réussit à m'attraper le poignet.

Les yeux dans les yeux, il me garda dans cette position un instant pendant que nous retenions nos respirations :

– Veux-tu que j'arrête ? me demanda-t-il alors calmement.

Pourquoi n'étais-je pas effrayée ? J'étais prise au piège par un homme en qui je n'avais aucune raison d'avoir confiance, une situation que j'avais déjà connue et qui avait failli me coûter un viol. Normalement, j'aurais dû être totalement paniquée.

En fait, au lieu d'être paniquée, je me sentais en pleine possession de mes moyens. Un peu excitée à vrai dire… comme dans les fantasmes que j'avais depuis quelque temps.

– Non, répondis-je, n'arrête pas.

Je me mis à gigoter pour lui prouver mon assentiment, j'utilisais maintenant tout mon corps pour le bousculer. Avant, j'aurais gardé mes distances, mais là, je me battais de toutes mes forces.

Donovan aussi se bagarrait plus fermement, avec juste assez de puissance pour garder le dessus. Il me saisit par la taille et releva mon chemisier pour toucher ma peau nue. Je lui envoyai un coup de coude brutal dans les côtes. Son genou chercha mon entrejambe. Pouvait-il sentir combien j'étais mouillée à travers mes leggings ?

Dès qu'il m'eut immobilisée à nouveau, me retenant d'un bras derrière le dos et, de l'autre, barrant ma poitrine, il me repoussa jusqu'à me clouer contre une étagère.

Je jetai un œil là où son bassin touchait le mien. Collée contre mon ventre, je vis nettement la bosse de son érection.

Cela faisait un bon moment que j'avais oublié les raisons qui m'avaient poussée à venir dans ce bureau.

En relevant la tête, je remarquai combien ses yeux attendaient de croiser mon regard :

– Je pouvais sentir ton odeur sur ses doigts…

J'eus à peine le temps de l'espérer que sa bouche roulait déjà sur la mienne.

Il n'y avait rien d'hésitant ni de facile dans la façon dont Donovan Kincaid embrassait. La pression de ses lèvres était ferme et intense. Sa langue était épaisse et pénétrait loin dans la bouche en me léchant longuement. Il me lâcha les bras et prit mon menton dans une main en le berçant légèrement. C'était d'une douceur incroyable, mais la prise était assez ferme pour me tenir en place. Ainsi, il pouvait m'embrasser comme il le désirait ; ainsi, il pouvait sucer ma lèvre supérieure jusqu'à la faire enfler ; ainsi, il pouvait mordiller le long de mon cou pendant que je me tortillais contre lui.

Mes jambes commençaient à fléchir. J'avais du mal à respirer tant je le désirais. J'enroulai un bras autour de son cou, j'avais besoin de m'accrocher à quelque chose, de m'accrocher à lui. Ses baisers se faisaient plus pressants, plus profonds, comme s'il aimait la façon que j'avais de me cramponner à lui. Puis, plus vache, tirant sauvagement avec ses dents sur mes lèvres, il commença à me pincer les tétons entre ses doigts, comme pour se prouver qu'il n'aimait pas autant qu'il le pensait ce qu'il était en train de me faire.

Ses lèvres ne quittaient pas les miennes, mais je sentis parfaitement son autre main descendre sur mon côté et glisser sous la bande élastique de mes leggings, sous ma culotte et le long de mon pubis pour enfin atteindre mon clito.

Je retins brièvement ma respiration, il glissa plus loin, à travers les méandres de mes chairs, il se frayait un passage, pénétrant plus profondément en moi.

– C’est comme ça qu’il l’a fait ? me dit-il en se retirant.

Là, je ne savais plus s’il voulait une réponse à ce qu’il me demandait ou à ce qu’il me faisait.

– Oui.

Techniquement, c’était le même procédé : deux doigts glissant sur les parois sensibles à l’intérieur de mon sexe, mais en même temps, ce n’était pas du tout la même chose. J’étais tellement mouillée, la sensation était si agréable, c’était tellement bon ! Comme du petit bois qui prenait feu, qui répandait peu à peu sa douceur, puis commençait sérieusement à chauffer… à brûler… à s’embraser.

– Donovan, Donovan, dis-je en gémissant.

– Dis-le encore, grogna-t-il.

Donovan… Je l’avais tellement murmuré dans le noir de ma chambre, tellement pensé en secret dans ma tête. Tout à coup, il était si différent de pouvoir prononcer son nom à haute voix, je me sentais parfaitement à l’aise, comme si j’avais trouvé un jean spécialement coupé pour moi.

Ses lèvres s’élargirent dans ce que je pourrais appeler un sourire, une expression que je n’avais encore pas vue auparavant sur son visage. Mon Dieu, comme il était impressionnant ! Je ne l’avais jamais observé de si près : pas vraiment beau, mais tellement fascinant ! À vingt-deux ans à peine, il avait déjà quelques rides autour des yeux. Des sourcils épais et le dessin anguleux de son menton lui donnaient un air un peu sauvage. L’expression qu’il avait en me dévisageant, alors qu’il continuait à frotter et travailler mon entrejambe, restait intense, convaincante et… Ah… ce qu’il me faisait… je fermai les yeux alors que le plaisir montait vers son paroxysme.

– Est-ce que tu l’as touché ? me demanda-t-il tout à coup en retirant sa main.

– Non, répondis-je en ouvrant les yeux.

– Touche-moi.

Il prononça ces mots sur le même ton qu'il avait eu quand j'étais arrivée et qu'il m'avait quasiment ordonné de m'asseoir. Ce qui m'avait profondément agacée alors s'était tout à coup transformé en impatience, mes mains tremblaient.

Donovan caressa mon visage et m'embrassa sur le front tandis que je commençais à ouvrir son pantalon noir. Une fois son pantalon et son caleçon à mi-hauteur de ses cuisses musclées, sa queue tomba à angle droit : longue, épaisse et toute dure. Son gland violet avait la peau bien tendue et, tout à coup, je réalisai que « le » moment était venu, « la chose » allait se passer. Ce que je voyais allait rentrer en moi, parce qu'une tempête de frustrations soufflant en rafales au plus profond de mon intimité me suppliait de la prendre. Mais aussi, cela devait arriver, parce que je craignais vivement que, si cette « chose » étrange et compliquée ne se concluait pas maintenant avec Donovan, elle n'arriverait peut-être jamais.

J'effleurai son gland de mes mains, avec précaution, puis entourai mes doigts autour de sa queue et commençai à les faire glisser doucement.

Il siffla comme un serpent. Mon estomac ne fit qu'un tour.

Donovan posa une main sur les miennes, celle qui était glissante depuis sa pénétration et, ensemble, nous avons commencé à le branler. Vers le haut, vers le bas, sans nous arrêter.

Au bout d'un moment, il retira sa main. Je continuai, même si je sentais son regard qui me dévisageait.

Je refusai de lever les yeux parce que je ne voulais pas qu'il me pose « la » question, parce que je ne voulais pour rien au monde que tout s'arrête. Et cela me transformait peu à peu en une horrible personne, en une femme affreuse qui allait avoir besoin le plus vite possible de prendre un rendez-vous avec le psychiatre du campus. Mais que pouvais-je y faire, là était mon consentement : je le touchais.

Comme s'il l'avait confusément compris, il sortit un préservatif de son portefeuille, déchira l'enveloppe, m'écarta les mains et la fit glisser lentement le long de sa queue. Au fond, peut-être ne m'aurait-il jamais demandé un consentement plus formel.

Je fis alors tomber mes leggings et ma culotte jusqu'à mes genoux. Donovan me souleva, ils glissèrent jusqu'à mes chevilles. J'écartai alors mes jambes pour lui faire de la place. Il positionna son gland juste à l'entrée et, sans la moindre hésitation, pénétra à l'intérieur de moi d'une poussée volontaire.

Au début, ça me fit mal. Très mal.

J'étais trop serrée, trop sèche, même si j'étais mouillée, je ne l'étais pas assez. Donovan insista, il poussa plus fort en m'encourageant jusqu'à ce que je m'ouvre à lui… Il put alors se glisser complètement. Jusqu'au fond. Des larmes coulaient sur mes joues et mes ongles s'enfonçaient dans son dos. Le fluide me chatouilla, en passant là où nous nous étions unis puis en s'écoulant sur mes jambes. Je me sentais crispée, tendue et débridée à la fois.

Puis il y eut la bouche de Donovan qui m'embrassait en se reconcentrant sur moi. Toujours aussi exigeant. Avide et impatient, comme sa queue. Lentement, je m'abandonnai à ses lèvres, mon corps se relaxa petit à petit, la douleur disparut, seul restait en moi le plaisir comme une volute se resserrant et se relâchant tour à tour.

Il avait bien remarqué le moment où je m'abandonnai, son attaque changea. Il se déplaça plus haut, ainsi l'angle de son bassin s'accordait mieux contre le mien. Sans s'arrêter un seul instant, il se plaquait sur moi dans un rythme régulier avec de petits coups profonds. J'essayai de parler, de prononcer son nom… en vain. Les seuls sons qui sortaient de ma bouche n'étaient que grognements, gémissements et syllabes incohérentes.

Je me sentais totalement à lui.

L'étagère derrière moi m'irritait le bas du dos, mon portable n'arrêtait pas de bourdonner dans la poche de mon manteau étalé par terre devant le bureau, j'avais toujours un gros « F » sur mon rendu, la porte du bureau n'était pas verrouillée et j'avais un rendez-vous avec Weston ! Et pourtant... la seule chose qui m'importait au monde à ce moment précis était le scénario cochon et obscène que j'étais en train de vivre. Tout était comme je l'avais imaginé maintes fois ces dernières nuits dans ma chambre : un peu cruel, un peu violent, mais tellement érotique ! Et ce mec savait parfaitement comment s'y prendre, comment me toucher, comment bouger à l'intérieur de moi.

Puis il y eut des plus, il y eut des mieux. Jamais je n'aurais pu imaginer toutes ces choses tellement excitantes qu'il était en train de me faire. Donovan avait sa façon bien à lui de me regarder, il me dévisageait avec intensité et cherchait le fond de mes yeux, comme s'il se sentait concerné par ce qu'il y trouverait.

Quant à moi, pas une seule seconde je n'aurais pu imaginer désirer un intérêt aussi intense de sa part.

Je me mis à jouir sans avertir. J'ai toujours été un peu difficile sur mes orgasmes. Au lycée, mon boy-friend trouvait compliqué de me faire jouir avec seulement sa langue et ses doigts. J'avais toujours plus de chance avec les miens, mais tout dépendait de mon état d'esprit, bien entendu. Au fond, peut-être étais-je une fille qui avait besoin de pénétrations. Peut-être étais-je une fille qui avait besoin de Donovan, tout simplement.

Il me fixa encore de plus près pendant que je jouissais. Je faisais mon maximum pour garder les yeux ouverts, je voulais tant le regarder me regarder. Il sembla trouver ça à son goût, soudain, il se mit à glousser de joie puis à m'embrasser fougueusement avant de me pénétrer toujours plus loin, plein d'une ferveur nouvelle.

À son tour, dans un long râle très grave, il jouit ; à l'extrême fin, il ferma les yeux. Jamais je n'avais vu son visage si détendu.

Il était encore en moi, chacun de nous essayait de reprendre son souffle et, doucement, je posai ma main sur sa joue. Mon Dieu ! Comme il avait l'air jeune à cet instant précis, comme il avait l'air innocent !

Il attrapa délicatement ma main, ouvrit les yeux et murmura dans un souffle :

– Au début, je n'avais même pas prêté attention à toi, mais maintenant, je ne vais pas savoir comment ne plus le faire.

Une autre de ces phrases sibyllines signée Donovan, mais celle-là me fit chaud au cœur.

– Alors, fais-le tout simplement, lui répondis-je.

Une fois encore, il me dévisagea longuement, puis s'éloigna en se retirant de moi.

– Je ne peux pas.

Il me fit signe de ne pas bouger. Il retira son préservatif, en fit un nœud, l'enveloppa dans un mouchoir en papier qu'il avait pris sur le bureau et mit le tout dans sa poche avant de refermer son pantalon. Je dois reconnaître que ce n'était sans doute pas une bonne idée de laisser un préservatif usagé dans le bureau de Monsieur Velasquez. Donovan prit alors un autre mouchoir et s'agenouilla devant moi pour essuyer le sang et le sperme qui coulaient le long de mes cuisses.

Il me laissa là, leggings et culotte toujours sur mes chevilles, et alla s'asseoir derrière le bureau. Vite, je me rhabillai tout en l'observant, intriguée, ouvrir son ordi portable. Quelques clics et :

– Tu as maintenant un «A» pour ton travail, Sabrina, dit-il d'une voix pas tout à fait assurée. Je pense que cela devrait te satisfaire.

Il n'arrivait pas à me regarder. Je fus soudain prise d'effroi :

– Mais… mais ce n'est pas du tout dans ce but que j'ai fait ça !

Il n'allait pas me croire, il ne pouvait pas me croire. Il devait se sentir mal (*comment pouvait-il en être autrement ?*) et restait le regard fixé sur son écran, fixé sur sa faute. Voilà ce qui se passait.

– Je suis bien persuadé que ce n'est pas pour cette raison que tu as fait ça.

Sa voix était plus assurée, il avait repris le contrôle de lui-même. Il ferma son portable et finit par me regarder :

– Maintenant, tu auras toutes tes chances avec Weston King, c'est bien ça ?

Je sentis mon estomac se nouer. Il venait de me lancer la phrase la plus cruelle possible.

Les yeux pleins de larmes, je ramassai mon caban et me dirigeai vers la porte. J'avais déjà la main sur la poignée quand il ajouta :

– Ah… j'ai juste oublié de te dire : Weston adore les vierges. Dommage.

J'en avais des mots à lui lâcher à la figure à ce moment-là, mais même si j'avais essayé, je savais qu'ils n'auraient été que crachats et conneries. Il m'avait cassée. J'avais accepté de jouer son jeu, j'avais perdu.

J'ouvris la porte et me mis à courir pour vite m'éloigner de cet endroit.

J'ai couru, couru jusqu'à en perdre haleine puis je me suis arrêtée près de la rivière. Là, j'ai pleuré, j'ai pleuré toutes les larmes de mon corps avant de récupérer ma respiration. Je mis sur silence mon foutu portable qui n'arrêtait pas de biper dans ma poche.

Je finis par regarder mes messages à travers mes larmes : quatre appels manqués et plusieurs textos, tous de ma sœur.

Audrey : Mais où es-tu ?

Audrey : Appelle-moi le plus vite possible. C'est papa. Il est à l'hôpital.

Audrey : Sabrina ! C'est une crise cardiaque.

Audrey : Il va mourir. Appelle-moi. J'ai besoin de toi.

Dix ans plus tard

Ashley tapotait avec ses doigts sur la table, agacée, en attendant le retour de la serveuse :

– Je te jure, si nous ne sortons pas d'ici à temps à cause d'elle…

– Calme-toi, veux-tu ? Ce n'est pas si grave que ça si je ne le vois pas, dis-je en avalant la dernière gorgée de mon martini[10].

– Tu plaisantes, j'espère ! Ça fait quoi… peut-être déjà dix ans, depuis que tu as quitté Harvard ?

– Oui, à peu près ça.

(Mon Dieu, dix ans déjà !) C'est dingue ce que le temps avait vite passé, j'avais l'impression que c'était hier et, en même temps, j'avais l'impression aussi que nous parlions d'une histoire arrivée à quelqu'un d'autre et dans une autre vie.

– Il faut absolument que tu le revoies, tu n'as jamais eu l'occasion de lui raconter ce qui était réellement arrivé ! Imagine qu'il soit resté attaché à toi depuis tout ce temps, qu'il n'ait jamais appris le décès de ton père, qu'il ait juste pensé que tu étais partie en courant tout en n'en ayant rien

---

10. Martini (ou martini dry) : cocktail fait de 4/5 de gin, d'1/5 de vermouth, agrémenté d'une olive glissée sur un pic et généralement servi dans un verre à pied de forme triangulaire.

à faire. Moi, je n'ai jamais compris pourquoi tu n'as tout simplement pas ramené Audrey à Cambridge avec toi à ce moment-là.

– Je t'ai déjà expliqué tout ça, dis-je en soupirant.

Elle leva ses bras au ciel, son énervement à propos de la serveuse se transformait en énervement à mon égard.

– Tu te rends compte ? Tu avais une bourse d'études complète, comment as-tu pu laisser filer ça entre tes doigts ? Je me suis laissé dire que vous aviez même parlé des jobs que tu envisageais comme de monter une grosse société à Wall Street et faire plein d'argent. Peut-être aurais-tu pu avoir tout ça si tu étais restée à Harvard !

– Je sais. Et, crois-moi, j'ai essayé, mais on m'a retiré ma bourse quand je n'ai pas pu terminer mon semestre. Sans elle, je n'avais plus les moyens de continuer Harvard.

À l'époque, ce fut un vrai crève-cœur pour moi, presque autant que la mort de mon père. Toute ma vie, j'avais travaillé pour obtenir cette bourse, alors la voir filer comme ça… ce fut comme jeter du sel sur une plaie ouverte.

Ashley, avec son sens aigu de la justice, prit un air indigné :

– Je sais, je sais, on te l'a retirée. Tu aurais dû faire appel pour la récupérer.

Je lui avais déjà également expliqué cette partie de l'histoire. Et plusieurs fois. Quelque chose dont elle se serait souvenue si elle n'avait pas sifflé trois vodkas tonic en moins d'une heure.

– J'ai bien fait appel, mais cette bourse m'avait été octroyée par la fondation MADAR (cette fondation, apparemment, n'existait plus) et, comme elle n'avait pas été sponsorisée par l'université, le donateur n'avait pas à appliquer le règlement de l'école, et bla-bla-bla…

Ce souvenir m'avait toujours laissé un goût amer dans la bouche, je me rappelais encore les mois passés à écrire des lettres, toujours et encore rejetées.

– Si j'avais eu le nom de famille qu'il fallait, les bons réseaux et l'argent qui d'habitude les accompagnent, les choses se seraient certainement passées différemment.

– N'est-ce pas un peu la même chose pour tout le monde ? Hey, Mademoiselle ! hurla-t-elle à travers le bar.

– Molo, Ashley, baisse d'un ton.

Je ne savais pas pourquoi j'essayais de la calmer, tout le restaurant avait déjà les yeux rivés sur nous. Elle s'en foutait.

– Cool, elle m'a vue. Elle nous apporte la note, me dit-elle en volant l'olive qui restait dans mon verre de martini. De toute façon, tout va bien : tu as réussi à obtenir ton master à l'université du Colorado, on est venu te chercher pour diriger l'une des meilleures boîtes de Californie, tu as déménagé à LA, tu m'as rencontrée et la vraie vie a commencé. Tu es toujours la bienvenue ici, tu sais ça ?

J'ai levé les yeux un peu agacée, mais c'était vrai, Ashley était devenue une amie formidable et une confidente attentive. À part ma sœur, elle était la seule à qui j'avais raconté l'histoire de Donovan Kincaid et de Weston King. En laissant tomber quelques détails, je dois l'avouer. Personne n'avait besoin de savoir combien je fus tordue et perverse dans l'épisode Donovan.

Je pensais encore à lui, de temps en temps. La nuit. Quand je n'arrivais pas à dormir. Quand j'étais inquiète et que je ne savais pas très bien ce que je voulais. Quelquefois, il y avait juste mes doigts et le fantasme Donovan.

J'avais du mal à admettre ça. Quel genre de fille continuait à rêver du connard qui lui avait pris sa virginité en la laissant tomber après comme une vieille chaussette ?

Que serait-il donc arrivé si j'avais été capable de rester ?

– Voilà, dit la serveuse en déposant la note sur la table.

Elle était déjà occupée avec une autre table quand Ashley la rattrapa par le bras :

– Et voici ma carte, vous pouvez faire vite, s'il vous plaît, nous avons un rendez-vous.

– Nous n'avons pas de rendez-vous, répondis-je, mais la serveuse ne pouvait déjà plus nous entendre.

– Mais si, mais si.

Ashley me montra le programme de *La publicité dans un âge nouveau* et pointa du doigt l'intervenant principal avec enthousiasme :

– Il pense sans doute que tu as une haute opinion de lui depuis toutes ces années. Il est temps de rétablir la vérité.

Je restais les yeux rivés sur le programme, toujours ouvert à la page qui avait fait démarrer cette conversation et qui nous avait déjà fait louper deux interventions. Sa photo montrait qu'il avait bien vieilli.

Ce que je savais déjà. J'avais vu pas mal de leurs photos depuis un moment et je savais qu'ils avaient tous les deux bien vieilli. Weston King et Donovan Kincaid étaient devenus des sommités dans le monde de la publicité. Après Harvard, au lieu de rentrer dans les sociétés d'investissement de leurs pères, ils avaient préféré créer ensemble une agence internationale de publicité. Weston s'occupait de l'agence américaine, quant à Donovan, il gèrait de celle de Tokyo.

Je n'imaginais pas le moins du monde qu'il serait un des intervenants quand j'avais accepté de venir passer trois jours à New York pour suivre ces conférences avec Ashley.

– Peut-être ne se souviendra-t-il même pas de moi, dis-je en regardant sa fameuse fossette à faire fondre les culottes.

– Qui peut t'oublier ? Dis-moi, avec une gueule comme celle-là, j'aurais utilisé toutes mes cartes pour l'approcher. Il est très sexe. Ah, c'est vrai… j'oubliais que maintenant tu es plus intéressée par les intellos que par les beaux mecs. Peut-être aimera-t-il partager ses inspirations de top manager aux nombreuses récompenses avec une vieille copine.

Je haussai des épaules et passai la main dans mes cheveux… il y avait longtemps que la queue-de-cheval avait disparu, mais le tic m'était resté. Malgré tout, je devrais sans doute assister à son intervention. Quel était l'intérêt de se faire encore du mal en venant à New York ? Le temps de mettre un terme à ces vieilles histoires était venu.

La serveuse apporta le reçu qu'Ashley signa avec empressement.

– C'est bon, dit-elle, tu es prête, Bri ?

Question lourde de sous-entendus. Qui était jamais prête pour des hommes comme Weston King ou Donovan Kincaid ? Je sortis mon portable et utilisai la fonction appareil photo pour me faire une retouche de rouge à lèvres :

– Allez, on y va ! répondis-je en prenant une grande respiration.

DEUXIÈME PARTIE

Les hommes

CHAPITRE 1

– Il ne se souviendra pas de moi.

Je n'arrêtais pas de me le répéter, mais je faisais des efforts pour ne pas me faire de mal. L'effet des martinis que j'avais descendus plus tôt dans la soirée s'était dissipé et je me sentais fébrile. Comment avais-je pu me replonger encore dans cette histoire ?

– Arrête de dire ça, répliqua Ashley.

Elle jeta un coup d'œil aux gens devant nous pour estimer le temps qu'il nous restait avant que vienne notre tour. Après l'intervention *La publicité dans un âge nouveau,* nous étions près d'une douzaine de femmes alignées, qui attendaient de féliciter l'auteur, j'ai nommé Weston King.

– Tu es intelligente, pleine d'esprit, bien dans ta peau, superbe, personne ne peut t'oublier.

La femme qu'elle était en train de décrire n'existait que depuis quelques années. Avant ça, j'étais toujours maladroite et timide. Je me cachais derrière un look sans histoire, derrière une tignasse de cheveux châtain clair souvent pas très soignés, genre la queue-de-cheval que j'affectionnais tant.

– On voit que tu ne m'as pas connue à l'université, à ce moment-là, tu ne m'aurais même pas remarquée.

Je n'avais rien de spécial, puisque je n'avais même pas été capable de garder ma place à Harvard pour un semestre.

Ashley inspira un grand coup, signe qu'elle essayait de rester patiente, puis elle se retourna vers moi et me dit avec un sourire des plus encourageants :

– Je te connais assez maintenant. Même s'il ne se souvient pas de toi, il fera semblant, juste parce qu'il aura envie de continuer à te parler.

Je clignai des yeux pour ne pas les lever au ciel :

– Arrête ! Ça suffit !

– Impossible. J'ai un parfait petit béguin de fille pour toi qui n'a rien à voir avec une tendance lesbienne quelconque. Je ne peux tout simplement pas comprendre comment quelqu'un peut te résister.

Elle m'attrapa par le bras et nous avançâmes de quelques pas. Il ne restait plus qu'une seule personne entre lui et nous. Entre Weston et moi. Entre mon passé et mon présent. Étais-je prête à faire entrer ces deux mondes en collision ?

Honnêtement, je me montais le bourrichon sans véritable raison. Trop d'années avaient passé depuis toutes ces histoires. Dix ans à vrai dire. Nous nous connaissions à peine avec Weston à ce moment-là. Je n'avais eu qu'une seule véritable conversation avec cet homme – encore un garçon à l'époque –, la plupart du temps je n'avais fait que l'observer à distance.

Ce n'était pas comme si nous faisions la queue pour voir Donovan Kincaid. Là, j'aurais pu véritablement être nerveuse. Lui aurait pu se souvenir de moi. Il y avait de bonnes raisons pour ça. Ce qui était arrivé entre nous était très court sur l'échelle du temps, mais très important si l'on considère l'impact de l'événement. Au moins sur ma propre vie. En était-il de même sur la sienne ?

Je pensais encore à Donovan, à ses mâchoires carrées, à ses beaux yeux noisette, à la façon horrible qu'on avait eue de se séparer, quand, soudain, la femme devant nous fit ses adieux et quitta la queue, me laissant seule face à Weston King.

Aïe ! Quel beau mec ! Il avait toujours été séduisant mais, en dix ans, il était devenu véritablement beau. Je venais de passer quatre-vingt-dix minutes les yeux rivés sur lui pendant sa conférence au *Javits Center*[11], j'aurais dû être préparée, mais de près, son charme était encore plus frappant. Ses yeux bleus encore plus troublants. Son sourire encore plus éblouissant.

Il avait cette allure qui était capable de faire mouiller la culotte de toutes les filles. J'en étais convaincue.

– Bonjour, dit-il posément

Tout à coup, je ne sus plus si cette douceur voulait dire qu'il m'avait reconnue ou si c'était simplement son charme naturel.

– Euh… bonjour.

C'est le seul mot qui put sortir de ma bouche. Même si j'avais été bien coiffée et superbement habillée, revoir Weston King faisait remonter tout le malaise de ma jeunesse.

Heureusement, Ashley était là pour venir à ma rescousse. Elle avança d'un pas en me donnant un petit coup de coude et se lança :

– Bonjour, je m'appelle Ashley, voici mon amie Sabrina. Nous travaillons toutes les deux à *Now, Inc* à L.A. et nous voulions vous dire que nous avons beaucoup apprécié votre intervention de ce soir. J'ai particulièrement aimé votre point de vue sur les rapports entre les différents départements à l'intérieur d'une même agence. De nombreuses fois, j'ai pu constater chez nous la rivalité entre les commerciaux et les créatifs.

– Merci, répondit Weston. La guerre vendeurs contre artistes est un instinct purement animal. Je le vois comme ça.

11. Important centre de congrès, d'expositions et de salons en plein New York.

Il adressait visiblement sa remarque à nous deux, mais la seule chose que je pus faire fut de hocher bêtement la tête. Ashley respira un bon coup et, en glissant son bras autour de mon cou, brisa le silence gênant qui s'installait :

– Elle est trop timide pour vous le dire, mais Sabrina était à Harvard avec vous.

– Ashley, s'il te plaît…

Voilà ce qui arrive quand on a des amis qui ne savent pas se contrôler. Si je ne l'avais pas arrêtée à temps, je pense qu'elle aurait ajouté que j'avais un énorme béguin pour lui à ce moment-là. Pourvu qu'elle ne mentionne pas le nom de Donovan !

– Je n'avais pas l'intention de parler de ce détail.

– Ah bon ? Nous avons fréquenté la même université ?

Pour la première fois depuis que j'étais devant lui, Weston me regarda. Il me regarda vraiment. Il eut soudain un regard amusé en me dévisageant et je sentis que je rougissais :

– J'ai fréquenté Harvard uniquement pendant une partie de notre première année. *Ce qui ne fut pas vraiment de ma faute*. Je suis certaine que vous ne vous souvenez pas de moi.

Impossible de le regarder droit dans les yeux, mais qu'avais-je donc ? À maintenant vingt-sept ans, mes dix-sept étaient passés depuis longtemps !

– On se connaissait vraiment bien ? Rappelez-moi votre nom, me demanda-t-il en penchant la tête.

Quelle horreur, il n'avait aucun souvenir de moi… humiliation suprême !

– Nous avions dû échanger quelques mots une fois ou deux, je m'appelle Sabrina Lind, lui répondis-je en voulant me faire plus petite qu'une souris. Je ne m'attendais pas du tout à ce que vous me reconnaissiez, c'est juste un petit détail que j'ai voulu mentionner à mon amie pour me rendre intéressante.

Il sourit poliment en creusant cette foutue fossette dont j'étais dingue à ce moment-là. Je venais de m'apercevoir qu'elle me faisait toujours le même effet.

– Peu importe !...

Il y avait toujours quelques personnes qui attendaient derrière nous pour le rencontrer, encore des femmes désirant capter quelques secondes de son attention. Il était temps d'en finir.

– ... Très sympa de vous revoir, votre intervention était formidable, vraiment.

– Merci, c'est très gentil.

Weston continua à me sonder du regard, il cherchait à me replacer dans sa mémoire. Vite, je bousculai légèrement Ashley et nous partîmes. Il détourna alors son attention vers les femmes qui nous suivaient.

– Affreusement gênant, je murmurai après quelques pas.

– Non, ça valait vraiment le coup ! dit-elle en s'éventant avec le programme. Je n'en reviens pas que tu sois allée à l'université avec ce multimilliardaire. Vachement beau, qui plus est. Encore plus beau en vrai que sur la couverture de *Money*[12] l'année dernière. Et cette fossette, tu as remarqué ?

– Tu parles... (Il était bien agréable que quelqu'un d'autre soit témoin de la beauté de Weston King.) Tu devrais le voir torse nu, il faisait partie de l'équipe d'aviron...

Soudain, derrière nous, j'entendis Weston dire quelque chose qui retint toute mon attention. Le cœur battant et les mains moites, je me retournai. Il était là, nous fusillant du regard :

– Tu suivais les cours de Donovan, répéta-t-il, les yeux soudain étonnés par sa mémoire.

12. Magazine financier américain.

Donovan. Était-ce bien le mot que j'avais entendu ?

– Maintenant je me souviens, tu m'avais fait faux bond.

Finalement, il m'avait reconnue.

– Je te l'avais bien dit, murmura Ashley entre ses dents.

Je lui pinçai le bras et me retournai vers Weston.

– J'avais vraiment une bonne raison, je te le jure.

Il me fit signe de patienter en attendant qu'il ait fini de signer le programme des dernières femmes qui l'attendaient. Puis il se dirigea calmement vers nous :

– Allons prendre un drink, tu vas tout me raconter.

*

* *

Les yeux rivés dans les miens, Weston répéta :

– Si j'ai bien compris, ton père est décédé, tu es rentrée chez toi, tu as dû élever ta sœur, tu as pu terminer l'université et tu as obtenu ton master. Ensuite ?

Il y avait déjà presqu'une heure et demie qu'Ashley avait gentiment feint une soudaine fatigue pour nous laisser tranquilles. Weston m'avait emmenée prendre des drinks dans l'un de ses night-clubs favoris du quartier, le *Sky Launch*[13]. La banquette circulaire du petit coin où nous étions surplombait la piste de danse, mais une cloison de verre amortissait le bruit de la musique et nous pouvions parler à notre aise. Ce qui favorisait des vibrations particulières, à la fois douces et bien présentes.

– Oui, c'est à peu près ça.

Je n'avais pas trouvé utile de parler de mon « combat » pour retrouver ma place à Harvard quand la fondation MADAR avait décidé de suspendre ma bourse. Cette histoire après dix ans, restait un sujet sensible.

---

13. Littéralement : « décollage vers le ciel ».

– Il doit y avoir autre chose, il y a toujours autre chose, insista-t-il en voulant pousser plus loin. Comment en es-tu arrivée à la pub ?

– Là, je dirais que c'est plutôt la pub qui est venue me chercher, dis-je en enlevant mes chaussures pour m'asseoir en tailleur. J'ai toujours eu les deux lobes de mon cerveau bien équilibrés, je voulais donc trouver un job qui impliquait les chiffres mais aussi une certaine créativité. J'ai donc mis l'accent sur le marketing. Après mon diplôme, j'ai été contactée par une chasseuse de têtes. Il se trouve que l'un des jobs qu'elle avait à me proposer n'était autre que la direction du département marketing d'une agence de pub. De tout ce qu'elle me proposait, c'est celui qui me plaisait le moins. Mais ils ont insisté et j'ai pris l'avion pour Los Angeles afin de rencontrer l'agence. Tout de suite, je suis tombée amoureuse de l'énergie qui s'en dégageait. Les maths, les stats, les locaux, l'ambiance, la créa… nulle part ailleurs on ne trouve un tel mélange !

Weston avait tombé la veste plus tôt, maintenant, il dénouait sa cravate et étendait ses bras sur le dossier de la banquette :

– C'est pour cette raison que certains pensent qu'il faut être cinglé pour choisir ce métier.

Le choix de ses mots fut comme une piqûre de rappel de ce qui m'était sorti de la tête depuis longtemps : étais-je déjà cinglée quand j'étais plus jeune ? Quand les pensées et les sentiments qui m'animaient étaient étranges et difficiles à gérer ? Quand les êtres et les fantasmes qui m'excitaient étaient souvent sombres et effrayants ?

J'avais grandi, il est vrai, j'avais aussi compris qu'Harvard n'était pas la norme. Ce fut un temps d'hésitations et d'expériences qui n'ont en rien défini le reste de ma vie. Mes pensées étaient normales, mes fantasmes n'avaient rien d'étrange ; non, je n'étais pas cinglée.

Quelquefois, j'étais un peu inquiète d'avoir trop à me le répéter pour m'en convaincre. Allons ! J'étais de sortie avec Weston King et si cela faisait de moi une fille cinglée, pas de problème, tout allait bien.

– Tu as sans doute raison, mais qu'y a-t-il de mal à ça ?

Nos regards se croisèrent sans se quitter. Plus la soirée avançait, plus on se rapprochait, plus on se penchait l'un vers l'autre, nos corps n'étaient plus espacés que de quelques centimètres. Au point où nous en étions, on allait conclure ou…

– Tu es toujours au département marketing ? demanda tout à coup Weston en attrapant son Manhattan[14].

– J'ai commencé par Études de marché. Maintenant, je suis à la tête du département Stratégie et marketing, dis-je en soupirant intérieurement.

Parler de mon travail commençait à me déprimer. Autant j'aimais ce que je faisais, autant c'était devenu un cauchemar de travailler avec le président arrivé l'année précédente. De plus, ce qui m'intéressait vraiment, c'était la boîte de Weston : *Reach, Inc*. Elle n'existait que depuis cinq ans, mais était déjà l'une des plus performantes du marché. Voilà le genre de carrière que j'aurais espéré faire si j'avais pu terminer Harvard.

– Quant à ton business… (je fis une pause en espérant que ma jalousie serait prise pour de l'admiration), ce que tu as réalisé est tout simplement incroyable.

Weston haussa les épaules avec dédain, mais en même temps quelque chose irradiait en lui :

– Quel chemin parcouru ! J'ai parfois du mal à croire que j'ai fait tout ça.

Ce qui ne manqua pas de me surprendre. Lui qui était né avec une cuiller en argent dans la bouche, je pensais

14. Cocktail fait de 4/5 de bourbon, d'1/5 de vermouth rouge avec quelques gouttes d'angustura et agrémenté d'une cerise au marasquin.

qu'il s'attendait logiquement à transformer en or tout ce qu'il touchait. Difficile de lui en vouloir pour son succès, il restait très modeste.

– Tu vas me trouver un peu naïve, mais que fais-tu exactement ? Comment vous êtes-vous réparti les tâches ?

– Pas si naïve que ça, dit-il en reposant son verre.

Cette fois, nos genoux étaient à touche-touche et je sentis des picotements dans mon estomac :

– Je n'en ai aucune idée. (Je ricanai nerveusement et sans raison.) Restons sérieux.

– Bon. On s'est organisés selon le schéma d'une agence classique, avec un comité de direction composé de cinq membres.

Tous des hommes à ce que j'avais lu, un vrai monde de machos. Donovan était le seul dont je connaissais le nom.

– Il y a deux types à Tokyo, un à Londres et Nathan Sinclair et moi, nous nous partageons l'agence de New York. Nate supervise les créatifs et les relations clients, moi je m'occupe du reste.

– Ce qui est déjà beaucoup.

– Ce qui est déjà beaucoup, répéta-t-il.

– Donc, si je comprends bien, la recherche de prospects, le marketing, les opérations spéciales, la direction financière… tout ça, c'est toi.

J'étais fort étonnée. Notre agence n'avait rien que trois directeurs pour assurer les mêmes tâches et nous étions beaucoup plus petits !

– La plupart du temps, je me cache dans mon bureau et je surfe sur *Buzzfeed*[15]. Je ne sais pas comment, mais les chèques continuent de pleuvoir.

– Je suis sûre que tu en fais plus que ça.

15. *BuzzFeed* est un site d'information et une société américaine de médias Internet.

– Nous n'arrêtons pas de grossir. Il va nous falloir très vite changer de structure, ajouta-t-il sur un ton devenu soudain plus sérieux. Mais tout ça est d'un ennui sans fin, parlons plutôt de toi.

Légèrement intimidée, je baissai les yeux :

– Je t'ai déjà tout dit à mon sujet.

– Dans ce cas, parlons de notre rencontre à Harvard.

– Ce fut si bref, on peut à peine appeler ça une rencontre.

Nous avions un cours en commun et nous avons déjeuné une fois ensemble. Ensuite, il m'avait demandé de sortir avec lui, j'avais dit oui, mais hélas j'avais dû rentrer à la maison à cause de la mort de mon père et je n'avais jamais pu me rendre à cette fameuse soirée. *Big deal !*

– Personne ne m'avait posé de lapin avant toi. Je me souviens d'en avoir été blessé.

Il attrapa mon collier pour le remettre en place, une croix toute simple ayant appartenu à ma mère. Ses doigts laissèrent une impression de chaleur sur une peau que je trouvais déjà surchauffée, comme si l'on jetait du feu sur le feu.

On commençait à faire des étincelles.

– Et, malgré ça, tu n'avais aucun souvenir de moi quand nous nous sommes revus tout à l'heure ?

Je posai une main sur sa cuisse en prenant garde de ne pas trop appuyer. Immédiatement, je sentis ses muscles se tendre. Un frisson me parcourut le dos. Il tira alors sur mes cheveux, sans forcer, et j'imaginai vite qu'il aurait pu tirer bien plus fort.

– Je ne t'ai pas reconnue sans ta queue-de-cheval.

– Ah… c'est donc ça !

– Tu m'intéressais vraiment, Sabrina, me dit-il, la mine assombrie.

Difficile de croire au sérieux de sa déclaration.

– Allez, pendant cinq minutes, pas plus.

– Il y avait beaucoup de filles à Harvard, il m'a fallu un certain temps pour te remarquer.

Il posa sa main sur la peau nue de mon genou, puis la fit glisser et se mit à caresser l'intérieur de mes cuisses.

– Ce n'est pas de ma faute.

– Hum…

Il m'était difficile de le repousser quand mon corps entier nageait dans une mer de vertige. Je me souvenais de l'avoir tant désiré à ce moment-là ! Et pas seulement lui, mais aussi sa scolarité, son argent, son avenir. Ce qui me reliait directement au désir que j'éprouvais maintenant pour lui.

– Si seulement tu avais pu venir à cette soirée…

D'une voix grave et séduisante, il refaisait le parcours.

– Et alors, que serait-il arrivé ?

Parfois, j'y avais repensé pendant toutes ces années, je m'étais demandé ce qui aurait pu arriver entre Weston et moi si le vent avait soufflé d'un autre côté.

Il se pencha vers moi et me dit :

– J'aurais essayé de te mettre dans mon lit.

Je buvais ses mots, les laissant pénétrer en moi avant de lui répondre :

– Je me serais enfuie.

Ce que j'aurais fait si la « chose » n'avait pas eu lieu. En même temps, quand il m'avait invitée à sa soirée, il y a dix ans, j'espérais secrètement passer dans son lit, mais après l'incident avec Donovan, je n'étais plus sûre de rien. Tout s'était brouillé.

– Vraiment, tu te serais enfuie ?

– C'est vrai aussi que tu n'aurais pas eu trop de mal à me persuader. J'en pinçais un max pour toi.

La main de Weston glissa plus haut, il se pencha plus près et murmura à mon oreille :

– Je vais réessayer de te mettre dans mon lit, maintenant.

Il avait tout d'un piège irrésistible. Non seulement il était celui que j'avais désiré dans le passé mais plus encore, il avait réussi tout ce dont j'avais rêvé pour moi-même. Il y avait quelque chose de terriblement sexy dans ce mélange.

Je n'avais pas besoin de lui expliquer que « réessayer » n'était plus le mot juste. Weston King avait plus d'un tour dans son sac.

CHAPITRE 2

J'ai ramassé le pantalon de Weston par terre. Je l'ai bien secoué, rien n'est tombé. Pour la troisième fois, j'ai jeté un regard circulaire autour de la pièce :

– Je ne retrouve pas ma culotte, dis-je en soupirant.

Weston qui m'observait depuis son lit, les mains derrière la tête, me répondit :

– Tu n'en as pas besoin.

– Si, il faut que je m'habille.

Une fois encore, au cas où elle s'y trouverait cachée, j'ai regardé dans ma jupe, mon soutien-gorge et mon chemisier que je tenais dans mes mains. Rien. J'ai laissé tomber mes vêtements sur le lit. Nouveau soupir.

– Non, tu n'en as pas besoin, viens ici, me dit-il en me faisant signe de le rejoindre. Viens et reste dans mon lit pour toujours.

– Je ne peux pas, tu sais bien qu'il faut que je rentre.

Après nos drinks de vendredi soir, Weston m'avait emmenée dans son penthouse et nous avions baisé jusqu'au lever du soleil. Nous étions restés au lit toute la journée du samedi et une grosse partie d'aujourd'hui, à peine étions-nous sortis pour dîner. Nous étions déjà dimanche après-midi et j'avais un vol à attraper dans la soirée.

– Où l'as-tu mise après le dîner d'hier soir ? me demanda-t-il en s'étirant de tout son long.

Les draps avaient glissé et j'admirai son torse dénudé avec cette superbe ligne de poils qui descendaient vers le bonheur et qui m'était devenue si familière depuis deux jours.

J'essayai de me rappeler ce que j'avais fait la veille au soir. Nous avions dîné dans un resto très nouvelle cuisine asiatique et Weston m'avait fait des doigts dans le taxi en rentrant :

– Je ne la portais pas hier au resto.

– Ah… c'est vrai, dit-il avec un large sourire et la faim dans les yeux.

– Arrête de me regarder comme ça, répondis-je, des picotements dans le ventre. Je ne vais jamais arriver à sortir d'ici.

Il se mit à caresser sa queue qui commençait à faire une bosse sous les draps :

– Je n'ai aucun problème avec ça.

– Weston, je t'en prie…

En renfort de ce qu'elle avait appelé ma très nécessaire « sexcapade », je savais qu'Ashley m'avait préparé ma valise, mais je devais encore passer la récupérer à l'hôtel avant de filer à l'aéroport. Vu la circulation, j'avais besoin de partir dans la demi-heure.

– Il faut vraiment que j'y aille.

Il se releva contre la tête de lit et, vu sa position, je m'attendais à ce qu'il entame une conversation plus sérieuse…

– Mais pourquoi as-tu besoin de partir ?

… ou moins sérieuse. Il savait parfaitement pourquoi je devais y aller.

– Je te l'ai dit : j'ai un avion à prendre ! répondis-je, impatiente, en déboutonnant le chemisier habillé que j'avais ramassé par terre après ma douche.

– Rate-le !

– Je dois rentrer à la maison.

– Et pourquoi ?

Il se pencha vers moi et commença à faire glisser un doigt sur la courbe de mes seins.

– Figure-toi que j'ai un job à assurer, répondis-je en le repoussant doucement.

– Quitte-le ! grogna-t-il.

Je remis mon soutien-gorge pour couvrir cette poitrine qu'il avait abondamment caressée tout le week-end. Il avait beaucoup « joué », pas trop brutalement, et bien que ce ne soit pas le genre d'attouchements qui me font mouiller tout de suite, j'en avais largement profité. Rien de plus normal, rien de plus sain, c'est toujours ce que j'attendais d'une rencontre d'un soir.

– Je n'ai pas les moyens de quitter mon job sur un coup de tête. (Je marquai un temps d'arrêt en essayant de retrouver le sens de ma jupe.) J'ai besoin de travailler, je ne suis pas née sans avoir à m'en inquiéter… comme certains.

– Certains ? s'exclama-t-il en riant. Des gens comme moi, tu veux dire.

J'enfilai ma jupe avec une petite moue entendue :

– Peut-être.

– Mais moi aussi, j'ai un boulot, dit-il sur la défensive.

Je me sentis stupide et me penchai pour le serrer contre moi.

– C'est vrai, répondis-je, conciliante, en passant ma main dans ses beaux cheveux blonds. Tu as un job et j'ai un job, chacun à l'autre bout du pays.

Il me prit par les fesses et m'attira vers lui :

– Tu pourrais avoir un travail de ce côté-ci du pays, dit-il doucement en plongeant sa tête dans ma poitrine.

– Je pourrais, mais je n'ai pas.

Il commença à embrasser le pli entre mes seins :

– Viens travailler pour moi. Quitte ton boulot, je t'engage. Qui a envie de vivre à L.A. avec le smog[16] et tous ces gens superficiels. Laisse tout tomber et viens bosser avec moi.

J'éclatai de rire, il plaisantait, mais mon sang ne fit qu'un tour. Depuis combien de temps avais-je désiré la vie qu'il agitait sous mon nez comme un pompon ?

– Tu ne sais même pas si j'ai les qualifications...

– Oh... je connais déjà quelques-unes de tes qualifications.

Habilement, il arriva à me faire bouger et m'installa sur ses genoux où je sentis tout de suite son érection coller contre mon dos. C'est bien ce dont je me doutais : il n'était pas sérieux.

– Veux-tu que nous en parlions en détail ou dois-je te laisser me les rappeler d'une autre manière.

– Weston... s'il te plaît.

Sa main déjà furetait sous ma jupe. Sans plus attendre, j'écartai les cuisses et je sentis un doigt glisser le long de ma chatte jusqu'à venir toucher mon clito.

– Tu ne vas pas rendre mon départ facile.

– Mon plan fonctionne donc à merveille, dit-il tout en commençant à me caresser lentement pour m'allumer.

– Hum... que c'est bon... je murmurai, prête à monter dans la spirale du plaisir. Puis je le suppliai : Il va falloir t'arrêter tout de suite.

– Imagine ce que tu vas louper, me souffla-t-il à l'oreille. Au contraire, on pourrait ne jamais s'arrêter.

Même si je savais qu'il plaisantait, j'y pensais plus sérieusement... Weston était exactement le genre d'homme qu'il me fallait. Ce mec était bien, le sexe était bien et je me sentais bien en sa présence.

16. Contraction de *smoke* et *fog* (fumée et brouillard) : nuage de pollution typique qui stagne souvent au-dessus de Los Angeles.

Pourquoi avais-je cette impression que « bien » n'était pas assez ?

Peu importe, tout ceci n'était qu'un jeu et Weston n'était qu'un play-boy doublé d'un allumeur. Tout ce que j'avais lu à son sujet le présentait comme tel, le même qu'à Harvard. Je n'avais aucune intention d'être celle qui allait le faire changer. Nous avions juste partagé un bon moment, un pas de danse vers le passé. Ses mots dépassaient sa pensée, il s'était laissé influencer par l'euphorie du moment.

– Je ne peux vraiment pas rester, lui dis-je, un peu haletante…

Son pouce continuait à masser mon clito avec insistance.

– Donne-moi une seule bonne raison, insista-t-il en me léchant une oreille.

Immédiatement, un frisson me parcourut le dos. Avec mon plus beau sourire, je répondis :

– J'aime beaucoup ce que je fais.

Et, malgré ce que nous étions en train de vivre, c'est vrai que j'aimais beaucoup mon job, même si j'avais aspiré à mieux dans le passé et que j'y aspirais toujours. Plus que jamais.

Weston leva son autre main et commença à caresser ma poitrine à travers mon soutien-gorge :

– Je te donnerai un poste équivalent.

– Tu ne peux pas virer comme ça ton actuel directeur Stratégie et marketing !

Je me mis à gigoter sur ses genoux. Je savais qu'il fallait vite partir, mais je voulais qu'il me propose mieux.

– Son titre exact est Directeur de la stratégie marketing, et si, je peux le virer. Il pue du bec et je n'aime pas sa façon de présenter ses tableaux Excel.

Cette fois, j'éclatai de rire :

– Là, tu n'es pas sérieux.

– Bien plus que tu ne le penses. Ce mec mange des sushis tous les midis et, je te jure, chaque fois qu'il ouvre la bouche, il sent le poisson pourri.

Je rigolai à nouveau et fermai les yeux pour mieux profiter de ce qu'il me faisait. Il était tellement séduisant et drôle, le même que dix ans plus tôt. Mais depuis tout ce temps, quand j'avais repensé à lui, quand j'avais rêvé de lui, il n'avait jamais été celui qui me donnait des orgasmes au creux de mes nuits. Il fallait vraiment que j'y aille. J'ai ouvert les yeux :

– Weston…

– Sabrina ?

– Cette fois, je dois partir.

Petit silence.

– Je sais.

J'essayai de me lever, mais il me tenait trop fermement.

– Il faut d'abord que tu me libères.

– Si je le veux bien…

Il soupira et lâcha sa prise. Je me levai, remis correctement ma jupe et me retournai pour enfiler mon chemisier. Assis sur le bord du lit, Weston releva ses genoux entre ses bras.

– Sérieusement, viens travailler pour moi.

– Tu penses vraiment ce que tu dis ?

Je me retournai pour ajuster ma tenue dans son miroir en pied et passai vite ma main dans mes cheveux.

– Tu n'as même pas vu mon CV.

Je savais déjà ce qui allait se passer, il le regarderait brièvement, m'offrirait un poste niveau première embauche, puis j'allais devenir comme toutes ces femmes qui couchent pour avoir un job. Exactement ce que je ne voulais pas.

– Tu as obtenu ton diplôme un an à l'avance. Tu étais rentrée à Harvard, grâce à une bourse entière…

Il ne faisait que répéter ce que je lui avais raconté durant le week-end. Mais il ajouta quelque chose de nouveau :

– Donovan m'a toujours dit que tu étais, de très loin, la personne la plus douée de notre promo.

Mes gestes se mirent à ralentir en entendant prononcer le nom de celui qui avait toujours retenu mon attention.

– Donovan t'a parlé de moi ?

– Une fois, répondit Weston en se levant. Le jour où nous avons déjeuné ensemble, si mes souvenirs sont bons. Il m'avait fait la leçon parce que je te tournais autour. Pour lui, tu étais son élève la plus intelligente, vouée à un brillant avenir, et tu n'avais pas besoin de te faire draguer par des mecs dans mon genre.

Ami et colocataire de Weston, Donovan, certes plus âgé que nous, était aussi l'assistant de Velasquez mais, surtout, il avait été bien plus dans mon histoire personnelle. Ce qui ne lui donnait aucun droit de nous éloigner, Weston et moi. Tout cela s'était passé dix ans auparavant, mais le fait d'en parler m'irritait au plus haut point. Le petit sentiment de satisfaction qui, malgré moi, m'envahissait eut le don de m'agacer encore plus.

– Je ne vois pas pourquoi, en quoi cela le regardait-il ?

Weston passa devant moi et ouvrit un tiroir d'où il sortit un caleçon rouge. J'ajoutai :

– Et que lui avais-tu répondu ?

– Que cela ne le regardait pas, me dit-il en enfilant son caleçon sans oublier de mettre sa queue du bon côté. Comme il était ton prof, il pensait que si. Je crois bien que cela nous a valu l'une de nos plus belles disputes. À la fin, je me souviens que nous étions tombés d'accord sur le fait que nous n'étions pas d'accord. Ce qui avait renforcé mon envie de te revoir et qui explique aussi pourquoi je fus aussi déçu que tu ne viennes pas à ma soirée.

Weston commença à ramasser ses vêtements éparpillés dans la chambre, quant à moi, je m'affalai au bout du lit en essayant de tout comprendre. J'avais déjeuné avec Weston et, ensuite, lui et Donovan s'étaient disputés à mon sujet. Après quoi Donovan m'avait flanqué un « F » que je n'avais pas mérité, qui avait causé notre propre dispute et qui, au bout du compte, m'avait fait perdre ma virginité avec un homme qui était devenu depuis à la fois mon héros et mon démon.

Cette histoire restait encore le moment le plus érotique de ma vie.

Mais, en même temps, je devais réaliser que cet épisode de ma vie n'était pas très reluisant. La réalité m'avait rattrapée et, depuis, je tenais à distance tous les hommes qui ressemblaient à Donovan. Tous les hommes avec qui j'étais sortie depuis étaient drôles, sympas et des types corrects. Comme Weston. Des types bien, mais avec qui je n'avais jamais eu de relation durable. Il m'avait toujours manqué quelque chose. Si cela voulait dire qu'il me fallait une vie sexuelle de merde pour vivre pleinement, je n'étais pas prête à sauter le pas. Je ne me sentais pas assez forte pour survivre à un nouveau cyclone Donovan.

– Je suis désolée de ne pas t'avoir contacté à ce moment-là, dis-je en regardant Weston ranger la chambre.

Je dois avouer qu'après le décès de mon père, mon rendez-vous avec lui avait été le cadet de mes soucis, mais, c'est vrai, j'aurais pu mieux faire. Comme j'aurais pu mieux faire avec tous les mecs corrects avec qui je suis sortie par la suite.

– Je suis vraiment heureux que tu m'aies retrouvé, ajouta Weston avec un clin d'œil. Allez Sabrina, viens travailler pour moi !

– Si je comprends bien, tu ne lâches jamais le morceau, répondis-je, un peu exaspérée.

– Je suis tenace, c'est l'une de mes plus grandes qualités.

Était-il vraiment sérieux ? Pas à propos de lui et de moi, mais du job ? Pourrais-je travailler pour lui ? Un niveau d'embauche, ce n'était déjà pas si mal. J'avais quelques années de retard, mais je pouvais essayer de vite grimper les échelons pour atteindre le but que je m'étais fixé. J'étais faite pour jouer gros et en première division. Décidément, cela méritait réflexion.

D'où j'étais assise, je pouvais voir le talon de ma chaussure pointer derrière le rideau :

– D'où vous est venue cette idée de créer une agence de pub ? dis-je en allant récupérer ma chaussure. Pourquoi ne pas avoir rejoint la société de placement de ton père ?

Je l'ai déjà dit, *King-Kincaid* était l'une des plus grosses sociétés de placement au monde. Weston et Donovan étaient plus riches que je ne pouvais l'imaginer. Aucun des deux n'avait besoin de travailler, et pourtant, ils s'étaient lancés dans un business qui n'avait rien à voir avec leur culture des affaires.

– Pour beaucoup de raisons. Nous voulions quelque chose qui nous appartienne en propre. Je ne voulais pas être surveillé en permanence et voulais vérifier que je pouvais monter une boîte tout seul. Donovan, de son côté, avait quelques problèmes d'éthique avec les choix faits par nos pères dans l'unique but d'augmenter les profits.

– Vraiment ? *Tiens, tiens, exactement le sujet de notre dispute à propos du travail qu'il m'avait noté « F » dix ans plus tôt*. Autant que je m'en souvienne, Donovan avait peu de scrupule à propos de l'éthique dans le business.

– Pour des raisons que j'ignore, sur certains points, il a beaucoup changé depuis Harvard.

Était-ce prétentieux de ma part de penser que j'y étais pour quelque chose ?

– Quant au choix de la pub, c'était l'idée de Donovan. On connaissait déjà Nate qui, lui aussi était intéressé, on l'a donc intégré au projet. Puis nous avons trouvé Dylan Locke et Cade Warren. L'équipe était au complet. Au début, nous avions envisagé de tous rester à New York, chacun s'attribuant un département différent, mais au bout de la première année, nous avons décidé de nous étendre à l'international. Donovan se porta volontaire pour ouvrir l'agence de Tokyo avec Cade, Dylan prit les rênes à Londres et nous fonctionnons avec cette structure depuis quatre ans.

Je dénichai mon autre chaussure au pied du lit, mais en l'enfilant, je ne pus m'empêcher de penser à Donovan, de l'autre côté du monde. En un sens, je me sentais plus en sécurité de savoir où il était. Si loin de tout, si loin de moi. Et pourtant, malgré cette distance, je sentais comme une gêne. En était-il de même pour Weston ?

Je jetai un regard plus attentif à l'homme qui venait de me faire passer un incroyable week-end.

– Ce doit être difficile pour toi de vivre si éloigné de Donovan. À Harvard, tu le considérais toujours comme ton frère.

– Ce n'est pas très drôle en effet, mais je lui parle sur Skype pour le business presque tous les jours. Je ne vais pas mentir, nos parties de poker me manquent énormément, ajouta-t-il en soulevant la couverture et, penchant la tête, en jetant un œil sous le lit. Si j'arrivais à t'embaucher, il serait sûrement très impressionné. J'en suis certain. Alors, qu'en dis-tu ?

Je passai ma main au-dessus de lui pour attraper mes boucles d'oreilles sur la table de nuit :

– Je n'arrive plus à savoir si tu es vraiment sérieux ou si tu veux simplement une pipe supplémentaire.

– Et pourquoi pas les deux ?

En attachant mes boucles, je me demandais encore ce

que je devais penser de ce job. Son offre était très tentante et Weston aussi était très tentant.

– Ah… la voilà ! s'exclama-t-il soudain.

Il se releva avec, au bout des doigts, la culotte noire en dentelle qu'il venait de dénicher sous le lit.

– Ce n'est pas la mienne.

Il me regarda, regarda la culotte, me regarda à nouveau et se mit à pâlir en s'imaginant ce que je pouvais bien penser.

– Je n'ai pas de petite amie.

– Je sais, répondis-je d'une voix assurée. Tu as plein de petites amies.

C'était exactement la raison pour laquelle je ne pouvais pas prendre son offre au sérieux. Parce qu'il y aurait toujours une autre femme, parce qu'il y aurait toujours une autre offre de job.

Sans dire un mot, il sut parfaitement que j'avais tout compris.

– Je suis vraiment désolé, murmura-t-il.

Weston King est un vrai gentleman.

Pour moi, ce n'était pas ce qu'on pourrait appeler de la déception proprement dite, je ressentais plutôt comme une perte prématurée de quelque chose que je venais juste de trouver. Comme le fil d'une pensée qu'on aurait du mal suivre et qui, tout à coup, se serait brisée.

– Ne t'inquiète pas, je prends notre petite rencontre exactement pour ce qu'elle fut, dis-je dans un petit soupir.

J'étais honnête. Peut-être même un peu trop. Ce fut plutôt Weston qui eut l'air déçu.

– Que dirais-tu si elle n'était pas ce que tu penses ?

Le ton de sa voix avait quelque chose de confus, mais avec un fond d'espoir. Il ne savait pas encore si j'étais la femme qu'il désirait, mais il tentait sa chance. Précisément, la dernière chose que je voulais, c'était d'être la « chance » de quelqu'un. Ce que je voulais, c'était d'être le désir d'un homme.

Et si notre rencontre n'avait rien de particulier ? Je lui caressai la joue et ajoutai :

– J'ai passé un très bon moment, pouvons-nous nous quitter sur cette note positive, sans tout foutre en l'air ?

Il prit ma main et la porta à ses lèvres pour l'embrasser :

– Ne me dis pas que tout est déjà foutu !

– Non, je ne dis pas ça. Au contraire, le week-end a été génial, j'en avais besoin. Merci.

Il me serra dans ses bras pour nous dire au revoir et je repris ma route en laissant derrière moi ce fameux « et si » que je traînais depuis des années et une petite culotte parme que je n'avais pas retrouvée.

Quelles qu'aient été les pensées qui avaient refait surface à propos de Donovan, je devais les enterrer sous celles, plus rationnelles, que j'avais toujours eues en pensant à lui depuis l'université. Les autres, pourtant, prenaient encore souvent vie à la nuit tombée, quand il venait hanter mes cauchemars. Si j'avais cru une seule seconde que Weston pouvait chasser ces démons, j'avais tort. Pire, il ne faisait que les ranimer.

CHAPITRE 3

– Autre chose…

Je tournais machinalement mon café et acquiesçais de la tête tandis qu'Ashley n'arrêtait pas de pester contre les dysfonctionnements de la boîte. Même si j'étais entièrement de son avis, je n'avais pas à commenter tous les détails, et je mis ma main sur ma bouche pour m'empêcher de bâiller. Je sortais encore d'un de ces cauchemars qui venaient hanter mes nuits. Je m'étais réveillée en nage, persuadée d'avoir été immobilisée par un homme terrifiant qui m'avait forcée à lui faire des choses dont je n'avais aucune envie. Comme toujours, le seul moyen de me rendormir fut de m'imaginer que l'homme qui me violentait n'était pas Theodore Sheridan mais Donovan Kincaid.

Depuis mon quasi-viol à Harvard, ce genre de rêves étaient devenus récurrents. Moins fréquents qu'au début, mais ils revenaient régulièrement. Ils faisaient tellement partie de ma vie courante que, souvent, je n'y pensais plus pendant la journée, tout comme je ne pensais plus que les trucs tordus qui remplissaient mes fantasmes avec Donovan me concernaient vraiment. Ils n'avaient rien à voir avec la Sabrina de la journée, avec celle qui ne voulait ni pensées vicieuses ni hommes pervers.

Après mon week-end à New York, les choses avaient sensiblement changé. Pour des raisons que j'ignorais, Weston avait déclenché un mouvement contraire. Comme si le passé que j'avais réussi à tenir à distance avait refait surface sans que je puisse le repousser. Les cauchemars se faisaient plus fréquents et il ne se passait plus un jour sans que je m'asseye dans mon bureau pour passer en revue les obscénités que j'avais faites avec Donovan la nuit d'avant… tout en serrant fortement mes cuisses pour libérer l'agréable tension qui s'y installait.

Que pouvait-il bien faire aujourd'hui, ce Donovan ? Pensait-il parfois à moi ? Était-il désolé de la façon dont nous nous étions quittés ? Pire : était-il seulement désolé de m'avoir tirée d'affaire sur les marches du Donjon ?

Nerveuse, Ashley faisait les cent pas dans mon bureau avant de s'affaler dans le fauteuil face à moi en me regardant droit dans les yeux pour retenir toute mon attention :

– Sincèrement, Bri, Monahan me tape sur les nerfs. Les commerciaux mis à part, il en veut à tout le monde dans l'agence pour ce qui a merdé dans les campagnes de cette année. C'est un cauchemar.

Intéressant choix de vocabulaire. Je pourrais lui en dire long sur les cauchemars.

Moi aussi, j'en avais marre de notre boss :

– Je comprends parfaitement ce que tu dis à propos de Monahan. Il vient de me demander de refaire toute la stratégie pour Dove. Encore une fois. Ça ne fera que la troisième, alors que le plan stratégique était satisfaisant dès la première étude, il n'y avait rien à en dire.

Monahan, notre nouveau président, avait transformé cette agréable agence en véritable zone de guerre. Il favorisait toujours les équipes avec lesquelles il avait travaillé avant sa promotion. Ces derniers temps, j'avais eu du mal à garder ma motivation pour continuer à donner le meilleur de moi-même et, plusieurs fois, j'avais considéré la possibilité de trouver un travail ailleurs.

– Tu as une idée de pourquoi il fait ça ? En plus d'être un connard fini, cela va sans dire.

Ashley me faisait visiblement un appel du pied pour m'associer à son agacement.

– Tout simplement parce qu'il n'aura pas ses points de bonus s'il n'arrive pas à dégoter dix pour cent de plus de chiffre d'affaires ce semestre. Et, sincèrement, je ne pense pas que ce soit possible.

– Moi non plus. J'adore ce job, mais s'il ne se calme pas… je fous le camp !

Même si je n'étais pas aussi radicale, Ashley semblait très décidée.

– Il est temps de mettre nos CV à jour !

Mon téléphone clignota, c'était mon assistant. Je décrochai en mettant sur haut-parleur :

– Oui ?

– J'ai un appel d'un certain M. Weston King sur la deux, vous le prenez ?

En entendant le nom de Weston, mon sang ne fit qu'un tour. Je n'avais eu aucune nouvelle de lui depuis notre petit week-end de mai et nous étions déjà en août.

– Il ne t'appelle que maintenant ? me chuchota Ashley, ça fait déjà trois mois que…

– Ok, Kent, répondis-je en roulant des yeux, je le prends, merci.

Je mis ma main sur l'appareil et fis une moue en direction d'Ashley. Je chuchotai à mon tour :

– Ce n'est certainement pas pour ce que tu penses.

Même si je n'avais aucune idée de ce qu'elle pensait, j'avais comme l'impression qu'elle se faisait tout un cinoche. J'ai continué :

– On ne s'est pas quittés sur ce registre, on n'a même pas commencé sur ce registre.

– Il doit y avoir un truc pour qu'il t'appelle.

Son excitation me rendit nerveuse… j'essuyai ma main moite sur ma jupe.

– Peut-être qu'il est de passage à L.A. et a juste trouvé poli de me faire signe !

– Ou bien il a réalisé qu'il ne peut plus respirer sans toi et a finalement pris son courage à deux mains pour retrouver son oxygène. Je te l'ai dit, ces dernières semaines, je ne l'ai vu qu'une seule fois en photo accompagné d'une fille ; il a changé, il n'est plus comme avant, il est accro !

Une fois de plus, je lui lançai un regard noir. En fait, je n'avais fait aucun plan sur l'avenir avec Weston, mais il était toujours agréable de se sentir désirée. Me désirait-il ? Au fond, je n'en savais rien. Ah ! les choses n'auraient pas été les mêmes si Donovan m'avait appelée après notre étrange rencontre, ou trois mois plus tard… ou même trois ans plus tard.

– Mais, réponds ! Dépêche-toi ! couinait Ashley, brûlant d'impatience.

– Sabrina ? C'est Weston.

J'entendais son sourire passer dans le fil du téléphone. Je voyais sa fossette dans le ton de sa voix.

– Coucou ! répondis-je, incapable de retenir moi-même un large sourire.

– Coucou à toi. C'est bien agréable d'entendre ta voix, vraiment.

– La tienne aussi.

Je tournais sur ma chaise de droite à gauche, gênée par le regard de chouette qu'Ashley fixait sur moi. Comme elle écoutait tout aussi attentivement, cet appel ne pouvait pas glisser vers une conversation coquine. En avais-je envie ?

En vérité, je ne savais pas ce dont j'avais envie. Je me grattai la gorge :

– Je suis surprise de ton appel, c'est tellement inattendu.

Sur un ton soudain moins dragueur, avec une voix plus neutre, plus officielle, il ajouta :

– Je sais, je m'en excuse, j'aurais probablement dû prendre un rendez-vous.

– Mais non voyons, c'est inattendu, voilà tout.

Que devais-je penser de ce petit air officiel ? Rien de distant, mais tout de même…

– Tu as raison, c'est un peu inattendu. Il y a pas mal de choses inattendues qui me sont arrivées dernièrement et je vais probablement te choquer. Es-tu prête ? Peut-être devrais-tu t'asseoir.

Immédiatement, je sentis mes muscles se raidir comme si j'étais en voiture et qu'on freinait brutalement.

– Vas-y, je t'écoute.

– Je t'appelle pour te proposer un job.

*
* *

– Ce n'est pas possible, il n'est pas sérieux.

Je l'avais répété tant de fois depuis que j'avais raccroché qu'Ashley dut penser que j'étais en état de choc. En fait, oui, je l'étais un peu. Il n'y avait pas d'autre mot pour ce que je ressentais.

– Si, si, il est tout ce qu'il y a de plus sérieux, insista Ashley en scrutant mon écran d'ordinateur. J'ai l'annonce sous les yeux, Bri. C'est l'objet de son mail. Il ne rigole pas.

Weston m'avait envoyé un message pour officialiser son offre pendant que nous étions en train d'en parler et Ashley n'avait pas hésité à faire pivoter mon écran vers elle afin d'examiner son contenu en détail.

– Mais… pourquoi ? je bredouillai, encore abasourdie.

– À l'évidence, il a fait des recherches, il a lu ton CV avec attention, a peut-être passé quelques coups de fil et constaté que tu faisais du bon boulot. Elle releva la tête au-dessus de mon écran et ajouta : Tu l'as bien mérité, Bri.

Je la regardai fixement quelques instants. Je voulais vraiment ce job, la question n'était pas là. Le salaire était au-delà de toute espérance, l'offre incluait même toutes les dépenses de déménagement. Le poste était exactement celui qu'il m'avait proposé en décembre. Son dernier directeur de la stratégie marketing avait été muté à Londres, ce qui était prévu depuis un moment. Ce qui veut dire que, lors de notre petit week-end, Weston savait parfaitement qu'il allait avoir besoin de quelqu'un pour le remplacer. Le poste était sensiblement le même que celui que j'occupais, mais *Reach* était une agence beaucoup plus importante, ce qui voulait dire pour moi une très belle promotion.

Je n'avais donc aucune raison de dire non. Sauf que…

Weston avait certainement dans son staff des employés plus qualifiés que moi et qui n'attendaient que de l'avancement. Si ce n'était pas eux, il y avait partout des centaines de gens qui auraient tué père et mère pour un job pareil. Des gens qui habitaient déjà New York. Des gens avec bien plus d'expérience que moi.

– Pourquoi moi ? je demandai en me levant brutalement.

Mon siège roula jusqu'au mur et j'allai le récupérer tout en m'excusant. Je ne voulais pas avoir l'air en colère. En fait, je ne l'étais pas, j'étais juste embrouillée. Quand Weston et moi baignions dans une mer de désir torride, l'odeur du sexe suspendu dans l'air, ce genre d'offre avait un sens… mais aujourd'hui ?

– Oh, oh, du calme ! (Ashley éleva la voix, elle avait enfin compris ce qui me tracassait.) Parce qu'il veut avoir une relation avec toi, voilà tout. Ça paraît tellement évident.

Exactement la réponse que je ne voulais pas entendre. Je haussai les épaules :

– C'est impossible, voyons ! On n'en voulait ni l'un ni l'autre.

Du moins, j'en étais persuadée. Avais-je tort, oui ou non ? Je ne savais plus à quel saint me vouer. Ashley ne voulait pas lâcher le morceau. Se penchant en arrière sur sa chaise, elle croisa les bras et fronça les sourcils :

– Explique-moi pourquoi tu as couché avec ce mec si tu n'avais aucune idée derrière la tête ?

– Dois-je vraiment répondre à ta question ? lui dis-je en tournant la tête, tout en remettant mon écran à sa place.

Je me sentais plus à l'aise de ne plus avoir à supporter son regard inquisiteur.

– Personnellement, si j'allais au lit avec lui, je saurais très bien pourquoi, répondit-elle à mon profil. Il est sexy comme pas deux et sans doute assez riche pour se payer l'État de New York en entier ! Mais je te connais assez pour savoir que tu n'es pas aussi superficielle que moi. En même temps, tu préfères les liaisons sans lendemain. Alors oui, j'aimerais bien que tu m'expliques.

Je m'étirai tout en soupirant et pensai à sa question. Si je connaissais la réponse, je ne l'avais encore jamais formulée à haute voix :

– J'ai couché avec lui, exactement pour les raisons que tu évoques. Il est charmant, séduisant, et on ne peut pas lui résister. Mais plus encore, il représentait une histoire laissée en suspens. Il y a très longtemps, j'ai eu un béguin fou pour ce type, il était l'archétype de tout ce que je désirais. Il était bon de finalement vérifier ce que cette relation aurait pu être à l'époque.

Bien entendu, au fond de moi, je me demandais surtout si une nuit, voire un week-end, avec Weston pourrait effacer ce qui était arrivé avec Donovan. Ce fut hélas le contraire qui s'était passé.

Ashley esquissa un sourire, comme si ma réponse lui avait permis de marquer un point :

– Et maintenant que tu sais, tu n'as pas envie d'en savoir davantage ?

– Écoute, c'était bien pour un week-end, ce mec est un coureur fini, il est sûrement passé à autre chose.

– Vraiment ? Est-ce la raison pour laquelle il pense toujours à toi trois mois plus tard ? La vérité est qu'il pense tellement à toi qu'il a fini par te rappeler pour te proposer un job d'enfer dans une agence d'enfer. Comment peux-tu encore te poser des questions après ça ?

Exactement tout ce dont j'avais rêvé quand je suis entrée à Harvard : le job, le salaire, le mec. Je rapprochai mon siège et marquai un temps d'arrêt :

– Penses-tu qu'un oui pour le job veut automatiquement dire un oui pour une histoire avec lui ?

– Tu as quelque chose contre ?

Le ton employé par Ashley en disait long. Elle avait du mal à comprendre pourquoi quelqu'un pouvait ne pas avoir envie d'une relation avec Weston King. À vrai dire, je me posais la même question.

Je m'affalai dans mon siège en la regardant bien en face :

– J'ai passé un moment formidable avec lui, vraiment, mais ce n'est pas assez pour commencer une relation. Je ne veux pas tout lâcher et vite constater que nous ne sommes pas faits l'un pour l'autre. Ce qui aurait forcément des conséquences sur le fait de travailler ensemble. Je m'y vois déjà : seule dans une ville que je ne connais pas, sans boulot et sans amis. Et après, que va-t-il se passer ?

– Sabrina, arrête de trop penser, agis ! me dit Ashley en posant sa main sur la mienne. Si ta relation avec lui ne marche pas, tant pis. Vous êtes deux adultes, cela ne va pas vous empêcher de travailler ensemble, j'en suis persuadée. Si j'ai tort, tu trouveras bien un autre job. Il est temps pour toi de passer à autre chose. Tu n'es pas heureuse ici, tu me l'as dit tout à l'heure. Crois-moi, je n'ai aucune envie de te perdre, mais ta vie est plus importante que notre amitié. Et puis, zut à la fin, n'est-ce pas ça que tu veux ?

Si. Ça, exactement ça. Un nouveau job et Weston. Un type séduisant et sexy qui ne s'appelle pas Donovan.

– Tu as parfaitement raison, lui répondis-je en serrant fort sa main entre les miennes.

Étonnée d'avoir si facilement gagné la bataille, elle ajouta :

– À propos de quoi ?

– De tout. Sauf que je ne pense pas que ma vie est plus importante que notre amitié.

À ce moment-là, je ravalai la boule que j'avais en travers de la gorge et ajoutai : Tu as parfaitement raison pour tout le reste.

– Je ne peux pas être plus sincère, dit Ashley en tapant un grand coup sur la table.

Petite tactique de diversion pour m'éviter de remarquer que ses yeux s'étaient embrumés de larmes.

– Maintenant, tu vas décrocher ce téléphone et rappeler Weston pour lui dire « oui » avant que je ne le fasse à ta place.

Une fois la décision prise, je savais que j'avais fait le bon choix. Je le sentais dans tout mon corps, enveloppée confortablement, comme si j'avais tiré à moi la couverture qui me tient chaud quand les nuits sont fraîches. J'avais trop attendu, à désirer la vie pour laquelle j'étais faite… le temps était venu de sortir de ma coquille et d'attaquer la suite. Qui sait, peut-être Weston allait parfaitement s'intégrer à mon futur, et pas seulement comme mon boss.

Quant à Donovan… Il avait beau vivre de l'autre côté de la planète, il faisait partie intégrante de l'agence. Son nom allait figurer sur les factures et les papiers à en-tête. À partir de maintenant, il allait faire partie de ma vie, d'une façon ou d'une autre. Impossible d'y échapper.

Malgré tout, je décrochai le téléphone et appelai Weston. Dès que j'entendis sa voix, je répondis :

– Oui !

CHAPITRE 4

– Je n'arrive pas à réaliser que tu n'es plus qu'à deux heures et demie d'ici ! s'exclama ma sœur pour la millionième fois depuis que je lui avais appris que j'allais déménager à New York.

Trois semaines plus tard, j'étais finalement installée dans la ville qui allait devenir mon nouveau port d'attache.

Je coinçai mon portable contre mon épaule tout en fouillant dans mon sac pour pouvoir attraper ma carte de crédit. J'étais dans un taxi, proche de ma destination, et je voulais être prête à régler sitôt arrivée.

– Ta chambre est prête et je t'attends dès que tu peux t'échapper de l'école pour venir me voir, dis-je à Audrey, tout en continuant à fouiller dans mon sac. Ou alors, je peux te rendre visite, mais tu n'as pas de solution de couchage.

– Et, surtout, tu vas être tellement occupée par ton nouveau boulot ! Ne t'inquiète pas, je vais bien trouver un moment pour venir te voir. Tu commences quand ?

– Officiellement demain, mais je suis déjà en route pour l'agence. J'ai rendez-vous avec Weston qui doit me faire visiter les locaux. Il veut me présenter également à plusieurs personnes pour que je ne sois pas trop sollicitée dès le premier jour.

Enfin, je l'ai ! Je posai la carte sur mes genoux et grattai machinalement les lettres en relief avec mes doigts pendant que le taxi traversait *midtown*[17]. Depuis deux jours, depuis mon arrivée, j'étais sur les nerfs et terriblement agitée.

Je n'avais pas encore revu Weston, je ne lui avais même pas parlé directement depuis son offre. Tout s'était passé par mails qui, la plupart du temps, étaient signés de son assistante, Roxie. C'est elle qui m'avait aidée dans toutes mes démarches. Aujourd'hui était le jour où j'allais enfin savoir ce que Weston attendait de notre futur.

Il était environ seize heures. Était-ce trop tôt pour un drink ?

– Il t'a demandé de venir vers la fin de la journée, ce qui veut dire qu'il a dans l'idée de t'emmener dîner.

– Audrey, s'il te plaît, pas de conclusions hâtives.

Bien sûr que j'y avais déjà pensé. Son enthousiasme ne m'aidait pas, j'avais besoin qu'elle minimise la situation plutôt que de la rendre plus tendue.

– Mais tu dois t'y attendre, continua-t-elle, sans savoir dans quel désarroi elle me mettait. Que portes-tu, est-ce une tenue jour et nuit ?

– Un fourreau couleur prune. Très professionnel. (Cette robe avait aussi une fente qui remontait jusqu'à mi-cuisse.) Mais je pense qu'elle ira aussi très bien pour la soirée.

– Hum… je suis tellement excitée pour toi.

– Génial. (J'ai fermé les yeux en attendant que ma dernière boule dans l'estomac se calme.) Tu sais, c'est affreux, j'ai les nerfs en pelote et je ne sais plus où j'ai fourré mon Xanax. J'ai les cheveux en brosse ; à force d'avoir tiré dessus, je crois que je vais devenir chauve et je n'ai rien pour me calmer, et…

---

17. Littéralement, « milieu de la ville » : partie de New York s'étendant entre la 31e et la 59e rue et dédiée aux affaires.

Son rire vint interrompre mes jérémiades :

– Arrête, tu vas me faire pleurer.

– Contente que tu trouves ça drôle.

Le taxi a pris la première à droite et s'est garé tout de suite, le long du trottoir.

– Ce n'est pas de ma faute si tu es cinglée, me dit Audrey.

– Si je suis cinglée, tu l'es aussi, répondis-je du tac au tac. Je suis arrivée, je dois y aller.

J'ai raccroché sans attendre qu'elle me dise au revoir, j'ai payé le taxi et suis sortie en trombe. Il était donc là, le *King-Kincaid Center* de New York.

J'ai levé la tête pour évaluer la hauteur du gratte-ciel : soixante étages s'élevaient au-dessus de moi. Même si beaucoup de sociétés louaient leur espace dans ce building appartenant à la *King-Kincaid Financial*, la boîte des pères de Weston et Donovan, les derniers étages abritaient *Reach, Inc.*, l'agence de pub des deux fils. Bientôt j'allais y être, à cette place qui était la mienne, mais pour l'instant, j'arrivais à peine à regarder si haut.

Probablement à cause de l'heure, il y avait peu de gens dans le hall d'entrée de l'immeuble, il me fut donc facile d'atteindre le bureau de la sécurité où je devais montrer patte blanche avant de pouvoir monter au soixantième étage. La gardienne, une Noire américaine nommée Fran, passa un coup de fil pour s'assurer que j'étais attendue.

– C'est bon, vous pouvez y aller dit-elle en débloquant le tourniquet pour me laisser prendre l'un des ascenseurs situés derrière elle.

– Était-ce Weston King au téléphone ?

Sans doute, je montrais trop d'impatience, mais j'étais étrangère en terre étrangère et Weston King était la seule personne que je connaissais dans cet immeuble.

– Je ne sais pas. Non, une femme avec un accent.

Roxie, pensai-je tout de suite. Bien sûr, c'était Roxie, l'assistante hongroise de Weston, qui m'accueillit dès mon arrivée au dernier étage.

– Vous avez les oreilles bouchées ? me demanda-t-elle tout de suite, en tendant mon manteau et mon sac à la secrétaire du bureau d'entrée. J'ai toujours un chewing-gum sur moi si vous en avez besoin.

J'avais assez parlé à Roxie au téléphone pour être déjà à l'aise avec elle. Son accent n'était pas trop prononcé, mais son choix de vocabulaire trahissait parfois que l'anglais n'était pas sa langue maternelle.

– Non, ça va, répondis-je en remuant ma mâchoire d'avant en arrière, mais c'est vrai que je ne m'attendais pas à ça.

– C'est à cause de l'ascenseur. Il vous propulse à toute vitesse, on se croirait dans un avion. Venez par ici, dit-elle en traversant l'entrée d'un bon pas. Cet étage est consacré aux bureaux des directeurs.

Nous sommes passés devant plusieurs suites aux murs de verre. Chacune avait un espace d'attente à l'extérieur, une secrétaire derrière un bureau et, quelquefois, un canapé confortable. Les bureaux eux-mêmes étaient spacieux, certains faisaient plus de la moitié de mon appartement et tous avaient des fenêtres allant du plancher au plafond.

– Votre bureau sera également à cet étage, dit Roxie. J'en trébuchai, puis elle ajouta en haussant les épaules : Pas un comme ceux-là, je préfère vous prévenir, mais de belle taille tout de même, plus grand que le mien bien entendu. Je laisse à Weston le soin de vous le montrer, il veut faire le tour de l'agence avec vous.

Nous sommes passés ensuite devant un bureau encore plus spacieux, mais avec des murs en miroir. Du verre intelligent, ai-je tout de suite pensé, celui qui, sur la simple pression d'un bouton, permet de voir sans être vu. Le bureau de Weston ?

Je sentis une nouvelle boule dans l'estomac, à l'idée de me retrouver si proche de lui. Si proche maintenant de savoir quel type de relation nous allions avoir.

– En attendant, ajouta Roxie, je vais vous installer dans le lounge du haut pour vous faire attendre, Weston aura quelques minutes de retard.

Nous étions arrivées de l'autre côté, où s'étalaient des marches montant vers une double porte. Derrière se trouvait un nouvel espace, séparé également par des murs en miroir de verre intelligent. J'ai suivi ma guide dans une grande pièce avec des canapés turquoise modernes, des fauteuils lounge noirs et une vue à couper le souffle sur tout Manhattan.

– C'est ici que vous recevez vos nouveaux clients ? ai-je demandé, en apercevant le bar et le nécessaire à café.

Il y avait aussi une vraie cuisine et un immense écran plat accroché à l'une des cloisons de verre.

– Et les nouveaux employés, répondit Roxie avec un large sourire. Vous allez me voir assez souvent dans les jours qui viennent. Je dois vous présenter aux ressources humaines, vous faire votre badge de sécurité, vous trouver une assistante et vous fournir tout ce dont vous allez avoir besoin pour commencer à travailler la semaine prochaine. En attendant, profitez de la vue. M. King sera ici dans un petit moment.

Je la remerciai en lui promettant que je demanderais à Weston de me montrer où se situait son bureau avant de partir. Ainsi, le lendemain matin, je saurais la retrouver si elle arrivait avant moi. Je m'approchai des murs vitrés et admirai le paysage. La partie centrale de la ville était assez haute pour avoir une vue imprenable sur tout le sud de Manhattan, sur Brooklyn et même plus loin.

Je fus prise d'une sorte de vertige qui commença par un picotement dans l'estomac, qui s'étendit ensuite à travers mes veines à tout mon corps et termina sa course dans mes mains et mes pieds, soudain en surchauffe.

Finalement, j'y étais, j'avais réussi. Ce n'était pas tout à fait comme ça que j'avais imaginé y parvenir, mais au bout du compte, je tenais le résultat de mon bref passage à Harvard. J'avais toujours su que les réseaux faisaient la différence dans une carrière. Finalement, oui, j'avais réussi : j'étais sur le toit du monde.

Un large sourire de satisfaction vint illuminer mon visage.

– Incroyable, n'est-ce pas ? dit une voix d'homme derrière moi.

Le sourire toujours aux lèvres, je levai la tête et aperçus son reflet sur le verre… Tout s'effondra d'un seul coup.

Le monde que je voyais fourmiller sous mes yeux, la vue sublime, le vertige incroyable qui avait parcouru mon corps… tout cela s'était évanoui, et ne restaient à leur place dans la vitre qu'un visage blême, comme une coquille totalement vidée de sa substance, et, derrière moi, cet homme au costume sur-mesure impeccable.

Je me retournai pour le regarder, nos yeux entrèrent en collision et mes jambes se mirent à trembler. Une sorte de râle sortit de ma gorge :

– Donovan !

Un miracle d'avoir réussi à retrouver assez de voix pour prononcer ce mot.

Et il y avait tellement plus à dire ! Tellement plus, mais je n'étais pas prête. Ce qui en soi était ridicule, vu que je lui avais parlé tant de fois dans ma tête depuis toutes ces années. Sans compter nos conversations imaginaires où jamais il n'était apparu comme maintenant, ignoblement sublime dans son costume trois-pièces gris anthracite, le visage pas rasé, les yeux noisette et le regard sérieux malgré son petit sourire en coin.

J'ouvris la bouche pour dire quelque chose, impossible. J'arrivais à peine à respirer.

Donovan détourna le regard et pencha la tête vers la vitre en admirant l'horizon. Il avança de quelques pas et me dit :

– Je suis sûr que tu as trouvé l'*Empire*[18].

Alors qu'il s'intéressait à la vue, mes yeux étaient toujours fixés sur lui pendant qu'il s'approchait. Il s'arrêta à quelques centimètres de moi, si proche que nos épaules auraient pu se toucher si j'avais toussé. Une incroyable tension dégoulinait de lui comme la mousse de la bière glisse sur une chope. Bonne tension, mauvaise tension ? Venant de Donovan, je n'avais jamais su faire la différence. Pourquoi étais-je tétanisée en sa présence. Et surtout, pourquoi était-il là ?

– Je te croyais à Tokyo, j'ai bredouillé, les yeux toujours rivés sur lui.

Il s'était amélioré avec l'âge, mais en même temps, il avait l'air plus sauvage. Ses cheveux étaient maintenant courts et ses boucles avaient disparu, ce qui lui donnait un air policé qui lui manquait auparavant. Le contour de ses yeux était plus marqué et son expression semblait plus sombre que dans mon souvenir. Tout ça le rendait plus sexy.

Cet homme avait-il besoin d'être encore plus sexy que celui que j'avais connu ?

– Je suis rentré il y a deux mois, dit-il d'un air dégagé. Il est là, juste en face. (Il se pencha en s'approchant toujours plus de moi, tout en pointant du doigt le célèbre building.) Tu le vois ?

---

18. L'*Empire State* (littéralement : l'État de l'Empire) est le surnom donné à l'État de New York, d'où l'*Empire State Building,* souvent appelé l'*Empire* tout court, comme ici.

Je n'en avais rien à foutre de l'*Empire*. Toute mon attention était fixée sur Donovan Kincaid, et nulle part ailleurs !

– En ligne droite derrière lui, c'est le *One Trade Center*[19], ajouta-t-il en passant derrière moi pour me le montrer au-dessus de mon épaule.

Sans qu'il me touche, j'étais prise en cage contre la vitre.

Mon Dieu ! Je respirais son eau de toilette, je respirais son odeur à lui. Le musc subtil de sa virilité et, même dix ans plus tard, mon corps réagissait contre ma volonté. Mes tétons commençaient à durcir et ma culotte devenait humide. Je faisais tout pour épouser ses formes, malgré la résistance farouche de mon esprit.

– Là, tu as le Brooklyn Bridge…

Son haleine soufflait contre mon cou. Waouh, un combat pour m'empêcher de trembler. Il savait ce qu'il faisait, ce n'était pas possible autrement !

– Donovan…

Ma voix restait hésitante en prononçant son nom alors que la seule chose que je voulais dire était : s'il te plaît. S'il te plaît quoi, exactement ? Je ne savais pas, je ne savais plus. Je voulais un soulagement, je voulais crier, mais dire son nom était la seule chose que je pouvais faire. Dans la vitre, je regardais son reflet ; enfin, son regard venait de quitter le Brooklyn Bridge, ses yeux étaient enfin posés sur moi. Il les ferma un instant :

– Sacré Weston ! C'est, bien sûr, lui qui t'a fait venir ici, dit-il, tranquille.

J'eus à peine le temps de prendre une respiration que, tout à coup, Weston entra dans la pièce tout excité.

– Ah, je vois que vous vous êtes retrouvés ! lança-t-il.

– On peut dire ça, répondit Donovan en me regardant à nouveau pour ponctuer sa réponse.

19. Le building qui a remplacé les deux tours jumelles (*Twin Towers*) après l'attentat du 11-Septembre 2001.

Vous vous êtes retrouvés… Que voulait-il dire par là ? Quel était le vrai sens de cette mascarade ? Puis Donovan s'éloigna. Notre connexion fut interrompue quand il se dirigea vers le bar.

Weston se précipita ensuite vers moi pour attirer mon attention :

– Désolé pour le retard. Tu as trouvé le building sans problème ?

– Oui, j'ai pris un taxi.

Ma voix était faible, hésitante, et je m'efforçai de sourire pour qu'il ne le remarque pas.

Il mit sa main sur mon bras, un signe tout à fait amical. Ce qui était plus qu'amical c'était la façon dont il me caressait le coude :

– Et… Roxie ?

– Très chaleureuse.

J'ai regardai sa main, puis son visage, il voulait me dire quelque chose. À propos de lui, à propos de nous ? Il cherchait la complicité. Moi aussi. Sauf que…

– Sabrina ? (Donovan venait de prononcer mon nom et mon sang ne fit qu'un tour.) Veux-tu un drink ?

Je jetai un rapide coup d'œil dans sa direction. Même si je ne voulais pas vraiment le regarder, je ne pouvais pas non plus l'ignorer. Il mélangeait déjà du gin à quelque chose d'autre :

– Euh… la même chose, parfait. Merci.

– Comment s'est passé le déménagement ? demanda alors Weston, curieux, en me remettant une mèche derrière l'oreille. Tu es bien installée ? J'avais tellement hâte de te voir arriver ici.

– C'était…

J'avais du mal à réunir mes idées, incapable de prononcer une phrase cohérente. Mon attention était comme aimantée vers l'autre côté de la pièce, vers celui qui me tournait maintenant le dos. Le moindre effleurement de Weston me semblait une trahison. Ce qui n'avait aucun sens... Donovan n'était même pas supposé être présent! Je penchai la tête et me concentrai pour répondre à Weston :

– Les déménageurs ont été formidables, merci pour la suggestion. Je ne sais pas encore très bien où ils ont mis les choses, mais c'est en bonne voie, je commence à y voir plus clair.

Il ne faut pas exagérer, ça tout de même, je pouvais le dire. Et toc!

– Je crois que c'est Roxie qui les a trouvés. Et l'appart ?

Le trois pièces situé à Hell's kitchen[20] avait été une surprise des plus agréables. C'était Weston (ou peut-être Roxie) qui m'avait également aidée à trouver cette merveille. Les parquets en bois venaient d'être poncés à neuf, la cuisine entièrement refaite et tout équipée, l'immeuble était parfaitement sécurisé et, cerise sur le gâteau, j'avais une deuxième chambre pour loger Audrey.

– Parfait ! Encore mieux que sur les photos que tu m'avais envoyées. Tu as dû passer un temps fou pour dénicher une telle rareté !

Tout à coup, Donovan était là, tout près, avec les drinks.

– Weston, gin tonic je suppose, comme d'hab ?

Il me tendit un verre plein d'un liquide ambré, visiblement du bourbon.

– Je me suis servi un scotch, préférerais-tu un gin tonic ?

En me tendant le drink, nos mains s'effleurèrent et je faillis le laisser tomber, tant ce simple contact fut électrique.

– Non. Scotch, c'est parfait.

À cet instant précis, j'aurais dit oui à un verre d'eau de Javel si cela avait pu éloigner Donovan. En acceptant ce scotch, au moins je l'obligeais à retourner au bar chercher le sien. Je profitai donc de son éloignement pour réunir mes esprits et me reconcentrer sur Weston :

---

20. Quartier de Manhattan, à l'ouest de Midtown, entre la 34e et la 59e rue.

– Comme je te disais, encore merci, Weston, de tout ce que tu as fait pour rendre ce déménagement le plus agréable possible. Et cet appart, quelle merveille, dis-je en trempant mes lèvres dans mon verre.

– Pour l'appart non plus, je n'y suis pour rien, l'immeuble appartient à Donovan.

– Ah bon ?

Je marquai un temps d'arrêt, peut-être sous le choc de ma première gorgée d'alcool, mais surtout sous l'effet de ce que je venais d'apprendre. Le lieu où j'avais dormi, où j'avais pris un bain, où je m'étais déshabillée « lui » appartenait ! Pourquoi soudain cette simple info faisait vibrer ma chatte de désir ? Weston me tapa dans le dos :

– Ça va ?

– Oui. C'est juste que… (Je bredouillai en regardant à nouveau vers Donovan.) Je l'ignorais.

Était-ce pour cette raison que le loyer était si abordable ? Pourquoi aurait-il fait une chose pareille pour moi ? Donovan revint vers nous, son drink à la main :

– Il n'était pas nécessaire que tu le saches. Je suis content qu'il t'ait plu.

Savait-il quelque chose à propos de Weston et moi ? Il devait bien le savoir et, pourtant, il avait l'air si détaché.

– Plus que ça, je ne pouvais pas rêver mieux.

Et Weston… savait-il l'histoire à propos de Donovan et moi ? Trop de questions, pas assez de réponses.

Ils étaient là, tous les deux debout devant moi, Weston à ma droite, Donovan à ma gauche. Un vrai tirage à la courte paille : celui-ci ou celui-là ? Bien évidemment, pour ma santé mentale, le seul choix possible était celui-ci, l'autre était tout simplement inenvisageable. Mais, en traître absolu, mon corps m'attirait vers celui-là. Je m'écartai des deux un instant :

– Désolée, je suis un peu confuse.

J'allai m'affaler sur un canapé : deux amants, une seule pièce, c'en était trop.

– Ces derniers jours furent un peu intenses.

Je pris une autre gorgée de mon scotch qui, cette fois, passa plus facilement, plus chaudement… jusqu'au moment où je réalisai que je devais avoir l'air d'une parfaite idiote.

– Je dois vous faire mauvaise impression, certainement.

J'étais là, absolument déterminée à prouver que j'appartenais à leur monde, et je venais de foutre en l'air la première demi-heure de notre entretien. Tout ça pour un mec… non, pour deux mecs.

– Pas du tout s'exclama Weston en s'asseyant près de moi sur l'accoudoir du canapé. C'est pour cela que je voulais te voir avant d'attaquer le vif du sujet. Tu n'es pas encore en représentation.

Facile à dire. Il n'avait jamais eu à justifier pourquoi il méritait d'être à la tête de sa propre agence. Il l'était, dont acte.

– Je n'en suis pas certaine, répondis-je en ricanant. Un vrai professionnel est toujours en représentation.

– Si tu veux… marmonna Weston.

Donovan déboutonna sa veste en s'asseyant sur un fauteuil, puis il croisa ses jambes :

– C'est ce qu'on t'a appris quand tu as quitté Harvard pour cette petite université… comment s'appelle-t-elle déjà ?

L'insulte fit voler en éclats l'armure que je m'étais fabriquée, elle me blessa au cœur, il lisait dans mes pensées, il voyait mes craintes les plus profondes. J'eus l'impression qu'il prenait un malin plaisir à les étaler au grand jour. Tout à coup, autant je me rappelais combien mon corps avait désiré Donovan Kincaid, autant je me rappelais combien je l'avais haï.

Weston, qui avait parfaitement saisi le manège, jeta un œil furieux à son ami. Puis il se tourna vers moi :

– J'aime beaucoup Sabrina, dit-il en appuyant sur chaque syllabe.

– Dommage, tu ne seras pas celui à qui elle va devoir rendre compte ! ajouta Donovan en faisant tourner son verre.

Je sentis ma gorge se serrer. Voulait-il dire par là que j'allais rendre compte à « lui », Donovan ? Allait-il rester à New York ? J'eus comme un flash-back, revoyant comment il me charriait durant ses cours, revoyant aussi comment il m'avait prise contre l'étagère de son bureau.

– Dis-moi, maugréa Weston, nous n'avons pas encore vraiment décidé comment nous allions fonctionner. Pour le moment, on s'en tient à ce qu'on a dit.

Au ton de sa voix, il était clair qu'ils me cachaient quelque chose. La tête me tournait, et pas seulement à cause de l'alcool.

– Je ne comprends pas bien, à qui vais-je devoir rendre compte ?

– À moi. Donovan joue les emmerdeurs, me répondit Weston en posant sa main sur mon épaule.

Voilà qui aurait dû me soulager si la principale question n'était pas restée en suspens. Trop lâche pour le regarder en face, ou lui poser la question directement, je m'adressai à Weston :

– Mais Donovan reste ici ? Il ne retourne pas à Tokyo ?

– Oui, et heureusement. Nous avons trop grossi pour n'avoir que deux présidents. Il va prendre la gestion et la finance, et je vais me consacrer au marketing.

Mon estomac se noua, ma poitrine se souleva, je me noyais et m'envolais en même temps. Il restait. Il était bien ici et il allait rester… et rien dans mon monde n'allait plus être pareil. Lentement, je me retournai vers lui. Il me dévisageait, il attendait de croiser mon regard.

– Ah ! ajouta-t-il, les yeux brillants, puisque nous y sommes, Weston, as-tu mis Sabrina au courant de notre soirée de samedi prochain ?

Nous avons continué à discuter comme si nous n'avions rien entendu. Finalement, Weston lui répondit sur un ton des plus banals :

– Non, je n'ai pas estimé que la présence de Sabrina était nécessaire.

Intriguée, je me relevai sur mon canapé.

– Ce n'est pas très sympa. Je suis certain qu'elle aimerait beaucoup se joindre à la fête si tu lui en donnais l'occasion, ajouta Donovan qui n'arrêtait pas de me fixer.

Trop curieuse, je me lançai :

– Mais certainement. De quelle fête s'agit-il ?

– Des fiançailles de Weston.

CHAPITRE 5

Pendant quelques secondes très inconfortables, tout s'immobilisa. J'avais quatre yeux rivés sur moi, mais je finis par briser la gêne en m'exclamant :

– Félicitations !

Ma voix sortit plus aiguë que d'habitude, mais à part ça, je réussis à rester calme et distante. Au fond de moi, ce n'était pas du tout la même histoire. Comment ? Weston fiancé ? Merde alors… Lui aussi n'était donc qu'un salaud ? Et Donovan, pire encore, il essayait tolujours de me provoquer, allais-je le laisser continuer ?

– Donovan, quel con ! murmura Weston entre ses dents.

– Ah bon ? Elle ne le savait pas, répondit Donovan sur un ton qui insinuait qu'il était parfaitement au courant que je ne l'étais pas.

Pauvre con ? Ah, que oui ! Je pouvais même ajouter fils de pute à la liste.

– Non, je n'étais pas au courant, mais « félicitations » me semble le mot approprié.

Je fis un petit mouvement naturel, la main de Weston glissa de mon épaule. Allons, tout allait bien, parfaitement bien, il fallait juste réussir à respirer.

– Je t'avais pourtant dit que je ne l'avais pas mise au courant.

Avec un geste de lassitude, Donovan rétorqua :

– C'était il y a deux semaines. J'ai cru que tu le lui avais dit depuis. Comment as-tu pu lui demander de déménager à New York sans lui expliquer clairement la situation ? Franchement, cela ne me semble pas très honnête envers Sabrina.

– Eh, ça suffit !

Les deux hommes se tournèrent alors vers moi pour m'affirmer en même temps :

– J'aurais dû te le dire.

– Il aurait dû te le dire.

– Me dire que tu étais fiancé ? Eh bien, voilà qui est fait, j'ai hâte de tout savoir. Tiens, je vais me resservir un petit drink.

Weston se précipita derrière moi, très maladroit en m'aidant à me resservir un scotch :

– Ce n'est pas ce que tu crois, bredouilla-t-il.

Un pied sur le genou, d'un air relax qui suggérait qu'il s'amusait bien plus qu'il n'aurait fallu, Donovan ajouta :

– Certes non. Attends ses explications.

J'essayais de ne pas faire attention à lui – comme si c'était possible – et me tournai vers Weston en gardant une voix neutre :

– Je ne crois rien du tout, mais tu n'avais même pas de petite amie quand…

Je m'arrêtai brusquement en regardant Donovan. Même s'il savait que j'avais passé un week-end au lit avec son associé, je ne jugeais pas opportun de le rappeler face à lui. Je n'eus même pas besoin de le faire.

– N'était-ce pas exact ? s'exclama-t-il.

– Si, si, à ce moment-là, c'était vrai, insista Weston, et je n'ai toujours pas de petite amie.

– Peut-être, mais tu as une fiancée, je répliquai.

– Une fausse fiancée, corrigea-t-il.

– Une fausse fiancée, pardon ?

Donovan haussa les épaules derrière nous :

– C'est de mieux en mieux.

Je lui envoyai un regard noir, mais son sourire ne fit qu'empirer les choses. Bon sang ! Pourquoi donc était-il là ? Je pris alors une grande gorgée de mon scotch et Weston posa sa main sur mon avant-bras en me disant :

– Laisse-moi t'expliquer.

– Non, je m'écriai, plus fort que je l'aurais voulu. Respirant un bon coup, j'essayai à nouveau : Ne me touche pas, s'il te plaît.

Il laissa tomber ses mains et, ne sachant qu'en faire, il les plongea dans ses poches. Une fois de plus, je me tournai vers Donovan. Était-ce pour ça qu'il était venu aujourd'hui, pour lâcher cette bombe ? Pour rejouer ce petit jeu avec moi, comme il l'avait fait dans le passé ? Pour me voir humiliée, déshonorée ? Non, plus jamais ça. Je relevai la tête, j'étais bien décidée : non, il ne me verrait plus en état de faiblesse.

Il plongea son regard froid dans mes yeux sans les quitter. Qu'y voyait-il, ma détermination ? En tout cas, il finit par les baisser.

– Je devrais m'éclipser et vous laisser tous les deux en parler, dit-il en posant son verre sur la table à côté de lui.

– Merci, répondit Weston.

– Et pourtant, ce n'est pas l'envie qui me manque d'allumer le système de sécurité pour épier votre échange.

– Ve te faire foutre !

– Je plaisante, ajouta-t-il en boutonnant sa veste. Je file.

Il me jeta un dernier regard par-dessus son épaule en passant près de moi, ce fut comme une décharge, un frisson me parcourut le corps de haut en bas.

Je l'entendis parfaitement ouvrir la porte, il allait quitter la pièce. Je sentis alors l'effroi me tomber dessus comme une chape de plomb. Brutal et inexplicable. Il n'y avait aucune raison à cela, si ce n'est que le fantôme de mes fantasmes les plus sombres revenait hanter mes pensées.

– Donovan ! je criai, sans pouvoir me contrôler.

Il s'arrêta net et me regarda, mais je refermai la bouche, ne pouvant rien dire de plus. Je ne voulais pas qu'il reste, je ne voulais pas qu'il parte. Pas si vite, pas tant qu'il y aurait encore tant de non-dits entre nous.

L'air surpris, Weston nous observait, tantôt l'un, tantôt l'autre, mais ce fut Donovan qui brisa le silence, les yeux rivés sur moi :

– Tu avais raison Weston, elle a grandi.

Puis il disparut.

Avais-je vraiment grandi ? Je ne le sentais pas de façon aussi nette. Parfois, j'avais encore dix-sept ans… naïve, anéantie, toujours déchirée par les griffes de celui que j'avais fui des années plus tôt. Mais ici, aujourd'hui, en chair et en os, il redevenait l'aimant qui m'attirait sans cesse, le lien qui m'enchaînait à lui était plus fort que jamais.

Et Weston, l'homme qui, je le croyais, pouvait me protéger de mes attirances morbides, était maintenant fiancé ?

– Ok, dis-je, tournant le dos à la porte que Donovan venait juste de refermer.

Je croisai les bras et lançai un regard sévère en direction de Weston :

– Toi, tu as intérêt à me fournir une explication plus que convaincante.

– C'est une histoire de dingue, commença-t-il dans un soupir.

– Comme beaucoup d'histoires.

– Mais celle-là est vraie, je n'invente rien, je t'assure.

Donovan parti, je ne me sentais plus d'humeur à tolérer de nouvelles embrouilles.

– Comment te croire si tu ne me racontes pas tous les détails ?

Il passa les deux mains dans ses cheveux, et son air ébouriffé le rendit tout à coup plus sexy :

– D'accord, j'ai compris, me dit-il.

En fait, c'était la première fois que je le regardais vraiment depuis qu'il était entré dans la pièce. Il portait un costume bleu sombre qui mettait ses yeux en valeur. Son visage était parfaitement lisse, même à cette heure tardive, s'était-il rasé après son déjeuner ? Disons-le, il était tout simplement d'une beauté magnifique, très agréable à regarder. Incroyable, mais je ne l'avais pas vu comme ça tant que Donovan était présent. Assez ! Laissons Donovan de côté.

– Alors ?

– Sais-tu qui est Elizabeth Dyson ? répondit-il en changeant de ton.

– La fille du magnat de la presse ?

– De Dell Dyson, c'est ça. (Weston s'approcha du comptoir pour y déposer son verre pratiquement vide.) La presse n'est pas la seule activité de *Dyson Media*, ils ont aussi une filiale publicité très développée sur le marché européen.

– Ah bon ? je l'ignorais.

– Ce sont nos plus gros concurrents à l'étranger !

À la fois gênée et vexée de ne pas le savoir, je ne voulais surtout pas le laisser paraître. J'appartenais à ce monde après tout, je n'allais tout de même pas me sentir déplacée à cause de ce détail. Je scannai vite ma mémoire pour dénicher un souvenir sur Dell Dyson :

– Il est mort récemment, n'est-ce pas ?

– Oui, l'année dernière, continua Weston en acquiesçant de la tête. Depuis son décès – et même avant, à vrai dire –, on cherche à racheter cette branche publicitaire du consortium. De son vivant, Dell avait engagé le processus, mais depuis son décès, nous continuons les négociations avec sa fille, Elizabeth.

– Laisse-moi deviner, elle n'est pas intéressée.

– Si, si.

– Je ne vois pas comment…

– Attends, j'y arrive ! dit-il en mettant ses mains dans les poches. Le problème est qu'Elizabeth a vingt-cinq ans et qu'elle ne peut rentrer en pleine possession de *Dyson Media* qu'à l'âge de vingt-neuf. À moins qu'elle se marie.

– À moins qu'elle se marie… je murmurai en écho. (Tout devenait si clair.) Je vois… (Je m'affalai sur un canapé.) C'est tellement vieux jeu…

– Elizabeth était aussi pressée de prendre le contrôle de l'entreprise que nous l'étions d'acquérir la filiale publicitaire, continua Weston, tout le monde était gagnant-gagnant.

– Et pour ce faire, tu t'es fiancé.

– Oui, je suis maintenant fiancé.

Je n'en manquais pas un mot. Chaque syllabe venait souligner mes émotions : que dire de cette nouvelle ? J'étais déçue, évidemment, quel changement dans mes plans ! J'étais arrivée à New York sur un coup de tête, mais comme je n'étais pas quelqu'un de rigide, j'ai vite compris que la situation méritait quelques ajustements. Weston semblait l'avoir compris. Il attendit quelques instants et poursuivit :

– Le mariage a lieu dans deux mois et demi. Nous attendrons ensuite un mois ou deux pour divorcer. Entre-temps, nous aurons acquis la branche publicitaire, et *Reach, Inc.* se retrouvera propulsée un rang ou deux plus haut sur le marché de la compétitivité. Nous sommes encore une jeune entreprise, cette fusion est une aubaine pour nous.

Je m'enfonçai dans le canapé en soupirant. Ce n'était pas forcément la direction que j'aurais prise pour *Reach, Inc.*, mais je n'étais pas une femme d'affaires très agressive. Ce qui était la raison qui m'avait fait choisir le marketing plutôt que les activités commerciales et opérationnelles, mais j'étais tout à fait capable de reconnaître le bénéfice d'une fusion comme celle que Weston s'apprêtait à faire.

– Je vois. Je comprends, dis-je en me relevant d'un bond. Mais dis-moi, pourquoi toi ? Elle n'a pas un boy-friend ou quelqu'un d'autre qui voudrait l'épouser pour toucher sa fortune ?

Pourquoi devait-elle absolument épouser « mon » boy-friend ? Weston n'était pas réellement mon boy-friend, mais tout de même… Je n'y pouvais rien, j'étais un peu amère.

– Non, personne en vue. Il faut dire que cette Elizabeth est un sacré phénomène. Je ne suis même pas certain qu'elle ait des amis. C'est une sorte de… (Il se frotta le front, comme s'il cherchait le terme exact…) C'est une affreuse petite enfant gâtée.

J'avais l'impression que ce n'était pas exactement ce qu'il voulait dire.

– Hum… super ! Tu couches avec elle ?

– Non, surtout pas.

– Désolée, dis-je en me frappant la tête, honteuse de ma question. Cela ne me regarde pas.

– Pas de problème.

Honnêtement, je m'en foutais un peu. Weston couchait avec elle ? La belle affaire ! La seule chose qui m'ennuyait, c'était que Weston n'était plus disponible pour me servir d'armure. J'avais besoin d'une relation avec lui pour m'éloigner de mes démons, surtout maintenant.

– Si c'est juste une question d'âge et d'héritage, pourquoi ne pas régler ça légalement, avec des avocats ? Pourquoi des fiançailles ? Pourquoi cette soirée ?

– Crois-moi si tu veux, mais la succession stipule : aucun écart de conduite autorisé. De plus, Elizabeth a un cousin au comité de direction de *Dyson Media* qui est prêt à tout pour l'empêcher de prendre le contrôle de l'entreprise avant ses vingt-neuf ans. Tu vois, il faut faire face.

Le ton de sa voix indiquait que la situation le rendait malheureux.

– Mais c'est immonde ! (Je faisais mine de compatir.)

– Tu peux le dire.

– Et pas si terrible que ça, répondis-je, un peu sèchement. Après tout, c'est toi qui l'as voulu, j'ai l'impression que personne ne t'a obligé. Je ne vais pas te plaindre, Weston.

– Tu as raison. Je dois accepter mon sort.

J'aurais bien continué à lui faire la morale, mais à le voir prendre ce coup dur avec tant de résignation, cela me parut difficile. En plus, je parlais à mon boss, mon nouveau boss. Il y avait sans doute une limite à ne pas franchir. Quelque part. Ah… si seulement je pouvais savoir où la situer !

Je me retournai et fis les cent pas le long de la vitre. En apercevant la vue sublime, je me mis à penser à Donovan.

– Et… que pensent les autres de ce montage ?

Pourquoi avais-je trouvé important de poser cette question, je n'en sais rien.

– Qui ? Tu veux dire Donovan et Nate ? (Il attendit que j'acquiesce.) C'était l'idée de Donovan, mais tout le monde a trouvé ça formidable, même si je les soupçonne de déjà prendre des paris sur le temps que je vais pouvoir tenir sans baiser.

Je tournai la tête d'un coup sec :

– Pour l'instant, rien ? Avec personne ?

– Qu'as-tu dit tout à l'heure à propos des professionnels… toujours en représentation, c'est ça ?

Weston King ne baisait pas ? Grosse info. Ce type avait un appétit sexuel d'ogre, je le savais par expérience.

Maintenant, il avait vraiment l'air malheureux. J'en étais presque peinée pour lui. J'ai bien dit : presque.

– Qui est au courant de tout ça, je demandai, appuyée sur la vitre.

– Les associés, Elizabeth, bien entendu, et maintenant, toi, répondit-il avec une délicatesse non dénuée de tendresse.

Il fallait qu'il ait confiance en moi pour me raconter un tel secret.

– Merci de me tenir au courant.

– Je devais le faire. Je ne pouvais pas te laisser penser que tu ne m'intéressais plus.

Quelques pas, il était là, tout près. Avec douceur, il posa sa main sur mon bras et commença à remonter vers mon épaule. Il chuchota :

– Je sais, j'aurais dû t'en parler avant que tu prennes la décision de venir à New York, mais j'avais peur que cette histoire te fasse renoncer.

Je n'ai pas aimé son geste, ses doigts semblaient froids sur ma peau. Pas de sursaut de recul, je suis restée calme.

– Weston, sache que je n'ai pas accepté ce job en me disant qu'il allait se passer une histoire entre nous. Bien sûr, je me suis posé la question, mais la raison de ma décision n'a jamais été celle-là.

– Génial. (Il prit alors mon menton dans son autre main, me forçant à le regarder dans les yeux.) Cela veut-il dire que, dans le futur, quand je serai célibataire à nouveau, tu me donneras une autre chance ?

Je fis un rapide calcul dans ma tête. Deux mois et demi avant le mariage, plus un mois ou deux avant qu'il ne reprenne sa liberté.

– Impossible, je ne peux pas attendre, tu ne peux pas me demander une chose pareille.

– Non, ce ne serait pas honnête. Je veux dire, après… si tu es toujours disponible…

Nous verrons à ce moment-là, mais vu mon livre des records, dans cinq mois, il est à parier que je serai toujours seule.

– Comme tu es déjà fiancé, que ce soit pour de vrai ou calculé, je ne peux pas te laisser faire ça.

– Faire quoi ?

Je regardai ses mains, maintenant toutes les deux posées sur mes épaules :

– Ça, te laisser me toucher. Tu dois arrêter.

– Je sais.

Il laissa tomber ses mains et recula d'un pas :

– Je suis vraiment désolé, Sabrina. À propos de tout, désolé, mais je suis heureux de te compter parmi nous.

Il avait l'air sincère, le job était fort bien payé et il s'était donné beaucoup de mal pour me faire venir à New York. Une fois encore, était-ce seulement pour le boulot ?

– Dis-moi un truc. Quand as-tu décidé de m'engager ? Quel a été l'ordre chronologique de toute l'histoire ?

– À peine avais-tu quitté New York que j'ai commencé à tout organiser pour t'engager. Peu m'importait ce qui allait arriver ou non entre toi et moi, mais je savais que ta place était ici. Le départ de notre directeur marketing fut comme un signe. Il fallut attendre le temps de son transfert, puis il y eut la merde de l'histoire *Dyson* : nouveau retard.

Ainsi donc, Weston avait décidé de m'engager avant cette histoire de mariage manigancé par Donovan. Et lui, à ce moment-là, savait-il que Weston voulait me proposer le job ? Aussi stupide que paraissait la connexion entre les deux événements, rien à faire, je voulais savoir :

– Quand exactement as-tu dit à Donovan que tu voulais m'engager ?

J'avais des fourmillements sur tout le corps en attendant sa réponse.

– Tu n'avais même pas fermé la porte de mon appart que je l'appelais déjà.

J'étais contente d'avoir encore un fond de scotch dans mon verre que j'ai vidé d'un seul coup. Hélas, la chaleur de l'alcool ne put adoucir la vérité qui venait d'éclater : c'était bien Weston qui m'avait fait venir à New York, mais c'était Donovan qui s'était assuré que j'y arriverais en célibataire…

CHAPITRE 6

Roxie attrapa deux flûtes de champagne sur un plateau et m'en tendit une.

– Vous en avez déjà fait beaucoup cette semaine. Quel dommage d'avoir l'obligation de venir ici un samedi !

Depuis mon premier rendez-vous chez *Reach* mardi, j'avais passé le reste de la semaine avec les ressources humaines, à me familiariser avec le fonctionnement propre à l'agence, sans compter l'installation de mon bureau. J'avais à peine entrevu Weston et n'avais pas croisé Donovan une seule fois.

Ce soir, j'étais sur mon trente et un. Je portais une robe longue de satin vert très souple qui glissait sur mon corps à chacun de mes mouvements. J'avais les cheveux, un peu flous, à peine ramassés sur ma nuque. J'étais là, dans un coin du *Sky Launch*[21], à la soirée donnée en l'honneur des fiançailles de Weston… ce qui n'était pas du tout ce que j'avais prévu pour mon premier samedi à New York.

– Pas si mal, dis-je en mentant effrontément.

Weston m'avait confié que la soirée avait été organisée en coup de vent, ce qui n'empêchait pas quatre à cinq cents personnes de s'agiter sur la piste de danse du night-club

---

21. Voir note 13.

qui avait été loué pour l'occasion. Il en était ainsi, avais-je pensé. Pour l'élite et les riches, la popularité faisait partie du package. Honnêtement, il y avait tellement de monde que mon absence serait passée inaperçue.

Je ne savais pas vraiment pourquoi j'étais venue, mais j'y étais. Parce que Donovan, lui, aurait remarqué si je n'étais pas venue et je ne voulais surtout pas qu'il pense que j'avais essayé d'éviter cette soirée. Je ne voulais pas qu'il suppose un seul instant que l'annonce du mariage de Weston avait pu m'affecter en aucune manière, que j'étais blessée ou que j'étais restée à la maison pour ruminer ma peine. Certainement pas. J'étais ici ce soir pour affirmer qui j'étais et j'avais bien l'intention d'y rester pour le prouver.

Jusqu'à présent, Donovan n'avait même pas jugé utile d'apparaître. Après tout, cette mascarade n'était peut-être qu'une perte de temps. Je pris donc une gorgée de l'excellent champagne en essayant de ne pas trop me dire que le vert de ma robe pouvait s'accorder au vert de ses yeux.

– Vous êtes fin prête pour lundi ? me demanda Roxie.

– Je pense que oui.

J'avais étudié de près tous les dossiers des projets en cours pendant mes heures perdues à la maison. J'avais peu dormi, mais j'étais prête. Les déménageurs avaient défait presque tous les cartons, mais je n'avais pas encore touché à ceux concernant mes effets personnels que je leur avais demandé de laisser tels quels.

– J'ai fait en sorte d'être au point sur tous les dossiers en cours.

– Attention de ne pas faire un *burn out* avant d'avoir commencé, dit-elle, un peu brusque, avec son accent d'Europe centrale.

– Ne t'en fais pas, « Maman ». Et puis, on va se tutoyer, c'est plus facile, d'accord ?

Je plaisantais tout en espérant qu'elle saisisse l'affection que je mettais dans ma réponse. Et pas seulement parce que Roxie était l'une des seules personnes que je connaissais à New York mais aussi parce qu'on ne m'avait pas maternée comme elle depuis longtemps. Un changement appréciable après toutes ces années passées à élever seule ma petite sœur.

Elle sourit en jetant un regard vers son mari qui l'attendait un peu plus loin, puis elle but le reste de son champagne en trois gorgées et me dit :

– Franck déteste ce genre de soirée, je serais bien restée s'il n'arrêtait pas de me faire signe pour partir. Ça va aller ?

Elle avait vraiment l'air désolée de me laisser seule.

– Oui, tout va bien, je te promets lui répondis-je en voyant son mari taper du pied en signe d'impatience.

– Je vais présenter mes vœux aux futurs époux et je m'éclipserai à mon tour.

Après son départ, je me sentis moins à l'aise, seule dans mon coin. Je jetai un coup d'œil dans la salle où on entendait de la musique, mais pas pour danser. Tous les invités restaient debout, par groupes, en train de discuter et dévorer des petits fours raffinés. Je ne connaissais personne. Ceux que j'avais rencontrés au bureau m'avaient dit bonjour et avaient déjà disparu. Il se faisait tard et Donovan n'avait pas encore montré le bout de son nez. Je n'avais plus de réelle raison de traîner. Soit le moment était venu de chercher Weston pour lui faire mes civilités – ce qui me faisait un peu ch… –, soit je filais à l'anglaise.

J'ai soupiré un bon coup, fini mon drink et posé mon verre sur le plateau d'un serveur qui passait à côté de moi quand, tout à coup, je l'ai senti… je l'ai senti, « lui ». Je ne me suis pas retournée, mais je savais qu'il était là, tout près derrière moi. J'en étais certaine. Sa présence était lourde comme le plomb et mon intention de partir s'arrêta net.

J'étais scotchée sur place, mes talons trempaient dans la glu.

Où était-il exactement ? Qu'attendait-il ?

Les secondes qui passaient me parurent des heures, mais finalement il s'approcha de moi, il était là, tout près, quelques centimètres à peine entre nos épaules nous séparaient.

– Cette robe te moule à merveille, dit-il d'une voix rauque, je comprends mieux maintenant pourquoi Weston t'a engagée.

Le grain de sa voix me fit l'effet d'une pierre ponce venant lisser les aspérités des tensions profondes que je n'arrivais pas à calmer, mais ses mots furent comme une claque en pleine figure. Une nouvelle attaque contre mes qualifications professionnelles, comme si la seule raison qui m'avait fait mériter une embauche chez *Reach* était d'être sexy en robe du soir.

Il y avait également une autre raison pour laquelle sa réflexion me posait un problème : c'était faux. Même si elle m'avait calmée, elle m'avait aussitôt noué l'estomac. Je ne pouvais plus laisser passer une réflexion pareille sans me défendre. Il fut un temps où je laissais les mecs riches s'en sortir avec de telles insanités, je les avais même laissés s'en sortir avec pire que ça. Plus maintenant.

Je me suis retournée pour lui faire face, pour l'affronter, pour lui dire son fait, mais seul de l'air s'échappa de mes poumons. Il était si beau dans son smoking au revers de satin, son nœud pap' impeccable et parfaitement en place, le visage adouci d'une barbe naissante ! J'en oubliai presque ce que j'avais à lui dire.

Mon regard passa du dessin parfait de ses lèvres à ses yeux, ce soir plus verts que marron, et je ravalai ma salive :

– Je ne suis pas certaine que ces mots dans ta bouche aient le bon goût d'un compliment, mais ce dont je suis sûre, c'est qu'ils sonnent comme du harcèlement sexuel pur et simple.

– Mais le harcèlement sexuel faisait partie de notre panoplie de drague.

La référence inattendue au passé que nous avions partagé me prit de court, je ne savais plus où j'étais. Je ne m'y attendais pas, il avait marqué un point dans un jeu auquel je n'étais pas certaine de savoir jouer. D'un autre côté, n'était-ce pas l'ouverture dont j'avais besoin pour lui dire ce que j'avais à lui dire, tout ce que j'avais à lui dire, tout et le reste ? Ah, si je savais par où commencer ! Mais… rien. Je ne pouvais pas sortir un mot.

Hébétée comme une idiote, j'étais incapable de fermer la bouche quand Donovan se pencha vers moi et me susurra à l'oreille :

– Ferme la bouche Sabrina, j'adore imaginer comment je pourrais la remplir, mais nous allons avoir de la compagnie. Il se releva et dit d'une voix claire : Weston, Elizabeth, les stars de la soirée !

Immédiatement, j'entendis claquer mes mâchoires et sentis mes joues s'enflammer comme si un feu s'était allumé dans ma bouche. Un peu sonnée par la situation, je tournai la tête et aperçus Weston tenant par le bras une jeune rousse aux yeux brillants et tout sourires.

– Elizabeth, tu as déjà rencontré Donovan, dit-il un peu formel, mais je te présente Sabrina Lind, notre nouvelle directrice de stratégie marketing.

– Ravie de faire votre connaissance, dit-elle à son tour avec un petit signe de tête. C'est fascinant de voir comment mon amour…

Weston jeta vite un coup d'œil autour de nous et la coupa net :

– Personne ne nous regarde et Sabrina est au courant.

– Génial. (Elizabeth Dyson lâcha le bras de Weston d'un coup sec.) Si je dois faire semblant de lui faire des compliments, ne serait-ce qu'une minute de plus, je crois que je vais dégobiller tripes et boyaux.

Donovan jeta alors un petit regard admiratif à la future mariée :

– Je crois que, toi et moi, nous allons nous entendre mieux que je ne l'avais pensé.

Apparemment, les deux nouveaux fiancés, eux, ne s'entendaient pas à merveille. Mieux, ils se crêpaient le chignon ! Je trouvais ça amusant. Amère, moi ? Oui, peut-être un peu.

– Je te l'avais dit, Kincaid, cet arrangement était plus approprié pour toi que pour moi, je n'ai vraiment pas compris pourquoi tu l'as refusé.

Elizabeth flirtait ouvertement avec Donovan sans remarquer un certain agacement dans les yeux de Weston.

– Tu étais donc sur la liste pour être le futur marié, Donovan ?

Je posai la question sans oser le regarder dans les yeux et baissai le regard, ce qui n'était pas mieux puisque je finis par arriver sur sa braguette. Vite, un coup d'œil vers Weston, puis vers Elizabeth au cas où trop regarder Weston serait pris pour de la drague. J'atterris sur mes chaussures… je voulais surtout que personne ne puisse voir ma réaction à la réponse que Donovan allait faire à la question que je venais de lui poser.

J'y avais pensé et repensé à plusieurs reprises ces jours derniers : ce faux mariage qu'il avait arrangé, avait-il quelque chose à voir avec moi, oui ou non ? C'était plus rassurant de penser que non, mais si cette histoire n'avait rien à voir avec moi, pourquoi ne s'était-il pas porté volontaire pour jouer lui-même le rôle du marié ?

– Personne ne m'aurait pris au sérieux dans ce rôle, outre que Weston a bien plus d'allure au bras d'Elizabeth, affirma-t-il sur un ton dédaigneux.

Les yeux de Weston lui lançaient des flèches empoisonnées, mais sans sourciller, il se tourna vers moi avec un beau sourire en disant :

– Sabrina, tu es absolument ravissante.

– Merci.

Cette fois, c'est Donovan que je regardai en essayant qu'il comprenne comment on devait faire un compliment, mais il me fixait avec un air de *tu vois ce que je veux dire ?* qui m'exaspéra.

Elizabeth me toisa alors de la tête aux pieds et approuva :

– Elle est superbe, Kincaid, vous formez un couple magnifique.

Je répliquai du tac au tac :

– Nous ne sommes pas un couple !

En même temps que Weston :

– Ils ne sont pas en couple !

Le temps d'un éclair, nous avons échangé un clin d'œil. J'avais tout à fait conscience de ce dont on avait l'air et c'était sans doute pour cette raison que Weston s'était précipité pour clarifier la situation : je n'étais pas avec Donovan. Mais pourquoi avais-je moi-même réagi avec tant d'empressement ?

Parce qu'il n'était en aucune manière question que je sois de nouveau associée avec Donovan. Ni maintenant ni jamais.

– Alors, vous êtes seul ? demanda Elizabeth à Donovan, l'air surprise.

– Pas du tout.

Je sentis tous mes muscles se contracter… *Quoi ?* Bien sûr, j'étais jalouse, mais il y avait pire : l'idée que Donovan ait une petite amie, – voire une fiancée –, ne m'avait même pas traversé l'esprit ! Et si c'était le cas, quel jeu jouait-il avec moi ? J'allais plus loin : pourquoi avait-il toujours joué un jeu avec moi ?

J'étais complètement embrouillée, et agacée qui plus est.

– Sabrina fait partie de l'écurie de Weston, ajouta Donovan.

Cette fois, j'étais furieuse.

– Tu n'es qu'un gros connard, rétorqua Weston, les yeux pleins de colère.

J'étais trop choquée pour dire quoi que ce soit. Il ne croyait tout de même pas sérieusement à ce qu'il venait de dire !? Non, pas ça !

– Ah ? répondit Elizabeth qui avait parfaitement compris. Depuis peu ?

– C'est la plus récente, si mes sources sont bonnes. En tout cas, celle qui a compté le plus et avec qui il a passé un peu de temps avant toi.

Non, non, il était sérieux, c'est ainsi qu'il voyait les choses, il croyait à ce qu'il venait de dire. Mon Dieu ! Comparer les petites amies de Weston à des juments n'était pas seulement misogyne et dégradant, c'était de la merde en vrac, tout simplement.

– Euh… (Elizabeth regarda Weston, puis me regarda, puis regarda Weston me regarder…) Après tout, je pourrais bien avoir envie de faire partie de cette écurie. Quelles sont les conditions ?

Weston s'arrachait les cheveux :

– Merde à la fin, je n'ai aucune envie d'aller baiser ailleurs ! s'exclama Weston, maintenant furieux contre Elizabeth.

Elle lança alors un clin d'œil à Donovan :

– On en reparlera plus tard…

– Putain de merde, murmura Weston entre ses dents en regardant autour de lui, les gens nous observent, baissons d'un ton. Sans la regarder, en lui prenant la main, il ajouta : Et maintenant, c'est toi qui veux aller baiser ailleurs ? Est-ce pour cette raison que tu me cherches ?

Elle leva les yeux au ciel :

– Je plaisantais, voyons ! Ce que tu peux être susceptible à tout ce que je dis !

– Mais tu n'as que des critiques à la bouche.

– Tu ne fais que des conneries.

– Personne ne t'a jamais dit que tu n'étais qu'une petite salope ?

– Pas depuis la dernière fois que tu me l'as dit, ce qui doit faire à peu près, disons… vingt minutes ?

– Ah ! Mais voici nos beaux tourtereaux ! s'exclama un homme âgé, à quelques pas de là.

– Merde ! grogna Elizabeth entre ses dents, M. Jennings !

Weston attrapa Donovan par les épaules et murmura :

– Prie pour moi ! Je t'en supplie…

– Je ne crois pas en Dieu, c'est à toi de jouer, répondit-il en lui tapant le dos.

Puis les « tourtereaux » s'éloignèrent.

– Peut-être devrions-nous avoir pitié d'eux, me dit Donovan en regardant le couple de dos. Quelques secondes plus tard, il ajouta : Après tout, non.

Non. Définitivement, non.

Ainsi, Weston était pieds et mains liés par ses fiançailles avec Elizabeth Dyson. Dommage. Mais j'avais d'autres problèmes à gérer, ou plutôt « un » problème qui s'appelait Donovan Kincaid.

À nouveau, j'étais donc seule. Je me retournai vers Donovan. Il regardait plus loin une élégante femme asiatique qui était assise au bar, en pleine conversation avec un groupe de gens très chics. Dès qu'elle aperçut Donovan, elle agita la main. Son visage s'était refermé, mais il lui répondit en faisant un signe de la tête.

Mon sang ne fit qu'un tour et les choses importantes que j'avais à lui dire passèrent au second plan.

– C'est ta petite amie ?

– Sun ? Tu plaisantes. C'est juste une fille avec qui j'aime baiser.

Il venait de prononcer le mot « baiser » et… soudain, j'y étais dans ce bureau, dix ans plus tôt, plaquée contre les étagères avec son corps se pressant contre le mien… Soudain, je voulais être élégante, comme cette femme… Soudain, je voulais être belle, comme cette femme qu'il aimait baiser.

– Là, maintenant, à cet instant précis, tu y penses, n'est-ce pas ?

Donovan avait beau être à quelques pas, je pouvais sentir la chaleur de son souffle sur ma peau alors que je tendais mon cou vers lui.

– À quoi ?

Je regardais toujours en direction de Sun.

– À moi en train de la baiser.

– Pas du tout, répondis-je en m'efforçant de penser à autre chose.

– Ton corps te trahit, il dit tout le contraire.

Je ne portais pas de soutien-gorge et je savais exactement quelle partie de mon corps me trahissait. Dieu merci, il lui était impossible de voir mon cœur frapper dans ma poitrine ni le liquide qui s'accumulait entre mes jambes.

Mais qu'allais-je pouvoir lui répondre ? *Non, je ne t'imagine pas en train de la baiser*, ou *Je me rappelle parfaitement comment tu m'as baisée* ? Dans les deux cas, c'était affreux.

– Cela ne me vexe pas, me dit-il, moi aussi je passe généralement ce genre de soirée à penser à ça. À m'imaginer ce que je vais lui faire plus tard. À m'imaginer quelle couleur de culotte elle peut porter.

Il se rapprocha encore plus près et, cette fois, je pus vraiment sentir son haleine caresser mon cou pendant qu'il murmurait :

– Ce soir, je dois avouer que je suis encore plus distrait.

Je le respirais, je m'enivrais de l'odeur de son eau de toilette que je reconnaissais entre toutes, je humais le musc unique de sa peau… Sa bouche était si proche qu'il me suffisait de tourner légèrement le menton pour l'atteindre. M'embrasserait-il ? Et moi, en avais-je vraiment envie ?

J'ai reculé d'un pas, troublée par ces interrogations. Le simple fait de les formuler me rendait faible, surtout que je n'avais pas la réponse. Je sentis mes jambes fléchir, je chancelai, mais heureusement, je ne suis pas tombée :

– À ce stade, je ne suis plus certaine de savoir ce que tu as envie que je te dise.

Donovan m'observa avec attention et répondit :

– Je n'en suis pas certain non plus.

– Tu es prêt ? On y va, demanda soudain Sun que je n'avais pas vue approcher.

Elle avait encore plus d'allure de près. Ses lèvres étaient charnues et son attitude affirmée. J'eus la vague impression de la connaître, sans doute à cause de cette assurance qui lui donnait un air si important.

J'avais les yeux rivés sur Donovan, un certain désespoir devait se lire dans mon regard… Il n'allait tout de même pas partir maintenant !

Il me fixait toujours quand il lui répondit :

– Je suis prêt, allons-y.

Sun s'accrocha à lui et ils s'éloignèrent bras dessus, bras dessous.

Sans une présentation, sans un au revoir. Rien.

CHAPITRE 7

J'ai traîné à la soirée quelques instants de plus après le départ du couple Donovan-Sun. Apparemment pas assez, car ils attendaient encore le voiturier quand je suis sortie dans la fraîcheur de cette belle soirée de septembre.

Pour les observer sans être vue, j'ai fait un pas en arrière dans l'entrée. Elle avait lâché le bras de Donovan. Ils ne se touchaient plus. Chacun de son côté, on aurait dit qu'ils se connaissaient à peine. Sincèrement, Elizabeth et Weston avaient l'air de presque mieux s'entendre que Donovan et Sun, c'est dire ! Peut-être était-ce la ville des faux couples ? J'en souriais moi-même. À moins que... Sun était-elle une call-girl ?

À peine si Donovan était resté vingt minutes à cette soirée, je me demandais même pourquoi il était venu. Pour s'assurer que j'étais présente ou pour s'assurer que je le voie accompagné alors que j'étais seule ? J'en étais au point où tout tournait autour de moi. Pathétique ! Donovan était venu simplement pour compatir aux fastueuses fiançailles de son associé... un point, c'est tout ! Si Donovan n'avait pas eu une attitude très amicale avec Sun, c'était parce qu'il n'avait pas besoin d'en faire des tonnes pour juste la baiser. Ce qu'il allait faire, j'en étais sûre. D'ailleurs, qui n'aurait pas eu envie de la baiser ?

Je vis quelqu'un s'approcher de Sun en ayant l'air de lui demander quelque chose, puis la personne lui tendit un bout de papier, comme si elle voulait un autographe. C'est à ce moment-là que je l'ai reconnue. Sun était en fait un top model, elle avait même fait des pubs pour des clients de *Reach*, et c'est sans doute par ce biais que Donovan l'avait rencontrée. Elle était tout à fait le genre de fille qu'il fallait à Donovan pour le « distraire » de temps en temps. Une superbe mannequin, élégante et sophistiquée. Tout le contraire de moi. Et pourtant… je faisais des efforts.

– Vous désirez un taxi, Mademoiselle ? me demanda le portier du *Sky Launch*.

– Désolée. Oui, s'il vous plaît.

Je n'avais toujours pas envie qu'on me remarque, mais la voiture de Donovan arrivant, la voie allait être libre. Le portier siffla un taxi et je ralentis le pas dans l'entrée du club pour apercevoir Sun s'engouffrer à l'arrière d'une Jaguar, immédiatement suivie de Donovan. Alors que la voiture s'éloignait, j'eus le temps de voir Sun se blottir contre lui.

À la fois, je m'en foutais et, bien sûr, je ne m'en foutais pas du tout. Il faisait bien ce qu'il voulait. Quelle différence pour moi ? Quelle importance avec qui il sortait ? Il aimait et baisait qui il voulait, après tout. Mais pas à ce moment-là, pas ce soir-là. Je ne m'en foutais pas, parce que durant cette soirée il avait souillé mes pensées, et pas seulement celles que je cachais au creux de mes nuits.

Il m'avait forcée à revenir en arrière, dans ce bureau d'Harvard, faisant resurgir ensemble, en un flot dégoûtant, l'horreur des souvenirs et des fantasmes inavouables. Et c'est elle qu'il allait baiser… Je ne me rappelais pas m'être sentie aussi seule de toute ma vie.

Heureusement, le taxi arriva. Vite, je donnai mon adresse, mais après un petit temps de réflexion, je lui demandai :

– Pourriez-vous vous arrêter en chemin chez un caviste ?

Ce n'est pas les cavistes qui manquent entre *Columbus Circle* et mon appartement, mais en trouver un où le taxi aurait pu se garer pour m'attendre relevait du miracle. Au bout d'un moment, j'ai payé la course :

– Je fais le tour du pâté de maisons et je vous reprends quand vous aurez fini, me dit-il alors.

Je ne m'attendais pas à le revoir, mais peu importe, j'en attraperais un autre.

Dans la boutique, je passai devant les gins et les vodkas. Je buvais très modérément, si je voulais me faire plaisir, je prenais un martini ou une vodka tonic, mais ce n'était pas ce dont je rêvais pour ce soir. Comme je n'avais pas l'habitude d'en acheter, il me fallut un peu de temps pour dénicher ce que je cherchais : les whiskys. Ils étaient au fond, sur une étagère entièrement dédiée aux scotchs pur malt, un choix incroyable. Lequel était le meilleur ? Je n'en avais aucune idée. J'ai fini par arrêter mon choix sur un Macallan, parce que j'arrivais à prononcer ce mot, une bouteille chère comme le whisky que Donovan aimait offrir au bureau.

En sortant, j'eus la surprise de retrouver le même taxi qui m'attendait.

– Du scotch ? me demanda le chauffeur en apercevant la boîte que je tenais entre les mains. Je m'en doutais, vous êtes une femme de goût.

J'étais plutôt une fille pleine de mauvais goût, mauvais goût dans mes pensées, mauvais goût dans ma bouche, mauvais goût partout. J'espérais surtout qu'un bon coup de scotch allait faire passer tout ça.

Arrivée chez moi, j'ai balancé mes talons dans l'entrée, me suis débarrassée de ma robe et suis restée en petite culotte. En fouillant dans la cuisine, j'ai fini par dénicher un verre pour mon scotch.

– Juste pour cette fois ! j'ai lancé à la cantonade dans la pièce vide en levant mon drink pour porter un toast. Juste pour ce soir !

Je descendis le premier verre vitesse grand V, laissant la chaleur de l'alcool emporter mes scrupules. En me servant le deuxième, j'étais déjà prête à décoller. Ce n'était pas si grave, c'était juste pour un soir, à l'abri des regards, seule dans mon appartement. En fait non, *dans l'appartement de Donovan*, ai-je pensé, ce qui a immédiatement fait perler mes tétons comme s'il m'épiait en cachette, comme si – parce que son nom figurait sur le bail – ma vie privée lui appartenait.

Ce qui changeait tout. Ranger la bouteille de scotch, c'était pour lui. Ramasser ma robe par terre, c'était pour lui. Pour ses yeux. Ensuite, quand je me suis mise nue pour me glisser dans un bain chaud, c'était aussi pour lui.

Je voyais les choses comme ça, j'avais envie de ce jeu-là… de ce fantasme, juste pour une fois, juste pour ce soir. Même si, par le passé, j'avais souvent utilisé l'image de Donovan pour me soulager de mes cauchemars et de mes attaques de panique dues au souvenir de mon agression sexuelle à l'université, il y a longtemps que je m'étais interdit de penser à lui.

J'y avais pensé trop et trop souvent. Ces visions obscènes étaient devenues mes plus fidèles amies après mon agression. Tout s'était emballé, j'avais laissé Donovan aller trop loin. Pour ces raisons, j'avais dû apprendre à enfouir ces fantasmes pervers dans l'ombre qui leur appartenait.

Mais ce soir, seule et légèrement ivre, plongée dans mon bain chaud, je ne pouvais m'empêcher d'imaginer qu'il était là, tout près de moi. Il me regardait me pincer fort les seins, me les tirer jusqu'à ce qu'ils me fassent mal, jusqu'à faire palpiter mon entrejambe. Je m'en persuadais :

Donovan aurait aimé me voir comme ça, haletante et le dos cambré.

– Touche-moi, je le suppliais en murmurant, touche-moi encore.

– *Non*, répondait dans ma tête le Donovan de mes fantasmes. *Je ne le ferai pas*.

Même si je pouvais libérer les tensions de ma propre main, impossible de prétendre qu'il s'agissait de Donovan, même dans ma tête. *Fais-le toi-même*, terminait-il.

– Mais…

Mon fantasme contrarié fut interrompu par la vibration de mon portable sur le bord de la baignoire. Il était déjà dix heures passé… les gens n'appelaient plus à cette heure-là : un appel d'urgence… une erreur… ma sœur ? Je décrochai en regardant sur l'écran : je ne connaissais pas ce numéro, mais c'était un appel local. Entre la curiosité et l'alcool, je voulais savoir :

– Allô ?

– Elle était bleue, répondit Donovan.

Sa voix était si grave et rocailleuse que je dus resserrer mes jambes. Il avait mon numéro ? Et pourquoi ?

– Qu'est-ce qui était bleu ?

– Sa petite culotte.

J'ai dû réfléchir à deux fois avant de réaliser qu'il parlait de la petite culotte de Sun, un détail dont je me foutais totalement. Et, même temps, j'avais envie de savoir. J'avais beau être déjà un peu trop embrumée pour une conversation, j'attrapai vite mon verre et me réinstallai dans mon bain :

– Tu es déjà parti de chez elle ?

– Je ne suis pas le genre de mec à rester toute la nuit.

– Bien sûr que non.

J'ai entendu comme une aspiration, fumait-il un cigare ? Je l'imaginais très bien, confortablement installé dans un fauteuil en cuir de son bureau, avec une vue superbe sur Manhattan, son smoking un peu défait mais toujours sur lui.

– En fait, je ne suis même pas descendu de la voiture.

– Alors, comment avez-vous…

– On a eu le chemin en voiture pour ça…

– Mais, comment avez-vous réussi avec…

J'arrêtais net. Il l'avait baisée à l'arrière de la voiture et voilà tout ! *Avec le chauffeur qui conduisait ? Je préfère ne pas imaginer*. Je ne voulais même pas savoir.

– Au contraire, je suis sûr que le chauffeur a tout vu. C'est ça que tu voulais savoir ?

Son petit sourire narquois passait dans le ton de sa voix.

– Non, je t'assure.

Évidemment que je voulais savoir. Je voulais connaître tous les détails les plus pervers, les plus tordus, même si cela était difficile à entendre, même si cela allait contrarier mes désirs.

– Je te le dis, parce que tu meurs d'envie de savoir. (Temps d'arrêt, autre aspiration ?) À peine assis sur la banquette arrière, elle m'a sauté dessus en me frottant les cuisses tout en me mordillant l'oreille. Ce qui ne me dérange pas, mais ce n'est pas exactement ce que j'aime.

Je l'avais bien vue se rapprocher de lui quand leur Jaguar s'éloignait. Si j'avais pensé un instant qu'il mentait au téléphone, cette seule image prouvait qu'il disait la vérité. De plus, pourquoi mentirait-il ? Je portai mon scotch à mes lèvres sans en boire :

– Je suppose que maintenant tu vas me dire ce que tu aimes ?

Il fit alors un drôle de son, comme si je venais de faire une étrange remarque.

– Voyons, Sabrina, je pense que tu le sais déjà.

– *Les dents ?* Ah ? *Les ongles ?*

En fait, ça m'était un peu égal.

– Mordre. Griffer. Rien de trop doux. Des trucs un peu limite.

Tout à coup, je me souvins d'Harvard et de la manière dont il avait réagi à la pression de mes ongles sur son dos.

– Je ne veux rien entendre.

– Oh que si ! Tu vas tout entendre.

Nouvelle pause avec, cette fois, comme un bruit de froissement. Je l'imaginais maintenant tenant son téléphone tout en retirant ses chaussures et ses chaussettes.

– Tu as bien vu la robe de Sun. Elle était facile à relever, ce n'est pas comme la tienne, tellement serrée.

Petite hésitation laissant croire qu'il y avait pensé. Ma robe eut été trop compliquée à relever pour faire ce dont il avait envie ?

– À ce moment-là, j'ai commencé à la caresser entre ses jambes, continua-t-il, avec deux doigts sur sa culotte, tout en la mordillant à l'épaule. Elle en voulait plus. Elle n'arrêtait pas de pousser sa chatte contre ma main pour m'inciter à lui en donner davantage.

– Et tu l'as fait ?

J'aurais tellement voulu qu'il me dise non. C'était affreux, je voulais tout savoir.

– Pas tout de suite, elle était trop pressée, je voulais la chauffer un peu plus. Alors, je l'ai poussée brutalement dans le coin de la fenêtre, à ce moment-là, elle a crié. Je crois qu'elle s'est cogné la tête contre la vitre et qu'elle s'est fait mal.

– Mon Dieu ! Le chauffeur n'a rien remarqué ?

– Peut-être.

– Il n'a pas eu peur des assurances si elle s'était blessée ?

J'étais en colère, pas tellement contre le chauffeur mais surtout contre moi-même. Comment pouvais-je prêter une oreille attentive à tant d'inepties ? Pourquoi cela me faisait à la fois mal tout en me faisant envie ? Pourquoi cela m'excitait autant ?

– J'avais payé le chauffeur pour qu'il s'occupe de sa route et de rien d'autre. Il a peut-être jeté un œil dans le rétroviseur et se sera branlé un bon coup, une fois rentré chez lui. Ça fait partie des avantages du métier. Contente ?

Non, loin de là, je n'étais pas contente du tout.

– Où en étais-je ? Ah, elle était coincée contre la vitre, ok. Ensuite, je lui ai retiré sa culotte, c'est à ce moment-là que j'ai vu qu'elle était bleue, ensuite, je lui ai levé les jambes en laissant ses pieds sur la banquette…

Sans m'en rendre compte, j'ai levé les miennes, j'avais mes genoux dans la figure et les pieds au-dessus de l'eau contre le bout de la baignoire.

– … puis je l'ai fait glisser pour pouvoir mettre ma tête entre ses cuisses et bien lui lécher la fente de bas en haut, ajouta-t-il d'un ton traînant. Très lentement, Sabrina… tu sais, elle a adoré ça.

J'ai fermé les yeux pour mieux imaginer la scène. Pas elle, pas Sun, mais Donovan la léchant avec lenteur, concentré sur ce qu'il faisait.

– Comment le sais-tu ? ai-je demandé, la voix rauque de désir et d'alcool.

– Elle en frissonnait de partout. J'ai donc recommencé et j'ai fini par arriver sur son clito. Je l'ai titillé doucement avec ma langue, comme si c'était une plume, jusqu'à le rendre dodu et gonflé comme une petite pêche. Ensuite, je l'ai pris à pleine bouche, elle n'a pas pu résister, ses convulsions devenaient de plus en plus intenses et elle a joui si fort que ses genoux me cisaillaient la tête.

L'envie irrésistible qui montait en moi se transforma en pulsations que je ne pouvais plus calmer. J'ouvris largement les jambes tout en me caressant l'intérieur des cuisses, transformant chacun des pores de ma peau en intense désir. Savait-il qu'il avait ce pouvoir sur moi ? Bien sûr que oui ! Mais pourquoi je le laissais faire ? Le scotch voyons, tout était à mettre sur le compte du scotch !

– Tout ça pendant les douze minutes qu'il nous a fallu pour rejoindre son appartement. Heureusement, ce n'est pas une femme fontaine, il a donc été facile de nettoyer la banquette.

– Elle ne t'a pas rendu la politesse avant de partir ? dis-je, éberluée.

– Non

– Quelle conne ! je répondis alors, non sans sourire.

– Ne le prends pas comme ça, Sabrina. C'est plutôt excitant de t'entendre te lâcher à son propos, mais ce n'est pas juste. Elle me l'a proposé.

Légèrement condescendant, il gardait la main, étrangement érotique. Pourtant, le ton de sa voix cachait quelque chose.

– Tu n'as pas voulu ?

Je pris une autre gorgée de mon scotch pour me préparer à sa réponse, probablement désinvolte, voire cruelle. Pire, il n'allait rien répondre.

– Je ne bandais pas pour elle, dit-il sur un ton détaché.

– Mais… tu bandais ?

– Évidemment Sabrina, je bandais.

Mon Dieu ! Je reposai mon drink et plongeai ma main dans l'eau avant de la passer sur mon visage pour clarifier mes idées.

– Tu m'appelais à quel sujet exactement, Donovan ?

– Pourquoi as-tu déménagé à New York ?

Tout à coup, sa voix prit un ton colérique et agacé. J'étais dans le même état.

– Je te croyais à Tokyo.

– J'avais besoin d'être ici pour le business, absolument.

– Mais pourquoi, pourquoi ?

Il hésita un bon moment avant de répondre. Le temps qu'il fallait pour tirer une grande bouffée de son cigare. Je l'imaginais entouré de fumée, près de sa fenêtre, les yeux perdus à regarder la ville de haut. Puis, d'un ton sec, il lança :

– Tu sais parfaitement pourquoi il fallait que je sois ici. Bonsoir Sabrina.

Il avait déjà raccroché avant que je puisse poser la moindre question pour comprendre. Parce que je n'y comprenais plus rien. Était-ce parce que l'équipe de New York avait besoin de son aide ? Parce que *Reach* se développait trop vite et que deux présidents ne suffisaient plus ? C'est le bruit qui courait à l'agence, mais il y avait une autre raison.

Une autre raison que je ressentais confusément. Une fois mon portable en sécurité sur le rebord de la baignoire, j'ai fermé les yeux et j'ai laissé ma main traîner sous l'eau. J'ai alors touché mon clito jusqu'à ce qu'il devienne cette petite pêche que Donovan venait de décrire à mon oreille. Dans cette histoire, la raison pour laquelle il était revenu à New York était la même que celle qui l'avait poussé à venir tard à la soirée, la même que celle qui l'avait incité à vite quitter les lieux et la même que celle qui l'avait poussé à manigancer le mariage entre Weston et Elizabeth Dyson au lieu de se porter lui-même volontaire.

La même raison pour laquelle il venait de m'appeler.

Et, cette raison, c'était moi.

CHAPITRE 8

Lundi fut une journée d'une activité chaotique et débordante. Entre les diverses réunions, les dates butoir des projets en cours, la présentation aux équipes, je n'ai pas eu un moment à moi pour respirer. Ce nouveau boulot allait être un vrai test de mes compétences, mais j'étais prête pour ce challenge.

Parce que je me sentais tout entière dévolue à ma nouvelle carrière – et parce que je l'étais vraiment –, je suis arrivée au bureau ce matin-là dans un tailleur que je qualifierais de strict et très pro. Mais j'étais également bien décidée à parler à Donovan Kincaid. Samedi soir n'aurait jamais dû exister. Il n'y aurait jamais plus de samedi soir comme celui-là. Un point, c'est tout.

J'ai toujours dû travailler plus dur que ceux qui étaient diplômés des meilleures universités comme Harvard et, maintenant que j'arrivais là où j'avais toujours rêvé d'être, pas question de tout gâcher. Pas question d'états d'âme avec des types comme Donovan. Surtout au regard de ce qu'il m'avait déjà fait subir ! Le seul moyen de m'en assurer était d'attaquer le problème de front et face à face.

Mon tailleur strict, une jupe droite gris anthracite accompagnée d'une veste sur-mesure, était important, non seulement pour me donner de l'assurance mais aussi parce qu'il était tout sauf sexy. Ce tailleur disait maîtrise, domination et détermination. Rien à voir avec une fille plaquée contre des étagères, son jean en accordéon sur les chevilles.

Bien décidée, je suis donc allé voir Donovan, juste avant mon déjeuner-réunion avec le directeur des médias, un prétentieux diplômé de Princeton qui ne semblait pas très heureux à l'idée qu'il allait recevoir des ordres d'une femme.

Vu que nous travaillions dans des départements totalement différents, Donovan et moi n'avions pas eu encore de réelle raison de nous croiser depuis mon arrivée, mais, comme par hasard, son bureau était celui aux parois de verre intelligent que j'avais repéré dès le premier jour. Quand j'y suis arrivée, les vitres étaient en position opaque, mais sa porte était ouverte. Vite, j'ai jeté un œil ; penché sur son bureau, il avait l'air très occupé. Il avait enlevé sa veste, et quand il se mit à se gratter la nuque, je vis ses muscles du bras saillir à travers sa chemise. Il avait l'air très concentré, ce qui m'a rappelé le Donovan que je regardais durant les cours à Harvard, toujours penché sur son ordinateur portable. Une attitude typique que j'avais remarquée très tôt chez lui, quand il était, à bien des égards, encore un étranger pour moi. Curieusement, m'en souvenir me procura une certaine satisfaction.

En même temps, je ne pouvais m'empêcher de penser : quel souvenir de moi a-t-il de cette époque-là ? Ce qui me rendit tout de suite plus nerveuse. Pour un peu, j'aurais tourné les talons pour retourner à mon bureau. En même temps, j'étais très agacée à l'idée de le voir se faire des idées sur moi. De quel droit ? En fait, ce qu'il pouvait penser de moi était faux, voilà ce que j'allais lui dire.

Je me dirigeai vers le bureau de sa secrétaire, une belle femme aux cheveux bruns et à la peau sombre.

Elle m'accueillit toute souriante, même si on la sentait toujours préoccupée par le contenu de l'écran qu'elle venait de quitter.

– Nous ne nous sommes pas encore présentées, je suis…

– Simone, vous pouvez faire entrer Mademoiselle Lind, coupa net Donovan.

Là encore, il m'avait repérée. Comme d'habitude.

Je l'aperçus, renversé sur sa chaise. Ayant mis de côté ce sur quoi il travaillait, il m'attendait.

– Je suppose que je peux rentrer ? dis-je en me retournant vers Simone.

– Oui, Mademoiselle Lind, me répondit-elle en replongeant le nez dans son écran.

Un peu hésitante, je respirai un bon coup avant d'entrer… *Allez, même si tu n'y crois pas, tu as toujours l'air d'avoir quatre-vingt-quinze pour cent de confiance en toi.* Je ne sais pas si c'était vrai, mais j'y croyais et cela me suffisait.

– Sabrina, que me vaut le plaisir d'une telle visite ? me dit calmement Donovan tandis que la porte se refermait toute seule derrière moi.

Super. Il avait les murs et les portes sur un système automatique, à tous les coups quelque chose qu'il pouvait contrôler de son bureau. J'aurais parié qu'un tel système lui donnait un sentiment de supériorité. Un outil certainement très utile quand il avait affaire à des employés imprévisibles, il pouvait ainsi les déstabiliser psychologiquement sans avoir à ouvrir la bouche.

Mêmes causes, mêmes effets, je me sentis mal à l'aise, surtout quand il commença à me fixer avec insistance.

– Ne me dis pas que tu viens contester une note sur ton travail…

Son petit sourire en coin en disait long : il se souvenait parfaitement et en détail de la dernière fois où nous nous étions retrouvés enfermés ensemble dans un bureau. Quand je lui avais abandonné ma virginité.

Adieu confiance en soi… et trop tard pour garder une culotte sèche.

Non, je ne le laisserais pas faire ! Si je ne m'en sortais pas cette fois-ci, c'en était fini pour toujours. Oui, pour toujours, il aurait la mainmise sur ma vie, transformant chacune de mes futures rencontres en une nouvelle version pervertie de notre passé, plus jamais je ne pourrais vivre en pleine possession de mes moyens. Je ne pouvais tout de même pas continuer comme ça éternellement, je ne le voulais plus.

– Non, je ne viens pas contester une note, dis-je avec fermeté, je pensais que peut-être nous pourrions parler, tout simplement !

– Vas-y, assieds-toi, je suis tout ouïe.

– Pas ici.

Pas là où il avait tous les pouvoirs ! J'étais déjà passée par là avant, je n'allais pas recommencer. La salle de conférence, ce n'était pas mieux, je ne voulais pas que les gens du bureau nous voient ensemble et puissent jaser. J'ajoutai :

– Je pensais plutôt que nous pourrions dîner ensemble.

– Dîner ? s'exclama-t-il en relevant les sourcils. Tu ne veux pas plutôt parler de prendre un dessert ?

Son petit sourire diabolique était gênant. Terriblement gênant. Mais je m'étais préparée à ce genre de réponse et je n'ai pas bronché d'un poil.

– J'ai bien dit dîner. Je pense qu'on a besoin de parler, tu ne crois pas ?

– Peut-être, répondit-il en tapant des doigts sur son bureau. Huit heures, ça te va ?

– Ce soir ?

Je m'attendais à ce que nous sortions nos agendas pour consulter nos emplois du temps respectifs et tomber sur mardi ou mercredi prochains, un rendez-vous au moins dans vingt-quatre heures, voire plus.

– À moins que tu aies d'autres plans.

Maintenant, trop tard pour reculer. Cela aurait affaibli ma position et je devais à tout prix rester forte.

– Non, ce soir, parfait.

J'ai jeté un coup d'œil sur mon tailleur : totalement inapproprié pour un dîner en ville ! J'aurais bien aimé quitter le bureau vers six heures, trop difficile dès ma première semaine, mais si je réussissais à partir vers six heures et demie, sept heures au plus tard, j'aurais encore le temps de repasser par la maison pour me changer.

J'allais partir quand j'ai réalisé un autre petit problème pour notre rendez-vous :

– Aurais-tu une idée de restaurant ? Je n'en connais encore aucun, cela fait trop peu de temps que je suis arrivée, mais si tu veux, je peux demander à mon assistante.

– Laisse-moi m'occuper de tout ça, me répondit Donovan en prenant son téléphone.

– Tu en es sûr ?

Ma voix était comme moi, un peu défaite. Ce devait être « mon » dîner, selon « mes » volontés pour arranger « mon » emploi du temps, et voilà qu'il avait déjà tout pris en main à « sa » façon. Et, bien entendu, il allait aussi choisir le restaurant qui l'arrangeait.

– Certain, répondit-il en appuyant sur l'interphone. Simone, pourriez-vous envoyer un taxi chercher Sabrina à vingt heures précises ? Son adresse est dans votre ordinateur. Appelez également *Chez Gaston* et demandez-leur de me préparer une table pour vingt heures quinze. (Il s'arrêta un instant pendant qu'elle lui répondait, puis il continua.) Oui, juste nous deux. Le chauffeur t'enverra un texto, dès qu'il arrive, je ne veux pas que tu attendes dehors toute seule. (Il leva alors les yeux pour s'assurer que j'avais bien compris qu'il s'occupait là de ma sécurité.) Suis-je assez clair ?

Je sentis un pincement dans la poitrine. Certes, n'importe quel homme doit s'occuper de la sécurité d'une collaboratrice s'il sort avec elle, mais j'avais bien compris qu'il y avait autre chose derrière ses paroles. Il pensait à cette fois-là, à Harvard, quand j'avais attendu seule dehors et que je n'étais pas en sécurité. Cette pensée m'a touchée.

– Oui, tu es tout à fait clair.

Et je me suis levée.

C'était aussi facile que ça ? Moi qui m'étais préparée pour une bataille… je pensais qu'il allait me demander pourquoi je voulais absolument avoir une conversation hors du bureau et pas simplement au téléphone. Je ne m'attendais pas du tout à le voir si arrangeant.

– Autre chose ? me demanda-t-il.

– Non. Merci d'avoir accepté mon invitation.

Je sortis de son bureau, rassurée et confiante. Avec un peu de chance, notre conversation de ce soir devrait bien se passer.

Pourtant, avec Donovan, je savais que les choses ne se passaient jamais comme on s'y attendait et j'espérais apprendre à ne pas systématiquement trouver ça formidable.

CHAPITRE 9

Je suis arrivée à la maison vers dix-neuf heures trente, ce qui voulait dire que j'avais juste le temps de me changer, pas de toilette possible, mais après tout je n'avais besoin ni de l'impressionner ni de le séduire, j'y allais même pour le contraire… Mon dilemme fut de trouver une tenue adéquate. Ni trop ni trop peu. En regardant ma garde-robe, je n'avais que l'embarras du choix, tout m'allait bien. J'ai donc opté pour une petite robe fourreau rouge au décolleté pas trop échancré mais un peu courte. Comme nous allions passer la soirée à table, la longueur n'était pas un problème… À moins qu'il ne soit dans le taxi avec moi ?

Non et non, je n'allais pas me mettre à penser à ce qu'il m'avait raconté de lui et Sun dans le taxi. Je ne m'appelais pas Sun et, justement, c'était bien pour cette raison que nous allions dîner ensemble. Pour bien qu'il comprenne que je n'étais pas une fille du genre de Sun et que je ne le serais jamais. Mon petit fourreau rouge serait donc parfait.

À cinquante-neuf, je traversais l'entrée de mon immeuble et, comme Donovan l'avait dit, la voiture arriva à vingt heures pétantes. La même Jaguar que celle de l'autre jour et quand je me glissai à l'arrière, j'étais seule.

Tout de suite, j'ai pensé : tant mieux ! Étrange… ce « tant mieux » était aussi rempli de déception.

– Nous passons chercher Donovan ? ai-je demandé tout de suite au chauffeur.

– Il vous rejoindra là-bas, Mademoiselle Lind.

Après ça, je ne lui ai plus rien demandé jusqu'à notre destination, un gratte-ciel sur la cinquante-huitième rue.

– Prenez l'ascenseur, le restaurant est au dernier étage.

Je suis monté avec un couple et quand les portes se sont ouvertes, l'hôtesse de *Chez Gaston* nous attendait. J'ai fait signe au couple de passer devant et je me suis écartée pour jeter un œil sur la grande baie vitrée : une vue imprenable sur tout Central Park. Absolument magnifique. On distinguait parfaitement le grand rectangle du parc avec, derrière, une longue ligne pleine de vie, nichée entre béton et acier. Encore plus beau peut-être avec ce crépuscule mauve qui envahissait la ville. J'imaginais très bien le jardin par un beau jour d'automne, avec tous ses arbres habillés de jaune, d'orange et de rouge, ou même au creux de l'hiver, sublime sous la neige.

Je savais que tout le monde adorait ce genre de vue qui était un must pour ce style de restaurant, mais j'étais particulièrement émue. J'étais pleinement heureuse d'être arrivée si haut, à cette place que j'avais méritée. Sur le toit du monde. Je ne pus m'empêcher de penser que j'aurais dû y être déjà depuis longtemps.

Le couple devant moi avait rejoint sa table, je m'adressai alors à l'hôtesse :

– Je ne sais pas sous quel nom…

Une main ferme m'attrapa l'épaule et je sentis une décharge me glisser dans le dos.

– Elle est avec moi, continua Donovan.

Je levai les yeux et, tout à coup, plus rien n'existait autour de moi. Il avait le même costume que tout à l'heure, mais cette fois il avait mis la veste. Un trois-pièces noir impeccablement taillé qui laissait deviner sans peine le corps sculpté qui le portait. Rasé de près, il s'était rafraîchi d'after-shave.

Son look, son parfum, son attitude, tout était parfait, exactement le genre de type dont toutes les filles rêvent en secret… et c'est avec moi qu'il sortait !

Il me lança un regard et un sourire pleins de malice qui me firent fondre.

– Bonsoir, Monsieur Kincaid, votre table habituelle vous attend.

Une autre raison de me rappeler que ce rendez-vous n'était pas galant. Évidemment, Donovan était le genre de mec à avoir une « table habituelle ». Tout à coup, il m'apparut évident que Weston, lui aussi, était le genre à avoir une table habituelle. Autant m'imaginer Weston avec une autre fille ne me dérangeait pas outre mesure, autant pour Donovan, c'était différent.

Je ne pouvais pas le dire tout haut parce que, tandis que nous allions vers notre table, Donovan avait gardé sa main sur mon épaule. La chaleur de ses doigts sur ma peau me faisait un effet dingue, même à travers le tissu… Je réalisai vite que, tout compte fait, je n'avais pas choisi la bonne robe.

Ce fut comme une délivrance quand il enleva sa main pour me laisser m'asseoir, mais je fus gênée par une soudaine sensation de manque. Je tournai la tête vers la fenêtre en essayant de ne plus y penser. Le soleil s'était maintenant couché et la ville brillait de mille petites lumières qui clignotaient à travers les arbres.

– C'est magnifique, dis-je, bien décidée à commencer par un compliment sans toutefois insister sur l'aspect romantique de la scène.

– Ah bon ? je n'avais même pas remarqué, répondit Donovan.

Trouduc... En fait, il était occupé à m'observer plutôt que de regarder la vue, ce qui expliquait le pourquoi il ne s'intéressait pas au paysage.

J'étais en train de rassembler mes idées pour commencer à parler quand le serveur arriva. Immédiatement, Donovan commanda une bouteille de vin sans me demander mon avis. Puis vint la carte. Je n'en étais pas à mon premier essai de ce genre de restaurant, mais je ne comprenais pratiquement pas un mot de ce que je pouvais lire. Donovan dut m'expliquer par le détail tout le menu. Mon choix s'arrêta sur un turbot accompagné d'une sauce française dont je ne pouvais pas prononcer le nom.

Ensuite arriva le vin et Donovan voulut absolument porter un toast à mon nouveau job chez *Reach*. Puis ce fut le tour des plats...

– Quel service ! dis-je en constatant combien j'avais déjà perdu le contrôle de la soirée.

Au point où nous en étions, je ne savais même pas si j'allais arriver au plat principal sans que Donovan ait dit ou fait quelque chose de typiquement Donovan.

– Ils savent à qui ils ont affaire, dit-il en me resservant du vin.

J'avais déjà descendu plus de la moitié de mon verre, il était temps de passer à l'eau, il était temps aussi d'en venir au fait.

– Je te remercie beaucoup d'avoir accepté de dîner avec moi, Donovan.

– Tout le plaisir est pour moi. Je dois cependant te dire que si tu penses que cette tenue que tu portes te rend peu attrayante, tu te trompes. Il en faudrait bien plus qu'une petite robe toute simple pour cacher ton corps à mon œil de connaisseur.

Je serrai les dents un bon coup. Il m'emmerdait. Parce qu'il avait parfaitement compris ce que j'avais voulu faire, il m'emmerdait. Pour ce compliment plein de sous-entendus, il m'emmerdait doublement. Il n'allait tout de même pas me rendre coupable de vouloir cacher mes charmes !

– Ce n'est pas très grave. De quoi voulais-tu me parler exactement ? me demanda-t-il avec une petite étincelle dans les yeux qui trahissait sa satisfaction d'avoir marqué un point.

– Premièrement, je voulais te signaler que ce genre de réflexion à caractère misogyne ou sexuel est tout à fait déplacée.

– Même lorsque nous ne sommes que tous les deux ? répondit-il surpris, sa fourchette en l'air.

– Surtout quand nous ne sommes que tous les deux. Ce qui, j'en suis sûre, ne signifie pas grand-chose pour toi. Tu fais comme tu veux. Tu sais parfaitement qu'en ce qui te concerne, il n'y aura aucune répercussion, parce que tu es propriétaire de ta boîte et qu'il en va ainsi dans le monde où nous vivons.

– Je te trouve bien sombre, ajouta-t-il en portant le poisson presque transparent à ses lèvres.

Ah, ses lèvres parfaites qu'on a envie d'embrasser... Non, stop ! Pas du tout parfaites, absolument pas à embrasser.

– Je suis juste réaliste, ai-je ajouté pour rester dans le ton. Vu mon expérience, la réalité est sombre, c'est un fait.

– Je ne vais pas me disputer avec toi sur ce sujet, ajouta-t-il en levant son verre comme s'il allait porter un nouveau toast.

Ça, c'est dit. Ça, c'est fait. Passons aux choses sérieuses.

– Deuxièmement (je fixais mon turbot, incapable de le regarder dans les yeux), toi et moi avons un passé dont nous avons besoin de parler.

Mon Dieu, comme je me sentais mal ! *Nous avons eu une relation sexuelle*. Je n'arrivais même pas à formuler cette phrase. Allez, c'était ridicule, nous avions juste tiré un coup, voilà tout.

Je n'arrivais pas à le voir comme ça. Avec Weston, oui, on s'était juste amusés. On n'avait pas besoin d'un dîner pour en parler, les choses étaient rentrées dans l'ordre d'elles-mêmes. Mais il n'y avait pas de mots pour ce qui était arrivé entre Donovan et moi. Il fallait en trouver, absolument. Et, maintenant que j'en avais parlé, l'air entre nous était devenu deux fois plus lourd. Je levai la tête, il me regardait :

– Un passé… répéta-t-il lentement, les yeux dans les yeux. Oui, j'étais surtout ton professeur.

Et à plus d'un titre !

Ce qu'il savait parfaitement, il savait que j'étais vierge. Là encore, sa réponse était pleine de sous-entendus. Je gobai rapidement une gorgée en espérant que le vin serait une bonne excuse pour justifier mes joues rouges. Je me sentis plus forte, le verre à la main. Maintenant que j'avais entrebâillé la porte, j'avais bien l'intention de l'ouvrir entièrement. Il y avait plusieurs points que je n'avais jamais compris sur ce qu'il m'avait dit ou fait, et je voulais des réponses.

– Tu m'avais donné une mauvaise note, lui dis-je, en lui donnant une piste pour commencer.

– Et ensuite, on a tout arrangé, répondit-il, l'air malicieux.

– Tu as été très cruel envers moi.

– Vraiment ?

– Et pourquoi ?

– Probablement pour la même raison qui me pousse à être encore cruel avec toi maintenant.

Sa réponse me troubla beaucoup, mais je ne voulais pas reculer :

– Qui est ?

– Si tu n'as pas compris, je ne vois pas comment je pourrais t'expliquer ça.

Je continuais à le regarder tout en me reculant dans mon siège.

– Serait-ce à cause d'Amanda ?

Je revenais loin en arrière avec cette histoire d'Amanda. Tout ce que je savais sur elle m'avait été raconté par Weston quand nous étions à Harvard. Elle avait été fiancée à Donovan et était morte dans un accident de la route avant mon arrivée à l'université. On racontait que le coup fut rude pour Donovan.

Était-ce pour cette raison qu'il avait été si dur avec moi ? Parce qu'il n'avait pas encore fait le deuil de son premier amour ? J'aurais bien aimé que ce fût pour cette raison plutôt que de m'imaginer d'autres réponses.

– Je ne parle plus d'elle, dit Donovan, sur un ton qui n'admettait aucune réponse.

Ok, c'était un peu vache de ma part de l'évoquer, mais ce que j'avais enduré avec Donovan était tout aussi vache, ce n'était que lui rendre la monnaie de sa pièce.

– Je vais donc partir du principe que c'est à cause d'elle.

Les choses devaient se régler ce soir, qu'il m'aide ou non à trouver les réponses.

– Tu sais ce qu'on dit des gens qui pensent savoir les réponses ?

Il avait perdu ce ton amusé de tout à l'heure, ce qui me fit penser que j'avais gagné sur un point, mais la victoire restait floue.

– Tu es bien stupide, tu n'as aucune raison de t'inquiéter. Sans même lui laisser le temps de répondre, j'ajoutai : Tu as dû beaucoup l'aimer.

– Je suppose que tu ne m'as pas invité à dîner pour parler de ma fiancée disparue.

Là, il avait raison. Pas vraiment persuadée de ce que j'attendais de lui, je laissai traîner mon regard par la fenêtre. Étais-je assise en face de lui pour l'entendre dire qu'il avait aimé la femme avec qui il avait été fiancé ? Quelle évidence ! Ce n'est pas une telle révélation qui allait cacher le reste. En outre, le plus important n'était pas ce que Donovan pouvait me dire, mais plutôt ce que, moi, j'avais à lui dire.

– Il y a toujours des scories de qui s'est passé entre nous il y a dix ans. J'ai comme l'impression que ce qui en reste n'est pas très clair.

– Vraiment ? dit-il en penchant la tête, continue, ça m'intéresse.

– Rester au téléphone avec toi l'autre soir n'a rien arrangé. J'aurais dû raccrocher, mais je dois t'avouer que j'avais un peu bu.

– Tu aurais raccroché au nez d'un ami ?

– Au nez de quelqu'un qui n'arrêtait pas de faire des insinuations sexuelles pour essayer de m'exciter ? Oui. (Je continuai en le pointant du doigt.) Et ne me dis pas que le harcèlement sexuel a toujours été un jeu entre nous. Justement, c'est de ça dont je veux te parler. Cette idée que tu as de moi en pensant que c'est ce que je recherche. C'est faux !

– Ce n'est pas ce que tu veux ?

La façon qu'il avait de me regarder – de regarder en moi avec l'intense regard de ses yeux marron vert – était difficile à supporter sans se poser d'autres questions. Mais je continuai, tête baissée, convaincue de la vérité qui était la mienne :

– Non, ce n'est pas ce que je veux. À Harvard, j'ai fini par faire une fixation sur toi après que tu m'as évité d'être violée par Theodore Sheridan.

Il laissa tomber bruyamment sa fourchette dans son assiette :

– Une fixation, c'est comme ça que tu définis notre rapport ?

Il avait l'air passablement énervé et, comme je ne comprenais pas bien pourquoi il pouvait être en colère à propos de « mes » problèmes, je restai sur la défensive :

– Je sais, ça a l'air idiot, mais parfois ça arrive. On peut appeler ça un transfert. Un processus qui se développe quand une personne tombe amoureuse en essayant d'effacer un traumatisme passé.

– As-tu vu un thérapeute pour comprendre cette merde ?

Mal à l'aise avec cette réflexion, je changeai de position sur ma chaise :

– Non. J'ai lu quelques livres et fait pas mal de recherches sur le net. De toute façon, je te parle d'une phase qui maintenant est passée. J'ai été complice dans le rapport inconvenant que nous avons eu, mais cette fille-là n'existe plus.

– Continue à bien t'en persuader, Sabrina, dit-il d'un ton sec.

Sa condescendance me piqua au vif mais, pire, il n'avait rien compris !

– Je te le dis… à toi !

– Et pourquoi ?

– Pourquoi je te le dis ? Parce qu'à partir de dorénavant, tu le sauras.

– Ce qui signifie en clair que je devrais arrêter. Arrêter de dire certaines choses, arrêter de faire certaines choses, des choses qui, sans doute, te rendent mal à l'aise, mais qui aussi te rendent plus vivante pour la première fois depuis des années. Tu veux savoir où est le vrai problème ? Tu devrais arrêter ces conneries, ce n'est pas moi le problème, mais plutôt la façon dont, toi, tu réagis. Ce qui ne va pas s'arranger avec des recherches, de l'alcool ou des conversations ennuyeuses. Peu importe combien de fois tu racontes cette histoire, à toi-même ou à moi, rien ne va changer. Elle restera ce qu'elle est, une histoire, rien de plus.

Je sentis les larmes me monter aux yeux. Pas assez pour pleurer, mais assez pour faire mal. Oui, je voulais arrêter de réagir à ce qu'il représentait. Oui… et il le savait, même si je n'arrivais pas à l'exprimer clairement. En revanche, ce qu'il n'avait pas compris, c'était que si lui arrêtait, de mon côté, je pourrais arrêter de réagir comme je le faisais. Parce qu'il était celui qui provoquait ce malaise en moi. Lui et personne d'autre.

J'ai terminé mon vin et posé mon verre sur la table. Mais j'avais la gorge toujours sèche :

– Nous n'avons pas besoin d'être d'accord sur ce sujet.

– C'est exact, me répondit-il, amer, en reprenant sa fourchette. Dorénavant, je vais te laisser tranquille.

Le repas se termina en silence. À mesure que les étranges et terribles secondes s'écoulaient, je réalisais que j'étais arrivée à mes fins. Maintenant, il ne m'ennuierait plus. Pour des raisons que je ne pouvais expliquer, il avait soudain l'air de me haïr. Je dois reconnaître que je ne cherchais pas vraiment à savoir pourquoi, j'étais trop occupée à me haïr moi-même.

Parler de transfert, n'était-ce pas juste une excuse ? Un vernis de surface qui cachait une réalité plus profonde ? Si je ne m'étais pas plongée dans des pratiques vicieuses et perverses parce que Donovan m'avait tirée d'un mauvais pas, cela voulait-il dire que j'aimais réellement ça ? Tout ça, y compris quand j'étais cruelle et horrible avec moi-même ?

J'étais encore perdue dans mes pensées quand nous sommes montés dans l'ascenseur. Une tension palpable alourdissait l'air autour de nous, envahissant l'espace exigu de la cabine. C'était épais, comme un mur entre nous.

À peine avions-nous descendu quelques étages que l'ascenseur s'arrêta. En regardant Donovan, je m'aperçus qu'il avait une main sur le bouton d'arrêt d'urgence... Mon sang ne fit qu'un tour. En l'espace d'un éclair, il m'avait déjà plaquée contre la paroi.

– Sabrina...

– Je n'ai pas peur de toi.

Je m'écrasai le plus possible contre le mur, des briques par paquets tombaient dans mon estomac, mais putain, comme il avait raison, je me sentais « vivante » !

– Je sais. Là n'a jamais été ton problème. Le problème est que tu as toujours aimé ce que tu es.

Il se rapprocha un peu plus... si près que je pouvais le sentir tout le long de mon corps, même s'il ne me touchait nulle part.

– Je me souviens parfaitement du moindre pli de ton visage quand tu as joui.

– Mais... il y a dix ans de cela !

Le son étranglé de sa voix me força à le regarder quand il ajouta :

– Les petits cris que tu as poussés, la façon que tu as eue de prononcer mon nom.

Moi aussi, je m'en souvenais parfaitement, comme si c'était hier. Je me souvenais de son odeur, de la façon dont les étagères me grattaient le dos, de l'étrange sensation quand il m'avait pénétrée, comme si j'étais déchirée, séparée en deux, je me rappelais parfaitement comment, grâce à lui, nous ne formions plus qu'un.

Et si je ne m'étais souvenue que de cela, je l'aurais supplié de m'embrasser. Il n'y avait rien au monde que je désirais davantage que de sentir ses mains sur moi, partout sur moi pour faire renaître à nouveau les sensations magnifiques que j'avais ressenties à ce moment-là. Et que je ressentais encore dès que je le laissais faire.

Mais il y avait plus que ça, et je n'avais rien oublié.

– Je me souviens parfaitement aussi quand tu m'as congédiée comme un jouet usagé, quand tu m'as renvoyée vers ton ami.

Donovan ferma les yeux un instant, le temps de prendre une respiration :

– Tu veux parler de Weston ? Une sage décision, me répondit-il en reculant jusqu'à la paroi opposée de l'ascenseur. Weston sera parfait pour toi et tu seras parfaite pour lui. Après cette histoire de mariage, vous devriez vous mettre ensemble.

Je ne pus m'empêcher de lâcher un rire un peu gras :

– Si je comprends bien, je devrais courir après Weston ?

Vraiment ? Il revenait encore à la charge avec cette histoire ?

– Pourquoi pas ? C'est un peu la raison pour laquelle tu as déménagé à New York, je ne me trompe pas ? En plus, je pense que c'est très un bon choix pour vous deux.

J'en restai bouche bée. Il y a une minute, il était prêt à arracher mes vêtements et, maintenant, il défendait l'idée d'une relation avec son associé et néanmoins ami. Je ne comprenais pas bien quel jeu il jouait, mais il était évident qu'il n'avait pas changé depuis l'université. En revanche, le mien avait changé. Il y a dix ans, je l'avais laissé me faire du mal, aujourd'hui, j'avais décidé de jouer dans la même cour.

– Très bien, je vais faire ça.

– Ah bon ? répondit-il, légèrement décontenancé.

– Bien sûr, dès que le divorce est prononcé. Merci pour la suggestion.

– Heureux si j'ai pu t'aider, dit-il en décoinçant le bouton rouge.

La Jag nous attendait dans la rue. Mes inquiétudes sur le partage de la course s'envolèrent vite. Après m'avoir tenu la porte pour me laisser m'installer sur la banquette arrière, Donovan la referma et donna un petit coup sur le capot de la voiture.

Le chauffeur s'engouffra dans la circulation et quand je me retournai, Donovan avait déjà disparu à la vitesse de l'éclair.

CHAPITRE 10

Je tirais nerveusement sur mes cheveux pendant que Nate Sinclair étudiait les panneaux d'affichage dans la pièce dévolue aux plans stratégiques. S'y étalaient des idées et des visuels en vue d'une campagne que nous étions en train de préparer pour *Phoenix Technology*, une multinationale high-tech très en vue qui concevait et fabriquait des produits hardware et software pour ordinateurs. Mon équipe avait réuni des éléments pertinents dans une présentation PowerPoint pour la réunion du lendemain, mais les panneaux de brainstorming étaient toujours accrochés au cas où nous aurions des changements de dernière minute à y intégrer. J'ai toujours trouvé qu'il était beaucoup plus facile d'avoir des panneaux grand format pour travailler en équipe, j'avais donc gardé cette habitude quand j'ai intégré *Reach*.

Et pourtant, je trouvais un peu gênant d'avoir ce supérieur hiérarchique qui regardait mon travail étalé de cette manière. Je me sentis nue et sans fard. Heureusement, les plafonniers étaient éteints, il n'y avait que les spots pour éclairer les panneaux. L'ombre pouvait-elle cacher ma nervosité ?

– Évidemment, nous allons ajuster l'ensemble quand la création sera prête, ai-je dit au cas où Nate aurait trouvé la stratégie un peu faible. Même s'il n'avait rien dit.

Il était passé d'un article de magazine à des graphes sur le meilleur emploi possible des réseaux sociaux.

– Je n'ai aucune inquiétude à ce sujet, c'est le domaine de Weston.

Ok, Nate s'en foutait. Il était là pour tuer le temps pendant que son équipe bossait sur une annonce pour la campagne. Ils avaient présenté plusieurs idées, mais il avait tout refusé en bloc. Weston, de son côté, avait déjà quitté le bureau. Il n'était pas du genre à rester tard, surtout depuis qu'il avait tellement à faire pour les préparatifs du mariage qui devait avoir lieu dans six semaines.

Il n'y avait que moi et personne d'autre pour être aussi nerveuse. Je n'étais chez *Reach* que depuis un mois et, vu le rythme soutenu dans lequel travaillait l'agence, j'avais déjà vu partir plusieurs plans marketing préparés par mon équipe, mais *Phoenix* était la première grosse présentation de campagne à laquelle j'avais pleinement participé. L'enjeu était important pour toute l'agence et l'ambiance était tendue dans tous les départements. J'avais, quant à moi, laissé dans un bureau quelques membres de mon équipe ergoter sur le choix de la couleur de fond des planches de présentation PowerPoint, comme si c'était une question de vie ou de mort.

– Es-tu rassuré ? Ton équipe va pouvoir en sortir quelque chose ? dis-je en soupirant.

Nate passa la main sur sa barbe bien taillée en réfléchissant :

– Il y a seulement un an, nous n'aurions eu aucune chance avec *Phoenix*. Une opportunité comme celle-là n'arrive pas tous les jours et je vais tout faire pour mettre les chances de notre côté. (Puis il se retourna vers moi.) Mais si nous ne l'avons pas, nous ne l'avons pas. Ce ne sera pas parce que je n'ai pas une bonne équipe. La pub, c'est prendre la bonne vague au bon moment. Quelquefois, tu voles au sommet, quelquefois tu glisses dans le creux.

– Nate Sinclair, serais-tu un surfeur caché ?

Nate avait dix ans de plus que Donovan qui, lui-même, en avait cinq de plus que moi et, à part une bio sommaire sur le site de l'agence, je ne connaissais pas grand-chose de lui. Il s'en tenait là. Chaque fois que j'avais essayé d'aller plus loin, il avait éludé la question. Soit il était un grand introverti, soit il était un homme au passé très intéressant… je penchais plutôt pour la seconde solution.

Ce soir, il ne portait pas de veste et avait relevé ses manches de chemise, ce qui laissait apparaître des tatouages sur ses avant-bras. Une fois, en sortant du bureau, je l'avais aperçu sur une Harley, je pouvais donc parfaitement m'imaginer qu'il avait une bonne dizaine de ces tatouages sur le corps.

– J'essaie juste de créer des liens avec la fille de Californie, me répondit-il en riant.

– Malgré les années que j'ai passées là-bas, je ne pense pas être devenue une vraie Californienne. Je suis peut-être allée à la plage une fois ou deux, pas plus.

– Trop accro au boulot, c'est ça ?

Je jetai un œil en direction de l'horloge :

– Elle indique que le président est toujours au bureau à neuf heures trente-sept.

– Ce n'est que la deuxième fois cette semaine que je reste après huit heures.

– En même temps, nous ne sommes que mardi !

Quelqu'un frappa sur le chambranle de la porte déjà ouverte. L'un des types de l'équipe de création entra :

– Hey Nate, que penses-tu de l'*American Idea*[22] ? Ce concept a beaucoup été utilisé pendant la dernière campagne présidentielle. On pourrait peut-être s'en servir comme levier pour défendre l'union patriotique de…

---

22. *L'idée américaine*, l'un des slogans de la campagne présidentielle de Donald Trump et aussi le nom d'une chaîne d'hôtels à petits prix lui appartenant.

– Impossible, coupa Nate, *American Idea* est aussi une marque déposée par Donald Trump, mais j'aime bien ce qu'on pourrait en tirer. Ne perdons pas ça de vue, je viens avec toi faire un brainstorming sur le sujet.

Et les deux hommes quittèrent les lieux...

– Envoyez quelqu'un me chercher quand vous avez quelque chose, ai-je lancé à travers la pièce, je serai ici ou là-haut dans mon bureau.

Je retournai à mes grands panneaux. Si le champ d'action de la campagne s'élargissait, aurions-nous besoin de changer de stratégie ? L'idée d'avoir tout à changer me fatiguait à l'avance, mais j'étais déterminée. Je reculai de quelques pas pour mieux voir l'ensemble du plan, jusqu'au moment où je me cognai les cuisses contre une table.

– Merde !

Déjà je devais rester tard au bureau, autant que ce soit dans les meilleures conditions possibles. Je me débarrassai donc de mes chaussures et je me mis à me masser un pied en regardant mes panneaux et en réfléchissant. Pendant quelques instants, j'étais perdue dans mes pensées, mais pas assez pour ne pas remarquer que quelque chose venait de changer dans l'atmosphère de la pièce. Tout à coup, j'avais chaud, comme si on avait monté le chauffage.

Quelqu'un était entré et se tenait debout à côté de la table.

Lentement, je pris une grande bouffée d'air. Je ne voulais pas tourner la tête, je ne voulais pas regarder dans sa direction. Je savais parfaitement de qui il s'agissait : il était là, près de moi. Tant que je faisais semblant de ne pas remarquer sa présence, je n'avais pas à faire semblant d'en être troublée.

Hélas, il me tendit une tasse de café et je dus le regarder.

– Tu travailles tard, me dit alors Donovan.

À part en réunion ou si je le croisais dans le hall d'entrée, je n'avais pas eu l'occasion de lui parler depuis un mois, depuis qu'il m'avait emmenée dîner *Chez Gaston*. On s'était quittés sans vraiment avoir réglé nos différends, ce qui me tracassait quand j'y pensais, mais si j'en faisais abstraction, notre relation au travail était sans problème : il ne m'embêtait plus, je le laissais tranquille... il avait fait ce que je lui avais demandé.

C'était bien ce que j'avais voulu, mais il fallait que je me le répète souvent. Tout allait pour le mieux. Et pourtant, impossible de nier que sa présence soudaine était comme un rayon de soleil après un hiver froid qui m'avait paru sans fin.

Je pris le café en me demandant s'il avait la valeur d'un rameau d'olivier.

– Je veux m'assurer que le plan que nous avons défini va aussi fonctionner avec la nouvelle campagne quand ils auront fini.

Après avoir bu une gorgée de son café, je posai la tasse à côté de moi en essayant d'oublier le nœud que j'avais dans l'estomac en regardant Donovan jeter un œil sur mon travail. Ce ne fut pas mieux quand il se retourna :

– Tu as une équipe qualifiée pour ce genre de modification. Tu ne leur fais pas confiance ?

– Si, sans problème.

Et, honnêtement, c'était vrai. Mais c'était mon premier gros coup, mon nom allait figurer partout... je voulais une barre à chaque « t » et un point sur tous les « i ». Ce que je n'avais pas besoin d'expliquer à tout le monde, surtout pas à Donovan.

– Je vais te donner un conseil, me dit-il en tirant sur une chaise.

– Mais je t'en prie. (J'étais à la fois intriguée et intimidée par sa visite. D'habitude, on ne le voyait jamais à cet étage.) Mais qu'es-tu venu faire ici ?

Il installa la chaise en face de moi et s'assit :

– Je suis là juste pour t'embêter, rien de plus, me dit-il en levant sa main grande ouverte. Donne-moi ton pied.

J'ai vite jeté un coup d'œil à mon pied que je tripotais sans conviction, toujours sans chaussure, toujours sur mon genou. Était-il en train de me proposer de…

– Non !

– Allez, Sabrina, tu as l'air épuisée. Je te dois un petit massage du pied, c'est le moins que je puisse faire. (Il hésita un instant.) Sans arrière-pensée, je te le promets. Nous ne sommes pas seuls ici, que pourrais-je bien te faire ?

Que pourrait-il bien me faire ? Quelle question lourde de sous-entendus ! Il serait capable de me torturer devant tout le monde, sans que personne ne s'en aperçoive. Déjà qu'il arrivait à me torturer en permanence, même quand il n'était pas dans la même pièce que moi… sans que lui-même ne s'en rende compte.

Il avait raison quand il m'avait dit *Chez Gaston* que lui demander d'arrêter n'allait pas m'empêcher de réagir comme je le faisais. Depuis un mois, il avait gardé ses distances, mais je n'avais pas cessé de penser à lui. Dès que j'avais senti sa présence, tous mes sens avaient été en éveil. Alors, après tout, quelle importance si je le laissais me faire un massage du pied… en signe de trêve ! Cela ne pouvait que rendre meilleures nos relations au travail.

Avec beaucoup de réticence, je finis par lui donner mon pied.

Il commença par me masser la plante à travers le nylon noir de mon collant. Il n'y allait pas en douceur et utilisait son pouce pour appuyer profondément sur mes muscles. Il avait l'air de savoir exactement où masser. Il savait aussi quelle pression il fallait exactement exercer pour libérer les tensions… et pas seulement de mon pied, mais aussi de mes épaules et de mon dos.

– Tu fais ça bien.

Je ne pouvais pas m'empêcher de le regarder, de regarder son visage, tellement sérieux, tellement concentré.

– Je sais.

Ses doigts ont remonté vers ma cheville et j'ai commencé à avoir des fourmis partout dans la jambe, comme si j'avais trop dormi d'un côté.

Quand je voulus retirer mon pied, impossible.

Il me regarda avec un large sourire, j'avais l'impression qu'il pouvait lire mon combat intérieur avec satisfaction.

– Maintenant, mon conseil.

– Je savais qu'il y avait une embrouille…

Je soufflai fort… J'en faisais des tonnes pour cacher combien ma respiration devenait tremblotante.

– Bien évidemment qu'il y en avait une ! Arrête de résister…

C'était à la fois un ordre et une invitation. Je marquai une pause pour l'écouter. Y avait-il encore un sous-entendu ou sa voix appelait-elle à la sagesse ?

– Dis ce que tu as à dire, répondis-je après un bref instant.

Sans doute était-ce une mauvaise idée de l'écouter, je ne pouvais pas faire pire. Il massait maintenant un peu plus haut, dans la chair de mon mollet.

– Tu as déjà le boulot…

– Je n'ai pas peur de le perdre… *Enfin si, un peu, sois honnête, Sabrina.*

– Tu agis comme si tu avais besoin de te prouver quelque chose.

– Peut-être ne serais-je pas dans cet état si mes supérieurs ne profitaient pas de chaque occasion pour me remettre en cause.

– Je ne vois vraiment pas de quoi tu parles. Nate t'aime beaucoup et nous savons tous les deux combien Weston est plus intéressé par ce qu'il y a sous ta jupe que par ce qu'il y a dans ton cerveau.

Il souriait… il savait parfaitement que je parlais de lui.

– Tu es un incroyable petit connard, lui répondis-je en souriant à mon tour, mais à contrecœur.

Donovan lâcha enfin ma jambe.

– Tu sais très bien que Weston ne va pas te renvoyer. En revanche, si tu veux asseoir ta position, tu as encore du pain sur la planche.

– Que veux-tu dire ? demandai-je, très intriguée.

– Weston va perdre tout l'intérêt qu'il a pour toi.

Pendant une minute, j'avais pensé que Donovan parlait de ma carrière. J'avais oublié les bêtises que je lui avais dites, du genre : courir après Weston, une fois qu'il aurait divorcé. J'avais à peine commencé à protester contre cette histoire que Donovan m'avait pris l'autre pied et recommençait le même massage, ce qui, bien évidemment, détourna mon attention.

– Je parie malgré tout qu'il va s'intéresser à toi plus longtemps que d'habitude, continua Donovan pendant que j'étouffais un gémissement, tout simplement parce que tu lui es interdite pour le moment et que le contexte va l'intéresser.

Il trouva un point particulièrement sensible et insista plus profondément avec son pouce. Je me mordis les lèvres.

– L'histoire du mariage terminée, il va vite s'ennuyer, j'en suis certain, c'est sa façon de faire. Inutile de verser des larmes, cela n'aura rien à voir avec toi, il est comme ça.

Donovan arrêta massage et paroles en me regardant dans les yeux pour s'assurer que j'avais bien compris.

Ce que j'avais parfaitement compris était le bien que faisaient ses mains sur ma peau, mais rapidement je passai en revue ce qu'il venait de me dire tout en replaçant ses mots dans le contexte.

– Laisse-moi y voir un peu plus clair. Si je comprends bien, tu me dis : « Cours après Weston, tu es la femme qu'il lui faut, mais ne sois pas déçue quand il en aura marre de toi, il est comme ça. » Corrige-moi si je me trompe, mais tu dis à la fois tout et son contraire sur l'approbation que tu exprimais à nous voir ensemble il n'y a pas si longtemps.

Donovan essayant de m'éloigner de Weston ? Cela aurait des conséquences, mais lesquelles ? Saurais-je m'en dépatouiller ? Cela m'amusait d'y penser, j'étais attirée par la tentation qu'elles induisaient.

– Pas du tout, au contraire, je renouvelle mon approbation ! Pas seulement en te faisant cette mise en garde mais aussi en te recommandant ce que tu devrais faire pour qu'il ne se lasse pas de toi.

– Tu vas m'apprendre comment garder Weston, c'est ça ?

Il y avait à la fois déception et incrédulité dans ma voix.

– Oui. Tu dois reconnaître que le problème vient essentiellement de Weston. On a l'impression de pouvoir lire à livre ouvert en lui, mais la raison pour laquelle il n'a pas eu de relation sérieuse avec quiconque est parce qu'il n'a jamais laissé une femme atteindre le vrai Weston derrière le personnage qu'il s'est créé.

Les mains de Donovan en étaient à la cheville et me brûlaient la peau à travers mes collants. Comment pouvait-il me considérer comme sa chose et m'abandonner à un autre en même temps ? Et ce n'était pas la première fois ! Rien à faire, je n'arrivais pas à m'y habituer.

Je m'accrochai des deux mains au bord de la table, j'en avais besoin.

– Si tu veux une place dans son cœur, tu dois y être la première.

– Je m'en serais doutée, ai-je répondu sur un ton qui se voulait sarcastique.

Si l'aide de Donovan se voulait généreuse, elle avait un goût un peu amer. Là n'était pas le conseil que j'attendais.

– Je vais te dire exactement comment y arriver, mais à toi après de t'en dépatouiller. Vu comment tu t'y prends, j'ai l'impression que tu en connais un rayon sur la façon de cacher ses sentiments.

J'ai voulu retirer mon pied, mais il avait resserré sa main.

– Tu ne sais rien sur moi !

Je mentais, bien entendu.

– Allons, allons, Sabrina... dit-il sur un ton de réprimande.

Sa prétention m'agaçait et surtout, pourquoi tout ça m'excitait autant ?

– Puisque nous en sommes là, ajouta-t-il en glissant lentement ses mains le long de ma jambe, tu ne seras pas vraiment sincère quand tu seras avec lui, ce que tu sais déjà, n'est-ce pas ? C'est un point qu'il faudra accepter.

Tout de même... avais-je bien entendu ce qu'il venait de dire ?

– Ne fais pas cette tête-là. Tu sais très bien ce que je veux dire. Il ne va jamais te satisfaire sexuellement.

– Sais-tu que j'ai déjà couché avec lui ?

– Merci de me rappeler ce détail douloureux, je suis sûr que tu vas aussi me dire qu'il t'a fait jouir. Pourtant nous savons bien, toi et moi, qu'un épanouissement sexuel demande bien plus qu'un orgasme. À moins que tu me dises qu'il arrive à te faire dormir toute la nuit, ne parlons pas, si tu le veux bien, de ce que Weston peut te faire dans une chambre à coucher.

J'arrivais à peine à respirer et mes bras étaient couverts de chair de poule. Comment pouvait-il savoir que j'avais du mal à dormir et que seuls mes fantasmes pervers arrivaient à calmer mes insomnies ? Non, il ne pouvait pas connaître un tel détail sur moi, c'était juste une coïncidence.

Je commençais à prendre toute cette histoire trop au sérieux. J'ai donc inspiré un bon coup et lui ai fait un grand sourire en disant :

– Ceci est la plus intéressante et la plus étrange conversation que nous ayons jamais eue tous les deux.

Les caresses de Donovan changeaient à mesure que je me détendais. Elles se faisaient plus légères : de longs mouvements sur mon mollet en remontant vers mon genou. J'en frissonnais.

– Tu en as imaginé beaucoup ?

Mon sourire s'assombrit. Je m'étais mise à découvert. Oui, c'était vrai, j'avais imaginé beaucoup de conversations depuis des années, mais en aucun cas je ne pourrais lui dire tout haut ce que je lui disais tout bas dans ma tête.

– Moi oui, dit-il d'une voix grave.

L'air ambiant devint soudain plus lourd, presque irrespirable. Quelle importance tout à coup s'il était un salaud ou s'il me donnait de bons conseils sur Weston ? Ce qui comptait, c'était qu'il avait pensé à nous, il nous avait imaginés, tous les deux.

– Et… que nous disons-nous ? tentai-je, tout en craignant de rompre sa sincérité.

– Quelquefois, on se dit beaucoup de choses, quelquefois, rien du tout.

À ce moment-là, il se mit debout devant moi. Instinctivement, je ne pus m'empêcher d'ouvrir légèrement les jambes… Automatiquement, lui ne put s'empêcher de s'approcher. Réduisant la distance entre nous, il me coinça contre la table.

Je détestai cette envie soudaine qu'il m'embrasse.

– Pourquoi me fais-tu ça, murmurai-je.

Ses lèvres planaient au-dessus des miennes, elles dansaient doucement, elles me provoquaient.

– Te faire quoi ?

– Me prendre en étau comme tu le fais.

– J'ai l'impression que tu m'appartiens.

J'en avais des picotements au plus profond de moi.

– Je ne veux pas que tu aies l'impression que je t'appartiens.

– En es-tu sûre ?

Non, je n'en étais pas certaine et nous le savions tous les deux. Je cherchais n'importe quel prétexte pour m'éloigner de lui, mais s'il m'avait embrassée à ce moment-là, j'aurais été bien incapable d'arrêter la scène…

– Oh ! pardon, désolé de vous interrompre.

Un des meilleurs membres de mon équipe venait de faire irruption dans la pièce en se cachant les yeux de sa main.

Meeeerde ! Merde et re-merde !

Il n'y avait rien dans le règlement de la boîte qui empêchait quelqu'un de sortir avec une personne d'un autre département, mais ce n'était pas exactement la réputation dont je rêvais.

Je poussai Donovan et sautai de la table :

– Pas de problème, Tom. Que puis-je faire pour toi ?

Tom baissa la main, apparemment soulagé qu'on ne lui tînt pas rigueur de la scène qu'il avait surprise malgré lui.

– Ça y est, ils ont la campagne. On se retrouve tout de suite dans la salle de réunion pour la présentation.

– Parfait, je te suis.

J'attendis le départ de Tom avant de me retourner pour enfiler mes chaussures.

– Je dois y aller, dis-je à Donovan, incapable de le regarder dans les yeux.

– Ok, à plus tard.

– C'est ça, répondis-je avec un mouvement de la tête.

Je me précipitai vers la salle de réunion avec des nœuds terribles dans le ventre en prétendant qu'avoir vu Donovan aussi troublé que je l'étais moi-même n'avait aucune importance.

CHAPITRE 11

– Autant que je m'en souvienne, pour un vendredi matin, ceci est la première réunion d'urgence que j'ai eue à faire pour tous les cadres, annonça Nate en regardant Weston pour confirmation. Mais je suis heureux de vous annoncer que nous célébrons une bonne nouvelle : nous venons de gagner le budget *Phoenix*.

Des cris de joie s'élevèrent partout dans la salle de conférence. Roxie m'avait déjà prévenue, dès mon arrivée au bureau, mais ni mon équipe ni celle de Nate n'avaient encore entendu la nouvelle. Tout le monde se congratulait, se serrait dans les bras, il y eut même quelques larmes. Nate attendit le calme avant de continuer :

– Nous avons dû travailler tard et vous avez tous donné le meilleur de vous-mêmes, je suis très fier du résultat obtenu. Nous vous invitons tous ce soir au *Red Farm*[23] de l'Upper West Side.

Je me perdis dans mes pensées pendant que Nate expliquait les détails du calendrier des boulots à descendre pour *Phoenix*. Par hasard, je finis par croiser le regard de Donovan, de l'autre côté de la table, j'avais évité de le

23. Restaurant situé sur Broadway dans l'Upper West Side, le quartier entre Central Park et la rivière Hudson. Il y en a un autre dans le Village.

regarder depuis mardi ou, peut-être, lui avait évité de le faire, je ne savais plus très bien. En tout cas, chaque fois que nos yeux se croisaient, nous tournions la tête le plus vite possible.

J'ai donc regardé Weston, assis à côté de moi, qui tapait rageusement sur son portable :

– Ça va paraître étrange si ma fiancée ne m'accompagne pas à la fête de ce soir, tu ne crois pas ? dit-il en relevant son écran pour que je puisse voir la réponse d'Elizabeth qui venait d'arriver.

Trop tard pour me prévenir. J'en ai rien à foutre. Je ne suis pas à ta botte.

En soupirant un bon coup, il remit son portable dans la poche de son costume et se réinstalla confortablement dans son fauteuil.

Ah, problème au faux paradis, me suis-je dit. Non que le couple Weston-Elizabeth ressemblât au paradis, mais j'étais désolé pour lui. Mais que pouvait-il attendre d'autre, après avoir laissé Donovan arranger ce mariage ?

Ces derniers jours, j'y avais repensé, à cette histoire. Pourquoi Donovan avait proposé qu'ils se marient après avoir appris que je venais travailler chez *Reach* ? Et pourquoi continuait-il à me pousser dans les bras de Weston alors qu'à l'évidence je ne le laissais pas indifférent ? Je me faisais des idées, oui ou non ?

Pour couronner le tout, il y avait de fortes chances pour qu'une rumeur se soit maintenant répandue sur Donovan et moi après que Tom nous avait surpris en position délicate l'autre soir. J'enrageais à l'idée de ce possible commérage au bureau. Maintenant que je faisais de grands pas dans ma carrière, je ne voulais pas voir tout gâcher par des ragots qui pourraient devenir de véritables peaux de banane pour mon avenir. Sans parler de la réaction de Weston s'il apprenait ce qui s'était passé. Si je voulais entamer une relation avec quelqu'un d'autre au bureau, ok, mais dans ce cas, je devais être celle qui devait prévenir Weston de ce qui s'était passé. Surtout qu'il s'agissait de Donovan.

En fait, non, arrête Sabrina. Il ne s'est rien passé. Rien de sérieux. Pourquoi te tourmentes-tu comme ça depuis ? Rien à faire, je ne pouvais pas m'empêcher de penser à lui et à ce qui s'était « presque » passé, à ce que j'aurais tant voulu qu'il se passe, à ce que lui aurait peut-être voulu qu'il se passe.

Où voulait-il en venir ?

J'osai un nouveau coup d'œil dans sa direction. Il me fixait comme un dingue. Il n'avait même pas essayé de détourner son regard quand il m'avait vue et, moi-même, je ne pouvais plus le quitter des yeux. Ce qu'il voulait de moi, hélas, je crois qu'il l'avait déjà.

À la fin de la réunion, je ramassai mes affaires en hâte pour vite me réfugier dans mon bureau.

– Sabrina ! appela Weston pour me retenir.

Zut ! Voilà mon plan de fuite à l'eau.

– Oui ? répondis-je en me ramassant les cheveux tout en remarquant que Donovan s'attardait plus loin avec quelqu'un.

– Je voulais te dire que *Phoenix* a été particulièrement impressionné par tes objectifs marketing. C'est l'une des raisons majeures qui nous ont fait gagner le budget ! m'annonça fièrement Weston avec un superbe sourire.

– Il faut dire que j'ai hérité d'une équipe qualifiée et pleine de talents.

Allez, dépêche-toi mon vieux, j'ai pas le temps !

– C'est vrai… c'est vrai… répondit-il, l'air distrait. Ah, Tom Burns m'a également appris d'autres choses.

Je tressaillis en entendant prononcer le nom de celui qui m'avait surprise sur le point d'embrasser Donovan.

– C'est-à-dire ?

Weston commença à parler, mais en regardant autour de lui, il s'aperçut que nous n'étions pas seuls.

– Je pense que nous devrions parler de ça en privé. Je te retrouve là-haut, dans mon bureau… dans un petit quart d'heure, ça te va ?

– Pas de problème. (Mon cœur battait si fort que j'étais étonnée de ne pas le voir percer un trou dans ma poitrine.) Je te retrouve dans un quart d'heure.

Weston à peine parti, je déposai sur la table mon téléphone et tout ce que j'avais dans les bras avant de poser mes mains bien à plat pour éviter de tomber. Je pris une grande bouffée d'air… puis une autre… et encore une…

En réfléchissant bien, *no big deal* puisque rien ne s'était vraiment passé avec Donovan, le problème résidait plutôt dans la façon de présenter les détails… Irais-je jusqu'à dire le reste à Weston ? Que j'avais couché avec Donovan à Harvard par exemple, et qu'à ce moment-là, j'avais fait une fixation sur lui ? Et surtout que, depuis, je faisais toujours une fixation sur lui ?

Sentant que j'étais en plein désarroi, Donovan, bien évidemment, n'a rien trouvé de mieux que de venir m'ennuyer davantage. En se penchant vers la table, il me dit tout doucement :

– Si tu es à ce point préoccupée par ce qu'un membre de l'équipe pourrait dire sur toi, c'est que tu es probablement impliquée dans un comportement auquel tu n'aurais pas dû te laisser aller.

Je lui lançai un regard qui en disait long sur le poids de l'angoisse que je ressentais :

– Et tu trouves ça drôle ?

– Ce n'est pas la pire des journées que j'ai vécues au bureau, me répondit-il en haussant des épaules.

Son attitude cavalière ne faisait qu'attiser mon mal-être. Depuis trois jours, j'étais nerveuse et tendue à force de le désirer et quand, finalement, il s'était approché de moi, ce n'était que pour me sentir plus mal. Je n'en pouvais plus.

– C'est à ce résultat que tu voulais arriver ? Faire que tout le monde ici parle de toi et moi pour me rendre la tâche encore plus difficile avec Weston ?

– Te sentirais-tu coupable à propos de toi et moi ?

– Tu es invraisemblable. (Je ne sais pas comment je faisais pour être encore aussi interloquée par ce qu'il disait, mais je l'étais.) Tu penses que tout ça n'est qu'un jeu ? Tu me pousses dans les bras de Weston, tu te débrouilles pour parsemer le parcours d'embûches et, ensuite, tu m'obliges à m'éloigner de lui. Tu m'exhortes à y aller, mais en même temps tu flirtes avec moi. Sincèrement, je ne comprends pas où tu veux en venir.

– Ne sois pas idiote. Plus que quiconque, je veux que ça marche entre toi et Weston.

Quel excellent menteur il était ! Meilleur que moi, c'était clair. Mais je n'avais pas envie de le provoquer pour le moment, pas dans la salle de réunion, pas quand déjà des rumeurs sur nous circulaient partout. En plus, je n'avais aucune raison de croire en son honnêteté. Je ramassai nerveusement mes affaires et déclarai :

– Bien sûr que tu veux me voir avec Weston. Parce que tu vas encore bien t'amuser quand tu vas nous séparer.

Je tournai les talons et laissai Donovan sur place.

Après être passée par les toilettes pour me rafraîchir et me calmer, je montai à l'étage des directeurs, déposai mes affaires sur mon bureau et me dirigeai vers celui de Weston.

– Il voulait me voir, dis-je à Roxie en arrivant.

Le bureau de Weston était ouvert, les vitres en mode transparent, je le distinguai parfaitement, assis en train de taper sur son portable.

– Il est là, allez-y. Je vous préviens, il est d'une humeur de chien.

– J'ai parfaitement entendu, dit Weston de son bureau.

– Mais j'espère bien !

Son assistante n'y allait pas par quatre chemins. C'était l'un des traits de caractère que je préférais chez elle. En clair, si Roxie me prévenait, c'est que Weston devait être de très, très mauvaise humeur. J'entrai dans son bureau en caressant la croix de ma mère que je portais à mon cou pour me porter chance.

– Hey, ça va ? Un problème ?

– Pas vraiment.

Il balança son portable sur son bureau tout en lâchant le même soupir que celui qu'il avait eu quand il chattait avec Elizabeth tout à l'heure, pendant notre réunion. Puis, en y réfléchissant à deux fois, il ouvrit son tiroir pour y jeter son portable d'un geste sec.

– Assieds-toi, me dit-il, plus détendu depuis que son téléphone était hors de sa vue.

Je m'enfonçai dans un fauteuil lui faisant face en essayant de calmer le tapotement nerveux de mes pieds.

– Je t'écoute.

– Bien. Comme je te le disais tout à l'heure, Tom Burns m'a parlé hier pour m'apprendre quelques détails intéressants à ton propos.

– Ah bon ? Comme…

Je regardais la porte d'entrée que Weston n'avait pas jugé utile de refermer. J'aurais dû le faire quand je suis arrivée, Roxie allait tout entendre… Allez, tout allait bien se passer. Même si je mentais très mal, j'allais raconter des carabistouilles sur tout ce que je pensais de Donovan.

Weston se leva, contourna son bureau et s'installa juste en face de moi, assis sur une fesse. Je sentais qu'un truc terrible allait arriver, j'ai paniqué et me suis mise brutalement debout pour jouer d'égale à égal.

– Tu te sens mal ? me demanda alors Weston, étonné.

– Oui, je suis très nerveuse aujourd'hui. Vas-y, continue, Tom a dit…

– … que, l'autre soir, tu étais restée aussi tard que les autres et surtout que tu as ajouté des éléments de dernière minute au projet, tel que le résumé du message général de la campagne qui fut l'un des points les plus vendeurs de la stratégie.

Rien de bien méchant ni d'embarrassant, inutile de faire la tête pour ça ! Du coup, je me sentis très soulagée :

– Vraiment ?

– Oui, vraiment. Je voulais donc te dire que ton engagement envers ton équipe n'est pas passé inaperçu. Tout le monde a l'air de bien s'entendre avec toi. Le personnel t'apprécie, ton équipe, n'en parlons pas, et je suis personnellement très heureux de te compter parmi nous.

– Merci. Je suis très heureuse d'entendre ça. (Mes nerfs étaient encore injectés d'adrénaline… je ne m'attendais pas du tout à recevoir de tels compliments, j'en étais gênée.) C'est tout ce que tu avais à me dire ?

– Oui, c'est tout, dit-il en souriant.

– Très bien. Merci encore. Et surtout, bravo à toi pour le budget !

– Bravo à nous deux, tu veux dire.

Il leva la main en l'air et j'en fis de même pour faire un check, mais il laissa traîner sa paume contre la mienne et, quand il sentit que j'allais partir, il enlaça mes doigts pour me retenir :

– Tu viens ce soir, n'est-ce pas ?

J'avais les boyaux en compote, comme si je venais d'éviter un animal qui avait bondi devant ma voiture. Je me sentais mal à l'aise d'avoir sa main liée à la mienne. Pas très honnête, non seulement à cause de ses arrangements avec

Elizabeth mais aussi à cause des pensées qui me traînaient dans la tête à propos de quelqu'un d'autre.

Et qui entra dans le bureau de Weston à ce moment-là ? Donovan, qui d'autre ? Même s'il ne venait pas spécialement pour moi, sa visite ressemblait à une curieuse coïncidence. Tellement furieuse, j'avais envie de le bouffer.

– Ah, c'est ça… bien sûr, il ne manquait plus que lui, dis-je à Weston en défaisant nos doigts.

– Super, je t'avais réservé un siège, répondit-il en gardant sa main dans la mienne tant qu'il put. Qu'est-ce que t'as pour moi ? Des budgets pour des campagnes de dentifrice, j'espère ?

Je frôlai Donovan en quittant la pièce. Mon bras effleura le sien, ce qui eut pour effet immédiat de m'envoyer des décharges dans tout le corps.

Peu importe l'exquise sensation de vertige que j'éprouvais, elle ne pouvait effacer le choc de cette troublante peine que j'avais vue dans les yeux de Donovan, qui venait de nous surprendre main dans la main avec Weston.

CHAPITRE 12

Je pensais à Donovan en m'habillant pour la soirée au *Red Farm*. Il était exactement le type avec qui je ne voulais pas avoir de relation. Aujourd'hui en avait été la preuve flagrante. Il était plein d'embrouilles, cruel, mais il avait raison sur un point, je devais sortir avec Weston qui, lui en revanche, était solide, gentil et honnête.

Donovan n'avait pas aimé nous voir main dans la main ? Tant pis ! Comme il avait fait son lit, il s'était couché. Il pouvait être jaloux autant qu'il le voulait. Tiens, je pouvais même le pousser à le devenir encore plus en portant ce qu'il faut. J'ai vite enfilé mon *La Perla*, un petit ensemble culotte et soutien-gorge légèrement transparent de couleur chair. Je n'avais pas vraiment prévu de me mettre nue devant quelqu'un ce soir, mais peu importait, je me sentais plus sexy dans ces sous-vêtements.

La robe que j'avais choisie avait un bas noir avec un pli fendu et un haut à manches longues de couleur claire. Une tenue parfaite pour le bureau si ce n'est que le décolleté plongeait loin et que l'ourlet montait haut. Elle allait rendre Donovan dingue. Ce n'était pas du tout le genre de tenue que j'aurais portée si j'avais dû être seule avec lui, mais ce n'était pas le cas. Je sortais pour une soirée typique de bureau, avec tout plein de gens, y compris Weston bien entendu, et on allait s'amuser.

Pour être certaine d'être dans l'ambiance, je me suis descendu un petit scotch bien tassé avant de quitter mon appart. J'ai jeté une veste sur mes épaules, j'ai appelé un taxi et... en route !

La soirée avait déjà commencé quand j'arrivai au *Red Farm*, ce qui me convenait parfaitement. J'étais plutôt du genre en retard que du genre en avance. Avant même que j'aie pu mettre la main sur la poignée, Donovan surgit de l'ombre et m'attrapa par le poignet en m'entraînant à quelques pas de l'entrée.

– Qu'est-ce que tu fous ? siffla-t-il, les yeux exorbités.

– Pardon ?

J'en avais le souffle coupé. Je pouvais sentir le battement de mon pouls sous la pression de sa main, mais je ne savais plus si mon cœur battait vite parce qu'il m'avait fait sursauter ou parce qu'il me touchait.

– Je viens juste d'arriver.

– Avec Weston... (Il me serra encore plus fort, maintenant il me faisait mal...) qu'est-ce que tu fous ?

Cette fois, la question était nettement posée, il prononçait distinctement chaque syllabe pour s'assurer que j'avais bien compris. Inutile : j'avais même parfaitement compris... J'étais furax, je commençais à voir tout rouge, trop, c'était trop. J'arrachai mon poignet de ses mains et me dirigeai vers la porte.

– Tu es vraiment insensé !

– Tu ne peux pas te mettre avec lui maintenant, me dit-il derrière moi comme pour me mettre en garde.

Poussée à bout, je me retournai brutalement et le bousculai de toutes mes forces en tapant de mes deux mains sur sa poitrine. Immédiatement, je me mis à trembler en me souvenant que j'avais fait le même geste des années plus tôt.

– Ça me rappelle quelque chose, dit-il, plein de sous-entendus.

– Laisse-moi tranquille !

– Mais… il est fiancé !

– Tout ça, c'est du pipeau. En plus, c'est toi qui l'as poussé à faire cette connerie.

– C'est un grand garçon, il a l'âge de prendre ses propres décisions.

– Tout à fait. Et moi aussi, figure-toi.

Pendant ce temps, j'avais rejoint la porte sans même me retourner une seule fois. Mais une fois arrivée, je dus m'arrêter un moment pour reprendre ma respiration. Toute cette adrénaline me faisait trembler de partout et il me fallut m'appuyer contre un mur pour me stabiliser.

Comment osait-il ? Il ne manquait pas d'audace, le salaud !

Je devais vite m'en remettre, je ne voulais pas qu'il me voie dans cet état quand il allait entrer dans le restaurant. Je ne voulais pas lui laisser croire qu'il avait raison d'oser à ce point.

Nous formions une assemblée composée d'une trentaine de personnes de l'agence plus nos invités qui avaient de près ou de loin travaillé sur la campagne *Phoenix*. En conséquence, nous occupions une très grande table au centre du restaurant, et quelques autres sur les côtés. Weston m'avait repérée avant moi et me fit signe de le rejoindre. Il était assis à la table principale, à côté de Nate qui présidait l'ensemble. Je me suis assise sur la chaise libre à côté de lui.

Donovan n'avait pas encore montré le bout de son nez.

– Je t'avais dit que je te garderais une place, me murmura Weston en me serrant un peu trop fort contre lui pour un homme fiancé.

Il insista pendant un moment, ce qui était plutôt agréable après l'altercation que je venais d'avoir dehors.

Contrairement à Donovan qui avait gardé son costume, Weston s'était changé, il portait un jean et un T-shirt avec un cardigan à moitié boutonné.

– Tu es superbe, lui dis-je en palpant son col châle.

Son regard scanna instantanément le décolleté de ma robe:

– Pas autant que toi, je suis tellement heureux que tu aies pu venir, répondit-il en laissant traîner sa main le long de mon dos avant de m'aider à faire tomber ma veste.

On commença par là, puis nous continuâmes en flirtant gentiment et en nous provoquant... sans trop y croire, vu la situation de Weston. Nous avions tout de même le droit de nous amuser si nous restions dans les limites du raisonnable. Il en avait sans doute besoin après ces semaines de « mise en cage », si on peut dire. Quant à moi, j'en avais aussi besoin pour vérifier une bonne fois pour toutes qu'il était exactement l'homme qu'il me fallait.

Une fois bien installés, Weston posa son bras sur le dos de ma chaise et m'annonça :

– On a déjà commandé une tonne de hors-d'œuvre et nous pensions les faire suivre par des tas de raviolis différents que nous pourrions partager, façon grande famille. Mais si tu préfères un plat...

– Non, très bien. Les raviolis feront l'affaire.

À vrai dire, je n'avais pas très faim, j'étais toujours agitée, préoccupée. J'avais l'impression que mon sang était encore bourré d'adrénaline et ma peau me démangeait.

– En revanche, un petit drink serait le bienvenu, un martini, s'il te plaît.

C'est à ce moment-là que Donovan entra. Ce fut comme un étrange soulagement, car en pensant qu'il avait pu partir, je m'étais demandé un instant pourquoi j'étais à cette fête. Très vite, il m'avait repérée, il avait vu à côté de qui j'étais assise et, tout de suite, il avait fait la tronche, ce qui m'avait, une fois de plus, agacée.

Sans plus attendre, je mis la main sur le bras de Weston en faisant semblant de m'amuser :

– Regarde qui vient d'entrer.

– Donovan ! s'exclamèrent Weston et Nate à l'unisson.

Il souriait, un peu coincé, tout en saluant et félicitant les uns et les autres, mais sans avoir besoin de le regarder, je sentais qu'il gardait constamment un œil sur moi. Quelle chance ! Il n'y avait aucune chaise de libre à côté de nous, mais Tom et sa femme, assis en face, avaient des places pour Broadway et durent partir juste au moment où Donovan cherchait une place pour se glisser quelque part.

Weston vérifiait un truc sur son portable, je me suis alors penchée vers lui, juste pour montrer que je pouvais le faire et, comme il avait toujours une main sur ma chaise, je me suis encore rapprochée pour que ses doigts puissent toucher mon épaule. Je le faisais exprès, Donovan le remarqua et je frémis, par pure coquetterie.

Je me faisais peut-être des idées, mais j'aurais juré entendre Donovan grogner entre ses dents, en face de moi.

Weston, lui, eut une réaction toute différente. Il lâcha le dos de ma chaise et glissa discrètement sa main sous la table. Sur mon genou. Seul celui qui voulait vraiment le voir pouvait s'en rendre compte.

– Un scotch sec, demanda Donovan, les yeux toujours rivés sur moi.

Lui, bien sûr s'en était rendu compte.

Le petit jeu continua pendant un moment. Donovan me surveillait, moi je faisais semblant de ne pas le remarquer. Weston jouait avec son portable et mon genou. Sans rien dire, je sentais que Donovan s'énervait. Des deux côtés de la table, la tension était palpable entre nous, on aurait dit que nous étions emballés ensemble par de larges bandes de plastique étirable. Le jeu rendait la respiration difficile… peu à peu, je ne voyais plus que lui.

La situation devenait de plus en plus intéressante.

Après la première tournée de raviolis pour tous, qui fit son entrée ? Elizabeth, la fiancée de Weston ! Il enleva vite sa main de mon genou et se leva pour l'accueillir. Il avait l'air ahuri :

– Que fais-tu ici ? lui demanda-t-il en se penchant pour l'embrasser.

Avant que ses lèvres aient pu toucher celles d'Elizabeth, elle avait déjà tourné la tête et le baiser de Weston arriva sur sa joue. Lui non plus n'avait pas l'air très content.

– Mon fiancé donnait une fête, dit-elle en faisant la moue, j'ai donc pensé que ma place était ici.

– Je vais bouger, comme ça, vous pourrez être l'un à côté de l'autre, ajouta Nate en montrant la place libre en face de Weston.

– Ne vous donnez pas cette peine, je n'ai pas besoin de m'asseoir à côté de lui, je préfère me mettre à côté de Donovan.

Ceux qui ne connaissaient pas la situation pouvaient penser qu'elle faisait une blague à son futur époux, mais pour ceux qui savaient, il était clair que la tension avait monté d'un cran dans le couple.

Quand Elizabeth s'est assise à la place libre, j'ai failli échanger un clin d'œil avec Donovan, mais me souvenant du connard qu'il était, j'ai préféré le faire avec Nate.

– La prochaine fois que la serveuse passe par là, j'ai besoin d'un drink, dit-elle en mettant son bras autour du cou de Donovan tout en lui tripotant les cheveux sur la nuque. Me voici !

Donovan se pencha et prit une bouchée d'un ravioli, comme si de rien n'était. Je lui jetai un regard noir, l'attitude maternelle d'Elizabeth m'agaçait un max. À le voir s'agiter, Weston aussi commençait à s'énerver. Dès qu'il fut certain que sa « fiancée » avait les yeux sur lui, sa main retrouva vite sa place sur mon genou.

Cette fois, ce fut au tour d'Elizabeth d'envoyer un regard noir.

– Tu m'avais dit que tu ne viendrais pas, dit-il à voix basse, juste pour nous quatre.

– C'est ce que j'avais prévu, mais… (elle se retourna et regarda à côté d'elle)… Donovan m'a appelée et m'a persuadée que ma place était ici.

J'ai mâché si fort la crevette que j'avais dans la bouche que je m'en suis mordu la langue. Tous les sons commençaient à devenir confus, je voyais tout en rouge.

Donovan l'avait appelée…

C'est donc ça qu'il avait fait après notre altercation à l'extérieur. Quand il avait compris que, coûte que coûte, j'irais à la fête et que j'y serais avec Weston.

– Que c'est gentil de sa part ! grogna Weston entre ses dents.

En disant ça, je suis sûre que Weston pensait que Donovan l'avait fait pour le business ou pour ne pas perdre un pari du genre « je vous dis que Weston gardera sa braguette fermée ». Il ne pouvait pas imaginer que la véritable raison pour laquelle Donovan avait appelé Elizabeth avait un rapport avec moi.

J'étais furieuse, j'avais envie de casser quelque chose. Étrange sensation que d'être à la fois en colère et excitée. En fait, en présence de Donovan, j'étais toujours dans cet état, prête à exploser d'une façon ou d'une autre.

Sous la table, j'avais fini par enrouler ma jambe avec celle de Weston. Comme il avait également sa propre bataille à gagner, il avait parfaitement saisi le signal.

– Sabrina, me dit-il en rapprochant sa chaise, as-tu goûté les raviolis porc grillé et crevettes ?

– Pas encore, où sont-ils ?

Je n'avais pratiquement rien touché, mais là n'était pas la question.

– Goûte un peu du mien.

Il leva ses baguettes et les porta lentement à mes lèvres pour m'en donner un morceau… évidemment, je fis exprès de pousser un gémissement.

– Donovan, un ravioli agneau grillé… commença à dire Elizabeth.

– Oui, prends donc le mien, lui répondit-il en soulevant le ravioli de son assiette avec ses baguettes pour le déposer dans celle d'Elizabeth sans même qu'elle ait eu le temps de lui en demander.

Elle fronça les sourcils, mais se rattrapa vite en déclarant :

– Tu as raison, c'est mieux que d'attraper des microbes.

Mais, plus important, elle venait enfin d'arrêter de jouer avec les cheveux de Donovan.

– Elizabeth a la phobie des microbes, se moqua Weston.

– C'est faux ! répondit-elle en tournant son ravioli dans son assiette, maladroite avec ses baguettes. Le fait d'être très attentive pour ne pas tomber malade ne veut pas dire que je suis phobique des microbes.

– Elle vient de faire un check-up pour savoir si elle était clean.

On avait bien saisi le double sens du mot « clean » dans la bouche de Weston. Elizabeth haussa les épaules en tenant ses baguettes en équilibre instable, avec un tout petit bout de ravioli qu'elle avait eu mille peines à saisir, et déclara :

– Je pense que c'est une très bonne chose à faire.

Elle réussit enfin à porter le petit morceau à ses lèvres, mais le laissa tomber avant de pouvoir l'avaler :

– Eh meeeeerde ! hurla-t-elle.

– Du calme ! (Nate venait leur demander de baisser d'un ton en essayant de ne pas éclater de rire.) Alors les tourtereaux, on se dispute ?

Il leur fit un signe en espérant qu'Elizabeth et Weston se souviennent qu'ils n'étaient pas seuls. Apparemment, Weston n'avait pas saisi le message :

– Qu'est-ce que t'en as à foutre, il n'y a aucune chance que je partage la moindre partie de mon corps avec toi !

Nate fit une sacrée grimace et Weston, la main toujours sous la table, commença à remonter le long de ma cuisse dans le seul but de contrarier Elizabeth. Donovan, lui, restait de marbre, les yeux toujours sur moi, il lisait chacune de mes pensées. Il me surveillait. À vrai dire, Elizabeth était la seule de nous tous à rester impassible. En attrapant la fourchette de Weston, tranquillement, elle lui répliqua :

– Tu pousses un peu loin, King. Rappelle-toi bien que, pour obtenir ce que tu veux de cette relation, tu ne peux pas me remplacer. Moi si.

Weston resta muet. Un lourd silence s'abattit un instant au bout de la table. Nate finit par raconter des histoires, et tout le monde éclata de rire comme une bande de copains en goguette.

Pendant cet échange, la main de Weston était restée sur ma jambe, il continuait de caresser ma peau de temps en temps. Quand tout le monde eut repris sa conversation, il se pencha vers moi et me murmura à l'oreille :

– Je vais aller au fond du restaurant, derrière la cuisine, reste ici cinq minutes et viens me rejoindre.

Sans attendre ma réponse, il se retourna pour blaguer avec Nate. Si j'y allais, ma réponse était claire, mais en avais-je vraiment envie ? En prenant une gorgée de mon drink, je m'a perçus que Donovan m'observait. Encore et toujours. Il avait dû voir toute la scène. S'il n'avait pas pu nous entendre, il n'avait pas été difficile pour lui de deviner la nature de notre échange. Bref, une fois de plus, il n'avait rien loupé. Pour confirmer ce que je pensais, il me lança alors un regard sévère dont le message était des plus clairs : Sabrina, fais gaffe !

Merde à la fin… Il m'a poussée dans les bras de Weston, qu'il aille se faire foutre ! J'ai posé mon drink et, cinq minutes après que Weston avait quitté la table, je l'ai suivi.

Le restaurant n'était pas très grand, et la cuisine facile à trouver. Arrivée là-bas, aucune trace de Weston. J'allais revenir sur mes pas quand, pour la deuxième fois de la soirée, quelqu'un me tira par le bras pour m'attirer dans un petit réduit rempli d'étagères couvertes de nappes et de serviettes. Seul un rideau séparait la petite pièce du couloir du fond.

Sans que personne m'ait demandé la permission, des lèvres charnues vinrent embrasser les miennes tandis qu'on me poussait contre un mur. J'ouvris la bouche et laissai la langue de Weston s'enrouler sur la mienne. Pas de problème pour embrasser. Ça, je savais faire et il n'y avait aucun danger. Il avait un goût de gin, de sauce au curry et de comportement coupable qui vous laisse des regrets le lendemain matin, voire le soir même.

Il arrêta de m'embrasser et pencha son front vers le mien en disant :

– Je vais être tout à fait honnête, Sabrina, j'ai envie de baiser et rien de plus. Tu as tout à fait le droit de me foutre une baffe et de t'en aller, mais j'espère le contraire. Je vois bien que tu as besoin de relâcher certaines tensions.

C'était vrai. J'étais venue là pour ça, mais maintenant que j'y étais, je ne me sentais pas à l'aise. Le corps de Weston était soudé au mien, nous étions comme deux mannequins immobiles dans une vitrine. Il avait beau me caresser le bras, je trouvais ça déplacé, mécanique. Certes, j'étais tendue depuis des semaines, à la fois excitée et inquiète, mais je n'en avais plus envie, je me sentais trop lasse. Quant à Weston, il était tout feu tout flamme.

Dans le couloir, une soudaine agitation attira notre attention. Entrouvrant le rideau, Weston jeta un œil dehors. Je m'inquiétai :

– Que se passe-t-il ?

Weston me fit un signe de tête au moment où j'aperçus quelqu'un en costume. Ce pouvait être Donovan ; en fait, je voulais ardemment que ce fût Donovan. Me sentant bien plus excitée à cette idée que de me retrouver coincée avec Weston dans ce placard de fortune, je compris que je n'avais plus rien à faire là. Maintenant, il me restait à trouver le courage pour le dire à Weston. Je baissai la tête en regardant les boutons de son cardigan. Il était costaud, sexy et cool, mais décidément, il n'était pas le mec dont j'avais envie, malgré tous mes efforts pour aller vers lui, malgré tous mes efforts pour ne pas aller vers un autre.

– Je ne peux pas faire ça, me dit-il.

– J'allais te dire la même chose, lui répondis-je en relevant la tête.

Il recula et se passa la main dans ses cheveux, l'air un peu gêné :

– Je suis désolé… tu allais…

– Moui, ce n'est pas…

Je ne suis pas, était plus juste, *je ne suis pas celle qu'il te faut et tu n'es pas celui dont j'ai envie.* Ce qui n'était pas le genre de conversation à avoir dans le placard d'un restaurant.

– Maintenant, on fait comment ? demandai-je.

– Bonne question.

– Je partirai la première.

Quand j'ai rejoint la table, Donovan avait disparu. Inutile de prétendre que je ne l'avais pas remarqué, j'en avais vu d'autres. J'ai attrapé ma veste, j'ai remercié Nate pour la soirée, j'ai dit au revoir à tout le monde et je suis rentrée à la maison.

Il n'y avait pas de solitude plus grande au monde que celle qui m'y attendait.

CHAPITRE 13

Arrivée en vue de mon building, j'étais vidée. Je fis un simple signe au portier au lieu de m'arrêter, comme j'avais l'habitude de le faire pour le saluer. À peine arrivée dans l'ascenseur, j'enlevai mes talons et je me reposai contre le mur du fond en repensant à la soirée avec Donovan au restaurant *Chez Gaston*. Je repensai à la scène de l'ascenseur… Si je ne l'avais pas repoussé, m'aurait-il demandé de rentrer avec lui ce soir-là ?

Si cela était arrivé, on aurait juste baisé, on en serait restés à ce stade et je serais toujours seule ce soir ou, qui sait, il serait peut-être là avec moi, au lieu de me morfondre, seule dans cette cabine d'ascenseur, en réalisant combien je le désirais.

Et Dieu sait si je le désirais plus tout !

Je n'avais jamais désiré quelqu'un comme ça depuis si longtemps ! Depuis Harvard, parce que la seule personne en fait que j'aie jamais désirée s'appelait toujours Donovan, un point c'est tout ! J'étais trop fière pour l'admettre, mais là était la vérité.

Mais une autre réalité me rattrapait, cette histoire n'avait pas d'avenir. Peu importe que je le désire ou pas, il fallait sauver ma peau, comme je l'avais toujours fait. Donovan n'était pas un type pour moi, et ça aussi, c'était une vérité à laquelle je devais faire face.

Quand les portes de l'ascenseur se sont ouvertes, j'étais en pleine tempête, écartelée entre désir et raison. Mes chaussures à la main, je marchais d'un pas lourd sur la moquette du couloir, j'étais gelée, quand soudain j'aperçus tout au fond Donovan qui m'attendait devant ma porte.

Pendant un bref instant, à peine le temps de prendre une respiration, je sentis une vive excitation monter en moi. Peu importait qu'il fût là pour me dire combien Weston était parfait pour moi ou pour me sermonner de ne plus le voir avant qu'il ne soit libéré de son engagement. Peu importait s'il voulait me parler de *Phoenix* et de la campagne à venir, peu importait s'il avait besoin de sucre pour son café du lendemain. L'essentiel était de voir Donovan, là, devant ma porte.

Ensuite, je me suis rappelée que j'étais très en colère contre lui, et l'excitation diminua rapidement. Donovan Kincaid était un connard de compétition, et qui plus est, avec moi, il l'était puissance dix.

Le visage impassible, j'ai marché de ce même pas lourd jusqu'à mon appartement sans lui montrer que je l'avais vu. Lui, il était comme d'habitude impeccable, réservé, mais il tapait légèrement du pied et je vis qu'il serrait les mâchoires. Bref, il était nerveux. Avec moi, on était deux.

– Il ne t'a pas fallu longtemps, me dit-il quand j'arrivai à ma porte en cherchant les clés au fond de mon sac.

Il pensait donc que je m'étais à nouveau branchée avec Weston. Sans doute était-ce lui, le mec en costume que j'avais aperçu à l'extérieur du cagibi au *Red Farm*. Nous voyant partis tous les deux de la table, il avait compris. Donovan était tout, sauf un imbécile.

Je n'avais pas envie de discuter, j'ai donc haussé les épaules sans rien dire. Tout de même, il ne manquait pas de culot d'être là. Comme le building lui appartenait, il n'avait eu aucun problème avec le portier.

– Tu n'as pas ta propre clé ? lui ai-je demandé en blaguant à moitié.

– Pour ça, il eut fallu que je passe d'abord chez moi, murmura-t-il.

Je vis tout de suite qu'il était très sérieux. Incroyable mais vrai, il avait une clé de chez moi ! N'était-ce pas plutôt le rôle du gérant de l'immeuble d'avoir un deuxième jeu de clés ? J'en eus mal au ventre de penser que Donovan pouvait rentrer chez moi quand bon lui semblait.

Je me suis sentie encore plus mal quand j'ai réalisé qu'il était tout près, à côté de moi, tellement près que le moindre de mes mouvements pouvait me faire tomber dans ses bras. Mes yeux sont discrètement passés de sa pomme d'Adam à son menton, puis à sa bouche… quel goût avait-il ce soir ? Celui du scotch, celui des secrets ou celui plus mâle de la transpiration ?

Serais-je assez stupide pour ne pas essayer de m'en rendre compte par moi-même ?

– Dois-je te dire merci d'avoir attendu ? je demandai en poussant la porte avec mon épaule pour entrer.

Sans attendre, il me suivit.

– Mais je t'en prie, entre, fais comme chez toi, je continuai, tout en allumant la lumière.

Je ne savais plus si je faisais semblant d'être à bout ou si je l'étais vraiment. Oui, je voulais qu'il soit là, mais pour moi, pas pour me faire la leçon sur l'un de ses plans foireux.

Il referma la porte avec le pied et me suivit à la trace tandis que j'allumais les lampes en me dirigeant vers le placard.

– Tu as quelque chose à me dire ? me demanda-t-il pendant que j'accrochais ma veste.

– Tu veux dire, à propos de Weston ? (Voilà donc la raison pour laquelle il était là. Une fois de plus, j'étais furieuse… et blessée, ce qui était stupide de ma part.) Tu veux tous les détails ? Des photos peut-être ?

J'ai jeté mon sac sur la table de la salle à manger, je suis passée devant lui sans le regarder et j'ai ouvert le frigidaire pour me descendre de grandes gorgées d'eau fraîche que j'aurais rêvé lui jeter en pleine figure. Pardon, en plein sur sa sale gueule de prétentieux.

J'ai vu à ses épaules qu'il s'était relâché, son visage tout à l'heure crispé était maintenant plus relax.

– Il ne s'est rien passé, c'est ça ? dit-il sur un ton affirmatif, tellement persuadé d'avoir raison.

Merde à la fin, il avait toujours raison ! Et re-merde, il était tellement sexy quand il avait raison !

Je n'en pouvais plus. J'avais soif, mais pas de ce que je buvais. La seule chose dont j'avais envie était un goût particulier sur mes lèvres et, si je ne pouvais avoir ça, je ne voulais rien d'autre. Exaspérée, j'ai posé la bouteille d'eau sur le comptoir d'un geste sec :

– Qu'est-ce que tu fous ici ?

– C'est mon devoir d'y être. Tu vas le retrouver plus tard ?

Un instant, j'ai pensé le faire marcher, mais cette fois, j'en avais marre de son petit jeu. De tous ces petits jeux, des siens comme des miens.

– Pas du tout, j'ai répondu. Mais devine quoi, ceci ne te regarde en aucun cas. Tu n'arrêtes pas de m'emmerder avec ça, comme si tu avais un droit de regard sur cette histoire. Comme si tu savais mieux que personne ce que les autres veulent ou ne veulent pas.

– De toute façon, tu n'as pas envie de Weston, c'est un fait, une évidence absolue. Ce n'est même pas la peine d'en discuter.

Il avait dit ça comme une maxime que nous aurions partagée avec consentement mutuel. J'ai failli m'évanouir.

– Mon Dieu, mais…

J'ai porté une main à mon cœur et je l'ai bousculé pour aller dans la salle à manger. J'avais besoin d'espace. S'entendait-il parler ? En me retournant, j'ai pointé un doigt accusateur vers lui en lui disant :

– Quand je pense… ça fait des semaines que tu essaies de me convaincre que Weston est fait pour moi, tu ne manques pas d'air !

– Eh bien tu vois, en fait, non.

J'avais l'impression que ma tête et ma poitrine allaient exploser et son calme olympien devenait tout simplement exaspérant.

– Qu'en sais-tu de ce que je veux ?

J'avais hurlé si fort que mes voisins avaient sans doute tout entendu, mais s'ils n'étaient pas contents, ils n'avaient qu'à s'en prendre au propriétaire. Puis j'ai ajouté :

– Tu pars du principe que tu sais tout mieux que tout le monde, sans jamais te donner la peine de poser une seule question sur le sujet à la principale intéressée, c'est-à-dire moi.

À ce moment-là, il se rapprocha de moi, nous n'étions plus qu'à deux pas l'un de l'autre :

– Mais dis-le-moi une bonne fois pour toutes, que veux-tu, Sabrina ?

Son ton était des plus sérieux et ses yeux noisette des plus charmeurs.

J'avais accumulé des semaines entières, que dis-je des années de questionnements, d'hésitations, d'acceptations et de refus, j'étais au bout du rouleau. Le désir de Donovan, malgré tout, n'avait fait que grandir en moi, toujours plus fort, toujours plus intense. Pourquoi continuer à me mentir, pourquoi continuer à prétendre que je ne connaissais pas la réponse ? Il fallait plus de transparence, cette fois, il fallait la vérité.

– Je veux que tu me touches ! j'ai soudain crié, désespérée, et voulant tout exprimer en peu de mots.

La réponse de Donovan ne se fit pas attendre. Il attrapa mes deux poignets en tournant l'un d'eux pour me le mettre dans le dos et il tira sur l'autre pour nous rapprocher le plus possible :

– Te toucher comme ça ? me répondit-il violemment.

Sa prise devint plus brutale et, soudain, il me poussa contre le mur.

– Non… ma voix s'était radoucie, parce que ce non voulait dire oui.

C'était exactement la manière dont je voulais qu'il me touche. Oui, je voulais qu'il me contrôle, je voulais qu'il me possède. Mes tétons devinrent durs comme des nœuds.

– Non ? Alors, moi je n'ai pas le droit de te toucher alors que Weston, lui, a tous les droits ?

J'étais aussi fatiguée de toujours l'entendre prononcer le nom de Weston. Fatiguée qu'il soit en permanence entre nous deux. Même là, si Donovan m'avait plaquée contre le mur, seules nos mains se touchaient et, dans l'espace ténu qui nous séparait, on sentait sa présence invisible.

– Je ne veux pas que tu me touches comme Weston, ai-je alors dit, très affirmative. Ce n'est pas Weston que je veux, c'est toi !

– Je sais, j'attendais simplement que tu en sois persuadée.

Je l'aurais bien giflé, mais sa bouche vint littéralement s'écraser sur la mienne. Tout à coup, plus rien ne compta à part lui, ses mains, son corps et la victoire qu'il venait de remporter sur mes réticences.

Ce fut si facile de se rendre !

En un instant, il prit toutes les commandes avec son corps entier pressé contre le mien, son érection collée contre mon bas-ventre et sa bouche moulée à la mienne.

Il me léchait la lèvre inférieure, puis passait à celle du dessus sans laisser le moindre millimètre intouché, il voulait les goûter partout. Comme si ce n'était pas suffisant, il me lâcha un poignet et s'empara de mes cheveux en me jetant la tête en arrière pour ouvrir ma bouche plus grande. Je poussai alors un cri qu'il vint vite éteindre par de grands coups de langue.

Je me rappelais parfaitement comment il faisait, comment il embrassait comme personne… j'y avais pensé depuis si longtemps que c'était bon soudain de vérifier que rien n'avait changé ! Le vivre en vrai, avec tous mes sens impliqués, réveillait une Sabrina oubliée… ce n'était pas assez, j'en voulais davantage.

Avec ma main restée libre, j'ai vite enlevé sa veste, puis j'ai caressé longuement son torse en insistant sur ses pecs à travers sa chemise que j'avais envie d'arracher. Plus que tout, je cherchais le contact avec sa peau nue.

Mais Donovan gardait le contrôle. Lui aussi avait une main libre qu'il glissa bientôt sous ma robe et sous mon soutien-gorge pour m'attraper la poitrine. Empressé, il me faisait mal. Je n'ai pu retenir un gémissement dans sa bouche tandis qu'il me pressait les seins plus fort… toujours plus fort.

Puis il se laissa aller, sans retenue. Plus il touchait mes seins, plus ma chatte s'enflammait.

– Oh… mon Dieu ! je m'écriai, fais-le encore !

– Non, répondit-il en retirant sa main de mon soutien-gorge.

Il en profita pour venir s'amuser avec ma ceinture.

Rien à faire, il ne pouvait pas s'en empêcher, quel petit con ! Mais que c'était bon !

Il lâcha mes cheveux et défit ma ceinture avec ses deux mains, aussitôt ma jupe tomba par terre. Il recula ensuite d'un pas et profita de la distance pour me regarder tout le corps. J'en eus des frissons partout. Son regard était comme un soleil et, là où ses yeux se posaient, je brûlais.

– Tu avais pensé à lui en mettant cette tenue ce soir ? me demanda-t-il, haletant, avec un air féroce.

Soudain, il était comme enragé, prêt à mordre.

– Non, à toi.

Je ne disais que la vérité.

Il grogna comme une bête en se collant contre moi, puis il me passa la main entre les jambes.

– Tu es toute mouillée, je le sens à travers ta culotte.

– Donovan… je suppliai en lui forçant la main.

Quelle torture ! Je voulais qu'il me touche, mais j'avais besoin qu'il me touche de toutes les façons possibles et, surtout, je voulais que jamais il ne s'arrête.

Sans que je m'y attende, il donna une vraie claque sur ma chatte, sans ménagement. Il glissa ensuite un doigt sous ma culotte, exactement dans mon entrejambe, et je le sentis qui s'enduisait de mon humidité. Peu après, il mit le doigt sous son nez et le renifla avec délectation :

– Exactement comme dans mon souvenir, murmura-t-il avant de le mettre dans sa bouche pour le sucer.

Je n'en pouvais plus, je palpitais de désir. J'ai mis ma main derrière sa tête pour l'obliger à m'embrasser pendant que mon autre main commençait à lui caresser lentement la queue. Sa bouche avait l'étrange goût de moi-même et j'ai dévoré avec avidité chaque goutte de mon intimité.

Il m'avait laissée l'embrasser ainsi pendant quelques instants quand, tout à coup, il se saisit de mes deux mains et les plaqua au-dessus de ma tête contre le mur :

– Dès que tu as les mains libres, tu deviens dangereuse, me dit-il en me mordant à la base du cou pour me marquer.

– Dangereuse, mais comment ? murmurai-je tandis que ses dents plongeaient dans ma chair.

S'il ne m'avait pas mordue, je crois que j'aurais éclaté de rire. Dangereuse, moi ? Comment pouvait-il prononcer un mot pareil quand c'était lui qui m'avait appris à l'écrire ?

– Dangereuse comme tu es chaque fois que je te laisse me toucher, répondit-il en m'embrassant intensément…

J'en oubliai le fil de mes pensées.

Quand, au bout d'un moment, il souleva la tête, j'étais totalement étourdie et prête à tout pour obtenir ce que les mots ne peuvent décrire. Je lançai mes jambes derrière lui en direction de ma chambre.

– Je sais, dit-il en lisant dans mes pensées comme il savait si bien le faire.

Il me saisit vigoureusement un poignet, me traîna derrière lui et me jeta sur le lit d'un geste sûr.

Les lumières étaient éteintes, mais les stores vénitiens laissaient passer les lumières de la ville en dessinant des traits sur son torse. Sa belle chemise était tendue sur ses muscles et, même si j'avais terriblement envie de le voir sans rien, j'aimais aussi être quasi nue sous son corps habillé. Cela rendait la situation plus perverse. Plus vicieuse.

Surtout quand il commençait à me donner les ordres qu'il avait le droit de me donner… comme s'il était encore mon prof, comme s'il était toujours mon boss.

– Fous-toi à poil devant moi, commanda-t-il en défaisant sa cravate.

Mon corps se couvrit de chair de poule, mes mains tremblaient tandis que j'essayais d'atteindre derrière mon dos la fermeture de mon soutien-gorge. Après avoir enfin réussi à l'enlever, je le jetai par terre puis, toujours tremblante, je me débrouillai comme je pus pour faire descendre ma culotte. Il me regardait faire en fronçant les sourcils, les yeux mi-clos, comme des traits de rasoir au milieu de sa figure.

– Donne-moi tes mains, continua-t-il.

Je les tendis vers lui, paumes ouvertes, sans trop savoir ce qui m'attendait. Son ton autoritaire, doublé de l'inconnu de ce qui se préparait, rendait ma respiration de plus en plus haletante et je sentais qu'il y avait déjà une tache qui s'agrandissait sous moi.

Il se mit lentement à enrouler sa cravate autour de mes poignets, il termina par un nœud et tira sur mes bras pour les mettre bien à plat au-dessus de ma tête. Il attacha ensuite l'autre bout de la cravate autour d'une des colonnes de mon lit et étira mon corps en diagonale sur le matelas. Enfin, il se releva pour examiner sa captive :

– Combien d'hommes t'ont fait subir le même sort, Sabrina ? me demanda-t-il en défaisant sa ceinture.

– À part toi, j'ai couché avec cinq hommes. (Je trouvais le nombre déjà respectable, même si je me doutais que Donovan avait eu plus de maîtresses que je n'avais eu d'amants.) Mais aucun ne m'a fait ce que tu fais.

– Tu n'as jamais été attachée sur un lit ?

– Non.

Je n'avais – non plus – jamais été aussi excitée au point de presque jouir sans même qu'on me touche ! Et ce n'était pas tout. À part cette fois-là, dans ce petit bureau au fond du parc d'Harvard, jamais je n'avais couché avec un homme qui m'avait rendue aussi dingue, comme s'il avait touché en même temps tous les endroits les plus sensibles de mon corps.

Maintenant que sa ceinture était défaite, il avait sorti sa queue. Elle était dure, épaisse, turgescente et mauve sous le rayon de la lune. J'ai essayé de m'asseoir, je la voulais tellement dans ma bouche, je voulais le goûter comme il m'avait goûtée tout à l'heure. Mais Donovan posa ses mains sur mes cuisses et, avec les liens qui déjà retenaient mes poignets, je n'ai pas pu me relever. Bizarrement, je ressentis ce moment comme un symbole du désir fou et contrarié que j'avais pour lui depuis des années. La souffrance devint insupportable. Je gigotai dans tous les sens en le suppliant :

– S'il te plaît, Donovan !

– Quoi encore ?

Il savait parfaitement ce que je lui demandais, mais visiblement il jouait avec ma détresse et je pus voir se dessiner l'ombre d'un sourire au coin de ses lèvres.

– Tu es cruel.

– C'est ce que tu m'as toujours dit.

Avec un franc sourire cette fois, il me retourna sur le ventre et me fit mettre à genoux. Ensuite, il glissa une main sur mon dos en appuyant progressivement pour me faire baisser la tête. À travers mes jambes, je pus le voir mettre un genou près de moi sur le lit et un pied par terre.

J'entendis alors le bruit d'un emballage de préservatif qu'on déchirait et le bruit qu'il fit en tombant. Il repassa sa main le long de ma colonne vertébrale, mais cette fois, en arrivant sur mon cul, il me donna une vraie fessée qui me fit sursauter. Une fois la surprise passée, il attendait la queue en l'air, prêt à me défoncer la chatte.

– Baise-moi, ai-je hurlé dans l'oreiller.

Je ne reconnus même pas ma voix dans ce cri.

En revanche, la sensation… ça oui, je la reconnus. Donovan savait me remplir mieux que personne. Complètement, totalement, mais il y avait aussi la manière dont il s'y prenait qui faisait que ma chatte brûlait d'envie pour lui : ses coups de reins, sa rage animale, son côté sauvage, sa façon de me dominer, tout y était. Entre magie et manipulation, je ne savais pas où j'étais. Peut-être qu'il me rendait folle, tout simplement. À chaque poussée de sa queue, je me sentais sous l'emprise d'un envoûtement toujours plus puissant.

Mon premier orgasme arriva presque tout de suite.

Le deuxième prit plus de temps. Il grandissait peu à peu sous le contrôle de Donovan qui savait me toucher aux points les plus sensibles. Sous l'impulsion de ses va-et-vient continuels, mes tétons frottaient contre les coutures du dessus-de-lit en patchwork… ah, quel doux martyre ! Les fils chatouillaient mes seins, quelle que fût la position que je prenais, et je me tortillais pour m'y frotter de mon mieux. Chaque fois que j'essayais de me relever, ne serait-ce que de quelques centimètres, il me plaquait à nouveau contre l'étrange torture, comme s'il avait compris les sensations contraires qui m'envahissaient, comme s'il voulait me faire souffrir davantage.

J'ai adoré, sans retenue.

Quand le deuxième orgasme arriva, mon corps fut pris de spasmes douloureux, jusqu'à l'extase. J'étais déjà dans cet état quand Donovan mit ses deux pieds par terre en m'installant perpendiculaire au matelas, mes poignets toujours attachés à une colonne du lit. Ses ongles bien ancrés dans mes hanches, il me pilonna jusqu'à trouver son propre orgasme qu'il atteignit sans tarder.

Épuisée et submergée de jouissance, je m'affalai sur le côté.

Je n'ai pas mis longtemps à reprendre mes esprits, mais j'ai vite décidé de laisser les jugements et les regrets de côté. On allait y penser bien assez tôt. Voilà au moins une chose que l'expérience m'avait apprise.

Tout haletant à son tour, Donovan s'affala derrière moi. Je fermai les yeux et écoutai sa respiration saccadée qui diminuait lentement. Le bruit devint régulier, la paix revenait s'installer la chambre. Combien de temps encore allais-je pouvoir profiter de ce moment suspendu ? Il n'était pas du genre à rester pour la nuit. Il allait partir bientôt.

Je ne voulais pas y penser. J'écoutais juste sa respiration palpiter.

Quelques instants plus tard, j'eus vaguement conscience qu'il bougeait, sentis vaguement qu'il défaisait le lien qui retenait mes poignets, puis je tombai dans les brumes du sommeil.

CHAPITRE 14

Je me suis réveillée en sursaut, comme si je sortais d'un rêve, mais les seules images qui me venaient à l'esprit étaient bien réelles. Je revoyais Donovan sur moi, en moi, je le sentais tout près, même si je réalisai vite que le lit était vide.

Il me fut plus difficile que je ne l'avais pensé de me réveiller sans lui. Je me sentais épuisée, vidée, comme si je n'avais pas mangé depuis longtemps, et pourtant… je n'avais pas faim. À côté de cette impression de vide, étonnamment, je sentais toujours les hormones d'après l'acte sexuel couler dans mes veines, ce qui faisait flotter un léger tournis d'euphorie dans ma tête. En m'étirant, tous les muscles que je n'avais pas utilisés depuis longtemps me rappelèrent leur présence, j'avais des courbatures partout. Je clignai des yeux, les frottai, il faisait encore sombre, mais je réalisai que je venais de me réveiller dans la même position que celle que j'avais en m'endormant. Ce qui voulait dire que je n'avais sans doute pas dormi très longtemps. Je me suis donc retournée pour vérifier l'heure à mon réveil quand, tout à coup, j'ai sursauté : je n'étais pas seule.

Donovan était assis sur un fauteuil dans le coin de ma chambre… Un bras sur l'accoudoir, une main sous le menton, il m'observait. Le réveil indiquait que j'avais dormi plus d'une heure, était-il resté là pendant tout ce temps ? J'en tremblai, rien que d'y penser, mais je n'ai pas rabattu les draps. S'il avait envie de regarder, qu'il regarde ! Ce devait être la seule chose qui l'avait retenu et, maintenant que j'avais le choix, je n'avais pas envie de le laisser partir.

Pourtant, d'un moment à l'autre, il allait le faire, je le savais. Il m'avait déjà dit qu'il était le style d'amant à partir vite. S'il avait décidé de rester, il aurait été nu, au lit près de moi, or il était toujours à moitié habillé comme il était quand nous avions baisé. Son pantalon était resté ouvert et sa cravate défaite pendait autour de son cou.

J'ai trouvé incroyable qu'il fût toujours là, incroyable qu'il fût resté assis à me regarder pendant que je dormais. Je me suis relevée en essayant de mettre de l'ordre dans le nid qui m'avait servi de coiffure la veille :

– Allais-tu seulement me dire au revoir ? lui demandai-je, entre accusation et résignation.

Je n'espérais qu'une chose : qu'il eût changé d'avis en décidant de rester.

– Je ne te comprends pas. Je suis toujours ici, me répondit-il d'une voix paresseuse.

– Mais tu es presque parti.

Son visage était dans l'ombre, mais sans bien le voir, je le sentais d'un calme olympien.

– Je suis moins parti que tu sembles le croire.

Immédiatement, mon entrecuisse donna des signes d'excitation, pourtant la sincérité dans sa voix tendait plus vers l'émotion que vers le désir. Ce qui me donna le courage de lui dire :

– Allez, viens au lit et reste.

– Sabrina, comme tu y vas ! gronda-t-il en haussant les épaules. Il étira ses jambes et changea de sujet, en ajoutant : D'où te vient ce prénom ?

Une petite conversation informelle ? Ce n'était vraiment pas ce à quoi je m'attendais, mais s'il en avait envie, pourquoi pas ? Je mis mes deux genoux du même côté tout en posant ma main à plat sur le lit :

– Mon père. Quand mes parents cherchaient un prénom, il lisait le poème de Milton à propos d'une nymphe qui sauve une vierge.

– Connais pas. C'est Sabrina la vierge ?

– Non, Sabrina, celle qui sauve.

Silence.

– Euh… ce n'est pas vraiment la réponse que j'attendais.

Un bref instant, je me suis demandé si je devais me vexer, mais je trouvais amusant d'être en position de celle qui sauve.

– Peut-être dans ta version du poème, Sabrina devrait être la vierge.

Silence.

Il se contenta de continuer à me regarder de ses yeux perçants, comme il avait eu l'habitude de le faire des années plus tôt en cours d'éthique des affaires. Je me rappelai combien je détestais cette façon qu'il avait de me regarder, comme s'il voyait des choses que je ne voulais pas qu'il voie, comme s'il voyait des choses que je ne voyais pas moi-même. Et par-dessus tout, je détestais ça, parce que, en même temps, j'aimais ce regard inquisiteur posé sur moi.

Je penchai la tête pour savoir si je pouvais le voir aussi clairement qu'il me voyait, mais la seule chose que je devinais dans l'ombre était un homme magnifique, férocement fier, au sourire diabolique, avec un sex-appeal des plus troublants.

J'avais laissé un dangereux diable entrer dans mon lit, un dangereux diable qui pourtant, une fois, m'avait sauvée du pire. Donovan pouvait-il être autre chose qu'une énigme ?

– Et toi, d'où te vient ton prénom ? lui demandai-je en soupirant.

– C'était le nom de famille de mon arrière-grand-mère qui disait toujours qu'on me l'avait donné pour cette raison. À mon avis, ma mère le trouvait agréable à l'oreille, voilà tout.

Je réalisai soudain que ce détail était la seule chose que Donovan m'avait confiée sur sa famille et sa vie personnelle. Ce qui était peu et beaucoup à la fois, j'ai donc mis cette révélation précieusement de côté.

– Ce qui veut dire ?

Je tentai le coup, tout en ne voulant pas être trop intrusive.

– Guerrier de l'ombre. Je pense qu'elle s'attendait à un fils très différent.

– Mais cela colle parfaitement avec ton histoire. Les guerriers de l'ombre sont toujours les mecs qui sauvent les vierges, c'est bien connu.

Voilà qui collait sans doute trop bien. Trop facile d'en faire des tonnes. Je ne savais pas vraiment s'il ricanait, mais j'ai tout de suite compris qu'il n'avait pas apprécié le rapprochement. Peut-être n'aimait-il pas cette histoire que nous vivions. Maintenant que je l'avais formulée à haute voix, moi aussi, je n'étais plus certaine de l'aimer.

Je tirais sur mes cheveux tout en fixant la fenêtre. Qu'est-ce je foutais avec un type pareil ? Vers quoi cette histoire allait-elle nous mener ? On allait rester collègues de bureau avec des avantages sociaux ? Nous n'étions pas vraiment des amis, et rien ne nous destinait à un avenir romantique.

– Tu es une très belle femme, Sabrina, dit soudain Donovan en interrompant mes rêveries.

Typiquement le genre de phrase toujours suivie d'un « mais ». Comme il n'arrivait pas, je n'ai pas pu résister au plaisir de répondre :

– Vraiment ?

J'ai regardé là où la lune éclairait ses cuisses et j'ai nettement vu sa queue bien droite avec son gland qui sortait de la ceinture de son sous-vêtement. Je vois, ai-je pensé, cette fois, nous ne parlons plus de « mais ».

Quoi qu'il puisse arriver demain, pour le moment, nous en étions à ce soir. Ce soir précisément, j'étais trempée et pleine de désir, quant à Donovan, il bandait dur et se trouvait en face de moi. J'ai donc fait exprès de relever mon buste pour mettre ma poitrine bien en valeur.

– Te provoquerais-je quelques vilaines pensées ?

– Hum… de très vilaines pensées, murmura-t-il entre ses dents tout en me transperçant de ses yeux qui brillaient dans l'ombre.

– Plus jeune, j'avais des tas de pensées vicieuses en pensant à toi.

Je ne savais même pas pourquoi j'avais osé lui dire un truc pareil.

– Plus maintenant ?

– Si. (Là, je livrais mon secret le plus intime.) Tout le temps.

J'ai senti sa main qui serrait plus fort l'accoudoir de son fauteuil. En réponse, ma chatte commença à palpiter. Je compris que j'avais aimé lui dire ce que je venais de lui dire. J'aimais cette idée qu'il le sache et j'aimais plus que tout savoir que lui aussi avait des pensées vicieuses à mon égard.

– Tu te branles quand tu as ces pensées vicieuses ?

– Oui.

Je fermai bien les cuisses pour essayer de me soulager. J'étais tellement excitée.

– Montre-moi.

– Te montrer ?

J'avais parfaitement compris ce qu'il venait de dire et je savais ce que j'avais à faire, mais j'avais juste besoin d'un moment pour m'habituer à l'idée.

– Oui, dit-il en se relevant sur son fauteuil, visiblement pressé. Dis-moi ce que je te fais quand tu penses à moi. Montre-moi et dis-moi le scénario que tu t'inventes.

– Ok.

Je ne m'étais jamais branlée devant quelqu'un, je n'aurais jamais voulu, mais devant Donovan, c'était différent. En sa présence, moi aussi j'étais différente, et lui dire non ne m'avait pas traversé l'esprit, ce n'était même pas une option.

Je me suis allongée sur le lit en coinçant ma tête avec des oreillers afin de bien le voir, puis j'ai ouvert mes jambes. Quel scénario allais-je partager avec lui ?

– J'en ai plusieurs…

– Dis-moi celui que tu préfères.

Variations sur un viol. C'était mon préféré, celui que je jouais le plus souvent. Pas question de jouer à celui-là devant lui. Il fallait se rabattre sur un fantasme plus classique. Peut-être celui où il me jetait sur son bureau… J'ai fermé les yeux pour mieux préparer la scène dans ma tête et j'ai ouvert la bouche, j'allais commencer.

– Surtout, sois honnête, Sabrina, me dit-il avant que j'aie pu commencer. Ça ne rime plus à rien si tu n'es pas honnête.

Mon cœur a commencé à battre fort dans ma poitrine. Devais-je lui dire toute la vérité sur mes scénarios ? Ils étaient tellement pervers, tellement vilains ! J'ai alors entrouvert les yeux, juste pour l'apercevoir entre mes paupières.

Il n'allait pas s'en rendre compte si je mentais, surtout si je me rattrapais sur le reste. Mais, au fond, il avait raison : pourquoi jouer un scénario à moitié ? Dans ces fantasmes pervers que je construisais, n'y avait-il pas toute la fascination qu'il exerçait sur moi ? Ne serait-ce pas salutaire de tout lui dire pour enfin me débarrasser de ces « mauvaises pensées » ?

Non, la vraie raison de tout lui dire était pour moi surtout l'occasion rêvée de vivre complètement mes plus profonds et plus sombres fantasmes. Répondre enfin à ce besoin, à cette envie irrésistible, à cette faim profonde justifiait l'humiliation… et le reste. Et, sincèrement, il était tout aussi humiliant qu'excitant d'y penser. Excitant, justement, parce qu'humiliant.

J'ai respiré un bon coup, et cette fois je n'ai pas fermé les yeux, j'ai préféré regarder Donovan.

– Tu m'empêches de bouger.

Je parlais lentement et de façon monotone, sans la moindre émotion, mais déjà je voyais les yeux de Donovan s'enflammer.

– Je ne peux m'échapper. Tu étouffes mes cris. Personne ne peut m'entendre. Personne ne peut m'aider. Tu arrives à m'enlever mon pantalon…

– Mais avant ça, tu te débats.

– Oui.

Cette addition à mon fantasme m'a surprise tout en augmentant mon excitation. Mes tétons durcirent immédiatement et je me caressai les seins pour relâcher la pression.

– Dis-moi comment tu te débats.

– Je te donne des coups de genou, mais je n'atteins pas mon but.

À ce moment-là, je regardai sa bite, elle avait encore grossi. Ma respiration se fit plus haletante.

– Mon combat t'excite toujours plus. Tu me punis en me mordant très fort les tétons.

Il leva les sourcils et je compris qu'il voulait que je lui mime la scène, que je fasse comme s'il n'était pas là… alors, je saisis mes tétons que pinçai et tirai le plus fort que je pus.

– Vas-y, plus fort encore, dit-il plein de sarcasme.

– Oui… jusqu'à ce que je pleure.

Il se redressa dans son fauteuil pour se mettre plus à l'aise, son érection grandissante rendait sa position inconfortable, mais il ne se touchait pas. Ce qui me rendait de plus en plus dingue, j'avais tellement envie de le faire ! Je voulais lui caresser le gland bien tout autour et je voulais enserrer fermement de mes deux mains sa belle queue pour sentir son membre palpiter sous mes paumes.

Si je ne pouvais pas le faire moi-même, au moins je voulais qu'il se le fasse.

Puis je me rappelai qu'il fallait que je m'occupe de moi. J'ouvris donc plus largement mes jambes et appuyai deux doigts entre mes lèvres tout en commençant à rapidement me masser en cercle :

– Maintenant, tu me frottes le clito. Tu es brutal, tu n'en as jamais assez, tu me pousses vers la jouissance… (Je sentais déjà un orgasme monter, ce genre de fantasme me faisait vite jouir…) Je suis prête !

– Prête à jouir ? demanda-t-il d'une voix rauque et rageuse.

– Oui, je répondis, tout essoufflée. Tu es content parce que tu t'impatientes et que tu veux que je jouisse. Pas pour mon plaisir, mais pour le tien, je sais que tu n'aimes pas pénétrer un vagin sec.

– Joli détail !

– Ce que tu ne sais pas, c'est que je suis déjà bien mouillée.

Il lança sa tête en arrière et se mit à grogner comme une bête :

– Montre-moi !

Même si j'étais sur le point de jouir, je retirai les deux doigts de mon clito et je les plongeai plus bas, au fond de moi. Quand je les retirai, je levai la main pour que Donovan puisse constater qu'ils brillaient d'humidité.

– Putain… Sabrina…

Son visage devint plus dur et il ne put réprimer un mouvement brusque de tout son bas-ventre. Je sentais qu'il commençait à perdre le contrôle de lui-même, surtout quand je mis les deux doigts dans ma bouche pour les sucer avec délectation.

– Ce sont mes doigts ?

– Oui, tu vas les plonger si profondément dans ma gorge que je vais presque étouffer.

Je les remis dans ma bouche en les plongeant le plus loin possible.

– Je m'en fous de ce que j'ai envie de faire dans ta bouche pour l'instant. (Il bougea encore sur son fauteuil, cette fois je vis les muscles de ses cuisses se tendre sous son pantalon.) Ensuite ?

– Ensuite, tu me baises.

Le regarder s'exciter ne faisait qu'augmenter ma propre excitation. Je me tortillai sur le lit en essayant de frotter ma chatte sur le matelas. On avait tous les deux l'air ridicules… j'avais le sentiment que le jeu avait assez duré. Je voulais juste qu'il me pénètre. Maintenant. Mais… il ne bronchait pas.

– Baise-moi, Donovan, je t'en supplie, baise-moi !

– Non, à toi de le faire. (Sa voix était froide, sa voix ordonnait, sa voix commandait.) Montre-moi comment je te baise.

Je gémis sans protester, inutile de négocier avec lui, je le savais. Je finis par me mettre plusieurs doigts dans la chatte en les plongeant le plus profond possible. Tout à coup, il se releva en s'asseyant sur le bord de son fauteuil :

– Trois doigts ? C'est tout ce que tu utilises d'habitude ?

– Non, je répondis dans un souffle, quelquefois, je prends un gode.

– Quoi d'autre ?

Il était comme fou. Je pouvais sentir l'électricité passer entre nous.

– Rien d'autre.

– Si je ne pouvais pas te baiser avec ma queue, ce n'est pas un gode que j'utiliserais. (Ses yeux commencèrent à chercher autour de la pièce.) La prochaine fois, prends la bouteille qui est là-bas.

Je suivis son regard, il regardait mon grand flacon de crème hydratante posé sur la table de nuit, un flacon bien plus gros que mon gode. J'en avais mal à l'avance, mais comme l'ordre venait de Donovan, j'eus soudain hâte d'obtempérer.

– Ok, j'ai compris.

Comme il avait l'air satisfait de ma réponse, il reposa son regard sur moi, sur mes mains et sur ce qu'elles faisaient en prétendant que c'était lui. Soudain, il se leva, sans doute pour profiter d'un meilleur angle :

– Maintenant, dit-il sur un ton mielleux tout en sortant – enfin ! – sa queue, dis-moi comment je te baise.

– Tu es dur, brutal, ça fait mal.

Impossible de quitter des yeux sa queue bien ferme et bien épaisse dans sa main. L'eau me monta à la bouche et mon con coula d'excitation.

– Montre-moi, dit-il en se branlant lentement, montre-moi comment ça te fait mal.

Je replongeai mes doigts, toujours plus profond à l'intérieur de moi, toujours plus vite, comme j'aimais tellement imaginer qu'il me baise. Comme je me souvenais qu'il me baisait. Les pressions répétées de ma main aidaient à soulager les tensions, mais j'en voulais plus, je le voulais, lui, lui tout entier. Je le regardais, pendant qu'il se branlait lentement, je regardais les mouvements réguliers de sa main glissant sur sa queue… je voulais tellement la toucher, je voulais tellement qu'elle se rapproche de moi.

Sans trop penser à ce que je faisais, je me suis rapprochée vers le bord du lit, mais il n'était pas encore assez près.

– Montre-moi, cria-t-il.

– Je veux te voir aussi… s'il te plaît…

Pour une fois, il ne discuta pas. Il s'avança vers le lit, prit de la mouille dans ma chatte et, debout devant moi, s'accorda avec mon rythme. Il se branlait juste au-dessus de l'endroit où je me baisais avec mes doigts. C'était tellement excitant, tellement vicieux, de regarder sa main masser vigoureusement sa grosse queue pendant que je l'imaginais me pénétrer dans un élan tout aussi bestial.

Il me fallut peu de temps pour arriver à l'orgasme. Je sentis mes reins se cambrer et mes jambes se raidir, je ne voyais plus que du noir constellé de mille points blancs, l'orgasme irradiait dans toutes les parties de mon corps. Un orgasme de cette intensité, je ne pouvais l'avoir qu'avec Donovan.

Il ne m'a pas quittée du regard pendant tout ce temps, on aurait dit que ses yeux glissaient sur mon corps. À peine avais-je fini qu'à son tour il était prêt. Mes esprits retrouvés, je l'ai bien observé : son rythme s'était accéléré, il insistait sur le gland, furieusement. Soudain, il ralentit et se mit à jouir. Il y avait du sperme étalé sur mon ventre et sur ma chatte… l'une des scènes les plus érotiques que j'avais vécues dans ma vie, même si, entre sperme et sueur, je collais de partout. Je devais avoir l'air d'une star du porno totalement épuisée, mais je me sentais au top.

Donovan avait déjà ramassé tout son bazar et remontait sa fermeture Éclair, j'avais assez récupéré pour me mettre sur mes coudes et je le regardai, un peu stupéfaite :

– Est-ce ainsi que tu marques ton territoire ? je demandai, très contente de moi.

– Un nouveau motif de fantasme ? asséna-t-il en bouclant sa ceinture.

– Pourquoi, je n'ai pas raison ?

– Non, Sabrina, répondit-il sèchement en me regardant droit dans les yeux, je t'ai joui dessus, parce que c'est pervers et que ça m'excite. Fantasme ou pas, n'y vois rien de plus.

Mon joli sourire s'est vite transformé en grimace, comme s'il m'avait foutu un coup de poing dans la figure. J'aurais eu mille réponses à lui balancer, mais pas maintenant. La seule chose dont j'étais capable était de rester là, assise sur mon lit, prostrée, nue et couverte de son sperme.

Une fois de plus, quel salaud de m'asséner une réponse aussi glaciale en me regardant droit dans les yeux ! Au moins, cette fois-ci, je ne fus pas la première à baisser la tête. Il finit rapidement de se rhabiller et me dit :

– J'y vais.

Il fuyait mon regard... il était sur le point de quitter la pièce quand il se retourna pour ajouter :

– Veux-tu que je t'attrape une serviette avant de partir ?

– Non répondis-je, pleine d'amertume, j'ai plutôt besoin d'une douche.

J'avais soudain une envie pressante de me laver de cette nuit et, surtout, de Donovan Kincaid. Il acquiesça... je n'en avais rien à foutre de son approbation. Arrivé à la porte de ma chambre, il ajouta :

– N'oublie pas de fermer derrière moi.

Oui, c'est ça. Cause toujours.

Je me suis levée pour le suivre. Dès que j'entendis la porte se refermer, je saisis le fameux flacon de crème hydratante et je le balançai à travers la pièce.

Donovan Kincaid s'était conduit en connard doublé d'un salaud... et ce n'était pas la première fois ni la deuxième... alors, pourquoi étais-je encore étonnée quand il se montrait tel qu'en lui-même ?

Après avoir donné quelques coups de pied partout et refermé la porte, très en colère, je pris une douche brûlante.

Très en colère, je me lavai les cheveux. Très en colère, je me récurai de fond en comble. Très en colère, je voulais effacer toutes les traces de Donovan sur mon corps.

Et il n'y avait pas que Donovan qui avait réveillé ma fureur. Contre moi aussi, j'étais en colère, au-delà du concevable. Très en colère de m'être laissé prendre à son piège. Très en colère d'être aussi concernée par ce que je vivais. Très en colère, parce que si je ne l'étais pas, alors la blessure à venir serait plus grande encore.

CHAPITRE 15

J'ai passé le week-end à faire du yo-yo en pensant à Donovan. Je l'avais haï, je ne le haïssais plus ; il me tenait à cœur, je n'en avais plus rien à foutre ; il n'y avait que du sexe, il y avait bien plus que cela ; aucune importance, j'y tenais plus que tout.

Le lundi matin, j'en étais arrivée à la conclusion que j'étais une femme forte qui avait passé une nuit de sexe bien vicieux avec un homme de pouvoir. Après tout, ç'avait été mon choix et j'en étais responsable. Bon choix, au demeurant. Choix partagé, qui plus est. La honte était inutile et les regrets superflus.

En revanche, ce qui n'était pas mon choix, c'était l'attitude très irrespectueuse de Donovan. Je n'y étais pour rien, il en était le seul responsable. Pas question de me sentir coupable. À l'évidence, il avait peur des femmes qui s'attachaient à lui. S'il avait pensé un seul instant que c'était mon cas après ce petit galop d'essai, soit il n'avait rien compris, soit il se faisait des idées qui n'avaient pas lieu d'être.

À moins, au contraire, qu'il ait parfaitement compris. Ne pas oublier que j'étais restée attachée à lui pendant dix ans après la toute première fois… si, ça, ce n'était pas de l'attachement, je ne savais pas comment l'appeler.

En fait, aujourd'hui, je n'avais aucune envie de m'accrocher à lui et, s'il pensait le contraire, tant pis pour lui. J'avais cependant encore un point à éclaircir : allais-je lui dire un mot sur la façon ignoble dont il m'avait quittée ? Oui ? Non ? Je changeais d'avis toutes les heures. J'aurais fait un grand pas quand j'aurais pris cette décision.

Heureusement, je ne rencontrais pas Donovan tous les jours si je m'en tenais aux affaires courantes. Le problème était que je rencontrais d'autres personnes tous les jours. Par exemple, quand j'ai pris l'ascenseur et que je me suis retrouvée à côté d'un homme en costume qui était mon boss ET qui m'avait vue à poil, j'ai compris que j'avais un peu oublié de prévoir comment j'allais gérer Weston.

– B'jour, j'ai bredouillé, incapable de le regarder en face.

Quelles étaient les règles de bienséance en pareil cas ? Devais-je lui parler de Donovan ? Devais-je le tenir au courant de la situation ? Nous n'étions pas ensemble, mais on avait failli s'envoyer en l'air quelques heures à peine avant que je ne me retrouve au lit avec son meilleur ami. Où se situait mon devoir ?

Pendant que je pesais le pour et le contre, dire, pas dire, je sentais Weston nerveux à côté de moi. Les yeux rivés sur le cadran digital de l'ascenseur tandis que les étages défilaient, tout à coup, il s'écria :

– Il faut qu'on parle !

Oh… meeerde !

Mes options venaient de diminuer considérablement. Peut-être allait-il falloir passer directement à la conclusion.

– S'il s'agit de vendredi… (J'ai hésité, je n'étais pas assez précise). Si tu veux parler du restaurant, je ne pense pas qu'on ait besoin d'en rajouter.

– Rien à voir avec le restaurant.

Je remarquai que, lui non plus, n'arrivait pas à me regarder en face.

– Ah bon ?

Mes mains commençaient à transpirer. Il était au courant, Donovan lui avait dit, il savait tout.

Je pris une grande bouffée d'air. Allez, pas de problème, j'allais lui dire que j'avais l'intention de lui en parler aujourd'hui. Il ne pouvait pas être si en colère que ça ! Nous n'étions pas en couple. Il était fiancé à une autre, après tout ! Arrivés à notre étage, je le suivis. On allait vite se débarrasser du problème :

– C'est bon, on est quittes ?

Il me regarda comme s'il n'attendait rien de plus.

– Si tu es libre…

– Je le suis. Je vais poser mon sac et je suis à toi dans cinq minutes.

J'ai pris mon temps et j'ai fait le point avec mon assistante tout en pensant à ce que j'allais bien pouvoir dire à Weston. Mais j'eus beau traînasser davantage, la seule évidence qui me venait à l'esprit était qu'il fallait dire la vérité. Je me suis donc dirigée vers le bureau de Roxie :

– Il est plus relax que l'autre jour, me dit-elle. (Ce qui m'amusa.) Mais quelque chose le tracasse. Bonne chance !

– Je vous entends toujours aussi bien, lui lança Weston à travers la porte ouverte.

– Merci, je murmurai à Roxie, je pense que je vais en avoir besoin.

Au moins, j'avais l'air de quelque chose, aujourd'hui. Je portais une tenue différente des autres jours : une jupe noire courte et un chemisier blanc à jabot, bien ajusté et boutonné sur le devant. Des bas couleur chair et des talons noirs. Une tenue plus féminine, plus discrète, moins femme de pouvoir.

Zut ! Weston allait penser que je l'avais mise pour Donovan. Euh… serait-ce possible ? Non, je m'étais habillée pour moi, un point, c'est tout.

Je respirai un bon coup et j'entrai dans le bureau de Weston. Il referma la porte derrière moi tout en laissant les vitres en mode transparent. Comme la dernière fois, il s'assit derrière son bureau et me pria de prendre un siège devant lui. Comme la dernière fois, je croisai les jambes en essayant de calmer mon tremblement nerveux. Bon. Cette fois, on allait régler le problème Donovan une bonne fois pour toutes. Plus de convocation dans le bureau de Weston, plus besoin de se faire du souci sur ce qu'il savait ou pas.

Un peu ridicule en sachant que Donovan et moi on s'était déjà dissous lamentablement dans une mare de rien.

Je lâchai un grand soupir.

– Vendredi soir… après que tu as quitté le restaurant…

Pas vraiment assuré de ce qu'il avait à dire, il laissa la phrase en suspens.

Comment allait-il la finir ? *Que tu as quitté le restaurant et baisé avec mon ami, et maintenant je te demande des comptes ?* Rien de ce qu'il allait dire ne pouvait être agréable à entendre.

Je dus l'aider un peu. Après tout, c'était davantage mon problème que le sien. Ce n'était pas lui qui aurait dû avoir des difficultés à formuler ses phrases.

– Tu sais, Weston, les choses évoluent. Tout n'arrive pas nécessairement comme on l'avait prévu.

– J'ai couché avec Elizabeth, s'exclama-t-il.

Je dus me répéter ce qu'il venait de dire plusieurs fois dans ma tête avant de pouvoir répondre :

– Euh… quoi ?

On était tellement loin de ce à quoi je m'attendais !

– Oui, j'ai couché avec Elizabeth et, pourtant, ce n'était vraiment pas mon intention. Je ne sais pas quelles vont être les conséquences pour l'avenir, mais j'ai pensé que je te devais cette vérité.

– Je vois…

Il ne savait donc rien à propos de Donovan… mais que devais-je lui dire ?

– Tu es contrariée ?

– Non, absolument pas.

En fait, je me sentais plutôt soulagée. Je n'avais plus à me sentir coupable de ce que j'avais fait dans son dos. Non que je me sentais vraiment coupable, mais…

– Nous n'avons aucun lien particulier Weston, je n'attends rien de toi.

Touché ! Il n'avait rien à attendre de moi non plus.

– Je sais, mais tout de même… le placard. J'étais un peu bizarre ce soir-là, tu sais, ce n'était pas de ta faute. (Mal à l'aise, il n'arrêtait pas de jouer avec son agrafeuse.) Maintenant, je suis tellement impliqué avec elle dans cette histoire…

J'ai regardé attentivement Weston, il avait l'air de bien meilleure humeur que vendredi matin et, en même temps, je l'ai trouvé plus tendu. Ses yeux brillaient quand il parlait d'Elizabeth, il était tendu, mais traversé d'une énergie tout électrique, cette énergie qui nous tient quand on est prêt à commencer une nouvelle relation.

Cette étrange énergie qui vous vient lorsque l'on tombe amoureux.

– Donc, Elizabeth et toi…

– Non ! Dieu merci, non. (Il jouait nerveusement avec son stylo.) C'est un peu compliqué, comprends-tu ?

À mon avis, « c'est un peu compliqué » voulait dire « c'est plus qu'une passade ». Mon tapotement du pied avait disparu, je m'enfonçai dans mon fauteuil et croisai les bras :

– Que va-t-il arriver à la cagnotte ? J'ai parié gros que tu tiendrais le coup !

– Toi aussi tu as parié ?

Il avait arrêté net de jouer avec son stylo.

Je haussai les épaules pour éviter de répondre, mais il n'avait pas l'air de vouloir plaisanter sur le sujet.

– Tu rigoles, je n'ai aucun intérêt à faire le moindre pari.

– Tu es sûre ? Tu n'as aucun problème avec ce qui s'est passé ?

– Certaine.

Je profitai du fait qu'il venait de me faire cette confession pour lui avouer ce qui me trottait dans la tête.

– Tu sais, moi aussi j'ai couché avec quelqu'un ce week-end. J'ai couché avec Donovan.

Je marquai une pause, pris une bouffée d'air et décidai que j'en avais assez dit. Mais l'air devint lourd entre nous et Weston me regardait, l'air effaré :

– Euh… dis quelque chose, je lui demandai en regrettant d'avoir été aussi honnête.

– Je suis partagé entre jalousie et soulagement de ma culpabilité.

– Allez, triple idiot, contente-toi d'être soulagé, c'est déjà pas mal.

– Ça, je dois avouer que je ne l'avais pas vu venir, soupira-t-il en hochant de la tête.

Si j'avais bien compris, nous étions donc à égalité sur les événements du week-end.

– C'est si moche que ça ? Je n'aurais pas dû t'en parler ?

Pour l'histoire d'Elizabeth, je ne me sentais pas vraiment touchée. En ce qui concernait Donovan, sans doute était-ce plus difficile à admettre pour Weston, vu leur vieille amitié.

– Non, non, je suis content que tu m'en parles, mais… ça fait bizarre. Attention, ne te méprends pas. Pas à cause de toi, mais à cause de lui, tu l'auras compris. Depuis la mort d'Amanda, il n'est sorti avec aucune femme que je n'aie connue avant lui.

Impossible, Amanda était décédée depuis onze ans. Il avait sûrement eu d'autres histoires depuis.

– Et Sun alors ?

– Cette mannequin ? (Weston balaya l'air d'un grand geste de la main.) Je pense qu'il couche avec elle de temps en temps. Il couche avec beaucoup de femmes de façon occasionnelle, mais crois-moi Sabrina, il ne couche pas avec celles qu'il fréquente hors de sa chambre à coucher.

– Effectivement, c'est étrange.

J'en avais la chair de poule. Que devais-je en conclure en ce qui me concernait ? Rien probablement. Certes on travaillait ensemble, mais nous n'avions que peu d'occasions de nous croiser au bureau.

Et pourtant… Quelque chose en moi me disait que j'étais différente des autres et donc différente aux yeux de Donovan. *Oui, Sabrina, tu as l'insigne honneur d'être la seule partenaire sexuelle que Donovan croise tout habillée au bureau. Bravo !*

Ok, j'étais ridicule de me dire un truc pareil.

Mais cela pouvait aussi expliquer pourquoi il avait agi en mufle total quand il m'avait quittée l'autre nuit. Il agissait peut-être toujours ainsi lorsqu'il quittait le lit de ses femmes, vu qu'il ne les revoyait pas dans son milieu professionnel.

– Bien que ce soit bizarre, sans doute est-ce aussi très bien, reprit Weston. Tu es la femme parfaite pour lui apprendre à quoi ressemble une relation romantique. Toi, tu devrais arriver le domestiquer. Montre-lui comment aimer une nouvelle fois.

Je ne pus m'empêcher d'éclater de rire.

– Il y a tellement d'aspects comiques dans ce que tu viens de dire que je ne sais pas par où commencer.

Par exemple : pour qui Weston se prenait-il quand il évoquait le fait d'avoir une relation avec quelqu'un ? Le fait de baiser sa fausse fiancée lui donnait des qualités d'expert ? Encore plus absurde : une romance entre Donovan et moi ? Montre-lui comment « aimer » ? Ha, ha, ha… trop drôle !

– Je suis très sérieux, continua Weston, tout excité à l'idée de nous voir en couple. C'est vrai, tu es parfaite pour lui, tu appartiens déjà à son monde, tu ne vas pas te laisser faire et tu as ma bénédiction, ce qui est essentiel. L'idée est brillante, j'aurais dû y penser plus tôt.

– C'est ça, pendant que tu me faisais des approches, tu aurais dû y penser. C'était ridicule. Ne te fatigue pas, les choses ne vont pas se passer comme tu le penses, l'histoire avec Donovan ne prendra pas cette direction.

– Tu en es sûre, vraiment ? me demanda Weston d'un air sceptique.

– À cent pour cent.

– Si tu le dis… (Il n'avait pas l'air vraiment convaincu.) Ne veux-tu pas qu'on en parle plus sérieusement ?

J'ai remis une mèche derrière l'oreille et j'y ai repensé. Ce serait peut-être pas mal d'avoir des infos de première main sur Donovan. En même temps, était-ce honnête de ma part, vu que je n'avais pas vraiment cherché à les recueillir moi-même ? Et puis, au fond, quelle importance… Donovan et moi, c'était déjà du passé.

– Non, pas vraiment, si tu n'y vois pas d'inconvénient.

– Si je comprends bien, c'était juste un coup d'un soir ?

Weston ne voulait pas lâcher le morceau.

– Tu l'as dit.

Pourquoi alors avais-je des briques dans l'estomac en y repensant ?

– Bon, très bien. Pour un coup d'un soir, j'espère qu'il t'a bien traitée.

Une fois de plus, j'éclatai de rire :

– Sinon ?

– Sinon, je vais le tuer.

Sa petite grimace indiquait qu'il plaisantait, mais c'était gentil de le dire.

– Tu as raison, je vais te croire quand tu me dis que tu vas tuer Donovan ! dis-je sur un ton sarcastique. Je suis heureuse de savoir que j'ai ton soutien.

Je m'en foutais bien que Weston s'occupe de Donovan ou des autres mecs avec qui je pouvais sortir. Mais que se passait-il ? Il me traitait comme sa sœur, tout à coup. Était-ce ainsi que les choses se passaient quand des ex-amants travaillaient dans la même société et se trouvaient ensuite de nouveaux amants ?

En me dirigeant vers mon bureau, après avoir quitté Weston, tout à coup, je me mis à penser que si Elizabeth n'était pas une passade et que Weston commençait à s'impliquer dans une histoire, il ne pourrait plus me servir de roue de secours… Adieu le filet de sécurité !

Je ne voulais pas de Weston, je n'en avais jamais réellement eu envie. La seule chose qui m'attirait chez lui, c'était qu'il pouvait me tenir éloignée de Donovan. Il pouvait me garder en mode « fille sage », à l'abri du danger et satisfaite, plutôt qu'en mode « fille affamée » de perversion et de vice.

Ce qui n'était en aucun cas une bonne idée, sachant que de toute façon j'allais finir nue avec le mec qu'il ne fallait pas.

Je n'avais pas besoin d'un Weston pour me protéger. Je n'avais aucun besoin de quelqu'un derrière qui me cacher. Je pouvais prendre mes décisions toute seule et, en même temps, apprendre une ou deux choses à Donovan sur la façon de traiter les femmes, si jamais il décidait d'avoir une relation romantique.

Forte de ce constat, sans me poser la moindre question, je tournai les talons pour me diriger vers l'autre côté du building.

CHAPITRE 16

Je trouvai Donovan debout devant le bureau de sa secrétaire. Il discutait planning de rendez-vous avec Simone. Même si je sentis mon estomac se retourner en l'apercevant, superbe dans son costume noir Armani impeccable, je gardai la tête haute.

– Il faut qu'on parle, je lançai, en reprenant la phrase exacte que m'avait dite Weston dans l'ascenseur.

Ensuite, sans même attendre sa réponse, j'entrai dans son bureau. Sans me retourner, une seconde plus tard, j'entendis :

– Simone, ne me passez plus aucun appel.

Il fallut quelques longues et douloureuses minutes à Donovan pour me rejoindre… Il appuya sur le bouton pour fermer la porte et pour assombrir les vitres et, sans se presser, il s'assit derrière son bureau.

Pendant ce temps-là, je fis un truc stupide, du genre m'arranger les cheveux.

– Je t'écoute Sabrina, me dit-il en s'installant dans son grand fauteuil pivotant en cuir noir. Dis-moi ce qui se passe dans cette jolie petite tête.

Il avait bien dit « tête », mais ses yeux glissèrent vite vers mes jambes et il ne fit aucun effort pour s'en cacher. Je lui fis les yeux noirs, gentiment, et me sentis un peu étourdie. Il faut reconnaître que je ne l'avais jamais vu regarder une femme du bureau de cette façon. Tout ça allait me distraire, je remis le petit étourdissement à plus tard.

– Écoute-moi bien, je peux très bien comprendre que vendredi ne fut que le coup d'un soir, mais tu…

– Tu veux que ce ne soit que le coup d'un soir ? coupa-t-il avant que j'aie pu finir.

Je sentis mon cœur s'emballer et mes joues devenir toutes rouges.

– Ce n'est pas ce que j'ai dit.

– Ce n'est peut-être pas ce que tu as dit, mais c'est ce que je te demande.

– Pas du tout… Je n'y ai pas songé une seule seconde !

J'étais décontenancée. Ce n'était pas juste… on avait à peine commencé à parler qu'il en arrivait déjà aux conclusions. J'étais venue le voir, surtout pour parler de la manière dont il s'était enfui l'autre nuit. Quel goujat ! Il ne m'avait même pas demandé si je voulais continuer à faire davantage d'obscénités, toujours totalement nue devant lui, l'homme qui m'avait procuré le plus fantastique orgasme de toute ma vie.

Je me tapai sur la tête pour en faire sortir toutes les images perverses qui commençaient à affluer dans mon imagination.

– Je ne vais même pas discuter de ça maintenant. Pourrais-je juste finir ce que j'avais commencé ?

– Mais bien sûr, vas-y, me répondit-il avec ce petit sourire diabolique dont il avait le secret, ce sourire qui avait le pouvoir de mouiller ma culotte instantanément.

Sourire de diable ou pas, culotte trempée ou pas, j'avais un truc à lui dire et j'allais le lui dire, même s'il devait me tuer. J'ai pointé un doigt pour bien lui faire comprendre ce que j'allais lui dire :

– À l'avenir, ne t'avise plus jamais, tu m'entends, plus jamais de partir de chez moi comme tu l'as fait l'autre jour.

Et toc! Ce qui était dit était dit. En plus, j'étais plutôt fière de la façon dont je l'avais formulé.

Donovan se gratta le menton en réfléchissant et me répondit :

– J'espère que tu as bien compris que le sexe avec moi n'est pas toujours aussi facile qu'il l'a été cette fois-là.

Mon avertissement n'avait peut-être pas été si bien formulé que ça, Donovan avait l'air de s'en foutre royalement.

– Tu m'écoutes quand je te parle ? continuai-je.

Quant à moi, j'avais fait celle qui n'écoutait que d'une oreille, mais en fait, j'avais très bien entendu ce qu'il venait de me dire. Celle qui avait parfaitement entendu n'était autre que celle qui n'était franchement concernée ni par le respect ni par la fierté mais plutôt par le désir et ses instincts inavouables… Pourquoi ? Il fallait tout de même que j'y réfléchisse. Le sexe avec lui n'était pas toujours aussi facile ? Ma tête demandait des détails, mon corps réclamait une démo.

– Oui, je t'écoute. En réponse, je te préviens juste de ce que continuer une relation sexuelle avec moi veut dire.

À ces mots, je sentis un poids tomber sur ma poitrine et mes jambes fléchir.

– Ce qui n'a rien à voir avec ce que j'étais en train de te dire.

Ses yeux, plus verts que marron, étincelaient comme jamais :

– Tu as bien dit « à l'avenir », Sabrina. Ce qui veut dire que mes paroles ont un sens pour le futur.

Qu'avais-je dit exactement ? J'ai vite refait le déroulé de notre conversation dans ma tête :

– Ce n'est pas ce que j'ai voulu dire.

– Vraiment ?

Je n'étais plus sûre de rien. Après tout, c'était peut-être vrai. Et puis, pourquoi le faire changer d'avis, si la seule chose dont j'avais envie était de recommencer ? Tout ça soudain n'avait plus grande importance.

– Tu m'as donc bien compris ?

– Oui, oui. *Arrête de faire le petit con, Donovan.* J'ai compris.

À ce moment-là, il déplaça son fauteuil sur le côté et, pointant un doigt vers moi, il me dit :

– Viens ici.

Décidément, il ne me prenait pas très au sérieux, seul ce qu'il faisait avait de l'importance pour lui. À contrecœur, je traînai les pieds et m'arrêtai à deux pas, face à lui :

– Tu m'as bien comprise, tu vas donc faire un effort pour changer ?

– Ça reste à voir, répondit-il en haussant les épaules. Mets-toi à genoux !

– Reste à voir ? Tu n'as pas l'air très coopératif.

Sans même y réfléchir, j'allais me mettre à genoux, quand, tout à coup, j'aperçus une grosse bosse au niveau de sa braguette.

– Attends ! Je reculai en ajoutant : Ah ça, non !

– Allez, murmura-il les dents serrées en se massant l'entrejambe, la porte est fermée et les vitres sont noires…

Merde alors, j'avais vraiment tout faux ! J'étais furieuse contre lui et il avait l'audace de me demander de le sucer ? Et dans son bureau qui plus est. Du harcèlement sexuel, ni plus ni moins ! La situation était totalement déplacée, indécente et à la fois tellement excitante… Donovan devait sentir mon excitation à un mètre cinquante de lui.

Attention au respect ! Attention à la condition féminine !

– Je n'ai pas l'intention de récompenser ton attitude déplorable par une pipe. Ce n'est pas vraiment la raison qui m'a poussée à venir te voir.

Pourtant, là debout devant lui, j'avais de plus en plus de mal à me demander si je n'existais pas qu'à travers lui.

– Non, je sais, tu es venue ici pour m'engueuler, ce que tu viens plus ou moins de faire. Maintenant, on passe à autre chose. En te montrant une nouvelle facette de ce que peut être le sexe avec moi, je vais tout simplement t'aider à décider si l'autre nuit était un coup isolé ou si nous devons continuer l'aventure.

Donovan avait cet air sérieux des gens qui commencent à perdre patience et j'avais intérêt à l'écouter si je voulais en tirer ce qu'il y avait de mieux pour moi.

– Je viens de te le dire, à genoux ! Je ne vais pas te le répéter trois fois.

Comme j'étais une fille qui savait ce qu'il y avait de mieux pour elle, sans plus attendre, je me mis à genoux. Le plancher n'était pas des plus confortables, même avec le tapis que Donovan avait installé sous son bureau, un genre de kilim à poils ras dans les marron qui me grattait les genoux. Tout ça allait faire des marques et déchirer mes bas. Mais, franchement, je m'en foutais bien de mes bas, j'étais à genoux devant Donovan Kincaid et poser ma bouche sur lui était la seule chose qui m'importait.

Il défaisait déjà son pantalon ; dès que la ceinture et sa fermeture Éclair furent ouvertes, il le fit glisser avec ses deux mains le long de ses jambes. J'aperçus son gros gland qui dépassait au-dessus de son boxer-short, exactement comme l'autre nuit à la maison, mais cette fois, j'étais toute proche, cette fois, je pouvais toucher.

– Tu vois, tu as fait le bon choix, dit Donovan en s'accrochant aux accoudoirs de son fauteuil. Si c'est ce que tu veux – je te signale que tu es en train de te mordre les lèvres –, maintenant, à toi de me montrer ce que tu sais faire.

Il s'en tirait bien pour quelqu'un qui n'avait pas demandé mon consentement. Sage décision de sa part. Non que j'allais le poursuivre pour harcèlement au travail, même si j'étais la première à m'offusquer De cet état de fait. J'avais trop envie de Donovan. S'il ne l'avait pas tenté, je me serais sans doute débrouillée pour que cela arrive, malgré tout.

Pourtant, une vraie question restait en suspens : était-ce vraiment ce dont j'avais envie ? En avais-je vraiment « encore » envie ? Et surtout, qu'est-ce que tout cela révélait de moi-même si je replongeais ?

Peut-être que je n'en avais rien à foutre de moi ou peut-être que j'avais absolument besoin de Weston comme bouclier pour m'éviter ce genre de situation. J'avais besoin de quelqu'un qui ne me demanderait pas de me mettre à genoux en plein milieu d'une journée de travail, de quelqu'un qui ne serait pas excité à l'idée de me tenir immobile quand il me baiserait, de quelqu'un qui ne trouverait pas nécessaire de m'avertir que le sexe avec lui n'allait pas être « facile ».

Non, pas de peut-être. Donovan, je le voulais, je le désirais. En entier, comme il était. Avec consentement improbable. Avec son côté dominateur. Je le désirais de toutes mes fibres. Si j'étais assez grande fille pour m'en rendre compte, je devrais être assez grande fille pour l'accepter.

En hésitant – parce que j'étais nerveuse, pas parce que j'étais réticente –, je saisis la ceinture de son caleçon, Donovan leva les hanches et je retirai son sous-vêtement jusqu'à ce que sa bite, dure et épaisse, sorte en rebondissant. Waouh, quel morceau ! Avait-elle été toujours aussi grosse ? Elle était plus longue que dans mon souvenir, encore plus charnue. Rien que de voir sa queue, je désirai Donovan encore plus.

Mais par où commencer ?

Une petite goutte de liquide séminal perlait déjà sur son gland. Je le pris pour un signal et je me penchai tout de suite pour le lécher lentement en faisant bien attention de faire durer le plaisir et de ne pas le faire jouir tout de suite, je voulais profiter de ce formidable bâton, m'en repaître. Sa queue eut comme un spasme, mais cela ne voulait rien dire. Pour Donovan, ce genre de contraction était sans conséquence et, sans qu'il ait besoin de me le dire, je savais qu'il me fallait pousser le jeu plus loin. Je commençai donc par aspirer son gland entre mes lèvres avec la pointe de ma langue qui agaçait son méat. Puis je mis la moitié de sa queue dans ma bouche. Quand j'empoignai la base de mes deux mains, il me stoppa net :

– Pas les mains… uniquement ta bouche.

Pas de problème, ça, je pouvais le faire.

Je posai donc mes mains sur ses hanches. J'aimais beaucoup la sensation de ses muscles qui se contractaient sous l'effet de la chaleur de mes paumes. Ensuite, je continuai mes coups de bouche répétés de haut en bas, puis de bas en haut, laissant mes joues faire effet de succion. Propre et parfumé de son musc, Donovan avait un bon goût dans ma bouche et cette grosseur chaude était une sensation très agréable. Je sentais l'excitation monter par paliers. La façon dont sa queue écartait les lèvres de ma bouche me faisait penser à ma chatte… je voulais qu'il m'envahisse plus bas tout comme il le faisait en haut.

– Très agréable, dit Donovan, après que je l'ai longuement sucé. Bonne fille, j'aime bien ça. Il me prit alors la tête en mettant ses doigts dans mes cheveux tout en disant : Maintenant, à mon tour de prendre les choses en main.

Il n'y eut pas d'autre avertissement.

Ensuite, il prit totalement le contrôle en m'enfonçant fermement la tête sur sa queue, lentement pour commencer, puis il poussa plus loin que là où j'en étais :

– C'est ça… comme ça… très bien. (Il essayait de m'amadouer alors que son gland touchait le fond de ma bouche. Il poussa encore plus loin.) Détends-toi, ouvre bien ta gorge, Sabrina.

J'avais les yeux exorbités, je ne pouvais pas en prendre plus, j'allais avoir un haut-le-cœur, j'ai commencé à paniquer, bientôt j'allais manquer d'air ! J'ai quand même réussi à avaler un peu d'air par le nez, ma gorge s'est détendue et il put glisser plus loin. Jamais personne n'avait été aussi loin. Il est resté là, bien au fond, un bon moment sans bouger. Ensuite, il s'est retiré, mais sans attendre, il a poussé une nouvelle fois, encore plus loin, toujours plus loin :

– Allez… bien au fond ! C'est ça, tu es une bonne fille, allez ! (Il me tenait fermement la tête qu'il faisait pomper par mouvement de va-et-vient, juste au-dessus de ses couilles.) Super, c'est génial de baiser ta bouche comme ça !

Je ne savais plus très bien comment je me sentais : excitée, désorientée, paniquée ? Sa queue se faisait littéralement masser par mes haut-le-cœur, s'il insistait encore, j'allais vomir. Bien sûr, je ne pouvais rien lui dire, j'ai donc agrippé ses cuisses en le regardant, les yeux tout humides.

Il comprit le signal et se retira pour que je puisse me détendre. À peine m'avait-il laissée reprendre ma respiration qu'il me remit en position en poussant toujours plus loin sa bite pour le deuxième tour, pour le troisième, pour…

C'était intense, c'était brutal, et j'ai si bien senti sa queue grossir au fond de ma gorge. J'ai vu se lever toute sa sauvagerie quand il m'a forcée à le pomper et j'ai adoré le voir faire. Cela m'a donné envie de lui donner toujours plus de plaisir.

Quand il arriva au moment crucial, il m'immobilisa la tête et, au lieu de refaire glisser sa queue comme il venait de le faire à maintes reprises, il se mit à me baiser la bouche, avec autant de frénésie que s'il baisait mon con.

– Je peux me faire sucer par n'importe quelle bouche, me dit-il en haletant. Par toutes les femmes que je veux. L'argent peut acheter les plus jolies lèvres, les bouches les plus célèbres, les gorges les plus profondes. Et pourtant… depuis dix ans, je ne pense qu'à ta bouche, c'est la seule que je veuille vraiment. Pourquoi je n'arrive pas à oublier ta putain de bouche ?

Je me suis agrippée à lui très fort. Tellement fort que j'eus peur de lui déchirer son beau costume. Ce n'était pas du tout parce que j'avais du mal à supporter ses coups de queue mais bien plus parce que je n'étais pas certaine de pouvoir supporter ce qu'il venait de me dire.

Il ralentit. Comme tout à l'heure, il avait compris le signal, mais il me laissa à peine respirer avant de dire :

– Je vais jouir. Avale tout, Sabrina.

Il se branla deux fois, puis il lâcha tout dans ma bouche en grognant. Le sperme chaud se répandit jusqu'au fond de ma gorge, je ne sentais plus mes jambes. Rien n'avait été plus excitant que de voir le sauvage se réveiller en lui. Désormais, je ferais n'importe quoi pour revivre cette scène… même s'il fallait vendre mon âme, je le referais.

J'allais dire quelque chose, mais à peine avais-je tout avalé sa semence que Donovan me releva la bouche et me força à l'embrasser. Nos langues se sont emmêlées et les goûts se sont mélangés au point que je ne puisse plus distinguer le goût de sa bouche, de la mienne et de son sperme.

Il finit par quitter mes lèvres, mais on ne pouvait plus se quitter des yeux.

– Ce n'est pas cette petite séance qui va m'aider à voir plus clair dans nos relations, murmurai-je.

– Moi non plus, répondit-il, tout décontenancé.

Du coup, je ne savais plus où j'en étais – encore moins que d'habitude –, jamais je n'avais vu Donovan dans un état pareil. Après ce qui venait d'arriver, après ce qu'il venait de me dire – dont, sans doute, il ne pensait pas un mot –, pas étonnant qu'il fût si perplexe.

Comme nous nous étions réveillés en même temps de notre transe de folie, je m'affalai sur mes fesses et lui dans son fauteuil.

Il y avait maintenant une distance entre nous. Pas beaucoup, mais assez pour que je puisse reprendre mes esprits. À voir sa tête, il en faisait de même. Son visage se refermait progressivement, son expression se durcissait et ses yeux revenaient à leur expression favorite : attentifs, toujours aux aguets.

– Arrête, dis-je en levant la main. Quoi que tu allais dire, arrête. Tu sais, tu as le droit à ton espace sans avoir à dire des horreurs.

– Est-ce que « j'ai besoin de me remettre à travailler » est si terrible que ça ?

– Quand tu le dis tout de suite après un acte aussi intime, oui. (Je me suis relevée et j'ai fait de mon mieux pour remettre mes cheveux en place.) Bon, je vais y aller, si tu n'y vois pas d'inconvénient.

Il se contenta de hocher de la tête. Son regard absent était lourd de sens et je sentis ses yeux me suivre quand je quittai la pièce.

J'étais sur le point de passer la porte quand il m'appela :

– Sabrina ?

Je me retournai.

Ce qu'il allait dire, même si c'était pour une fois convenable et non chargé d'horreurs, je n'étais pas vraiment certaine d'être prête à l'entendre. Je posai donc mon index sur mes lèvres et fis :

– Chuuut…

Puis je tournai les talons et sortis, surprise de me sentir aussi légère après la scène que nous venions de vivre. Même un peu étourdie et légèrement confuse, il y avait une chose dont j'étais certaine : le prochain à tenter une approche, ce serait Donovan.

CHAPITRE 17

J'ai vite appris l'inconvénient de ne pas avoir la bonne carte en main. Donovan était patient… moi, beaucoup moins.

Chaque jour, je me laissais gagner par l'inquiétude en me demandant s'il allait prendre contact avec moi et, chaque jour qui passait sans le voir, mon inquiétude grandissait, j'étais à bout. Plus ça allait, plus je me demandais s'il n'avait pas tout simplement décidé de ne plus continuer cette relation.

J'en étais là. Il m'avait laissé le choix, j'avais voulu jouer avec lui et, maintenant, il me faisait attendre.

Attendre encore. Toujours attendre.

Putain de merde ! Il allait attendre jusqu'à vendredi avant de lever le petit doigt ?

Je revenais juste d'un déjeuner de travail avec mon équipe. Pour avoir senti un léger effluve du parfum de Donovan dans l'entrée avant de sortir, je fus distraite pendant tout le repas. La seule chose à laquelle j'étais capable de penser, c'était cette superbe odeur qu'il dégageait quand il était au-dessus de moi l'autre nuit. J'avais beau avoir toute ma tête, je me sentais fébrile et je me suis précipitée dans mon bureau en rentrant. J'eus à peine le temps de jeter mon sac dans mon tiroir qui ferme à clé qu'Ellen, mon assistante, appelait sur ma ligne :

– Mon rendez-vous de treize heures trente, déjà ? ai-je demandé sans préambule tout en regardant l'état de mes dents sur l'application miroir de mon portable. Si c'est lui, il est en avance, il attendra.

Avant qu'elle ait pu me répondre, la porte de mon bureau s'est ouverte : Donovan ! Tout sourires dehors, comme s'il était attendu. Hum… J'ai eu comme l'impression que l'appel d'Ellen ne concernait pas le rendez-vous de treize heures trente…

J'ai laissé tomber mon téléphone. Dieu merci, j'avais les dents propres ! Parce que, bordel de merde, avec son petit air pervers, Donovan était plus sexe que jamais ! Encore plus sexe que la dernière fois ! Cette fois-ci, il portait un costume gris clair, une cravate étroite noire, avec un air légèrement débraillé en ce tout début d'après-midi.

Mais ce n'était pas seulement ce qu'il portait ni comment il portait ses vêtements qui le rendait sexy, c'était bien plus son allure générale, cette façon bien à lui qu'il avait de bouger, comme si chaque centimètre de l'espace dans lequel il évoluait lui appartenait. Comme si tout lui était dû. Sexy aussi dans cette façon qu'il avait de me regarder, comme si je lui appartenais, comme s'il était évident que j'étais sa chose.

– Je suis désolée, bredouilla Ellen au téléphone que j'avais toujours au creux de l'oreille, c'est Monsieur Kincaid, il vient juste de rentrer, je suppose.

Elle avait l'air troublée, mais elle ne l'était certainement pas autant que moi avec Donovan dans mon bureau. Certes, je l'avais bien comprise, elle parlait de son Big Boss, il avait tout pouvoir sur elle, mais ce pouvoir n'était rien en comparaison de celui que Donovan exerçait sur moi !

– Pas de problème, Ellen.

Je lui demandai de ne plus me passer mes appels et d'annuler tous mes rendez-vous, parce qu'après quatre longs jours et quatre longues nuits à nourrir des pensées hautement charnelles avec l'homme de mes fantasmes, j'avais besoin que cette rencontre soit des plus coquines. D'ailleurs le simple fait de le voir dans mon bureau avait déjà sérieusement endommagé ma culotte.

D'un autre côté, après m'avoir imposé ces quatre longs jours et nuits de torture, il n'avait pas mérité que je l'accueille en tombant à genoux devant lui.

– Prévenez-moi tout de même quand Monsieur Hoder arrive, ai-je dit malgré tout à Ellen, bien à contrecœur.

Sans la moindre excuse pour son intrusion, Donovan referma la porte derrière lui et s'approcha de mon bureau, les yeux rivés sur moi.

– On a besoin de dîner ensemble, me dit-il sur ton sans appel.

L'énergie qu'il dégageait était lourde et dense.

– Dîner ou simplement dessert, ai-je demandé avec un petit sourire, pour faire écho à sa réponse quand je lui avais moi-même proposé de dîner ensemble.

J'étais soulagée de le voir devant moi… et, disons-le, passablement excitée.

– Dîner, répondit-il avec insistance. On a besoin de parler. Je t'envoie mon chauffeur pour huit heures.

Il tourna les talons et se dirigea vers la porte.

– Ce soir ? ai-je tout de même demandé.

Il avait lancé ça à la cantonade, avec une telle rapidité que j'avais eu du mal à réaliser ce qui se passait. L'air ambiant s'était passablement rafraîchi et mon excitation était nettement descendue d'un cran. Je n'y comprenais plus rien.

– Ce soir, coupa-t-il sèchement.

Le ton de sa voix était clair : pas de discussion possible.

– Très bien, je serai prête.

Quel comble ! Moi qui avais passé ma semaine à l'attendre, voilà que je n'avais plus qu'une seule idée : le voir quitter mon bureau au plus vite. Je ne savais pas quelle mouche l'avait piqué, mais il avait intérêt à se calmer pour ce soir.

– Mon chauffeur t'enverra un texto quand il sera en bas.

– Ouais, ouais, je connais la marche à suivre.

– Pas encore, dit-il sévèrement, mais tu vas l'apprendre.

J'ai senti un petit frisson me parcourir le cou. Il venait de soulever un point précis. Impossible d'ignorer que cette remarque m'était spécifiquement destinée.

– Attends une seconde, ai-je demandé avant qu'il ne s'en aille comme il était venu, es-tu certain de ne rien avoir à me dire avant de quitter ce bureau ? Tu n'as pas l'air d'être très heureux avec moi et, si c'est le cas, je préfère que tu me le dises tout de suite.

– Tu as parlé de nous deux à Weston, me demanda-t-il après une légère hésitation.

– Ah… ça ?

Loin de moi l'idée que Donovan ait pu m'en vouloir à ce propos !

– Oui, je lui ai dit, et d'ailleurs…

Comme à son habitude, Donovan coupa net, puis il avança d'un pas pour m'intimider en ajoutant :

– Tu t'es permis d'en parler à Weston ? Eh bien, tu n'aurais pas dû. Pas plus à lui qu'à personne d'autre. Parce que « nous deux », ça n'existe pas, tu m'entends ?

Recevoir un sac de sable en pleine figure ne m'aurait pas fait plus d'effet. D'un seul coup, j'étais vidée, humiliée. Blessée à mort. « Nous deux, ça n'existe pas », la phrase tournait en boucle dans ma tête.

– Ok, nous avons baisé deux fois ensemble, Sabrina, continua-t-il comme s'il ne m'avait pas assez fait de mal, et alors ? N'en tire aucune conclusion. J'estime que nous sommes assez grands pour tomber d'accord sur le fait que ceci est notre affaire et qu'elle n'intéresse personne d'autre.

J'ai cligné des yeux pour retenir mes larmes. C'est vrai, nous n'avions rien précisé sur la nature de notre relation et je n'avais pas le droit de tirer des conclusions hâtives. Je n'avais jamais pensé que nous serions autre chose que des amants. Pour des raisons que j'ignorais, il venait cruellement de me le rappeler. Sans doute par pure condescendance. Sans doute par pure hypocrisie. Et pourquoi pas, par rejet pur et simple.

C'était un fait… il allait descendre en flèche tout ce qui avait été important pour moi jusqu'à présent. Peut-être cette relation n'était-elle que sexuelle, mais pour moi, elle restait importante. Je dirais même, très importante. Pour la première fois de ma vie, je me sentais libre dans mon corps, libre dans mes désirs, et ce, grâce à Donovan. J'avais mal au cœur de constater que cette relation n'avait aucune importance pour lui, alors qu'elle en avait tellement pour moi.

Je sais, cette émotion typiquement féminine, stupide et immature devait être exactement ce que Donovan essayait d'éviter à tout prix quand il disait : « Nous deux, ça n'existe pas. »

Pourtant, j'avais bien le droit de me poser des questions, ne serait-ce que pour un côté purement pratique. Après tout, avec Weston aussi j'avais une relation. J'avais bien le droit de lui dire ce dont j'avais envie, surtout quand nous parlions de notre rencontre dans le cagibi. C'est pourquoi, après m'être assurée que je n'allais pas fondre en larmes, j'ai respiré un bon coup et, sur le ton de la défensive, j'ai commencé :

– Je n'ai rien dit à Weston de…

Mais j'étais trop lente et Donovan trop rapide :

– Penses-tu pouvoir supporter une telle situation ?

Et, sans attendre, il ajouta :

– En auras-tu seulement la force ?

Moi, j'ai attendu trois secondes, et je lui ai demandé :

– Est-ce que, par hasard, tu vas me laisser le temps de répondre ?

– Vas-y, je suis tout ouïe.

Je me suis levée et j'ai fait le tour de mon bureau pour me poster devant lui.

– Écoute-moi bien. J'ai simplement dit à Weston que nous avions couché ensemble pour qu'il se sente moins coupable d'avoir lui-même couché avec Elizabeth. J'ai fait ce que j'avais à faire, un point, c'est tout. Je n'ai rien dit de plus à propos de « nous », pas plus à lui qu'à quiconque et je n'ai aucune intention de le faire. Figure-toi que ce que je fais de « ma » vie et de « mon » corps, peut avoir un rapport avec quelqu'un d'autre que ta petite personne. Et, si c'est le cas, j'ai bien l'intention de leur dire la vérité. Penses-tu que toi, Donovan Kincaid, tu peux supporter une telle situation ?

Il garda le silence un moment, mais son visage restait de marbre. Soudain, il me demanda :

– Tu veux dire que Weston a couché avec Elizabeth ? Voilà qui ne va rien arranger pour la fusion.

– C'est tout ce que tu as à me répondre ? As-tu seulement écouté ce que je viens de te dire ?

– J'ai bien compris, répondit-il, très calme. Je suis content que nous pensions la même chose.

– Tu peux préciser ?

Cette fois-ci, c'est moi qui étais sur les nerfs, mais Donovan n'avait pas l'air plus relax que tout à l'heure, quand il était rentré dans mon bureau.

– On est tous les deux sur le même bateau en ce qui concerne le sexe. Surtout, pas d'affect. C'est aussi simple que ça.

Merde alors, de mon point de vue, rien ne me semblait « simple » ! J'étais encore tout endolorie de nos frasques passées et je savais que j'allais même avoir des bleus à certains endroits. Si je ne voulais pas que Donovan puisse voir mes blessures les plus profondes, les dommages de surface méritaient, pour le moins, quelques excuses.

– C'est ainsi que tu penses régler la question ? lui ai-je demandé, très agacée. Tu es prêt à m'accuser de faire un scandale et, quand tu te rends compte que tu as tort, tout ce que tu trouves à dire c'est « j'ai bien compris » et « c'est aussi simple que ça ». Rien d'autre ?

Il esquissa un sourire qui ne monta pas jusqu'à ses yeux.

– Non. Il te reste le dîner. Huit heures. Le chauffeur t'enverra un texto.

– Ah ? Parce que tu veux toujours aller dîner ?

J'étais consternée.

Sans crier gare, il se rapprocha :

– Oui, mais pour l'instant, ce qui m'intéresse, c'est le dessert, me dit-il en me pinçant un téton qui était déjà bien gonflé. Je suis sûr que tu n'aurais rien contre.

Il me pinça plus fort. Il me faisait mal, et il y avait dans la froideur de son regard quelque chose qui m'indiquait que son geste n'était pas un simple jeu érotique. J'ai pris ça pour un avertissement, voire une punition. Une preuve supplémentaire que la situation n'était pas aussi simple qu'il voulait le croire. Il évacuait sa propre frustration.

Ce qui me troublait toujours plus. J'ai démarré au quart de tour. Même si je voulais prétendre que je n'étais pas intéressée, le long soupir que je n'ai pu retenir m'a vite trahie.

– J'aime bien ça, murmura-t-il contre ma bouche.

Il m'embrassa ensuite furtivement en finissant par une douloureuse morsure à la lèvre inférieure.

– À tout à l'heure, dit-il en s'en allant.

Il me laissait dans un état de déconfiture totale. Je me sentais perdue, désirante, contrariée et très en colère, tout à la fois. Je ne comprenais plus rien de ce qui se passait autour de moi, une seule pensée m'obsédait : « Nous deux, ça n'existe pas. » S'il n'y avait pas de « nous deux », quel était le sens de tout ça ? Pourquoi lui et moi, ensemble ici, entourés d'une forte tension électrique qui pratiquement nous attachait l'un contre l'autre ? Sans doute voulait-il parler d'un « nous deux » romantique, je m'en rendais compte, mais… inutile d'entamer un débat sémantique sur le sujet, cette bataille était perdue d'avance avec Donovan. Dans un sursaut de colère, je lui ai demandé :

– Weston ne t'a pas expliqué pourquoi je lui ai parlé de nous ?

– Non, il ne m'a rien dit. Il a juste fait une plaisanterie que j'ai trouvée un peu limite. Étrange coïncidence à vrai dire.

Une fois de plus, j'étais furibarde. Donovan n'avait aucune preuve tangible que je n'avais rien dit… Il m'accusait donc sans savoir. Déjà j'étais hors de mes gonds, mais maintenant ça dépassait les bornes.

– Sincèrement, je ne sais plus quoi te dire.

Le ton glacé de ma voix m'effraya moi-même.

– Je n'avais pas vraiment tort, ajouta-t-il avec un petit rictus qui me sembla beaucoup trop sexy, vu la situation.

Non, il disait n'importe quoi.

– Tu as dit que…

Il ne m'a même pas laissée terminer ma phrase et a tout de suite enchaîné :

– Oui, j'ai bien dit « tu as dit à Weston », mais je ne t'ai jamais dit que lui m'avait raconté quoi que ce soit.

Je bouillais intérieurement. Donovan me regardait avec ce petit air suffisant qui me faisait fondre :

– Plus tu me fusilles du regard, plus j'ai hâte que nous dînions ensemble.

– Tu ne manques pas d'air, Kincaid. (Je n'en revenais pas de pouvoir lui répondre avec un tel sang-froid.) Comment peux-tu encore imaginer que je vienne dîner ce soir. Tu ne vois pas que je suis à bout ?

Son petit air suffisant s'est transformé en un large sourire :

– Réserve ta réponse pour plus tard. Tu vas voir, je te jure que tu vas te sentir mieux dans un petit moment.

Et il s'est éclipsé sans que j'aie pu répondre…

Sans même faire attention au téléphone qui sonnait sur mon bureau, je me suis précipitée à ses trousses :

– Donovan !

Trop tard, j'eus juste le temps de le voir disparaître dans le couloir du fond. J'étais certaine qu'il m'avait entendue, mais il ne s'était même pas retourné. Une bonne chose, car mon rendez-vous de treize heures trente était là :

– Ah… bonjour, Monsieur Hoder ! ai-je lancé en espérant ne rien laisser transparaître de mon agitation profonde.

– J'étais justement en train de vous appeler pour vous informer que Monsieur Hoder était arrivé, ajouta Ellen en raccrochant.

Zut, je ne pouvais plus m'occuper du cas Donovan pour l'instant. Et pourtant, il était bien dans mon intention de le faire plus tard.

*
*   *

Les deux heures qui suivirent furent occupées par des rendez-vous clients. Dès que j'ai pu respirer un peu, je me suis rendu compte que, non seulement j'étais toujours furieuse mais, surtout, que ma colère contre Donovan ne faisait qu'empirer. Peut-être qu'un jour, je réussirais à intégrer son attitude de vrai salaud, mais j'avais encore du boulot pour y arriver. En plus, pas une minute de libre pour le revoir avant ce soir.

Entre deux rendez-vous, je demandai donc à Ellen de l'appeler :

– Désolée, Mademoiselle Lind, me répondit-elle après un bref instant. Son assistante m'a fait savoir que Monsieur Kincaid n'est pas disponible pour l'instant. Voulez-vous lui laisser un message pour qu'il vous rappelle ?

Je me suis mise à grogner, et pas du tout de façon sexy, plutôt dans le genre « je bousillerais bien quelque chose de mes propres mains, là, tout de suite », surtout si ce quelque chose était quelqu'un qui s'appelait Donovan Kincaid.

– Pardon ? demanda Ellen en essayant de comprendre le borborygme de ma rage meurtrière.

– Pas de message ! je répondis en laissant violemment retomber le combiné.

Très bien. Il évitait mes appels ? Il n'éviterait pas mes textos. D'habitude, il ne laissait pas son portable sur son bureau quand il travaillait, mais il les aurait bien assez tôt.

– J'annule le dîner.

Sa réponse arriva avant que j'aie pu reposer mon portable :

– Pourquoi ?

Mon texto avait-il vraiment besoin d'une explication ? J'optai donc pour une réponse laconique :

– Tu n'es qu'un connard.

– Rien de nouveau et hors sujet. Le dîner tient toujours.

J'ai serré mon portable tellement fort que j'aurais pu le casser. J'avais tellement de réponses qui me trottaient dans la tête. Des monologues entiers que je voulais lui faire. J'ai résumé :

– Va te faire foutre !

Puis j'ai jeté mon portable au fond de mon tiroir pour ne plus y penser afin de me remettre au travail. Rien n'y fit. J'étais toujours en colère, toujours blessée. Je n'allais pas arriver à garder pour moi seule cette soirée dont j'avais tant besoin, mais en même temps, il faut avouer que j'étais excitée comme jamais… ce qui ne faisait qu'ajouter à ma colère.

Un autre truc qui me rendait dingue ? Le fait que Donovan avait raison quand il écrivait « hors sujet » parce que je l'avais traité de connard. Je le savais dès le premier jour et, pourtant, cela ne m'empêchait pas d'être toujours attirée par lui ! Pire, j'étais attirée par lui précisément à cause de ça. Et toujours la même question : Pourquoi ? Qu'est-ce que cela voulait dire sur moi-même ?

Je n'ai finalement ressorti mon portable qu'après six heures. J'ai pu y lire cette réponse :

– La voiture sera là à huit heures. À toi de choisir si tu la prends, ou pas.

La balle était à nouveau dans mon camp. Comme j'avais déjà décidé de ne pas y aller, inutile d'en discuter.

Sauf que…

J'étais tout de même curieuse de savoir ce que ce dîner pouvait bien impliquer, ou plutôt quel goût allait avoir son fameux « dessert ». La dernière fois, il y avait eu improvisation. Un rendez-vous planifié allait-il aboutir à quelque chose de différent ?

Aucune importance. Un salaud restait un salaud. Il n'avait pas voulu me croire, il m'avait manipulée, il m'avait trahie. Il m'avait profondément blessée.

Et s'il essayait de se rattraper ? Et si je lui donnais sa chance ?

J'ai serré fort le portable contre ma poitrine, j'ai jeté la tête en arrière contre le dossier de mon fauteuil et j'ai poussé un grand soupir. Non, ces questions n'avaient pas leur place dans une relation uniquement basée sur le sexe.

Pourquoi alors me torturaient-elles autant ?

CHAPITRE 18

J'ai fini par monter dans la voiture.

Ce ne fut pas une décision de dernière minute, même si je me suis raconté des histoires en prétendant qu'un petit rasage rapide n'avait rien d'anormal pour un vendredi soir. Que dire des bas et de la lingerie de luxe que j'ai enfilés après ma douche ? Après tout, il est parfois bien agréable d'être seule et de se sentir belle.

Quand j'ai pris l'ascenseur pour descendre dans l'entrée, je me suis persuadée que j'allais juste relever mon courrier, même si je l'avais déjà fait en rentrant. Ainsi, quand le chauffeur a envoyé son texto, j'étais déjà en bas, toute prête à répondre :

– Je suis là, j'arrive.

J'étais comme une pile pendant tout le trajet. En chemin, j'avais de plus en plus de mal à me persuader de rester aussi en colère que je le voulais contre Donovan. Je me trouvais tout simplement moins crédible. Allons, allons, si j'avais été vraiment aussi furibarde que ça, je ne serais pas montée dans cette voiture. Logique imparable. En vérité, je restais tendue pendant qu'on roulait vers lui… Au fond de moi, malgré tout, mon instinct me disait qu'il fallait faire demi-tour.

Était-ce contre moi que j'étais le plus en colère ? Quelle importance, ce soir, j'avais décidé d'être garce avec Donovan. De toute façon, je ne voyais plus comment faire autrement, en plus je pensais qu'il s'en foutrait complètement.

Le trajet nous mena plus loin que la première fois. La voiture me laissa plus bas dans Manhattan, dans un quartier que je ne connaissais pas encore. Aucun nom sur le building qui avait l'air d'être un hôtel. Donovan aurait-il loué une chambre ? Par sens pratique, j'ai pensé : froid et efficace, comme d'habitude. Allions-nous seulement dîner ? D'après ce que Weston, tout comme Donovan, avaient raconté sur ses relations sexuelles, pourquoi pas un seul plat au menu ? Donovan était capable de baiser direct, et rien d'autre. J'avais toujours du mal à admettre ce genre d'attitude.

– Je ne sais pas très bien où je dois aller, ai-je demandé au chauffeur qui venait de refermer la porte après m'avoir fait sortir de la voiture.

– Vous entrez par la porte principale, le poste de l'hôtesse d'accueil du restaurant se trouve sur la gauche. Vous pourrez y attendre l'arrivée de Monsieur Kincaid.

Puis il monta dans la Jaguar et disparut avant que j'aie pu penser à autre chose.

C'était donc là que nous allions dîner. L'hôtel, c'était juste une coïncidence. Ou pas, on verrait. Le restaurant était facile à trouver. À en croire l'enseigne, il s'agissait d'un restaurant japonais appelé *Okazu*. Je me suis présentée devant l'hôtesse, elle n'a pas trouvé mon nom, mais bien celui de Donovan qui, visiblement, n'était pas encore arrivé.

– Vous pouvez attendre au bar, si vous le désirez, me dit l'hôtesse, une jeune femme à la peau claire qui avait l'air de venir à cent pour cent de l'Asie de l'Est et qui parlait avec un accent venant à cent pour cent du Bronx. Je le lui ferais savoir, dès qu'il arriverait.

Très bien, j'attendrais au bar, mais son retard n'allait pas arranger mon humeur aigre-douce. Il savait que j'avais une dent contre lui. N'aurait-il pas pu faire un effort pour arrondir les angles ? Apparemment, les règles du savoir-vivre n'étaient pas la priorité de Donovan.

Je me suis assise sur un tabouret haut du bar avec un soupir qui tenait plutôt de la plainte, j'ai donc pensé à me commander un martini pour me calmer. Avant que j'aie pu le faire, nouveau texto :

– J'arrive. En attendant, enlève ta culotte.

Nouveau soupir-plainte. Mais, cette fois, instantanément accompagné de briques dans l'estomac.

Vraiment ? Il voulait que j'enlève ma culotte ? Pourquoi ? Juste pour qu'il soit le seul à le savoir ? Nouveau et excitant ! L'idée de me retrouver assise près de lui, sans sous-vêtement, a tout de suite fait naître dans ma tête une série de visions très scabreuses. Et s'il allait plus loin ? Peut-être voulait-il discrètement me faire des doigts sous la table ? J'ai rougi en pensant à cette situation si malcommode.

Soudain, j'ai eu une pensée beaucoup plus terre à terre : l'enlever, oui, mais après, où la mettre ? Mon sac pouvait à peine contenir mon portable, mes clés, ma carte de crédit, ma carte d'identité et un tube de gloss. Où la mettre ? La fourrer dans mon soutien-gorge ? Jeter à la poubelle une La Perla à trois cents dollars ? Pas question ! Je ne ferais pas ça, je n'allais pas en plus le récompenser de son retard ! D'ailleurs, je n'étais même plus certaine de vouloir rester.

Un quart d'heure plus tard, il n'était toujours pas arrivé et je commençais sérieusement à m'impatienter, surtout que j'avais fini par abandonner l'idée d'un martini. Là, il dépassait les bornes, il n'avait qu'à me laisser annuler quand je le lui avais demandé. La situation devenait intolérable, je ne voulais plus attendre une minute supplémentaire.

Je me suis donc levée, j'ai quitté le bar et, dans l'entrée, j'ai trébuché sur un homme qui sentait délicieusement bon et qui portait un costume impeccablement coupé sur une carrure d'athlète. Quand je me suis cognée contre lui, je l'ai tout de suite reconnu à la fermeté de ses pectoraux et à la façon qu'il a eue de m'attraper le bras pour me retenir. Je n'avais pas besoin de lever les yeux, je savais que c'était Donovan.

Et pourtant, j'ai levé les yeux afin de lui envoyer quelques flèches empoisonnées en le regardant fixement.

– Je te demande pardon, me dit-il avec un petit sourire qui trahissait l'exact contraire de sa parole. J'ai été pris par un truc de dernière minute au bureau et je n'ai pas vu le temps passer.

J'ai retiré mon bras tout de suite. J'aurais fort bien compris s'il avait dû faire face à une urgence, il était l'un des PDG après tout. Je l'avais déjà vu éteindre des feux, mais ce petit « je n'ai pas vu le temps passer » ajoutait l'insulte à la blessure. Toute la journée, j'avais été furieuse contre lui, mais pas un seul instant je n'avais pu oublier que je devais le voir ce soir.

Sincèrement, j'étais qui pour lui ? C'était ça le message qu'il avait voulu faire passer en me rappelant que nous n'étions pas ensemble ? J'ai croisé les bras et, lui lançant un regard noir, j'ai dit :

– Je pense qu'il est intéressant de constater que tu n'es pas foutu de lever le pied au boulot alors que tu as prévu une soirée. Rien n'est assez important pour persuader Donovan Kincaid de quitter son bureau avant qu'il ne l'ait décidé, je ne me trompe pas ?

– Veux-tu savoir ce que je pense ?

– C'est ça, je t'écoute.

Je m'attendais à une réponse toute faite, à une remarque cinglante. Moi aussi, je pouvais beaucoup travailler, jusqu'à pas d'heure, mais quand je n'avais pas de rendez-vous après, quand personne ne m'attendait.

– Je crois que tu penses beaucoup trop à moi.

Puis il recula d'un pas avec ce sourire qu'il arborait quand il avait marqué un point.

Mes joues commençaient sérieusement à me chauffer. L'affirmation était difficile à réfuter, et, Dieu merci, je n'ai pas eu à le faire. L'hôtesse venait juste de nous interrompre.

– Monsieur Kincaid, votre table est prête, nous dit-elle en nous montrant le chemin.

Donovan me tendit le bras avant de la suivre :

– Sabrina ?

– Je n'ai pas encore décidé si je vais rester ou pas.

Il me l'avait fait bien comprendre, je n'avais pas grande importance à ses yeux. En outre, il était persuadé que j'étais trop attachée à lui, plus que je ne l'aurais dû. Là, non seulement j'étais furieuse mais j'étais blessée, pire, j'étais humiliée.

On pouvait lire sur son visage combien mes troubles émotionnels l'ennuyaient. Pour le moins, il les trouvait superflus.

– Bien sûr que si, tu as décidé. Pourquoi te serais-tu déplacée si ce n'était pour rester ?

Là encore, il marquait un point. Évidemment, jamais je ne serais venue si ce n'était pour obtenir « quelque chose ». Comme il venait juste d'arriver, il m'était difficile de partir tout de suite. On commençait à peine. Qui je pensais tromper en essayant de prétendre le contraire ? Pourtant, décider de rester ne rendait pas la situation plus facile. En fait, je sentais le piège se refermer. Comme si j'avais été contrainte, alors que, bien évidemment, je restais en toute connaissance de cause ! Ce qui était le pire. Mon regard devenait de plus en plus sombre :

– Va te faire foutre ! lui ai-je lancé.

– Patience, on va y venir, au foutre.

Cette fois, son sourire portait une promesse. Une promesse que je voulais qu'il tienne le mieux possible et de la façon la plus vilaine possible.

Comme s'il sentait mes défenses s'écrouler, il ajouta :

– Reste au moins pour dîner. Maintenant que tu es là. Tu as faim, et moi aussi…

À ce moment-là, il renforça le pouvoir de sa promesse par l'éclat de ses yeux. Ils étaient devenus sombres, plus marron que verts, dilatés par le désir, ils disaient surtout que sa faim ne se manifestait pas que dans son estomac.

– Mouais…

Moi aussi j'avais faim, j'avais même très faim.

– Je sais que tu n'as pas mangé grand-chose pour ton déjeuner. Tu devrais rester, vraiment.

Il y avait dans sa voix un soupçon de considération qui m'a désarmée.

– Comment sais-tu ce que j'ai mangé pour déjeuner ?

C'est vrai que je n'avais presque rien mangé. Juste quelques feuilles de salade entre nos problèmes d'emploi du temps. Je mourais de faim.

– Parce que tu étais en réunion avec ton équipe et que, quand tu travailles, tu ne manges presque rien.

Incroyable ! Il remarquait tout. Ma colère peu à peu faisait place à plus de douceur.

– Très bien, je vais rester, juste parce que je suis déjà là.

Je l'ai laissé poser sa main au niveau de ma ceinture, puis il m'a conduite jusqu'à la salle de restaurant. Peu importait que j'aie deux couches de tissu entre lui et ma peau. Le pouvoir du toucher venait de la simple pression qu'il exerçait sur sa main tandis que nous passions entre les tables, entre les groupes de buveurs, tandis que nous contournions les clients qui s'attardaient au bar.

J'avais l'impression de me rendre, comme après un combat. Pour au moins quelques instants, j'aurais pu tout lui abandonner… pas seulement le rythme de mes pas ou les désirs de mon corps, mais plus encore ces sentiments ridicules enchevêtrés les uns dans les autres, qui m'habitaient en secret. Pouvais-je aussi lui abandonner ma colère, ma gêne et, plus encore… mes blessures ? Peut-être qu'après tout, il ne savait pas mieux les gérer que moi, mais si seulement il pouvait m'en soulager, je n'aurais plus à les supporter toute seule. Quel magnifique cadeau cela ferait !

Ne serait-ce que pour cet espoir, je devais rester.

Passé le poste de l'hôtesse, nous nous sommes retrouvés dans le vestiaire : deux bancs de bois sombre étaient disposés de chaque côté. Donovan a lâché mon dos. Tout de suite, mes émotions qui flottaient pêle-mêle se sont évanouies.

– Retirez vos chaussures ici, s'il vous plaît, nous a demandé l'hôtesse.

J'étais au courant des pratiques domestiques japonaises mais je n'étais jamais allée dans un restaurant qui les réclamait. Donovan enleva ses chaussures. Quant à moi, j'ai hésité, trop troublée par l'absence de sa main sur mon dos. Elle me manquait déjà. Sa chaleur et surtout l'autorité qu'elle symbolisait me manquaient.

Mais bon sang, quel était mon problème ?

Bien sûr, j'étais encore debout, toujours avec mes chaussures, en ayant l'air d'une idiote alors que Donovan était déjà en chaussettes. Il m'a regardé en penchant la tête et s'est tapé sur la cuisse pour m'inciter à y déposer un pied. Ce que j'ai fait. Après avoir défait la boucle de ma sandale à lanières, il l'a délicatement retirée de mon pied – un truc de dingue, j'ai trouvé ça tellement sexy ! –, puis il m'a fait signe de changer de pied. Ce que j'ai fait. Quand j'ai bougé ma jambe, ma jupe s'est prise dans ma jarretelle. J'ai vite remis les choses en ordre, mais Donovan n'avait rien loupé.

Après l'extrême tension de la journée, le regarder m'observer m'a bien amusée, surtout quand il a dû remettre son pantalon en place au moment où il s'est levé.

Débarrassés de nos chaussures et de nos manteaux, nous avons suivi l'hôtesse au sous-sol, là où se trouvait le restaurant. Après une entrée plutôt étroite, on est passés par des pièces individuelles, toutes séparées par des cloisons *shoji*. On pouvait également fermer les espaces à l'aide de portes coulissantes, mais la plupart étaient restées ouvertes. Dans chaque pièce, il y avait une table à manger, au ras du sol et, au lieu de chaises, on trouvait des coussins pour que les convives s'assoient. Pour qu'ils s'agenouillent serait plus juste.

Ce que j'avais déjà vu au cinéma, mais jamais dans un restaurant. Les tables ressemblaient exactement à ce que j'imaginais :

– Les tables sont toujours comme ça ? Petites et basses ?

Je ne savais pas trop comment exprimer ma surprise.

– Oui, on les appelle *chabudai*, j'en ai une chez moi.

– Intéressant.

Je voulais paraître cool sans être trop amicale, pour l'instant. Surtout depuis qu'il n'avait plus sa main posée sur mon dos.

– *Okazu* est un restaurant japonais traditionnel, commença-t-il à m'expliquer. Ce genre de pièce est appelé salle *tatami*, à cause des nattes en paille du même nom qui sont fragiles et difficiles à nettoyer. C'est la raison pour laquelle on nous a demandé d'enlever nos chaussures.

Je souris en apercevant un petit garçon qui me faisait un signe, la tête plongée dans son bol de soupe.

– Difficile à nettoyer, mais on les laisse sous les gens quand ils mangent.

J'aurais parié que le petit garçon avait autant de grains de riz autour de lui que dans son estomac. À ce moment-là, l'hôtesse finit par nous indiquer notre espace.

– As-tu déjà mangé dans un restaurant japonais ? m'a demandé Donovan derrière moi, sur un ton légèrement prétentieux.

– Oui, j'ai répondu, vexée.

En fait, il me revint en mémoire que la première fois, c'était du temps d'Harvard, avec Weston. Un détail que je n'avais aucune intention de rappeler ce soir.

– Je ne connais peut-être pas autant le monde que toi, mais j'ai une certaine expérience des cuisines du monde.

Je m'agenouillai sur le coussin qu'on m'avait indiqué au bout de la petite table et je continuai :

– Certes, je n'ai jamais mangé dans un restaurant japonais aussi sophistiqué et traditionnel qu'*Okasu*, mais la cuisine doit être sensiblement la même qu'ailleurs.

L'hôtesse leva les yeux au ciel, l'air effarée, et Donovan fit la grimace en déboutonnant la veste de son costume avant de s'asseoir. Je le fusillai du regard :

– Ok, qu'est-ce que j'ai encore dit de mal ? Tu vas m'expliquer que la cuisine est totalement différente ?

Donovan finit par s'agenouiller à côté de moi :

– *Okazu*, pas *Okasu*, Sabrina !

Le premier mot est le nom de ce restaurant, qui désigne les plats qu'on accompagne avec du riz, et le second est un verbe, qui veut dire violer.

J'ai fait celle qui n'avait rien compris en attrapant le menu que l'hôtesse me tendait avant de disparaître, affolée.

– A-t-on idée d'appeler un restaurant par un nom aussi proche d'un autre dont le sens est si peu approprié à ce genre d'endroit ?

Donovan se pencha pour consulter son menu :

– Les deux conviennent parfaitement, tout dépend comment va se passer notre dîner.

Je me suis faite toute petite, mais tout de suite, j'ai senti des picotements dans mon estomac… Aussitôt, ils se sont répandus jusque dans mes cuisses. J'ai vite compris que mon visage allait me trahir, je me suis donc cachée derrière mon menu.

Ce qui n'a pas duré plus de trois secondes. Réalisant que je ne pouvais pas lire le moindre mot de ce que je regardais, j'ai laissé échapper un grand soupir :

– Tout ça, c'est du chinois.

Et j'ai laissé tomber le menu.

– Non, c'est du japonais.

– Oh… ça va ! (J'ai essayé de sourire, mais j'ai bien compris que le mot avait été mal choisi.) Commande pour moi, s'il te plaît.

– Je m'en étais douté.

Autre remarque qui méritait un regard noir.

Quelques minutes plus tard, quand la serveuse arriva, elle portait un plateau avec un flacon de porcelaine et deux tasses qu'elle déposa sur la table. Puis Donovan passa la commande dans un japonais qui paraissait parfait et qui me sembla beaucoup plus sexy que je l'aurais imaginé. Sexy comme le regarder à genoux, si à l'aise devant cette petite table. En fait, je me rendais compte que presque tout ce qui concernait Donovan était toujours plus sexy que la normale. Ce qui rendait les choses plus compliquées. Pas de problème pour comprendre le sexe entre nous, mais si tout chez lui devenait trop sexy, qu'allait-il rester pour le sexe pur et dur ?

La serveuse partie, Donovan remplit l'une des tasses en me regardant :

– J'aimerais bien savoir pourquoi tu portes encore ta culotte.

Je ne lui avais rien dit et le petit incident de tout à l'heure avec ma jupe n'avait rien laissé paraître. Incroyable, mais il savait. Comme d'habitude.

– Je parie que, toi aussi, tu portes toujours ton slip, j'ai répliqué, aussi insolente que possible, tout en étant bien certaine qu'il n'était pas aussi humide que ma culotte au moment où je lui parlais.

– Bois ça, dit-il en me tendant la tasse.

– Pourquoi, tu as mis une drogue quelconque dedans ?

– Qui te parle de drogue ? J'essaie simplement de retirer le balai que tu as dans le cul.

J'ai mis un instant avant de réaliser ce qu'il venait de me dire.

– Alors ça, c'est un peu fort ! Jamais au grand jamais, je n'aurais pu imaginer que « toi », tu puisses me reprocher, à « moi », d'avoir un balai dans le cul.

Il trempa son pouce dans la tasse et caressa ma lèvre inférieure avec le liquide.

– Tu es tellement à cran. Ce soir, tu es la caricature parfaite de la fille coincée.

Un frisson m'a parcouru la colonne vertébrale, j'ai cherché de l'air, mon soutien-gorge m'étouffait. Puis j'ai léché le liquide sur ma lèvre, du saké, tout en voulant sucer le peu qui restait sur son pouce.

Une fois de plus, le désir m'habitait et d'autres pensées me tourmentaient.

– L'idée que je puisse avoir une raison pour être aussi tendue ne t'a jamais traversé l'esprit ? Et que cette raison pourrait être toi ?

J'ai bu une gorgée du saké qui m'a semblé un peu acide. Tout comme mon humeur. Il s'est approché un peu plus près. La chaleur de son haleine contre mon cou est venue jeter le trouble sur ses mots :

– Je m'en fous de savoir pourquoi tu es tendue. La seule chose qui m'intéresse, c'est ce que tu portes.

Cette fois – définitivement – ma culotte n'était plus sèche du tout !

– Il y a des toilettes à gauche dans l'entrée, murmura-t-il, persuadé qu'il me tenait sous sa coupe.

Apparemment, il n'avait pas tort :

– Je reviens tout de suite, j'ai répondu.

Une fois là-bas, je me suis enfermée dans une cabine, j'ai enlevé mon porte-jarretelles et, pas vraiment persuadée que c'était ce qu'il fallait faire, j'ai enlevé ma culotte. Où la mettre ? J'ai fini par la rouler en boule dans ma main. Petit arrêt devant la glace pour vérifier mon gloss, petits mots d'encouragement en silence, et j'étais prête.

Rester contrariée n'allait pas m'aider à passer une bonne soirée. Pas plus que de me sentir perdue, frustrée ou blessée. Pour lui non plus, rien de tout ça n'allait lui permettre de passer une bonne soirée. Pourquoi donc se laisser envahir par ces émotions détestables ?

Il n'y avait aucune raison.

Le poing toujours fermé, j'ai donc regagné notre table, je me suis agenouillée à ma place et j'ai discrètement laissé tomber ma culotte sur les cuisses de Donovan.

Il l'a prise comme un trésor de dentelles précieuses et l'a passée sous son nez, comme s'il essayait d'identifier un vin à travers les parfums de son bouchon.

Mon Dieu ! Un peu nerveuse, j'ai vite regardé autour de nous. Heureusement, les gens d'en face ne nous regardaient pas et personne ne passait près de nous. Les lumières étaient tamisées et on ne voyait que des ombres se refléter sur les cloisons entre les pièces. Je ne distinguais pas ce que faisaient nos voisins directs, personne ne pouvait donc voir que Donovan exhibait ma culotte.

– Je n'avais nulle part où la mettre, lui ai-je expliqué dès que je me suis sentie moins stressée par son étalage indécent.

Son regard s'est alors concentré sur ma bouche :

– Moi, je connais un endroit où on pourrait la mettre…

J'ai failli suffoquer. J'y avais déjà pensé, ce jeu faisait partie de mes fantasmes : Donovan me bourrant la bouche avec ma culotte pour m'empêcher de crier. Cette image m'avait souvent traversé l'esprit pendant mes rêveries érotiques, mais cette fois, je sentais nettement que cette image traversait également l'esprit de Donovan.

Par ailleurs, il y avait une bonne raison pour laquelle je portais une culotte, maintenant je me demandais si je n'étais pas en train de laisser des taches sur le coussin.

Quelqu'un passa tout près. D'un geste vif de la main, je pris le bras de Donovan pour le cacher sous la table :

– Je t'en prie, on est en public. Mets-la dans ta poche, tu me la rendras plus tard.

– Tu as raison, dit-il avec son fameux petit sourire en coin. Je vais la mettre là.

Il se leva sur ses genoux, empocha le petit trésor et se remit sur son coussin. Je ne sais pas pourquoi, mais j'ai tout de suite pensé que je ne reverrais jamais cette culotte.

Ma culotte n'étant plus un sujet de distraction, depuis mon retour des toilettes, j'avais remarqué qu'il y avait quelque chose de nouveau sur la table. Un plat argenté avec un couvercle. À côté, une pince en métal. Désignant le plat d'un geste du menton, je demandai :

– Qu'est-ce que c'est que ça ?

Il souleva le couvercle, un nuage de vapeur s'en échappa. Dessous, il y avait un petit tas de serviettes roulées. Avec la pince, il en prit une et la déposa devant moi ; il en fit de même pour lui avant de remettre le couvercle :

– C'est la coutume : on se lave les mains avant le repas.

Il prit la serviette qui était devant moi, la déplia en l'agitant dans l'air jusqu'à ce qu'elle fût à température supportable, ensuite il me demanda de lui tendre mes mains. Alors, avec beaucoup d'attention, il essuya les doigts, puis la paume et enfin le dos de chacune de mes mains.

Rituel étrangement érotique et sensuel, mais également intimidant… et non dénué de tendresse. Bien évidemment, j'ai serré les cuisses. Je sentais ma pression sanguine augmenter, ma respiration s'est faite un peu lourde et, pour couronner le tout, je fus prise d'un léger vertige.

L'instant était trop intense. Comme sur un banc d'haltères, j'ai bien essayé de garder tout le poids de la barre en l'air, mais rien à faire, elle retombait sur mon torse, elle m'écrasait le cœur, elle me faisait mal, exactement là où elle n'aurait pas dû.

J'ai laissé échapper un éclat de rire pour essayer de détendre l'atmosphère.

– Tu laves la trace laissée par ma culotte sur mes mains.

– Quel dommage !

Sa voix restait neutre, sans la moindre trace d'humour. Au lieu de favoriser la détente, il commençait à m'ennuyer avec ses regards insistants et lourds.

Était-il comme ça avec tout le monde ? Il ne pensait qu'au sexe ? Jamais à l'éventualité d'une relation différente ? Pouvait-il regarder quiconque – moi, par exemple – sans comprendre tout le poids qu'il y avait dans la puissance de son regard ? Pouvait-il être le témoin de l'extrême intensité qui régnait entre nous et affirmer que rien ne nous réunissait, sauf le sexe ?

Étais-je la seule à ressentir toute cette lourdeur qui nous entourait ?

Il termina de s'occuper de mes mains et reprit le même rituel sur les siennes, puis il déposa les deux serviettes sur une assiette vide, visiblement prévue à cet effet.

Il se resservit du saké et nous avons bu chacun le nôtre en silence. J'ai profité de ce moment pour calmer la transe ridicule dans laquelle je m'étais laissée aller.

Bien évidemment, il faut comprendre que j'étais la seule à ressentir ce genre de vibrations. C'était sans doute la raison pour laquelle il m'avait fait tout un discours en réclamant, par-dessus tout, pas de relation réelle et suivie.

En toute honnêteté, je n'y aurais plus pensé s'il n'avait pas encore remis cette discussion sur le tapis tout à l'heure.

Du sexe. Juste du sexe. Ok, j'avais compris. En fait, même moi, je n'en voulais pas plus. Rappelez-moi donc la serveuse, je peux commander sans aide extérieure cette fois-ci, même pas besoin de menu… donnez-moi juste… du sexe. Pas de chichis, pas de tralala, pas d'amuse-gueules, pas d'entrée, du sexe, rien que du sexe.

De toute façon, que pouvais-je attendre d'autre d'un homme comme Donovan ? Des nuits d'amour ? Une belle romance ? Un mariage ? Plutôt en rire !

Rien à faire, il y avait des hommes faits pour un avenir radieux et des hommes faits pour les cochonneries immédiates. Donovan, pour ne pas le citer, faisait partie de la seconde catégorie ? Au moins, il avait été assez honnête pour le révéler dès le départ.

J'avais essayé d'oublier qu'il avait eu une fiancée. Il y avait longtemps. Quel sens cela avait-il pour Donovan à ce moment-là ?

Franchement, je me rendais compte que rien n'était simple. Il fallait juste que je l'accepte. Sinon, j'allais finir par me tuer à toujours vouloir comprendre pourquoi Donovan n'était pas fait pour moi.

CHAPITRE 19

La serveuse est revenue, accompagnée d'une autre femme qui l'aidait à porter le plateau de notre repas. Elles ont disposé sur la table, devant nous, soupe, sushis, tempuras et poissons. Elles se sont ensuite reculées d'un pas. Les mains croisées devant elles, semblant attendre quelque chose. Quoi ? Je ne savais pas.

Étions-nous supposés goûter à nos plats avant qu'elles s'esquivent ? Pour leur dire si nous trouvions cela à notre goût ? J'ai regardé Donovan pour savoir ce qui se passait. Il a alors posé ses mains sur ses cuisses, j'ai donc fait de même.

– Dans la culture japonaise, avant de commencer un repas, il est de bon ton de dire : *itadakimasu*.

Après l'avoir dit, une seule fois, il m'a regardée en attendant que je m'y risque. Mais, prenant mon air « non-mais-tu-m'as-vue ? », j'ai simplement répondu :

– Impossible, je ne peux pas prononcer ce mot. Qu'as-tu dit exactement ? Tu pourrais répéter ? Plus lentement, s'il te plaît.

Il a commencé à me répondre et, soudain, il a eu une autre idée. Il a sorti un feutre de la poche intérieure de sa veste et, tout de suite, il a enlevé le capuchon avec ses dents… un autre geste que j'ai trouvé super-sexy :

– Donne-moi ta main, m'a-t-il demandé à travers le capuchon.

Inutile. Il me l'avait déjà attrapée et commençait à gribouiller sur mon bras.

– Comme par hasard, tu as un *Sharpie* dans ta poche. J'aurais dû m'en douter… un cinglé du boulot comme toi ! Tu sais que c'est très difficile à faire partir ?

Heureusement, novembre approchait, j'allais pouvoir cacher cette marque en portant des manches longues. L'encre du *Sharpie* est pratiquement impossible à effacer et, tandis que je regardais attentivement le dessin soigné de son écriture sur ma peau, je me suis dit que je n'allais pas mettre beaucoup d'énergie à essayer de l'enlever.

It-a-da-ki-ma-su, ai-je lu lentement à haute voix sur mon avant-bras. Tiens, plus facile à prononcer que je le pensais. J'ai jeté un coup d'œil en direction de Donovan qui essayait de s'empêcher de rire, mais ses yeux pétillants le trahissaient.

– Tu te fous de moi ?

– Non, tu te débrouilles bien, tu es trop mignonne.

« Mignonne », un mot que je n'avais jamais entendu dans sa bouche auparavant. J'ai levé les yeux au ciel : « mignonne », le dernier mot que j'avais envie d'entendre quand il parlait de moi.

– Qu'est-ce que ça veut dire ?

– « J'accepte cette nourriture. » Ainsi, tu remercies ceux ou celles qui l'ont préparée, tu leur fais savoir que tu apprécies ce qu'ils ont fait pour toi.

– Ah bon ?

Je me suis retournée vers les serveuses, toujours debout et légèrement courbées, attendant poliment qu'on les remercie :

– *Itadakimasu*, leur ai-je dit.

Elles ont souri avec un petit mouvement de la tête.

Donovan, lui, a continué avec des tas de mots japonais autres que *itadakimasu,* sur un ton qui semblait donner des ordres. Une fois le petit discours achevé, les deux femmes ont à nouveau fait une courbette, puis elles se sont éclipsées en refermant les portes coulissantes.

J'ai considéré la situation : les portes étaient fermées, nous étions seuls et je ne portais pas de culotte… Hum…

– Que leur as-tu dit ? ai-je demandé d'un ton dégagé en attrapant ma soupe miso.

– Je leur ai demandé de refermer les portes et de ne pas revenir avant que je ne les aie rouvertes moi-même.

– Qui eût cru que dîner était un acte si privé pour toi ? ai-je ajouté en soufflant sur ma soupe.

– Ce n'est pas vraiment le dîner que je veux garder privé.

Mon sang n'a fait qu'un tour. Heureusement, je n'avais pas encore commencé ma soupe, sinon, je crois que je l'aurais avalée de travers.

Donovan ne put s'empêcher de sourire, comme s'il arrivait à lire toutes mes pensées, y compris celles que je n'arrivais pas à comprendre moi-même. J'ai pris une gorgée de ma soupe miso et j'ai reposé mon bol. Lui attendait, un sushi trempé dans la sauce soja, impeccablement tenu entre ses deux baguettes.

– Je suppose que je dois aussi goûter ce que tu as choisi pour moi, ai-je dit en prenant un sushi à mon tour. Waouh… c'est délicieux ! Donovan, c'est tellement surprenant !

J'ai fini mon sushi et j'ai pris le tempura qu'il me tendait.

Comme souvent, il m'observait avec attention. Les yeux pétillants de tout à l'heure avaient disparu, son regard était devenu plus sombre, plus intense, il trahissait plus qu'un simple désir. Il était plus lourd, il avait ce poids que j'avais ressenti quand il me lavait les mains tout à l'heure.

– Viens ici, grogna-t-il en me prenant par la taille pour m'attirer à lui. (Il prit un autre sushi, le trempa dans la sauce soja et me le mit dans la bouche.) Là, c'est mieux…

Mieux pour manger, ou parce que ma chatte à l'air n'était qu'à quelques centimètres de la bosse bien dure de son pantalon ? Je ne savais pas. Mais oui, je dois le dire, c'était mieux. Mieux aussi pour lui donner à manger. Comme Donovan ne voulait pas lâcher ses baguettes et que je ne trouvais pas les miennes, j'ai utilisé mes doigts qu'il a sucés jusqu'au bout. Un sushi, deux sushis… ensuite, il a pris le relais, mais, en même temps, il a mis son autre main sous ma jupe en commençant à me caresser le clito en petits cercles avec son pouce.

– Hum… j'ai murmuré.

– Tu aimes les sashimis ?

Il y avait de l'humour dans son regard pendant que ses doigts m'allumaient.

– Oh oui… j'adore ça, j'ai répondu, amusée.

– Dans ce cas…

Il enleva alors sa main de l'endroit où je voulais tellement qu'elle reste.

– Non ! (Je l'ai vite remise sur mon clito en réclamant son attention.) S'il te plaît !

Une idée lui traversa l'esprit. Il attrapa derrière moi le *Sharpie* qu'il avait laissé tomber sur la table après avoir écrit sur mon bras. Il recommença le coup du capuchon, toujours aussi sexy. Ensuite, avec ma jupe remontée jusqu'à la taille, il s'est penché très bas pour écrire quelque chose sur ma peau, au bout de ma fente, juste au-dessus de mon clito. Puis il referma le feutre et le remit dans la poche de sa veste.

– Qu'est-ce que tu as écr… ?

Ma question fut interrompue par le rapide retour de son pouce sur mon clito. Et, sincèrement, à ce moment-là, je m'en foutais totalement de ce qu'il avait bien pu écrire. Je me foutais de tout, sauf du tourbillon des sensations qui montaient en moi. Il me fallait aussi trouver une position confortable pour avaler la nourriture qu'il continuait à m'offrir.

Pendant un moment, tout allait bien. J'ai même réussi à lui faire avaler moi-même presque tout le saumon teriyaki. Mais très vite, Donovan a laissé tomber ses baguettes pour continuer de me nourrir avec ses doigts. Le pouce de son autre main toujours occupé avec mon clito et deux doigts de cette autre main bien enfoncés dans mon trou très glissant. Là, je me suis sentie perdue…

– Putain, tu es tellement mouillée ! (Il retira ses deux doigts un court instant et en replongea trois sans plus attendre.) Tu es tellement mouillée que tu pourrais prendre ma queue tout de suite, tu ne crois pas ?

Je venais juste de terminer un sushi. Sans réfléchir, j'ai attrapé sa main et je me suis mise à sucer son pouce et ses autres doigts comme si je suçais sa queue :

– Hum… Hum… j'ai murmuré, la bouche pleine.

– Sors-la, s'écria-t-il, sors ma queue !

J'avais beau être sur un petit nuage, je restais consciente. Consciente de l'endroit où nous nous trouvions, c'est-à-dire en public, dans un restaurant dont les cloisons étaient faites de papier. On entendait des bruits de vaisselle et des bribes de conversation de tous les côtés et on pouvait voir les ombres des convives à travers les *shojis*. Pouvaient-ils nous voir ? Pouvaient-ils nous entendre ? Pouvaient-ils deviner ce que nous étions en train de faire ? Sans doute pas, mais peut-être… Cette possibilité rendait la situation plus excitante encore. Je n'avais jamais vécu une chose pareille.

Sans la moindre hésitation, je me suis débrouillée pour enlever le pantalon de Donovan et j'ai descendu son slip assez bas pour laisser sortir sa queue. Elle a rebondi, longue, bien épaisse et toute droite. Il avait déjà dans la main un préservatif qu'il venait de sortir de la poche de sa veste et, tout en continuant de m'enfoncer ses doigts, il a réussi à faire glisser la capote sur sa queue.

Dès qu'il eut fini, il m'attrapa fermement par les hanches sous ma jupe. Ensuite, il me remonta de quelques centimètres et, même s'il ne perdait pas de temps, je trouvais qu'il n'allait pas assez vite. J'avais envie qu'il me pénètre, là, tout de suite, sans attendre.

Tout à coup, je l'ai sentie, sa bite raidie effleura ma fente.

Il avait raison… j'étais tellement mouillée que j'aurais pu me laisser glisser le long de son sexe. Mais, comme chaque fois qu'il m'avait pénétrée, il n'a pas hésité, il ne m'a pas laissée prendre d'initiative, dès que son gland a touché mon trou, il est rentré en moi sans merci, le plus loin qu'il a pu.

– Ah… putain… j'ai dit en gémissant.

J'ai cru que j'étais dans le premier wagon au sommet d'une montagne russe. L'adrénaline et l'excitation me coulaient dans les veines, j'étais prête pour un grand tour de manège.

Avec une endurance insoupçonnée, il m'a pilonnée, défonçant ma chatte, plein d'énergie et de puissance. Bientôt, il fut en nage et je voyais nettement le dessin de ses muscles à travers ses vêtements alors qu'il s'agrippait à moi. Il donnait de tels coups de reins que je n'arrêtais pas de cogner contre la table derrière moi… Le bruit n'était pas trop fort pour déranger tout le monde, mais assez fort pour attirer l'attention de certains. Malgré mon soutien-gorge, ma poitrine gigotait dans tous les sens. Le flacon de porcelaine est tombé par terre et le saké s'est répandu sur le sol à côté de moi.

Je me suis accrochée à lui du mieux que j'ai pu en enroulant un bras autour de son cou pour me stabiliser.

Avec mon autre main, j'ai réussi à attraper mon clito pour le masser, ce qui n'a fait qu'augmenter la montée de mon orgasme que je sentais tout proche.

Lui aussi allait jouir. Un peu coincée dans ma position, j'ai tout de même réussi à refermer mes jambes autour de lui et j'ai serré ma chatte le plus possible, à la fois pour le récompenser et pour le torturer.

Sa récompense et sa torture à lui étaient la façon dont il m'embrassait. Quand finalement le bon rythme et la bonne position se sont accordés, il s'est penché plus avant pour demander ma bouche. Ses lèvres rageuses me dévoraient, je ne lui en donnais jamais assez – et pourtant, je lui donnais tout –, il en voulait encore. Encore, encore et toujours plus. Sa langue plongeait jusqu'au fond de ma gorge ? Ce n'était pas assez.

En tout cas, ce fut assez pour me faire planer plus haut, encore plus haut, toujours plus haut !

J'ai joui, il a joui, brutalement, comme deux animaux sauvages baisant en pleine nature. J'étais à deux doigts de hurler, heureusement, il avait caché ma tête dans sa veste pour atténuer le son. Lui non plus n'était pas très silencieux, grognant sa jouissance, la bouche enfouie dans mes cheveux. Mes jambes tremblaient, mes muscles se tendaient à mesure que grandissait l'intensité de ma jouissance. Au lieu de sentir le plaisir monter en moi par paliers, j'ai joui d'un seul coup, littéralement giflée par l'extase. Le choc qui m'a traversée sans prévenir fut douloureux parce que, en une seule fois, c'était beaucoup. Parce que mon orgasme n'était pas encore habitué aux pratiques de Donovan. Parce que la jouissance est montée comme si elle allait s'épanouir petit à petit, pas d'un seul coup.

J'ai fini par m'affaler sur ses épaules tout en fermant les yeux pour reprendre mon souffle. Quand j'ai senti que le monde autour de moi ne tournait plus sur lui-même, je me suis assise. Il attendait pour m'embrasser une fois encore, délicatement, en me tenant le menton. Ce fut un doux baiser, étonnant venant de lui. Très agréable. Bien plus léger que sa manière brutale et sauvage quand il baisait. Il l'arrêta trop vite. C'est alors qu'il m'a relevée pour m'aider à me remettre debout à côté de lui.

Il enleva sa capote qu'il emballa dans une serviette en papier avant de glisser le tout dans sa poche. Il attrapa ensuite une autre serviette, une chaude sur le plateau de la table, et me nettoya avec attention.

– Dis-moi, ces serviettes chaudes sont bien utiles, même à la fin du repas, j'ai plaisanté alors qu'il soulevait ma jupe pour passer le tissu mouillé sur ma chatte. Plutôt tiède maintenant, j'ai ajouté, ce qui n'est pas plus mal.

Il n'a rien répondu. Je me suis rendu compte qu'il était déjà ailleurs, comme il faisait toujours dans ces moments-là. Je me suis demandé s'il lui avait été difficile de pousser la politesse jusqu'à m'aider dans ma toilette. Cela l'ennuyait-il parce que c'était contre ses principes ? Ou s'était-il fixé des principes parce que ce genre de chose l'ennuyait ?

Peu importe, j'ai bien senti que ça l'angoissait légèrement d'avoir à s'occuper de moi. Nous en avions fini ? J'aurais déjà dû être partie. Ce que je savais déjà à propos de Donovan, mais après le message qu'il m'avait délivré aujourd'hui, je comprenais encore mieux comment, pour lui, le sexe n'avait rien à voir avec le fait de s'attacher à quelqu'un. Pour lui, le sexe était un monde à part, quant à s'attacher à quelqu'un, il ne le faisait jamais.

Il me fallait apprendre à réagir comme lui.

Je n'ai donc pas voulu le regarder quand il me nettoyait, ne voulant pas trop penser à l'intimité qu'il touchait ni à l'érotisme que cela représentait. C'était un geste comme un autre, rien de plus. Comme le sexe était un geste. Pas de signification. Pas d'attachement. Pas d'interprétation émotionnelle.

Quand il eut fini, nous avons essuyé en silence le saké renversé par terre et ramassé le plat de tempuras qui avait glissé de la table. En quelques minutes, la pièce avait à peu près repris son aspect initial. Pas si mal, vu ce qui s'y était passé.

Donovan me fit signe de m'asseoir sur les genoux à ma place avant d'ouvrir les portes coulissantes :

– Je reviens tout de suite, me dit-il en se dirigeant vers les toilettes.

Sans doute pour y jeter son préservatif.

À peine était-il parti que la serveuse est venue apporter l'addition que Donovan régla dès son retour.

– Quand le repas est terminé, tu dis : *gochiso sama deshita*.

Il l'avait prononcé lentement et, cette fois, j'avais écouté attentivement, ne voulant pas de nouvelle marque sur mes bras. Je me suis alors retournée vers la serveuse et, dans un large sourire, je lui ai dit :

– *Gochiso sama deshita*, en forçant un peu la prononciation.

Comme à son habitude, elle a fait un petit signe de la tête pour me remercier.

– Parfait, ajouta Donovan en me tendant la main pour m'aider à me relever.

– Et ça, qu'est-ce que ça veut dire ?

– Quel festin !

La serveuse s'inclina alors que nous passions devant elle avant de nous diriger vers le hall d'entrée. Donovan me précédait, parfait pour moi. Ainsi, je n'avais pas à sentir son regard distant fixer mon dos. Mais après quelque pas, il me regarda par-dessus son épaule :

– Sabrina ? (Un petit sourire étincelait dans ses yeux.) *Gochiso sama deshita*.

Et c'était vrai… quel festin !

*
*   *

Comme d'habitude, Donovan ne m'a pas raccompagnée à la maison. Son chauffeur m'attendait, et il est reparti avec sa propre voiture. Dommage qu'il n'ait pas donné quartier libre ce soir à son chauffeur, il aurait pu me reconduire. J'avais appris ma leçon : n'en tirer aucune conclusion. De toute façon, je lui avais donné ce pour quoi il avait initié cette soirée : du sexe. Du bon sexe, mais rien d'autre.

J'avais totalement oublié qu'il avait écrit quelque chose sur moi. Ce n'est que plus tard, en prenant ma douche, alors que je grattais mon bras comme une folle pour essayer d'enlever « *itadakimasu* », que je me suis souvenue qu'il fallait que je regarde ce qu'il avait écrit plus bas. J'avais laissé ça de côté, pensant qu'il avait sans doute écrit quelque chose qui avait un rapport avec la culture japonaise. En fait, pas du tout. En regardant bien, j'ai pu lire deux lettres : DK. Donovan avait donc laissé ses initiales sur ma chair.

Après avoir claironné sur tous les toits que je n'avais aucune valeur à ses yeux, sauf pour le sexe, il avait tout simplement inscrit ses initiales sur la partie la plus intime de mon corps. Rien que ça. Une autre façon de jouer avec moi, ce n'était pas compréhensible autrement ! Ce qui me rappela l'histoire d'Harvard quand il m'avait descendue en flèche en me sous-notant un travail afin de m'obliger à le rencontrer pour « arranger » les choses. Cette fois, il avait laissé sa « note » sur ma peau.

Je fulminais. Je me sentais mal et, en même temps, cette histoire m'excitait. Mais tout de même… j'étais blessée.

Le problème était que, pour la première fois depuis que je connaissais Donovan, ses petits jeux à la con et la façon que j'avais d'y répondre n'étaient pas ce qu'il y avait de plus dangereux dans notre association. Le plus dangereux était mon souhait le plus ardent : je voulais tellement que la marque laissée sur ma peau ait un sens différent que celui des seules lettres DK.

Le plus dangereux était que je désirais par-dessus tout qu'il me considère comme sa propriété.

CHAPITRE 20

– Mais Thanksgiving[24] est déjà dans presque un mois ! me dit ma sœur en ronchonnant au téléphone, le lendemain matin. Voilà six mois que tu as déménagé sur la côte Est et on n'a pas encore trouvé le moyen de se voir.

J'eus presque envie de m'excuser. À dire vrai, ce n'était pas seulement mon travail qui nous avait empêchées de nous voir mais aussi tous les travaux qu'elle avait à rendre à l'école. Je me suis dit que si je mettais les bouchées doubles pour le reste de la journée, j'aurais peut-être le temps d'attraper un train plus tard pour aller la voir et revenir le surlendemain.

– Quel dommage, dit-elle quand je lui ai fait part de mon idée. J'ai un travail de groupe que l'on doit rendre lundi et on a prévu de s'y coller toute la journée de demain.

– Pas grave, c'était juste une idée en l'air.

Là, j'ai compris qu'elle me manquait beaucoup.

Audrey avait senti que j'étais un peu mélancolique.

– Ça va bien ? me demanda-t-elle, tu avais besoin de me parler de quelque chose ? Un truc de mecs ?

24. Fête traditionnelle américaine célébrant, tous les quatrièmes jeudis de novembre, la première moisson des premiers arrivants anglais, dits Pères pèlerins. Elle s'accompagne d'un jour férié.

« Un truc de mecs », elle avait tout compris…

Depuis cette séance de sexe avec Donovan la veille au soir, je ne savais plus très bien où j'en étais et j'avais un mal au crâne terrible. Je n'avais pas spécialement cherché à en parler avant, mais maintenant que je l'avais au téléphone, j'avais envie de trouver quelqu'un qui puisse m'aider à me sortir de cette étrange relation qui n'en était pas une.

En même temps, je ne me sentais pas encore prête à déballer mes émotions. « Émotions », le mot qu'il ne fallait pas prononcer, jamais je n'aurais dû en avoir, des émotions. Un mot qui allait contre les règles de la politique « du sexe, rien que du sexe ».

– Non. Tu me manques, c'est tout. (Ce qui était vrai. J'ai essayé de trouver un autre moyen de voir ma sœur plus longtemps.) Quand tu vas venir pour Thanksgiving, crois-tu que tu puisses arriver avant le mercredi ? J'aurai un peu de boulot, mais on pourrait aussi rattraper le temps perdu.

– Je n'ai pas cours de toute la semaine, dit-elle tout excitée. Je pourrais même arriver dès le vendredi ! On pourrait peut-être sortir au théâtre ? Pourra-t-on déjà profiter de la patinoire du Rockfeller Center[25] ?

– Sans doute.

Honnêtement, je n'en savais rien.

– Il faut absolument qu'on aille patiner, Bri ! On pourrait aussi aller au MoMA[26]. Et au One Trade Center[27] !

Pendant au moins vingt minutes elle a énuméré tout ce qu'elle voulait faire durant sa semaine de vacances à Manhattan, ce qui représentait au moins un mois d'activités. On n'allait même pas arriver à en faire le quart, mais c'était

25. Ensemble important de dix-neuf buildings construits par la famille Rockfeller au milieu de Manhattan, inauguré en 1939 et destiné aux affaires.
26. Museum Of Modern Art : le musée d'art moderne de la ville de New York.
27. La tour ayant remplacé les Twin Towers détruites durant l'attentat du 11-Septembre 2001.

bon de parler avec elle. Le mieux était surtout de prendre un peu de temps pour penser à autre chose qu'à Donovan, même si je ne passais pas «tout» mon temps à penser à lui.

Pourtant, quand nous avons raccroché, immédiatement il me revint à l'esprit. Debout devant le miroir de ma salle de bains, j'ai baissé mon pantalon de yoga et ma culotte. Bien qu'elles aient commencé à disparaître après ma douche d'hier soir, ses initiales restaient encore bien lisibles.

Pourquoi j'aimais tellement le dessin qu'elles faisaient sur ma peau ? Je trouvais cela érotique et j'en tirais du plaisir. Plus encore : j'avais l'impression qu'il m'avait donné son blouson teddy d'étudiant ou sa chevalière de lycée, j'avais l'impression qu'il m'avait réclamée parce que j'étais son dû. Si telle était son intention, je n'arrivais pas à comprendre le sens de la phrase «du sexe, rien que du sexe». Il y avait d'autres trucs que je n'arrivais pas à comprendre non plus. Quelles étaient les règles exactes de l'arrangement qu'il avait imposé ? Pouvais-je l'appeler si je voulais tirer un coup ou était-il le seul à avoir ce privilège ? Y avait-il un temps à respecter entre deux rendez-vous ?

Et aussi : couchait-il avec d'autres femmes en ce moment ? Rien qu'à idée de le voir dans les bras d'une autre, je sentis une chape de plomb me tomber dessus. Uniquement parce que je trouvais ça vulgaire. Uniquement parce que ça me donnait l'impression d'être une salope. Uniquement parce que ça augmentait les risques sur le plan de la santé. Uniquement pour ces raisons, et surtout pas à cause d'un éventuel attachement émotionnel ou d'une jalousie mal placée ! Aucune attache, pas d'engagement, était-ce ainsi qu'il voyait notre relation ? J'avais vraiment besoin d'en savoir plus…

J'ai pris mon téléphone, j'ai fait une photo de son œuvre d'art sur ma chatte et j'ai tapé :

– Peut-on parler ?

Je voulais qu'il réponde ? Utilisons les mêmes codes que les siens. Puis j'ai appuyé sur « envoi ».

*
* *

Lundi, Donovan n'avait toujours rien répondu.

J'en étais arrivée à la conclusion que, soit je n'avais aucun droit de le contacter, soit notre arrangement ne tenait plus, soit il voulait me pousser à bout… un état de fait qui, je le savais, n'était pas pour lui déplaire.

Si tel était son but, il avait réussi. Non seulement je n'en pouvais plus d'attendre sa réponse mais, en plus, il me manquait physiquement. J'avais tellement envie du goût de ses lèvres. J'avais tellement envie de sa sauvagerie et de l'emprise qu'il avait sur moi. Je n'en pouvais plus d'attendre l'irrésistible chevauchée de ses saillies.

Toute la journée, j'ai eu la tête ailleurs, j'étais prête à faire n'importe quoi. Plusieurs fois, j'ai même poussé jusqu'à son bureau, mais il était toujours en rendez-vous et, une fois mon travail terminé, il était déjà parti.

Allongée sur mon lit dans la soirée, je lui ai envoyé :

– J'ai des impulsions cochonnes en pensant à toi.

J'y avais aussi joint la photo du flacon qu'il m'avait recommandé d'utiliser comme gode, la nuit où nous avions baisé chez moi.

J'ai eu le temps de me faire jouir trois fois. Aucune réponse de Donovan.

*
* *

– Tom, ai-je lancé pour retenir mon collègue de travail avant qu'il ne quitte la salle de conférence après notre réunion de cadres du mardi. Je suis très impressionnée par la manière dont tu as soigné tous les détails de la présentation *SummiTech* que l'on doit faire demain soir à la Think Expo. On t'a balancé ça sans vraiment te prévenir et ton équipe a traité le dossier sans que rien n'y manque.

Je n'avais pas parlé seule à seul avec Tom Burns depuis qu'il nous avait surpris il y a quelques semaines, Donovan et moi, sur le point de nous embrasser dans le bureau des stratégies. Comme je savais qu'il avait gentiment parlé de moi à Weston, je n'ai pas voulu faire l'ingrate. Quand *SummiTech* a demandé à *Reach* de leur préparer une annonce et toute la stratégie adéquate pour le lancement de leurs derniers produits, Tom ayant toujours fait preuve d'un zèle exemplaire avec son équipe, j'ai tout de suite su qu'il serait l'homme de la situation pour le côté marketing.

– Merci, m'a-t-il répondu, apparemment surpris de ma reconnaissance. Ton intention me touche.

– C'est tout naturel. J'irai faire un tour demain soir, mais je suis sûre que vous n'aurez pas besoin de moi.

Il a ramassé les documents dont il avait eu besoin pour notre réunion. En quittant la salle, il s'est retourné en me disant :

– Tu sais Sabrina, je dois te faire une confidence : au début, je ne t'aimais pas beaucoup.

– Je t'écoute, ai-je répondu en me remettant droite, prête à entendre la suite.

Il n'y avait plus personne dans la salle, nous étions seuls. Vu ce qu'il avait commencé à me dire, je m'attendais au pire.

– Surtout après avoir surpris Donovan en train d'essayer de te sauter le soir où nous avons travaillé sur la campagne *Phoenix*. J'étais persuadé que c'était la raison pour laquelle on t'avait engagée.

– Que veux-tu dire ? Tu pensais que je couchais avec lui ?

Ce qui n'était pas le cas à ce moment-là. En revanche, n'avais-je pas réussi à obtenir mon job parce que j'avais couché avec Weston ? Une légère culpabilité m'envahit. Non, j'avais toutes les qualités requises quand j'ai décroché mon poste. Certes, j'avais peut-être retenu son attention en me déshabillant, mais cela ne voulait pas dire que j'avais mérité mon job pour cette unique raison. J'en étais intimement persuadée.

– C'est nul, je sais, dit Tom, l'air désolé, cela va te paraître un peu sexiste, mais au vu de la situation… enfin, tu comprends…

J'ai acquiescé, mais je devais l'avouer, sa réflexion était un peu sexiste. La vraie vérité n'étant pas très reluisante, je n'avais donc pas grand-chose à dire pour ma défense. Tom a continué :

– Je dois dire que, depuis, tu as fait tes preuves. Tu as donné beaucoup plus de ton temps à l'équipe que je ne l'avais pensé au départ. Et je ne suis pas le seul à trouver ça formidable.

– Merci. À mon tour de te dire que tes paroles me touchent.

Il allait repartir, mais tout ne collait pas parfaitement, j'avais besoin d'en savoir davantage :

– Attends un peu, Tom. Je ne te suis plus. N'est-ce pas toi qui as dit tout le bien que tu pensais de moi à Weston au moment de la présentation *Phoenix* ?

Il se gratta le cou et, en évitant mon regard, répondit :

– Si, mais c'est à cause de Kincaid. Il m'avait menacé de renvoi si je ne le faisais pas.

– Quoi ?… Il a dit ça ? Je n'en revenais pas.

– Tu ne savais pas ?

Non, c'est vrai, je n'étais absolument pas au courant que Donovan lui avait fait une telle demande.

– Que t'a-t-il dit exactement ?

– Il m'a dit que c'était de sa faute si je vous avais surpris tous les deux. Il a ajouté que tu méritais le respect de tous pour le travail intense que tu faisais. Il n'y est pas allé par quatre chemins pour me faire comprendre que la moindre rumeur à ton sujet serait des plus déplacées. Il a ensuite suggéré que j'exhorte le reste de l'équipe à te soutenir si je voulais que le département continue à fonctionner normalement.

Je sentais mon cœur battre fort, je me suis mise à trembler.

– Et il a fini par te dire qu'il te renverrait si vous ne le faisiez pas ?

– Pas tout à fait en ces termes, mais j'ai bien compris le sens de ses paroles.

– Mon Dieu !... je n'avais aucune idée de tout ça, je suis vraiment désolée ! j'ai répondu, les joues vraisemblablement cramoisies.

Ce n'était pas bien de sa part d'avoir menacé un membre de mon équipe. Tom n'avait rien à voir dans cette histoire. J'étais mortifiée. Mais, en même temps, quel était le sens exact de cette manipulation ?

Je me suis passé la main sur le front pour essuyer la sueur qui commençait à perler. Qu'est-ce qui était passé par la tête de Donovan pour faire un truc pareil ? Avait-il eu peur que Tom me mette des bâtons dans les roues ? Se sentait-il concerné par ma réputation ?

– Tu ne le savais pas, me dit Tom en essayant de me réconforter. Pourquoi tu t'excuses ? C'est moi qui devrais m'excuser. J'avais pris la situation pour ce qu'elle était sans même t'avoir demandé ton avis. (Il a fait un pas vers moi et a continué à voix basse.) Je ne voudrais pas me mêler de ce qui ne me regarde pas, mais si tu as besoin d'un coup de pouce pour te rapprocher de Donovan...

– Non ! j'ai affirmé sèchement. (La situation devenait risible.) Moi, besoin d'aide avec Donovan ? Non, je vais bien, nous allons bien.

Aïe ! Le « nous » était de trop.

Sans doute pour avoir lâché ce « nous », j'ai senti le besoin d'en dire plus. D'expliquer la situation pour que Tom ne se fasse plus de fausses idées :

– Tu es tombé sur un moment bien étrange. Tu sais, Donovan et moi, nous nous connaissons depuis l'université, et…

Je me suis interrompue. Comment allais-je pouvoir expliquer toute cette histoire… en avais-je seulement vraiment envie ?

À ce moment-là, j'ai jeté un œil à travers la cloison de verre et, soudain, j'ai aperçu quelqu'un que je connaissais bien de l'autre côté du couloir. Quelqu'un avec qui, après ce que je venais juste d'apprendre, j'avais une folle envie de parler.

– Désolée. Excuse-moi, mais j'aperçois quelqu'un avec qui il faut que je parle.

J'ai vite ramassé mes papiers, je suis passée en trombe devant Tom et je me suis précipitée dans le couloir pour rattraper Donovan. Il avait disparu dans l'angle du couloir et, en le suivant, j'ai vu qu'il venait juste d'entrer dans l'ascenseur. Les portes allaient se refermer.

– Attends ! j'ai lancé dans sa direction.

Nos yeux se sont croisés, mais il n'a rien fait pour retenir les portes.

Je me suis mordu les lèvres pour ne pas en tirer de conclusions trop hâtives. Donovan n'était pas facile à comprendre, il y avait tellement de possibilités concernant ce qui pouvait lui passer par la tête. Je m'en occuperais plus tard. Moi, je voulais lui parler de Tom Burns et, surtout, je voulais savoir s'il faisait exprès de m'éviter.

J'ai pris l'ascenseur suivant, j'ai regagné mon bureau et j'ai appelé sa secrétaire sur la ligne interne.

– Puis-je savoir qui l'appelle ? me demanda Simone.

– Sabrina Lind, au marketing.

– Et c'est à quel propos ?

– J'aimerais bien lui parler d'un employé de mon département.

Donovan était responsable du secteur « Opérations ». S'il n'avait pas envie de discuter de notre relation qui n'en était pas une, il pouvait au moins me parler à propos du boulot.

– Je vous prie de rester en ligne, s'il vous plaît.

J'ai attendu de longues secondes, à taper nerveusement du pied sur la musique des années quatre-vingt-dix que diffusaient les haut-parleurs de *Reach*. Simone a fini par me répondre :

– Monsieur Kincaid m'a prié de vous demander si vous aviez contacté les Ressources humaines à ce propos.

– Non, je ne les ai pas contactées, ai-je répondu sèchement. Ce n'est pas aux Ressources humaines de régler ce problème. C'est à Monsieur Kincaid lui-même, je peux vous l'assurer.

Je savais que Simone ne faisait que son boulot, mais je commençais à m'impatienter sérieusement. Je le sentais : elle faisait office d'écran entre moi et la personne contre laquelle j'étais en colère.

– Je comprends, Mademoiselle Lind. Un moment, s'il vous plaît. (Le temps d'attente fut cette fois plus court.) Je peux vous proposer un rendez-vous, si vous le désirez.

– Oui, s'il vous plaît.

Enfin !

– Première disponibilité : mardi prochain, quatorze heures.

– Rien avant ? (Je suffoquai.) Je n'ai besoin que d'un coup de fil. Pouvez-vous lui dire que j'en ai juste pour quelques minutes ?

– Désolé, Mademoiselle Lind, je l'ai déjà fait. Il m'a bien spécifié de vous donner son premier créneau.

– Laissez tomber.

Et j'ai raccroché avant qu'elle ait eu le temps de me répondre.

Cette fois, j'avais ma réponse : définitivement, Donovan m'évitait. Je savais qu'il n'était qu'un salaud, mais cette fois-ci, il avait dépassé les bornes.

Je me suis assise dans mon fauteuil et je me suis pincée pour ne pas pleurer. Je pouvais comprendre qu'il veuille me traiter comme n'importe quel salarié. Pas de traitement de faveur : je devais attendre qu'il ait une ouverture dans son emploi du temps. Mais il n'avait certes pas eu la même attitude le jour où j'étais entrée dans son bureau et qu'il avait sorti sa queue pour que je la glisse jusqu'au fond de ma gorge. Quel était donc le nouveau protocole qu'il voulait instaurer à partir de maintenant ?

Jouer avec mes émotions dans l'intimité était une chose. Au bureau, l'histoire était différente : j'avais bien plus à perdre que lui. La réalité était que Donovan n'avait rien à perdre du tout. Était-ce la raison pour laquelle il lui était si facile de me moucher ?

Quelle que fût la raison – qu'il veuille continuer à jouer, me donner une leçon ou qu'il en en ait eu assez de nos rendez-vous de baise –, je n'en avais plus rien à foutre.

Donovan et moi, c'était fini.

CHAPITRE 21

Le lendemain soir qui a suivi, je me suis précipitée à la maison pour enfiler une tenue adaptée à la ThinkExpo. Tom et son équipe n'avaient aucun besoin de moi, mais je voulais leur apporter mon soutien et vérifier que tout se passe comme prévu. J'ai opté pour une petite robe moulante toute simple, j'ai enfilé des talons à lanières et… en route pour le Financial District[28].

J'ai pris un taxi et, arrivée à l'hôtel, j'ai suivi les indications pour me rendre à la manifestation qui se tenait dans les grandes salles de réception du rez-de-chaussée. Toute la journée, des pionniers en la matière avaient exposé leurs nouvelles idées sur le monde des technologies à des investisseurs enthousiastes. Un cocktail dans la salle de bal terminait la journée en beauté. Les principaux exposants présentaient leurs produits dans le couloir qui conduisait à la manifestation. Un écran géant attirait l'attention des invités, habillés en smoking et robes du soir, qui se rendaient à la réception. Notre client faisait partie des exposants.

J'ai facilement trouvé le stand *SummiTech* dont l'agressivité des produits médias a tout de suite attiré mon attention. Des hôtesses proposaient des brochures et discutaient avec

28. Le quartier de la finance et des affaires, situé à la pointe Sud de Manhattan.

la foule des curieux intéressés par le stand. J'ai reconnu dans le fond quelques membres de mon équipe qui contrôlaient la situation en vérifiant la bonne distribution de tous les documents marketing. Ils recueillaient également les premiers retours du travail fourni par *Reach*.

Après m'être assurée du bon fonctionnement du stand dont nous étions responsables, j'ai cherché Tom :

– Ah, te voilà ! lui dis-je en l'apercevant dans la salle de bal, une flûte de champagne à la main. Justement, je te cherchais.

– Un problème ?

– Pas du tout. Je viens de passer devant chez *SummiTech* en arrivant. Le stand est super. Tu penses que ça marche ?

– J'ai pu dire deux mots à Munns il y a un quart d'heure, il était très sollicité. À mon avis, ça roule.

– Excellent.

Robert Munns était notre client, le PDG de *SummiTech*.

– S'il est heureux, *Reach* est heureux.

– C'est la raison pour laquelle je bois un coup, dit Tom en levant haut son verre. Accompagne-moi !

Un petit verre de champagne ? Bonne idée… la journée avait été longue. Pardon, la semaine avait été longue. Côté travail, j'avais assuré, mais le stress mental et émotionnel de ces derniers jours m'avait laissée exsangue. J'avais bien besoin de réconfort. L'alcool n'était pas exactement celui que j'attendais, mais depuis que j'avais décidé, la veille, de bannir définitivement ma fausse relation, autant profiter de ce qui se présentait.

– Je me joins à toi volontiers si j'arrive à attraper un serveur.

– Je vais te trouver ça, me répondit Tom. Plus grand que moi, malgré mes talons, il scannait des yeux la salle quand il ajouta : Tiens, je ne savais pas que Kincaid serait des nôtres.

– Il est là ?

Mon sang n'a fait qu'un tour.

– Oui, je l'aperçois qui parle avec Hudson Pierce[29].

Je me suis retournée. Je l'ai vu tout de suite. Impossible de le louper. Apparemment, il sortait du bureau, parce qu'il portait toujours la même tenue que tout à l'heure quand je l'avais aperçu dans les couloirs. Mince ! Quelle allure il avait ! Donovan était plus beau en costume que tous les autres mecs de la salle tirés à quatre épingles en smoking. Mauvais constat, vu la décision que j'avais prise le concernant.

Tout à coup, je me suis dit que j'aurais dû mieux choisir ma tenue. Le noir est tellement ennuyeux. Je n'avais pas le moindre bijou et mes sous-vêtements étaient corrects, mais sans plus. Quelle importance… Je n'allais pas coucher avec lui.

Mais, bordel de merde, que faisait-il ici ce soir ? Aucune raison ne justifiait que quelqu'un de sa position hiérarchique chez *Reach* se montre dans ce genre d'événement. Il n'était même pas habillé correctement pour ce style de soirée. À l'évidence, il avait décidé de venir à la dernière minute. Y avait-il un problème ? Venait-il vérifier le bon fonctionnement de mon équipe ?

Était-il là pour moi ?

– Tu veux me rendre un service, s'il te plaît ? (Après notre conversation de la veille, je pensais que Tom ne refuserait pas de m'aider.) S'il me demande, dis juste que tu ne m'as pas vue.

J'étais déjà en train de calculer ma fuite dans ma tête. La salle de bal n'était pas très grande et j'allais absolument devoir passer près de Donovan pour trouver la sortie, seul chemin possible pour rejoindre le vestiaire dans l'entrée.

---

29. Nom du propriétaire d'un club branché new-yorkais, que l'on retrouve dans la new romance *Hudson & You* de la même auteure, chez Hugo Roman.

– Oui, bien sûr, mais… (Comme hier, sa voix était pleine de compassion.) Un problème ? Tu as besoin d'aide ?

– Non, je t'assure. C'est très gentil à toi de me le proposer. Comme je te l'ai dit, Donovan et moi, nous avons une… compliquée. (Je cherchais à éviter le mot « relation ».) Un rapport humain compliqué, tu vois ce que je veux dire ? Ce soir, je ne suis pas vraiment dans le mood pour l'affronter, je vais donc filer à l'anglaise avant qu'il ait remarqué ma présence.

– Ok, j'ai compris. Je connais ça, moi aussi.

À nouveau, il leva sa flûte, mais cette fois il cogna son alliance contre le verre, indiquant que la vie de couple avec sa femme aussi était compliquée.

– Tu ne m'as pas bien comprise, ai-je ajouté, gênée de voir qu'il se doutait de quelque chose. Donovan et moi sommes amis, c'est tout.

– J'ai compris, Sabrina. (Son large sourire en disait long.) File avant qu'il te voie.

– Ok. Merci, Tom.

Contrariée de le laisser sur une mauvaise impression, j'ai hésité un petit moment, puis j'ai décidé de faire passer ma priorité avant tout le reste et je suis sortie.

Je me suis faufilée du mieux que j'ai pu à travers la foule pour rejoindre le vestiaire. Heureusement, personne ne faisait la queue quand je suis arrivée… Vite, j'ai donné mon ticket, prête à m'échapper tout de suite. Mais dès que je me suis retournée, j'ai aperçu au loin Donovan qui quittait la soirée.

Il ne m'avait pas encore repérée, mais impossible de rejoindre la grande entrée de l'hôtel sans le croiser. Sur le côté du vestiaire, j'ai aperçu un petit couloir qui menait vers une porte de secours ; j'ai poussé la poignée de sécurité et je me suis retrouvée dans une ruelle. Parfait.

Sauf que… une fois la porte refermée derrière moi, j'ai regretté mon choix en constatant combien la ruelle était étroite et sombre. Impossible de revenir sur mes pas. J'ai lâché un grand soupir et j'ai regardé des deux côtés pour savoir quel était le meilleur moyen de rejoindre la rue principale. À gauche s'alignaient une série de bennes à ordures et, à droite, on apercevait vaguement les lumières de la ville dans le fond. J'ai donc commencé à marcher dans l'ombre vers la droite… Quelque chose fit du bruit sur les pavés, comme une cannette vide qui roulait sous le vent, je ne savais pas très bien, mais le bruit devenait inquiétant. J'ai serré fort mon manteau en accélérant le pas. À ce moment-là, j'ai cru percevoir autre chose derrière moi : une porte ? des pas ? Mon imagination me jouait-elle des tours ? J'étais trop effrayée pour me retourner, mais cette fois, j'en étais sûre, il y avait quelqu'un derrière moi.

Le bruit des pas s'est fait plus présent, j'ai commencé à courir, mais un de mes talons est resté coincé entre les pavés. J'allais m'affaler par terre quand on m'a rattrapée par la taille. J'allais hurler…

– Mais… qu'est-ce que tu fous là ? m'a demandé Donovan brutalement.

– Ah, c'est toi ? me suis-je exclamée en tombant dans ses bras.

J'étais tellement soulagée de voir que celui qui me poursuivait n'était pas un inconnu !

– Oui, mais ça aurait pu être quelqu'un d'autre, grogna-t-il, visiblement contrarié.

Sa main retenait mon bras de façon possessive et ses doigts s'enfonçaient dans la chair de ma taille pour m'empêcher de tomber ou pour éviter que je m'échappe. Quelle sublime sensation ! À ce moment-là, je me suis rappelé la semaine que je venais de passer, je me suis rappelé quel salopard il avait été et surtout que je m'étais juré d'en avoir fini avec lui.

– Oui, mais c'est toi. Laisse-moi partir, j'ai répondu en me débattant pour me libérer.

– Un peu de sérieux, Sabrina. À quoi pensais-tu en sortant par ici, toute seule ? Si tu avais envie de te faire violer, tu n'avais qu'à m'appeler !

Même dans l'ombre, le ton de ses paroles équivoques restait professoral.

– Précisément, je n'en ai aucune envie. Tu refuses de prendre mes appels, tu ne veux pas répondre à mes SMS ? Eh bien, je te demande pardon, mais…

J'allais partir, mais il m'a retenue par le bras et, même à travers le tissu épais de mon manteau, j'ai senti ses doigts s'enfoncer douloureusement dans ma peau.

– Seule ici, tu ne vas nulle part, tu m'entends ?

Dans la pénombre, je sentais la noirceur de ses yeux. Sa voix était sans appel.

J'ai retiré mon bras d'un geste brusque. Voilà une semaine qu'il m'évitait et, maintenant, il allait me faire l'aumône de sa protection ? Pas question !

– Tu n'as aucun droit de me dire ce que je dois faire.

Il enfonça ses mains dans les poches de son manteau et me dit d'un ton moqueur :

– Je n'en suis pas si sûr. J'ai une culotte dans le tiroir de ma table de nuit qui dit exactement le contraire.

Allez, allez, il n'en pensait pas un mot. Il me faisait marcher, comme à Harvard, quand il avait fait exprès de me mettre une mauvaise note, juste pour s'amuser.

– Pauvre con, Donovan ! lui ai-je répondu, excédée. Ne me parle plus, ne me touche plus, ne m'approche plus au bureau !

– Tu es furieuse à ce point ? Rien ne peut me donner plus envie de te baiser que ta révolte.

Je bouillais intérieurement. Sans même y penser, j'ai levé la main, prête à le gifler, mais il fut plus rapide et m'attrapa l'avant-bras avant que ma main ait pu s'écraser sur sa joue.

– Garde tes forces pour l'intimité de la chambre. J'aime quand tu luttes.

– Je ne joue pas, j'ai répondu, en retirant sèchement ma main. Tu peux définir les règles de la fausse relation que tu entretiens avec moi et je peux éventuellement les suivre, mais tu n'as aucun droit de m'éviter comme si je n'existais pas, tout en pensant que je vais tomber dans tes bras dès que tu en exprimes le désir.

– Surtout pas ! Je préfère te voir me supplier.

Rien à ajouter. Il n'écoutait pas. Jamais il n'avait écouté. S'il l'avait fait, il s'en foutait. Mes paroles n'avaient aucun poids pour lui. Seuls ses petits jeux pervers l'intéressaient. J'enrageais et, une fois de plus, j'ai commencé à m'éloigner.

– Sabrina, seule ici, tu ne vas nulle part, je te l'ai déjà dit.

Il me suivait. Quand il a essayé de m'attraper, j'ai vite retiré ma main. Puis je l'ai entendu soupirer.

– Je ne t'évitais pas.

– Comment tu appelles ça, alors ? ai-je répondu en ronchonnant, furieuse qu'il en reparle.

J'ai continué à marcher. On commençait à mieux voir la rue.

– Je ne t'évitais pas vraiment. Je t'assure, j'avais des dossiers sensibles à traiter cette semaine. Ils m'ont pris tout mon temps.

C'était plus fort que moi. Malgré la rage qui m'habitait, même si j'avais décidé que tout était fini, je ne pouvais pas m'empêcher de réagir à ses paroles. L'effet Donovan était plus fort que tout. Je me suis retournée, face à lui :

– Alors, agis en adulte responsable… Tu te rappelles que tu me l'avais toi-même demandé ?… et prends dix secondes pour m'expliquer tes problèmes d'emploi du temps dans un putain de texto.

Sans attendre sa réponse, j'ai continué mon chemin vers la rue principale. Cette fois, Donovan m'a rattrapée par-derrière en me prenant dans ses bras. Ne voulant pas me laisser faire, je me suis débattue en lui envoyant des coups de coude dans le ventre.

– Putain, Sabrina ! s'écria-t-il en me serrant plus fort, arrête !

J'ai résisté encore quelques secondes, puis j'ai rendu les armes en me détestant de me rendre aussi facilement. Je n'avais plus l'énergie de lutter contre lui. Plus il me retenait, plus j'aimais sentir la force de ses bras, la pression de son corps contre mon dos et le poids de sa tête qui s'appuyait contre la mienne.

– Quoi ? je lui ai demandé, exsangue. Que veux-tu encore ajouter ?

Il expira un grand coup. Je sentais la chaleur de son haleine contre mon cou et la douceur de sa bouche effleurer mon oreille :

– Tu accapares toute mon attention, répondit-il calmement. (Sa voix soudain avait la transparence de l'honnêteté.) Si je passe du temps avec toi, je ne peux plus me concentrer pendant des jours. Après que tu m'as envoyé la photo de ton joli petit con, je n'ai même pas pu regarder mon portable pendant la semaine sans bander. Je t'évitais parce que je ne pouvais pas faire autrement, voilà tout.

J'ai fermé les yeux en laissant ses paroles pénétrer au plus profond de moi-même. Je les sentais flotter entre ce que je savais être vrai, ce que je pensais être éventuellement vrai et ce que, lui, m'avait déjà dit auparavant. J'avais du mal à y voir clair.

Que comprendre ? Rien ne concordait avec ses paroles du passé.

Et pourtant… n'était-ce pas exactement les mots que je voulais entendre dans sa bouche ?

Craignant de faire un faux pas, craignant d'avoir compris de travers, j'ai fini par lui dire :

– Donovan, désolée, mais je n'arrive pas à comprendre ce que tu veux me dire.

– Je te demande simplement de rentrer à la maison avec moi.

CHAPITRE 22

Donovan avait confié son véhicule au voiturier de l'hôtel, une Silver Telsa qui n'était pas la voiture avec laquelle son chauffeur avait l'habitude de me conduire. Difficile à affirmer, vu que j'étais toujours assise derrière dans la Jag, mais cette Silver Telsa devait être la voiture la plus moderne et la plus sophistiquée dans laquelle j'étais jamais montée. Voir Donovan la conduire en expert à travers la ville avait quelque chose d'étonnant et de fascinant.

Nous roulions en silence. Cette énergie quasi électrique et tendue entre nous rendait ma position assise difficile. Ma poitrine me faisait mal. Ma chatte palpitait. Ma peau avait envie de toucher tout autant que d'être touchée. Mon corps malmené, secoué et plein de bleus appelait ardemment l'amour.

Une colère sous-jacente ne me quittait plus. Une douleur lancinante m'habitait. De fortes émotions faisaient monter par vagues une excitation grandissante. J'avais un besoin irrépressible de libérer mes tensions, ce que Donovan, par le simple fait de m'inviter chez lui, m'avait proposé sans rien expliquer.

On arrivait Midtown. Mon anxiété ne faisait qu'augmenter mon activité cérébrale. Je me posais des questions sur des détails sans importance. Par exemple :

n'utilisait-il son chauffeur que pour des femmes avec lesquelles il n'avait pas l'intention d'aller plus loin ou l'utilisait-il pour lui-même de temps en temps ? Où gardait-il ses voitures ?

Il y avait tellement d'aspects de la vie de Donovan Kincaid que j'ignorais. Tellement de questions à son sujet auxquelles je voulais des réponses. Si je savais tout, serais-je toujours autant attirée par lui ? La connaissance chasse la peur. Si je pouvais lire en lui à livre ouvert, pourrais-je me débarrasser de cette crainte qui, plus que tout, m'avait tant attirée vers lui ?

Confusément, je connaissais la réponse, mais elle restait tout aussi effrayante que la question. Dans ces pensées, somme toute assez banales, d'autres s'imbriquaient, moins précises et bien plus lourdes. Assise à côté de cet homme, je pressentais que mes questionnements étaient plus essentiels et plus profonds que le désir fou de sexe qui me ravageait. La bestialité de nos ébats et la perversité de nos fantasmes ne me suffisaient plus et s'élargissaient vers d'autres réalités. Il recherchait ma compagnie au bureau. Il prenait soin de moi dans les allées sombres. Il était venu me rejoindre ce soir, j'en étais persuadée, même s'il n'avait rien dit aussi clairement. J'étais heureuse qu'il soit venu pour moi, heureuse qu'il s'inquiète à mon sujet. S'il ne l'avait pas fait, je le sais, j'en aurais été blessée encore plus.

Indéniablement, Donovan Kincaid avait le pouvoir de me blesser. Pas seulement avec ses mains ou dans la manière brutale qu'il avait parfois de malmener mon corps, ce qui depuis le début m'avait fascinée, mais aussi en me traitant de haut, ce qui pouvait même me blesser davantage. Cette attitude hautaine pouvait laisser des cicatrices ineffaçables. Maintenant, je le savais, ce qui me terrifiait.

Je vivais donc dans la crainte ; j'avais toujours peur de lui. Et maintenant, pour des raisons différentes.

Il se gara dans la partie Nord de Midtown, devant un building luxueux appelé Baccarat. Un building que je ne connaissais pas et qui ressemblait à un hôtel. Une pointe de déception vint m'envahir, j'étais restée sur l'impression que Donovan allait m'emmener chez lui, ce qui aurait pu faire basculer notre relation vers plus d'intimité. Apparemment, il en avait décidé autrement. Retour à la case départ. Je m'attendais à être une nouvelle fois blessée en réalisant que rien n'allait changer. J'étais trop vulnérable, lentement une sorte de panique faisait son chemin au creux de moi.

Nous avons laissé la Silver Telsa au voiturier, puis il a pris ma main pour me faire traverser la grande entrée décorée de cristal. Je n'arrivais pas à quitter des yeux nos mains entrelacées tout en réalisant combien l'air se faisait rare dans mes poumons et combien mon cœur était lourd comme le bruit de mes talons qui frappaient le marbre. Après avoir salué l'homme qui gardait l'entrée, nous avons pris l'ascenseur. Les portes à peine refermées, je réalisai tout à coup que nous n'étions même pas passés par la réception. On s'arrêta au cinquante-sixième étage où Donovan m'indiqua la direction des portes des suites, juste en face de l'ascenseur. Il me lâcha la main et sortit de son portefeuille une carte-clé pour me faire rentrer.

Sitôt passé le seuil, quand il eut allumé, j'ai vite compris que j'avais tout faux en pensant à l'hôtel.

– Tu habites ici ? ai-je demandé, pendant qu'il m'aidait à retirer mon manteau.

Je n'ai même pas attendu sa réponse avant d'apercevoir, juste derrière lui, de l'autre côté de l'entrée, une immense fenêtre allant du sol au plafond. Rien à voir avec un hôtel, nous étions dans un appartement de grand luxe. La pièce principale était large et toute blanche avec une énorme cheminée et des canapés modernes disposés çà et là pour la conversation. Le sol était en bois sombre et recouvert de tapis aux tons éclatants. Le must était, bien sûr, la vue. Dans la pénombre, je devinai que les fenêtres donnaient directement sur Central Park. L'appartement était à la fois élégant et masculin. Même si je m'attendais à des couleurs plus éteintes de la part de Donovan, j'ai vite compris que nous étions chez lui.

– Oui, c'est ici que j'habite, finit-il par me répondre.

C'était donc là qu'il habitait. C'étaient ses fenêtres, ses canapés. C'était sa vue. C'était sa cheminée. J'ai bien étudié l'appart. Au bout, on apercevait une table de salle à manger, plus conventionnelle, et, au fond, sans doute la cuisine. Un escalier conduisait à un étage où devait se trouver sa chambre ; du moins, je le pensais. Pas de portraits, mais quelques œuvres d'art décoraient les murs. Un dessin impressionniste à l'encre représentant des pins était accroché au-dessus de la cheminée et une huile presque abstraite faite de nénuphars orange couvrait la quasi-totalité d'un mur dans le coin salle à manger. Ces tableaux avaient peut-être été choisis par un décorateur, mais aucun d'entre eux n'était ce que je pouvais imaginer pour un homme comme Donovan. En même temps, dans chacun des deux – la solitude désolée des pins et l'éclat des nénuphars – il y avait une sincérité qui me persuadait qu'il les avait choisis lui-même.

Ce que je n'avais pas le droit de savoir. Je n'avais pas le droit de pénétrer les côtés si intimes de l'homme avec qui j'étais censée faire du sexe et rien d'autre. Ces tableaux le montraient à nu, mais ils me faisaient sentir que, devant lui, moi aussi j'étais nue. J'avais cette impression qu'il comprenait que plus j'en savais sur lui, plus je le désirais et que plus je le désirais, plus il pouvait utiliser mes émotions comme des jouets entre ses mains.

Mon cœur battait trop fort et j'avais les mains moites. J'avais envie de partir et de rester. J'avais envie de m'enfuir, mais j'avais trop besoin de lui… chaque infime partie de moi-même le désirait. J'avais besoin de lui pour me remplir et me baiser, pour me plier à ses volontés, pour me casser. Mon Dieu, quelle douleur quand il le faisait !

Je devais fuir, absolument.

Je me suis retournée. Il était là, debout derrière moi, en train de m'observer tandis que je passais son intérieur en revue. Il avait retiré sa veste et défait sa cravate. Ses yeux mi-clos me fixaient comme s'il regardait un lapin au travers de la lunette d'un fusil. Comme s'il pouvait lire mes pensées les plus secrètes, comme s'il savait que je voulais m'enfuir. Mais son visage impassible trahissait sa détermination à m'en empêcher.

Lentement, il fit un pas vers moi. Par précaution, je reculai. Puis il fit un autre pas, tout doux, comme un chasseur sur une piste. J'ai tapé des talons, prête à courir. Après un rapide coup d'œil autour de moi, j'ai compris que je n'irais pas très loin sans qu'il me rattrape. Quelle importance… J'avais justement tellement envie qu'il me rattrape ! En même temps, je ne pouvais pas rester là, immobile, tétanisée dans ses filets, à sentir monter le flux irrépressible de la peur, de la panique, de l'excitation et du désir, tout à la fois. Je ne pouvais pas rester là, à attendre qu'il se décide à me prendre !

Tout à coup, je me suis mise à courir.

Un flot d'adrénaline monta dans mes veines. J'évitai une table basse en me faufilant entre des canapés. Il me poursuivit tandis que je traçais mon chemin à travers la pièce. Deux possibilités pour en sortir, partir vers la cuisine ou monter à l'étage. Je choisis les escaliers. Il était là, sur mes talons ; au bout d'un moment, il réussit à m'attraper par les hanches – ce qui tout de suite me fit frémir – et je tombai.

Il avait réussi à m'attraper, mais j'essayai de me dégager en enfonçant mes ongles sur la moquette de la marche supérieure. Ma prise n'était pas assez bonne, de son autre main, il me saisit par la taille tout me retournant sur le dos pour me faire redescendre de deux marches et me garder juste en dessous de lui.

– Cette fois, tu ne m'échapperas plus, dit-il cruellement en me jetant les mains derrière la tête.

– Va te faire foutre ! lui ai-je craché à la figure.

Je ne savais pas très bien s'il réalisait que tout ceci n'était qu'un jeu. Et pourtant, si. Ce dont j'étais certaine en revanche, c'est qu'il prenait très au sérieux la réalité de la situation.

– Ne t'inquiète pas, tu vas t'en prendre, du foutre !

Un genou posé sur une marche près de moi, il réussit à me prendre les deux poignets dans une seule main, puis il commença à soulever ma robe. Par anticipation, je sentis un frémissement parcourir ma chatte, il était si près de me toucher ce point sensible !

Mais ce jeu demandait que je me débatte plus ardemment.

J'ai engagé le combat, comme je l'avais fait dans son bureau de Harvard. Cette fois, j'ai essayé de l'éviter, mais il a réussi à m'attraper par les cheveux qu'il a tirés si fort que je me suis mise à crier. Il m'a plaquée avec violence contre les escaliers et, automatiquement, a mis sa main contre ma bouche en la retenant fermée avec force. Exactement comme Theo l'avait fait quand il avait essayé de me violer.

Le souvenir physique de l'attaque de Theo était encore bien présent, si proche dans mon esprit qu'il m'était difficile de faire la différence entre Donovan et mon souvenir. Mon cœur battait exactement comme si on était en train de me violer, ma gorge se serrait. Pleine du désir intense qui montait en moi, chaque partie de mon corps qu'on touchait prenait feu. Ma culotte était trempée et mes tétons devinrent durs et sensibles.

Donovan s'immobilisa. J'eus peur qu'il arrête, surtout lorsqu'il enleva sa main de ma bouche. Je préparais déjà dans ma tête ce que j'allais pouvoir lui dire pour continuer quand il me demanda :

– De quelle force est la douleur dont tu as besoin ?

À cette question, j'ai presque joui. Il savait. Il savait que ma jouissance affleurait, il savait que des souvenirs douloureux me remontaient en mémoire et, surtout, il avait compris mon désir de continuer ce petit jeu.

– Tu veux que je te dise d'arrêter ?

Jamais je ne lui aurais dit une chose pareille. Au point où nous en étions, je savais que j'accepterais tout ce qu'il allait me faire. Il a glissé sur moi et j'ai senti sa queue dure et chaude frotter contre mon bas-ventre :

– Je veux t'entendre me supplier d'arrêter ! (Un long frisson parcourut tout mon corps.) Ou alors utilise un mot de sécurité.

Jamais je n'avais eu recours à ce genre de signal pour éviter qu'une action ne se prolonge trop loin. Dans tous mes fantasmes, jamais je n'en avais eu besoin. Et pourtant... ce n'était pas faute d'avoir voulu jouer à ces petits jeux pour de vrai.

Je connaissais le concept. J'avais juste besoin de trouver le petit mot – n'importe lequel – le premier qui me passait par la tête. Mais là, sur l'instant, tous ceux auxquels je pensais me paraissaient bizarres. Sans doute parce que la scène que j'étais en train de vivre me rappelait trop le passé. J'ai fini par lancer :

– MADAR.

Il en resta bouche bée et s'immobilisa.

– Donovan ?

– Pourquoi as-tu choisi ce mot ?

Bien évidemment, il ne savait pas que la Fondation MADAR m'avait supprimé ma bourse d'Harvard.

Probablement, il n'avait même jamais entendu parler de cette fondation. Il était né fortuné et plein de privilèges et n'avait jamais eu besoin de recourir à une telle organisation. Ce n'était vraiment pas le moment de commencer à lui en expliquer le fonctionnement :

– C'est une longue histoire. C'est la raison pour laquelle je n'ai pas pu revenir à Harvard. Ce mot, pour moi, a vraiment le sens de « fin ».

La seule chose qui importait était de l'utiliser sans arrière-pensée. Il continuait à m'observer d'un regard étrange et, toujours immobile, comme perdu dans ses pensées en considérant mon choix de mot, il ajouta :

– Vas-y, continue.

Je gigotais sous lui sous l'effet de la pression montante :

– S'il te plaît, Donovan… s'il te plaît !

Vite, il remit sa main sur ma bouche en serrant sa prise plus fort qu'auparavant :

– Si tu ne peux pas parler, tu claques des doigts, dit-il sur un ton froid et cruel. Claque des doigts maintenant pour me montrer que tu as compris. Mais dès que tu le fais, tu me donnes aussi le signal de commencer. Tu as compris ?

Je n'ai pas hésité une seule seconde, j'ai claqué des doigts.

Sans plus attendre il a repris le petit jeu là où nous l'avions laissé. Il a remis sa main sous ma robe en glissant jusqu'à ma chatte. J'ai resserré les cuisses pour essayer de lui en refuser l'accès, mais il n'a pas eu trop de mal à atteindre l'endroit qu'il cherchait. Dès qu'il eut trouvé le devant de ma culotte, il s'en saisit et, la tournant en tire-bouchon, il se mit à tirer dessus de toutes ses forces. L'élastique de la taille s'enfonça douloureusement dans les chairs de mon dos avant de céder sous la pression de sa main. Immédiatement, il mit la culotte déchirée sur son épaule.

Putain de merde !

On aurait dit un homme des cavernes cherchant sa proie. J'ai arrêté de me débattre pour un instant, abasourdie et tellement excitée. Puis j'ai repris le combat, encore plus fort, car aussi excitante que fût sa force, j'ai commencé à avoir peur, tout autant. J'ai donné des coups de pied, je me suis débattue, je me suis tordue dans tous les sens, j'ai griffé. Toute mon agitation a tourné à son avantage : je me suis retrouvée la robe au-dessus de la taille, les jambes écartées, la chatte à l'air. Son regard étincelait comme celui d'un animal, dans la lumière tamisée de l'escalier. Comme si tout ce qu'il voyait était une cible potentielle, son trophée n'était ni créature ni être humain, mais juste une chose à dominer et à baiser. Même si cela paraissait ignoble et incorrect, j'ai adoré. Plus je trouvais ça vicieux et honteux, plus j'aimais.

Je fis une vague tentative pour m'échapper quand il lâcha une main pour défaire son pantalon, mais je réussis juste à glisser une marche plus haut avant qu'il se jette sur moi de tout son corps. J'étais sûre d'avoir d'autres bleus dès le lendemain, des marques que j'avais trop longtemps attendues et désirées. Il fut plus malin la deuxième fois qu'il essaya de défaire sa fermeture Éclair. Il posa un genou sur ma poitrine pour me tenir bien immobile. Ce qui me fit mal, je ne pouvais plus respirer, j'ai cru que j'allais m'évanouir.

Quand, enfin, il retira son genou, je pris une grande respiration comme si je revenais à la surface après une longue plongée. Mais je n'eus que peu de temps pour récupérer. Maintenant, sa queue – énorme et effrayante – se balançait dans l'air. La peur revenait comme une bouffée de chaleur, la même peur qui parfois habitait les cauchemars où Donovan laissait faire mon agresseur et que j'étais forcée d'accepter la queue de Theo. Les pires, ceux qui me réveillaient dégoulinante de sueur, ceux qu'il me fallait effacer pour fantasmer qu'enfin Donovan me baise et me réclame.

Comme il était sur le point de le faire à ce moment-là.

J'étais à la fois si effrayée et tellement excitée ! Je ne savais plus qui j'étais.

– Tu en veux ? dit Donovan en me menaçant, comme l'avait fait Theo en se moquant de moi. Il frotta son gland contre ma peau jusqu'en haut de ma fente et ajouta : Les filles comme toi en veulent toujours.

Oui, j'en voulais. Autant l'idée de Theo me dégoûtait, autant je voulais Donovan, maintenant... même s'il fallait me battre avec lui jusqu'à la fin. Je le tapai, je le griffai. Ma robe s'est déchirée. Je relevai mes genoux, bien serrés, pour lui refuser l'entrée de mon trou, mais il mit sa main entre mes genoux en commençant à les écarter. Ensuite, il glissa une cuisse dans mon entrejambe et installa tout son corps dans l'espace ainsi créé en retenant, une fois de plus, mes poignets fermement prisonniers dans les tenailles d'une de ses mains.

– Maintenant, tiens-toi tranquille, grogna-t-il en colère et tout excité.

Mes poignets bien enserrés avec une main, il saisit sa queue avec l'autre pour la fourrer dans mon trou et l'enfoncer sans attendre.

J'étais tellement mouillée et tellement excitée que j'ai joui tout de suite, dans l'accomplissement d'un fantasme que j'avais depuis tant d'années ! Il l'enfonça encore plus loin, alors que la puissance de mon orgasme ne faisait que me pousser contre lui. Il continua ses coups répétés dans une détermination de guerrier en plein combat avec mon corps intimement imbriqué dans le sien. À peine avais-je fini de jouir que je me suis mise à trembler d'un nouvel orgasme, qui bientôt se répandit dans tout mon corps.

– Putain de merde ! jura-t-il, sidéré.

Il replongea en moi, une fois encore, toujours plus profondément, avec une agressivité que je ne lui connaissais pas. Il me travaillait par coups irréguliers, sans prendre de pause et de façon trop frénétique pour appeler ça un rythme. J'étais là, étendue, pratiquement immobile, le laissant m'envahir comme il le désirait.

J'étais en plein délire, confuse et en mille morceaux, mais je restais d'une sensibilité insoupçonnée et toujours au summum de l'excitation. Deux fois encore, il réussit à me faire jouir avant de ralentir le rythme et finir par s'immobiliser en se vidant en moi dans un long grognement.

Il se laissa lourdement retomber contre moi, totalement vidé de son énergie. Son poids était à la fois difficile à supporter et totalement désiré, comme une grosse couverture d'hiver quand on a froid. Dans le confort superbe de ce moment suspendu, j'ai pensé à ce qui venait de se passer, en comparaison de cette fameuse nuit d'Harvard. Si tout s'était déroulé comme ce soir – si Donovan avait essayé de me violer tout en arrivant à ses fins – aurais-je autant aimé ce moment que celui que je venais de vivre ? Est-ce que cela aurait alors tout changé ?

Quel était pour moi le sens de tout ça ? Cela voulait-il dire que je voulais absolument être violée ? Certes, il y avait bien un écart entre fantasme et réalité, mais, en même temps, je ne pouvais nier ma soif inextinguible d'être remplie de sperme.

Tant que Donovan était sur moi, je n'avais pas à m'inquiéter. J'étais pleinement satisfaite, je me sentais protégée. Je n'étais vulnérable que s'il le décidait. Mais après quelques instants, il roula sur le dos et resta près de moi, à regarder le plafond en attendant de reprendre sa respiration.

– Sabrina ? demanda-t-il enfin en se retournant sur le côté.

Il vérifiait dans quel état je me trouvais, et je savais ce qu'il avait envie d'entendre :

– Tout va bien.

Sauf que… je me rendis compte que de grosses larmes coulaient sur mes joues. J'avais dû pleurer pendant l'intensité de nos ébats, mais ces larmes-ci étaient toutes récentes. Et je ne pouvais plus m'arrêter. Sans rien dire, Donovan s'assit pour vite me prendre dans ses bras. Il me serrait fort contre lui tandis que mes pleurs devenaient de lourds sanglots. Sans essayer de me calmer ni sans poser la moindre question, il me laissa pleurer tout en passant sa main dans mes cheveux pour calmer les tensions qu'il avait lui-même provoquées.

S'il me l'avait demandé, je n'aurais même pas pu lui expliquer mes pleurs, mais, confusément, je savais qu'il y avait un rapport avec Theo. J'avais la tête embrouillée, me demandant pourquoi je voulais tant que Donovan me refasse vivre ce traumatisme. Pourquoi j'aimais tellement quand il était brutal, sournois et animal ? Pourquoi cela m'excitait tant ?

Oui, cela me rappelait Theo. Mon corps avait de lui des souvenirs que ma tête avait oubliés. Mes frayeurs, mes paniques se souvenaient de lui. J'avais beau essayer de l'oublier quand j'étais avec Donovan, rien à faire, Theo me revenait en mémoire. Impossible de faire autrement. Ce fantasme s'était développé en se précisant en moi au cours des années, il avait fini par grandir par lui-même au point de n'avoir plus rien à voir avec la fin de soirée du Donjon. Mais ses origines gardaient toujours un rapport étroit avec le malaise que l'agression de Theo avait laissé en moi.

Je ne savais pas comment en parler à Donovan.

Et pourtant, il fallait le faire, absolument ! Bien calme, après avoir repris tous mes esprits, j'ai fini par lui dire :

– J'ai ardemment désiré ce que tu viens de faire. Aucun doute là-dessus. Ne crois pas que je pleure à cause d'un stupide regret.

– Je sais, me répondit-il, la main caressant toujours mes cheveux.

– Comment peux-tu savoir une chose pareille ?

– C'est une chose que j'ai toujours lue dans tes yeux.

– C'est ton fantasme à toi aussi ? lui ai-je demandé dans un murmure à peine perceptible.

J'espérais tellement que ce soit le cas, mais je n'y croyais pas.

À nouveau, nous étions silencieux tous les deux, moi assise sur ses genoux, la tête lovée sous son menton, et lui, toujours calme. Je lui caressais machinalement la joue, me demandant ce que j'allais faire. Nous n'avions ni une relation qui me permettait de rester chez lui ni une relation qui demandait qu'il me retienne.

Nous n'avions pas de relation du tout.

Et, pourtant, nous étions nus et sans fard dans les bras l'un de l'autre, même si nous portions encore quelques vêtements. Pire, j'étais mise à nu, à l'état brut… je ne pouvais pas être plus vulnérable.

– Je n'ai pas envie de partir, ai-je susurré doucement.

– Je n'ai pas envie que tu t'en ailles, a répondu Donovan, presque en même temps.

– Très bien.

– Parfait.

CHAPITRE 23

Donovan m'a fait monter à l'étage, dans une grande chambre avec un sol en parquet et un mur entier de vitres. Le lit king size faisait face à la vue surplombant la ville avec, au premier plan, Central Park. On distinguait une belle cheminée sur le côté et une tête de lit en flanelle grise capitonnée, le reste de la chambre était blanc, d'un design simple et efficace comme la pièce principale à l'étage inférieur.

Mais la chambre n'était pas l'endroit où nous allions. Il me conduisit plus loin dans la suite et fit couler la douche pendant que je me déshabillais. Il sortit des serviettes d'un placard à linge et les déposa sur le rebord du lavabo.

– Prends une bonne douche, aussi longtemps qu'il te plaira, me dit-il, une fois que j'ai été nue.

La vapeur envahissait déjà la salle de bains.

J'ai voulu lui demander de rester, quelque chose en moi me disait que j'avais besoin de lui pour remettre de l'ordre dans les pensées qui me tourmentaient, mais était-ce vraiment son rôle ? Tout compte fait, je n'ai rien demandé. Je n'avais aucune idée de ce qui lui passait par la tête à ce moment-là, peut-être avait-il besoin de rester un peu seul ? Il était toujours comme ça après le sexe. Et puis, moi aussi j'avais besoin d'être un peu seule.

Honnêtement, je n'avais aucune idée de ce qu'il voulait, mais ce dont j'étais certaine, c'est que je n'avais pas envie de rentrer à la maison tout de suite et je lui étais reconnaissante de m'avoir laissée respirer avant de me jeter dehors, même si je n'étais pas près de lui.

Sous la douche, j'ai perdu la notion du temps, j'ai perdu le fil de mes pensées. Je n'avais plus envie de m'occuper ni de mon cerveau ni de mes émotions. J'ai fait couler l'eau aussi chaude que je pouvais la supporter et, debout sous le large pommeau, j'ai attendu sous la pluie jusqu'à ce que je puisse retrouver toutes les fonctions de mon corps. Ensuite, j'ai piqué un peu du shampooing et du gel douche de Donovan, je me suis vite nettoyée et je suis sorti en sentant comme Donovan. Ce qui m'a beaucoup amusée.

Tout en me séchant, j'ai réalisé que ma robe et mon soutien-gorge avaient disparu. Donovan les avait-il emportés en s'en allant ? Je me suis essoré les cheveux aussi bien que j'ai pu et je suis sortie de la salle de bains, enveloppée dans une grande serviette, pour le retrouver. Lui et ma robe.

C'est lui que j'ai aperçu le premier. Il regardait par la fenêtre de sa chambre, une main appuyée sur la vitre, un verre de scotch dans l'autre. Dès que je l'ai vu, j'en ai eu le souffle coupé. Il ne portait plus son costume, il avait juste un pantalon de jogging sombre, à peine ajusté à la taille… et rien d'autre. Pieds nus, torse nu. Je ne pouvais plus quitter des yeux le dessin de sa tablette de chocolat, ni les courbes marquées de ses biceps, ni les lignes en V qui disparaissaient sous la ceinture lâche de son jogging.

Une version relax de Donovan. Plus relax, il ne fera pas, j'ai pensé. Il avait aussi l'air très sensuel là où il était, comme ça, tel qu'il était, sans rien changer. « Prêt à l'emploi », dans toute son intimité et, par-dessus tout, il avait tellement d'allure ! À le voir ainsi, mon corps a réagi étrangement : mon sang est devenu chaud comme si j'étais toujours sous la douche et je me suis mise à trembler comme si j'avais froid.

Il s'est retourné quand j'ai ouvert la porte. Il m'a longuement dévisagée, je l'ai longuement dévisagé. J'aurais dû être la première à parler, pour le remercier de la douche et du reste, mais je n'ai rien pu dire, tant je sentais mon cœur battre au fond de ma poitrine. C'est donc lui qui a pris la parole en premier :

– Si tu continues à me regarder comme ça, je vais recommencer à avoir des mauvaises pensées.

Tout de suite, j'ai senti la chair de poule parcourir mon corps tout entier.

– Je ne t'avais encore jamais vu sans chemise.

Réponse stupide d'une teen-ager en chaleur, mais, le pire, c'est que je me sentais dans cet état ! Il n'a pas eu l'air de m'en tenir rigueur :

– Si j'avais su que cela te mettait dans cet état, je me serais mis torse nu plus tôt !

– Vraiment ?

J'aurais pourtant cru qu'il aimait porter le costume pour se donner la prestance d'un homme de pouvoir, mais, après tout, peut-être que je me faisais des idées.

– Tu as raison, probablement pas. *C'est bien ça... exactement ce que je pensais*. J'ai mis un peu de fromage et du raisin sur la table basse, sers-toi, vas-y. Que puis-je te servir à boire ? Du vin ? Du gin ?

J'en restai comme deux ronds de flan, moi qui m'attendais à être réexpédiée chez moi sitôt sortie de la salle de bains ! Son côté hospitalier avait soudain de quoi me surprendre, j'étais folle de joie. Combien de temps pouvais-je encore rester ? En apercevant le verre à whisky dans sa main, j'ai répondu :

– Un scotch, s'il te plaît.

S'il était surpris par mon choix, il ne l'a pas montré. Il m'a juste fait un grand sourire :

– Si tu veux un scotch, tu auras un scotch.

Il a posé son drink sur la table basse, mais je l'ai attrapé par le bras avant qu'il ne disparaisse :

– Où as-tu mis ma robe ?

– Je l'ai suspendue à un cintre. Tu la prendras plus tard.

Il ne me mettait donc pas à la porte… pour l'instant.

Quand il est sorti, c'était à mon tour d'arborer un large sourire. J'ai alors jeté un coup d'œil sur ses vêtements entassés sur le dos d'une chaise, près de la cheminée. J'ai échangé ma serviette contre sa chemise blanche dont j'ai négligemment roulé les manches jusqu'à mi-bras. J'ai pris le plateau et j'ai cherché un endroit où m'asseoir. J'ai fini par m'affaler par terre au bout du lit. Le tapis était assez grand pour que je ne me retrouve pas les fesses sur le plancher et, de là, la vue était imprenable.

À son retour, quelques minutes plus tard, Donovan sembla surpris de me trouver assise au bout du lit, il me tendit mon drink en fronçant les sourcils.

– Merci. Sans même qu'il me pose la question, j'ai ajouté : Je voulais profiter de la vue.

Apparemment, là n'était pas la raison de sa surprise :

– Je veux bien fournir la nourriture, la boisson, mais je n'ai rien dit en ce qui concerne les vêtements.

Vu la façon dont il me regardait, avec ses yeux qui brillaient en descendant vers mes cuisses nues, j'ai pensé qu'il ne m'en tenait pas rigueur.

– Tu es habillée ? (Je l'ai alors regardé d'un air provocateur avant de glisser un grain de raisin dans ma bouche.) Sache que chez moi, on obéit à ma loi.

– J'ai bien l'impression que tu vas avoir besoin de la réviser, parce que je me sens très bien comme je suis.

Il serra les mâchoires et se tut, alla chercher son drink et vint s'asseoir près de moi en étalant ses jambes devant lui. Mon Dieu… ces jambes, ces bras, ce corps ! Le simple fait de le voir assis à côté de moi me rendait dingue de désir, déjà, je sentais des pulsations envahir ma chatte et…

– On n'a pas utilisé de préservatif! ai-je dit brutalement.

Je ne m'en étais même pas rendu compte jusqu'à présent. Tout à coup, le désir se transforma en panique.

Donovan, lui, restait calme et prit un autre grain de raisin.

– Tu prends la pilule ? ajouta-t-il en l'avalant.

Oui, je la prenais, mais jamais je ne lui aurais parlé d'une chose pareille. En plus, une éventuelle grossesse n'était pas la seule raison pour utiliser un préservatif.

– Tu assumes ?

– On avait convenu d'un mot de sécurité, tu ne l'as pas utilisé…

C'est vrai, je n'y avais pas pensé, pas plus que je n'avais pensé à nous protéger quand nous avions fait du sexe. Étrange. Jamais je n'avais eu de rapport non protégé. Et, même si j'y avais pensé, aurais-je interrompu nos petits jeux pour lui demander de mettre un préservatif ? Non, bien sûr que non, une bonne partie de mon fantasme était de laisser Donovan faire tout ce dont il avait envie. De le laisser me prendre comme il le voulait. Et s'il voulait me prendre sans protection, il me prendrait sans protection. Ce n'était pas à moi de décider.

– Je n'ai pas eu envie d'utiliser mon mot de sécurité, j'ai dit au bout d'un moment.

Il m'a lancé son regard noir, celui qui voulait dire qu'il savait ce que j'allais dire dès le début :

– Alors, pourquoi en faire tout un plat ?

– Ce n'est pas ça, mais… j'ai répondu en traînant.

Comment pouvais-je lui parler des MST[30] ? L'acte sexuel était consommé. Maintenant, il ne me restait plus qu'à faire des analyses.

Mon verre serré dans mes deux mains, j'ai pris une gorgée de scotch en me demandant combien de femmes avant moi avaient pu coucher avec Donovan sans préservatif. Rien que d'y penser, mon sang n'a fait qu'un tour. Il m'était déjà difficile de l'imaginer avoir des rapports avec quelqu'un d'autre, mais en plus non protégés, c'était terrible. Fallait-il ne plus y penser, tout simplement ? – Je n'ai pas eu de rapport non protégé depuis plus de dix ans, déclara soudain Donovan.

Je l'ai regardé, me demandant s'il plaisantait. À voir sa tête, non.

– Vraiment ?

Depuis Amanda, probablement. Il avait donc utilisé un préservatif avec toutes les femmes avec qui il était sorti depuis. Que c'était bon d'entendre ça ! Je me haïssais pour tant aimer entendre sa réponse.

– Et, continua-t-il, je n'ai baisé avec personne d'autre depuis que tu as déménagé à New York.

Si sa première déclaration avait été une vraie surprise, celle-ci n'était autre qu'un choc.

– Et pourquoi ? ai-je ajouté timidement.

– Tu sais très bien pourquoi.

Il me transperçait de son regard froid. Déterminé, sans excuse pour sa rudesse. Mon pouls s'emballait, je ne savais plus si je devais être excitée ou inquiète en entendant ses paroles. J'ignorais pourquoi il n'avait couché avec personne d'autre et, si je pouvais essayer de deviner, il était aussi dangereux de s'attarder sur les éventuelles réponses. On ne parlait plus ici d'une relation juste pour le sexe,

30. Maladies sexuellement transmissibles.

ce qui rendait notre conversation très délicate. Le plus facile eut été de lui demander de s'expliquer clairement, mais je ne me sentais pas encore prête à faire du slalom sur des pistes aussi glissantes. En revanche, j'étais prête à attaquer de façon plus détournée :

– Moi non plus, je n'ai couché avec personne d'autre.

– Je sais, me répondit-il avec un large sourire en dévorant un morceau de Gouda.

– Tu es bien prétentieux.

– Perspicace, c'est tout.

Il attrapa le plateau pour me proposer de me resservir. Je refusai, je voulais rester concentrée sur notre conversation.

– Comment peux-tu savoir que je n'ai couché avec personne d'autre ?

– Parce que je le sais. C'est tout, répondit-il en ramenant à lui la table basse pour y déposer le plateau et son verre vide.

Je le regardai faire en essayant de ne pas trop fixer ses beaux muscles du dos qui roulaient sous l'effort.

– Toujours aussi prétentieux.

« Sûr de lui » eut été plus juste. Je dirais même, arrogant. Mais il avait l'air tellement sexy. Au moindre signe de tête, j'avais envie de me déshabiller… ou de lui enlever son jogging, aux choix.

Il revint s'asseoir près de moi, nos dos calés contre le lit. Au moment où je levai mon verre pour prendre une autre gorgée de mon scotch, nos bras s'effleurèrent. La chaleur qui se répandit dans mes veines venait de lui, pas de l'alcool. Certes, j'avais à peine picoré la nourriture sur le plateau, mais son absence devenait presque gênante. Plus rien entre nous, plus rien à faire, aucune excuse pour nous détourner de la tension sexuelle qui nous entourait.

Si, comme moi, il la sentait – et j'en étais persuadée –, je savais qu'il allait s'en occuper sans tarder : soit il allait décider que la soirée était terminée, soit il allait décider que ma place était sous lui. Donovan était du genre à prendre les choses en main, ce que j'admirais beaucoup en lui, même ce que j'attendais de lui. Mais l'enfant de salaud était aussi patient que le jour était long.

Tout à coup, comme il le faisait chaque fois, il s'est penché vers moi en posant sa bouche si près de mon oreille que je pouvais l'entendre respirer tout en sentant son haleine se répandre sur ma peau.

– Comment te sens-tu ?

Des mots bien ordinaires dits d'une façon tellement sexy !

Je me suis mordu les lèvres et j'ai serré les cuisses comme si cela pouvait soulager la tension qui montait entre mes jambes.

– Ça va.

Il dessinait des cercles au-dessus de mon oreille avec le bout de son nez. Sans vraiment la toucher, juste assez pour m'envoyer des frissons dans tout le corps.

– Je suis bien décidé à te baiser encore mais, pour ça, je vais avoir besoin d'une autre réponse qu'un simple « ça va ».

– C'est un peu difficile de formuler une réponse plus complète quand tu me dis une chose pareille. Surtout quand tu es si proche.

– Laisse-moi arranger ça.

Il se rassit contre le lit et, comme il avait toujours une main coincée dans mon dos, je dus le retenir pour qu'il ne retombe pas sur moi.

– Tout à l'heure, nous avons eu une petite séance que je pourrais qualifier de hard et tu t'es effondrée en pleurs dans mes bras. J'ai tout simplement besoin de savoir comment tu vas maintenant.

Je sentis mes joues rougir. Une femme qui n'était pas capable d'assumer le style de rapport qu'elle réclamait à tout prix ne devait pas avoir l'air très sexy.

– Comme c'est humiliant !

– Tu m'as quasiment laissé t'étouffer avec ma queue, tu m'as baisé pour une meilleure note sur une copie, tu t'es assise devant moi sans culotte dans un restaurant chic… et tu trouves ça humiliant ?

Ce qui lui valut un petit sourire de ma part. Mais plus bas, sans qu'il s'en aperçoive, mon estomac était en miettes. Oui, j'avais bien fait tout ce qu'il venait d'énumérer, et j'avais trouvé ça super-excitant ; je me sentais prête à le refaire sur-le-champ.

Quant à ce qui était arrivé avec Theo, je ne savais pas ce qui me faisait le plus honte. L'agression que j'avais subie dès le début ? Les fantasmes que j'en tirais toujours ? Le fait que j'y pense constamment ? À ce moment-là, j'ai reposé mon verre et ramassé mes genoux contre moi en laissant mes pensées s'évader :

– Il ne se souvient probablement même plus de moi, ai-je dit en regardant mes ongles carrés. Il était saoul et je n'étais rien à l'époque. Juste une fille comme une autre qui sortait d'une soirée à Harvard, il y a dix ans.

– Tu veux parler de Theodore Sheridan ? me demanda doucement Donovan.

J'ai tout de suite senti mes poils se dresser en entendant prononcer son nom.

– Oui, lui.

Donovan pouvait se permettre de parler de lui sans que son sang se glace, sans que sa gorge ne devienne sèche.

Je savais qu'il ne pensait pas à moi quand il marchait le long des allées sombres. Il ne se réveillait pas en nage avec mon visage à l'esprit. Peu lui importait si j'existais sur cette planète, s'il pouvait tomber sur moi à la banque, à l'aéroport ou dans un *Starbucks*. Il n'avait pas peur, lui, qu'un jour je le recherche sur un coup de tête pour finir par le retrouver.

J'avais voulu tant de fois faire des recherches sur lui que j'avais fini par abandonner. J'avais vite compris qu'il n'était pas sain de me donner de nouvelles raisons de m'inquiéter pour augmenter ma peur.

M'empêcher de le faire ne m'avait rien apporté de bon non plus. Là était peut-être la véritable raison pour laquelle je n'étais pas retournée dans une bonne université après que la Fondation MADAR avait décidé de me supprimer ma bourse. Ce n'était pas seulement lui qui me faisait peur, il m'avait rendue peureuse, tout simplement.

Je plongeai ma tête dans mes genoux en refusant de regarder Donovan en face, je ne voulais pas qu'il me voie pleurer une nouvelle fois.

– Je suis bien certaine que Theodore Sheridan n'a jamais peur de rien.

Avec sa main toujours coincée dans le bas de mon dos, Donovan était resté silencieux pendant que je parlais. Une fois que j'eus fini, il attendit peu de temps avant de me répondre fermement :

– Il ne va pas venir te rechercher, tu as bien compris, Sabrina ?

J'ai haussé les épaules.

– Sabrina ?

Il se penchait pour essayer d'attraper mon regard.

– Je sais, ai-je répondu en me forçant à sourire. Dans l'absolu, je le sais, mais parfois, je pense qu'il pourrait encore le faire.

– Non, je te promets, il ne viendra pas. (Il cherchait mon regard pour essayer de me convaincre.) Cette histoire a dix ans et Theodore Sheridan ne cherche plus la fille sur laquelle il est tombé par hasard à la sortie d'une soirée. Comme tu l'as dit : probablement, il ne se souvient même pas de toi.

Ses mots étaient crus, mais vrais. On pouvait m'oublier, je n'avais rien de plus remarquable qu'une autre. J'avais compris :

– Tu as raison, je sais que tu as raison. Il m'a foutu une sacrée trouille, ce mec. Une trouille à plusieurs couches. Celle qui est difficile à faire partir et qui revient souvent. Surtout quand je ne m'y attends pas.

Je me suis relevée en essuyant mes larmes.

– Bon, maintenant ça va mieux, je t'assure. Ce que nous avons fait ce soir a fait remonter cette peur, mais je ne regrette rien et je suis prête à le refaire.

Je rougis, jusque dans le cou. Cette fois, pas de me sentir humiliée mais plutôt parce que je me souvenais parfaitement de ce que nous avions fait. Ce truc au moment où il m'avait forcée à me faire baiser. Ce petit jeu que j'aimais tellement. À cette seule pensée, je sentis une moiteur monter dans mon entrejambe. Jamais je n'avais expérimenté une telle expérience sexuelle, et la seule chose que je savais faire, c'était pleurer ? Ridicule. Quant à Donovan, il n'avait sans doute aucune idée que j'avais adoré nos ébats.

Les joues toujours bien rouges, je lui ai lancé un petit regard complice :

– J'ai envie de le refaire, mais pas tout de suite. Pas toujours, mais très envie. C'était exactement comme je l'avais imaginé. En fait non, encore mieux. Désolée si je t'ai coupé ton envie.

– Crois-moi, me répondit-il d'un air malicieux, tu n'as rien coupé du tout.

Je ne pouvais pas le quitter du regard et j'ai réalisé qu'il était en train de m'attraper. Comme une mouche prise dans une toile d'araignée, il refermait son piège sur moi. Vu de l'extérieur, tout paraissait si léger, si ténu, si fragile, mais s'approcher de lui était un jeu risqué. Comme j'avais appris comment m'en sortir, je savais que la blessure ne durerait pas longtemps. Une toile d'araignée n'était-elle pas qu'un tissu de soie légère ?

Prisonnière de son piège, j'étais coincée. Ses fils n'avaient rien de fragile, je ne pouvais pas m'échapper, sauf s'il prenait la décision de me laisser partir. À chaque instant, maintenant s'il le voulait, il pouvait me détacher de sa toile s'il décidait de ne plus faire la fête avec sa proie captive. Mais j'étais trop intimement prise dans ses filets pour m'échapper sans dommages. Mes ailes allaient se briser et je serais détruite.

Sous l'effet d'une impulsion soudaine, je me mis à califourchon sur ses genoux, il les releva derrière moi en une position qui formait naturellement un siège. Émerveillée par la douceur de sa peau, j'ai passé ma main sur les bosses dures de ses pecs, puis je suis descendue vers les stries des à-plats de ses abdos.

– Toi aussi, tu m'as fait peur, ai-je murmuré.

Un frisson me parcourut partout quand je sentis sa queue vibrer sous moi. Avec un seul doigt, il remonta alors doucement de mon décolleté jusqu'à ma gorge en appuyant légèrement sur ma trachée :

– J'aime ce que je fais là.

– C'est inhabituel.

Il continua à faire glisser son doigt, cette fois jusqu'au menton. Puis il s'arrêta et commença à frotter son pouce contre mes lèvres.

– Avoir arrêté les assauts de Theo ne me rend pas moins ignoble que lui.

– J'ai envie que tu me fasses peur, tu le sais et tu en joues. Ta façon d'être ignoble convient parfaitement à ma propre façon d'être ignoble, je répondis en suçant effrontément son pouce.

– Non, tu n'es pas ignoble, grogna-t-il.

Il ôta son pouce de ma bouche et mit sa main sur ma nuque pour m'attirer fermement vers lui.

– Toi non plus, j'eus le temps de lui répondre avant que sa bouche ne vienne s'écraser sur la mienne.

Jeux de lèvres. Jeux de langues. Il me léchait furieusement, jusqu'au plus profond de ma bouche. Il me faisait mal en me mordillant les joues. Il fut satisfait de m'embrasser de cette manière pendant un bon moment. Et pas seulement de m'embrasser. J'ai aussi perdu ma chemise – sa chemise – et ses mains me caressaient le corps. Partout. Il cherchait mes seins, pinçait mes tétons et jouait le long de ma fente.

En retour, je le touchais autant que je pouvais, passant une main sur son torse tout en poussant mes hanches contre sa queue que je sentais grandir. Mais surtout, je m'accrochais à son cou de toutes mes forces. Certes, ce n'était pas la première fois que je l'embrassais, que je l'enfourchais, que j'enroulais ma main dans ses cheveux, mais c'était la première fois que j'en prenais conscience avec autant d'acuité. Peu importait ce que voulait Donovan, cette fois, avec lui ce n'était plus que du sexe, ce n'était plus une « fausse relation ». En tout cas, pas pour moi. Même si je ne savais pas ce qu'il voulait vraiment ni cc qui allait arriver dans le futur, j'étais maintenant certaine que je ne voulais plus le quitter.

Il me serra dans ses bras tout en se mettant debout et j'entourai ses hanches avec mes jambes. Sans arrêter de m'embrasser, il me déposa allongée sur son lit. Je me mis à genoux pour bien le regarder quand il laissa tomber son jogging par terre. Il bandait fort. Bien sûr, j'avais vu sa queue avant, mais… le voir nu, là devant moi, avec ses cuisses bien fermes et cette lourde queue dressée devant moi – j'en eus l'eau à la bouche en contemplant sa virilité – faisait que son érection paraissait plus pleine, plus importante que jamais.

Ensuite, je passai lentement ma langue sur ma lèvre inférieure et, réagissant à la façon dont je le regardais, le vert de ses yeux se mit à scintiller. J'étais fascinée de le regarder prendre sa queue à pleine main et de le voir se branler.

– S'il te plaît je suppliai, la voix tremblante.

Je ne savais même pas pourquoi je le suppliais, mais Donovan, lui, savait ce qu'il voulait. Sans rien dire, il me mit sur le côté et se lova derrière moi. Immédiatement, je regrettai de ne plus pouvoir le regarder, mais rien à dire si cette position était son choix. Je tournai quand même la tête vers lui et me mordis les lèvres quand il entra en moi dans une longue et lente pénétration.

Il me baisait dans un rythme un peu paresseux, se retirant presque en entier, jusqu'au gland, avant de replonger en moi profondément. Très profondément, jusqu'aux couilles. Je gémissais à cause de l'intensité de ses coups, mais à ce rythme lent, ma jouissance ne montait pas assez pour arriver à l'orgasme. En même temps, quel délicieux tourment !

Ensuite, Donovan se mit sur le dos et, m'entraînant avec lui, il me serra fermement contre son torse. S'il m'était plus difficile de l'embrasser dans cette position, il avait accès à tout mon corps, ce dont il profita largement en jouant avec mes seins et en me massant lentement le clito par petits cercles pour faire monter progressivement mon orgasme.

– Ne jouis pas ! commanda-t-il.

– Il le faut, j'y suis presque.

– Non Sabrina, pas encore.

Il me mordit l'oreille en signe d'avertissement.

– Dans ce cas, arrête de me toucher comme tu le fais !

D'une main, il continuait à masser mon clito et, de l'autre, à me pincer les seins. La pression montait comme la vapeur dans une cocotte. J'essayai bien de m'asseoir pour détourner son attention, mais, rien à faire, il me tenait trop fermement serrée contre lui.

– Ce n'est pas juste…

– Chez moi, on obéit à ma loi, tu te souviens ?

– Ah… merde ! je murmurai tandis que sa queue touchait un point particulièrement sensible. Je… Mon Dieu !… Je ne peux pas…

– Si, tu vas pouvoir.

Sans qu'il m'ait dit quelle en serait leur nature, je savais que désobéir aurait des conséquences. De toute façon, parce que j'étais dans son lit, parce que je voulais le rendre heureux, parce que c'était une évidence, je voulais lui obéir. Lui obéir à tout prix.

J'ai donc lutté contre la tension grandissante, même si Donovan rendait la chose quasi impossible en accentuant le rythme de ses va-et-vient et en appuyant toujours plus fort contre mon clito. Pendant ce temps, il n'arrêtait pas de me menacer à l'oreille tout en murmurant :

– Ne jouis pas, Sabrina, n'y pense même pas, tu m'entends ?

Il aurait pu tout aussi bien me dire « je t'interdis de tomber amoureuse » ; je le sentais bien, j'en étais là. Tout ce qu'il me faisait me poussait vers cette évidence. Tout ce qu'il me faisait me poussait loin, loin, loin, et de toute façon, quel ailleurs pouvais-je atteindre ? De toute façon, j'allais tomber…

– Maintenant ! il cria tout fort.

… amoureuse.

Comme ça, sur commande, sans prévenir, mon orgasme m'envahit de part en part. Dans un mouvement de spirale incessant, je me suis retrouvée au top du top, sans plus aucun contrôle possible, éperdue. Ma tête tournoyait dans l'euphorie d'une béatitude chaotique.

Il était là, si près de moi, grognant comme un fou son orgasme en total accord avec le mien. Nous ne formions plus qu'un, vivant chacun notre extase, comme deux galaxies tournant sur elles-mêmes en parfaite harmonie.

C'était magnifique. Parfait. Et tellement mieux que tout ce que nous avions partagé auparavant.

Ça, c'était mon point de vue, je me sentais si bien. Une douce joie sans fin m'envahissait, une joie que je ne voulais surtout pas perturber en imaginant comment Donovan avait vécu cette extase. Puis j'ai fermé les yeux pour reprendre ma respiration.

Je croyais ne m'être assoupie qu'un bref instant, mais j'étais déjà à moitié endormie quand j'ai senti que Donovan me glissait sous les couvertures en me prenant dans ses bras pour me câliner.

Il fut la seule personne à laquelle je pensai cette nuit-là. Ma tête s'était vidée des images de viol, de sexe, d'agression et de violence.

À leur place, dans mes rêves, Donovan me serrait fort contre lui et me murmurait des mots qui me remplissaient de bonheur, d'un merveilleux bonheur, d'un bonheur que lui ne pourrait jamais ressentir. Des mots qu'il n'aurait jamais prononcés éveillé.

CHAPITRE 24

Le matin suivant, je fus réveillée par l'odeur d'un café fraîchement moulu.

J'ai traîné quelques minutes, laissant ma conscience chasser les restes de la nuit. J'ai vite compris, dès mon réveil, que j'étais différente aujourd'hui de ce que j'étais hier à la même heure. J'ai pris une grande respiration pour profiter de ce constat tout en laissant mes émotions ouvrir leurs ailes en moi comme un papillon émergeant d'un cocon.

J'étais différente, mais que dire de Donovan ? Il n'y avait qu'un moyen de s'en rendre compte. Tout en bâillant, j'ai étiré mes muscles légèrement endoloris – mais pour une bonne raison ! – et j'ai sauté du lit pour aller le rejoindre.

Tout d'abord, il me fallait trouver des vêtements. La chemise que je portais hier soir ayant disparu, je n'avais donc pas d'autre choix que de rentrer dans son dressing pour y chercher ma robe. Comme il me l'avait dit, je l'ai trouvée suspendue à un cintre, devant une rangée de costumes impeccablement coupés. Réflexion hors propos, mais j'ai aimé l'allure que mon vêtement avait à côté des siens. J'ai négligemment laissé traîner mes mains le long des manches de ses costumes en allant vers le fond du dressing… ça sentait Donovan partout. Un mixte de son after-shave et de la marque de cirage qu'il avait l'habitude d'utiliser. Jamais je ne pourrais oublier cette odeur.

Au fond du dressing, à côté des rangées de cravates soigneusement pliées, j'ai trouvé une étagère remplie de T-shirts blancs. Il n'allait tout de même pas m'en vouloir si j'en empruntais un. Mieux, j'ai décidé qu'il pouvait bien m'en vouloir, tant pis.

Après un arrêt dans la salle de bains pour me rafraîchir du mieux que j'ai pu et me gargariser avec un bain de bouche que j'ai trouvé dans son placard, j'ai dévalé les escaliers en direction de la bonne odeur de café.

Mon nez m'a guidée vers la cuisine où j'ai retrouvé Donovan. Il lisait sa tablette, de dos, devant l'îlot central et portait un T-shirt gris clair avec un pantalon de jogging différent de celui qu'il portait la nuit précédente. Comme d'habitude, il était superbe, même si j'étais un peu déçue qu'il ait recouvert son si beau torse.

Il m'avait sûrement entendue descendre les escaliers, mais il ne s'est pas retourné lorsque je suis entrée. Il avait pourtant senti ma présence, moi-même, je sentais la chaleur de son corps irradier jusqu'à moi. Il était en train de me faire le genre « il faut briser la glace le matin d'après ? », très bien, pas de problème.

– Bonjour ! j'ai dit, sentant mes joues rougir pour aucune autre raison que le fait de me retrouver dans la même pièce que Donovan Kincaid.

Lentement, à son rythme, il s'est retourné en fronçant les sourcils. Il a attrapé un mug en passant devant un placard :

– Je ne me souviens pas de t'avoir préparé un T-shirt, me dit-il en me tendant le mug.

J'ai souri, à coup sûr c'était une vanne, mais je me suis ravisée, il n'avait pas l'air de plaisanter.

– J'avais froid, ai-je avancé pour ma défense.

Maintenant qu'il faisait jour, il avait sans doute envie que je m'en aille au plus vite.

– J'enfilerai ma robe après ma douche, si tu n'y vois pas d'inconvénient.

Ou alors… peut-être voulait-il me voir toute nue ? Je retenais ma respiration en attendant un indice.

– Ça m'est égal, répondit-il d'une voix neutre.

Ce qui ne me donnait pas beaucoup d'éléments de réponse.

Je suis allée me servir un café d'un air dégagé en essayant d'oublier le nœud que j'avais dans l'estomac et la barre qui pesait sur ma poitrine. L'air entre nous soudain devenait lourd, j'avais l'impression de respirer des rasoirs. Où en étions-nous ? Quelle allait être la prochaine étape ?

D'habitude, je prenais mon café avec un peu de lait et du faux sucre, mais je n'avais pas envie de pousser son hospitalité jusque-là. J'ai donc pris une cuillerée de sucre en poudre dans le bol à côté de la cafetière et me suis éloignée du comptoir. Donovan m'attendait avec du lait qu'il venait de sortir du frigidaire :

– C'est du entier. C'est tout ce que j'ai.

Chair de poule.

– Merci. Entier, c'est parfait.

J'ai tendu mon mug pour qu'il m'en serve un peu. Lui avais-je déjà dit que je buvais toujours mes cafés « noisette »… ou avait-il juste deviné ?

– Comme petit déjeuner, je me suis pris une barre protéinée, mais je peux te faire ce que tu veux. Des toasts, ou des fruits, ou des œufs ?

Il ouvrit son frigidaire et commença à farfouiller.

– D'habitude, je prends juste…

– Ou un yaourt, termina-t-il.

– … un yaourt, j'ai dit en même temps. Merci.

– Les petites cuillères sont dans le tiroir derrière toi.

Je suis restée sans voix. Qu'il ait deviné que je prenais mon café avec un peu de lait, passe, mais savoir que je prenais aussi un yaourt, là, c'était beaucoup.

– Comment savais-tu que…

– Tu prends tes petits déjeuners au bureau presque tous les matins, dit-il en en enlevant le couvercle du pot de yaourt. La même chose tous les jours.

Il ouvrit la porte d'un placard du bas et jeta le couvercle à la poubelle.

– Tu es très observateur !

Je ne m'étais jamais aperçue qu'il me regardait prendre mes petits déjeuners. De toute évidence, moi, je n'étais pas très observatrice.

– Je l'ai toujours dit.

Comme je n'avais pas bougé d'un iota pour attraper une petite cuillère, il passa derrière moi pour en attraper une qu'il planta tout de suite dans mon yaourt.

– Tu es aussi très arrogant, lui ai-je répondu dans un large sourire.

Il plissa ses yeux en guise de sourire pour me répondre, mais ses lèvres ne bronchèrent pas d'un pouce. Je les ai bien regardées, ces lèvres, toutes chargées de mon désir. Il était si près de moi, le bras posé sur le comptoir derrière lui. Peu importe si j'avais un mug dans une main et un yaourt dans l'autre, j'avais tellement envie de l'embrasser. J'ai fait un pas vers lui, mais il s'est reculé tout de suite en fronçant les sourcils.

– Écoute, dit-il en se grattant la tête, tout en évitant mon regard, j'ai pas mal de boulot qui m'attend.

Et voilà !… La réponse qui fout tout en l'air… La déception m'a traversé le corps comme un ascenseur qui aurait rompu ses câbles.

– Ok, je vais prendre une douche rapide et je te laisse tranquille.

Au moins, cette fois-ci, il avait été plus poli dans sa façon de me demander de dégager. Il faisait des progrès. Le seul truc qui m'ennuyait, c'était qu'il avait toujours besoin d'être seul. J'ai posé mon mug et le yaourt que je n'avais pas touché. En lui tournant le dos, j'ai bredouillé maladroitement :

– De toute façon, j'ai pas mal de boulot moi aussi. Il faut que je regarde quel est le retour sur investissement des campagnes du mois dernier sur les réseaux sociaux et j'ai du retard sur le compte-rendu des analyses de données. Il faut vraiment que je m'y mette.

– Prends ton temps, finis au moins ton café, dit-il avec un calme olympien.

J'ai acquiescé en avalant une gorgée. Il a repris sa tablette et je l'ai regardé boire son café tout en parcourant les pages du *Wall Street Journal*[31] en ligne, comme si aujourd'hui ressemblait aux autres jours. Comme si tout était normal. Ce que nous venions de vivre n'avait donc pas grande importance pour lui ? N'étions-nous que dans une relation purement physique ? La nuit dernière n'avait rien de spécial, comparée aux moments que nous avions déjà passés ensemble ?

Après quelques minutes d'un lourd silence, il m'a regardée en me demandant :

– Weston te demande toujours de remplir les formulaires détaillés des Activités extérieures ?

OK. Il voulait parler boulot. Très bien.

– Oui, ils me prennent beaucoup de temps.

Je détestais ces nombreuses pages d'analyse de nos activités que Weston me demandait chaque mois pour tous les clients sur lesquels je travaillais. Mais j'en aurais fait des millions de plus si elles avaient pu détendre la tension que je sentais entre Donovan et moi. J'ai ajouté :

31. Quotidien américain traitant des actualités économiques et financières.

– Si encore elles étaient vraiment utiles, passe, mais souvent elles ne font que répéter les mêmes infos mois après mois.

– C'est vrai. Quand tu seras sous ma responsabilité, je réduirai cette demande à deux fois par an, me dit-il en tournant les pages sur sa tablette.

– Tu vas devenir mon chef ?

Avais-je bien entendu ce qu'il venait de me dire ?

– Nos règles de fraternisation sont assez cool, mais malgré tout, quand tu sortiras avec Weston, tu ne pourras plus dépendre de lui.

J'ai failli en laisser tomber mon mug.

– Tu plaisantes, j'espère ?

– Non, pas du tout, me répondit-il en levant le nez.

Bien sûr qu'il ne plaisantait pas. Donovan n'était pas homme à plaisanter ; le ton de sa voix aussi bien que sa posture indiquaient qu'il était des plus sérieux.

– Nous en avons discuté avec Weston avant de t'engager chez *Reach*. Nous avons décidé d'attendre que tu sortes officiellement avec lui pour faire ton transfert de poste.

– Pardon ? Qu'est-ce que tu dis ? ai-je demandé, la main sur le front, en posant mon mug.

– Quand tu vas commencer à sortir avec Weston, dit-il lentement, avec condescendance, tu ne seras plus sous ses ordres, c'est à moi que tu rendras compte.

J'avais déjà entendu ça quelque part. À mon arrivée, je me souviens que Donovan avait plaisanté sur le fait que je doive rendre compte à quelqu'un d'autre que lui, puis la conversation s'était arrêtée là. C'était donc ça, ils avaient manigancé leur petit arrangement au cas où Weston et moi déciderions de sortir ensemble. Mais cela faisait déjà un bout de temps, Donovan pensait-il sérieusement que le scénario était toujours d'actualité ?

– Non, dis-je clairement en faisant un grand signe avec ma tête qui commençait passablement à cogner, tout comme mon cœur. Non.

Il croisa les bras en s'appuyant contre l'îlot central :

– Non ?

– Non ! (Cette fois, j'étais nettement plus véhémente.) Je m'en fous d'avoir des différends avec toi si tu deviens mon chef… (C'est vrai, je trouvais souvent ses petits jeux de pouvoir très sexy, mais cette fois, il dépassait les bornes…) Mais je ne sortirai pas avec Weston.

– Pas maintenant, évidemment. Nous parlons d'« après », quand il aura annulé son mariage.

Je levai les mains en l'air, très agacée :

– Je ne vais pas sortir avec Weston, ni maintenan ni jamais, tu m'entends ? Comment peux-tu encore penser que je vais le faire ?

C'est en disant ça que je me rendis compte que je n'avais jamais exprimé cette vérité aussi clairement. Merde alors ! Donovan pensait sérieusement depuis le début que j'en pinçais pour Weston ?

– C'est vrai, je continuai, en essayant de rester calme. J'ai bien dit que j'allais le draguer, mais tout compte fait, non. Il ne m'intéresse pas. Ce n'est pas lui qui m'intéresse.

Je ne pouvais pas être plus claire.

– Quel dommage ! répondit Donovan en haussant les épaules. Vous êtes faits l'un pour l'autre.

Il se leva et jeta le reste de son café dans l'évier.

– Nous ne sommes absolument pas faits l'un pour l'autre, tu dis n'importe quoi !

J'étais folle de rage. *Tu oublies juste un détail : pour le moment, c'est nous qui sortons ensemble.*

– Je n'étais pas au courant que tu avais changé d'avis, répondit-il, très calme, en nettoyant son mug.

Cette fois, il me faisait vraiment chier, j'en avais marre, je lui aurais bien balancé son mug en pleine figure.

– Je n'ai absolument pas changé d'avis et tu le sais parfaitement. Je n'ai jamais eu le moindre sentiment pour Weston. C'est toi, et personne d'autre, qui veux me pousser dans ses bras parce que tu veux, par tous les moyens possibles, m'éloigner de toi.

Il ferma le robinet et se retourna vers moi, l'air agressif :

– Tu veux bien répéter ?

Le ton sec de sa voix et le regard qu'il me lança me firent froid dans le dos. Je croisai les bras pour me donner du courage et continuai :

– Tu as très bien compris ce que je t'ai dit.

Il s'avança alors vers moi en fronçant les sourcils :

– J'espère que tu ne te fais aucune idée sur nous deux.

J'avais les mains moites et le nœud dans ma gorge avait la taille d'une balle de tennis. La chance tournait, l'occasion de lui dire certaines choses se présentait. Nous vivions une histoire. Ce n'était plus juste du sexe pour du sexe. Et pas seulement pour moi, pour lui aussi. J'en étais quasi certaine. Il n'avait couché avec personne d'autre depuis que nous sortions ensemble. N'était-ce pas là le signe d'une vraie relation ?

Je comprenais tout. Je sentais tout dans l'énergie que dégageait son corps. Si je l'avouais, soit il allait me prendre dans ses bras, soit il allait me rejeter. La première solution n'étant pas envisageable, la seule chose que j'allais gagner si je m'ouvrais à lui était l'humiliation.

Je lui fis donc la réponse qui nous arrangeait, lui et moi :

– Non, « nous deux », ça n'existe pas. C'est bien ça ?

Toujours sur ses gardes, il répondit :

– Oui, c'est ça.

– Alors, nous sommes quittes.

J'avais les mains qui tremblaient, j'ai regardé mon café et mon yaourt, mon appétit avait disparu :

– En fait, je n'ai pas très faim. Je vais filer. Je prendrai ma douche à la maison. Tu peux reprendre ta vie là où tu l'avais laissée.

Cinq minutes plus tard, j'étais prête. Heureusement, mon manteau recouvrait les larmes qui avaient coulé sur ma robe. Même avec mes cheveux relevés en chignon et mon manteau bien serré sur moi, j'allais sortir de chez lui couverte de honte.

– Mon chauffeur t'attend en bas, m'a-t-il dit en me voyant à la porte.

– Merci, j'ai murmuré, tête baissée.

Il est resté sur le seuil de sa porte et m'a regardée traverser le couloir d'entrée. Arrivée à l'ascenseur, je me suis retournée. Nos yeux se sont croisés. La seule chose que j'ai vue quand les portes se refermaient, c'était un visage noyé de regrets.

Simplement, je ne pouvais pas dire s'il regrettait de me laisser partir ou s'il regrettait de m'avoir laissée entrer chez lui.

CHAPITRE 25

Je me suis plongée dans mon travail tout le reste de la journée. Rattraper le retard que j'avais sur les interminables et répétitifs rapports d'analyse de Weston était une bonne excuse pour éviter de penser à Donovan. Même avec l'esprit très occupé, je ne pouvais pas m'en empêcher. On aurait dit un essaim d'abeilles qui bourdonnait en moi. Mes sentiments étaient si forts pour lui ! Quand j'essayais d'y voir un peu plus clair, j'avais l'impression que l'essaim entier me piquait.

Peut-être n'étais-je pas assez forte pour ce genre de relation.

Quand j'ai laissé Donovan rentrer dans mon lit pour la première fois, je pensais que ce serait l'histoire d'un coup. Je ne pensais vraiment pas que j'allais tomber si vite follement amoureuse. En même temps, dès qu'il me montre un peu de tendresse, l'instant d'après il redevenait de glace… ce qui me démolissait complètement. Il valait mieux laisser ça de côté, si j'y pensais, j'allais devoir prendre une décision. J'ai donc préféré plonger la tête dans mon ordi et m'occuper des revenus du pétrole et du montant des investissements.

Arrivée dimanche après-midi, j'avais abattu assez de boulot et, pour éviter des crises de larmes à répétition, je me suis fait un marathon d'épisodes de *Community*[32] en streaming. Un coursier venait juste d'arriver avec le dîner chinois que j'avais commandé et j'étais sur le point de m'asseoir pour déguster mon poulet Kung Pao quand mon téléphone bipa : un texto.

– Je veux du dessert. Quand puis-je venir te chercher ?

Tout de suite, les abeilles reprirent leur danse, dans un bourdonnement qui me donna l'envie de taper « maintenant », le plus vite possible. Mais leurs dards étaient sortis et me piquaient le ventre, le cœur et partout ailleurs. Je sentais leurs attaques à la seule idée de me retrouver en présence de Donovan tout en prétendant que je n'en avais rien à faire. Comment me retrouver sous lui, me mettre nue devant lui, comment le laisser me pénétrer sans tomber encore plus amoureuse ? Quelle autre solution s'offrait à moi ? Je n'avais pas non plus envie de couper les ponts avec lui, ce qui faisait de moi une masochiste. Un trait de caractère que Donovan avait sans doute déjà repéré, une étiquette que je ne voulais en aucun cas garder. Non, j'étais trop forte, trop ambitieuse, trop désireuse d'atteindre mes objectifs. Nul doute, il allait falloir faire face, mais je ne me sentais pas prête. Sans prendre la peine de répondre, j'ai mis mon portable sous silencieux et l'ai jeté sur la table basse. Il m'avait suffisamment gonflée toute la semaine, je pouvais bien l'ignorer le temps d'une soirée.

*

* *

Quatre heures plus tard, en sortant de ma douche, j'ai entendu quelqu'un qui tambourinait à la porte. Tout de suite, j'ai su qui c'était. J'ai senti comme une vague

32. Série américaine de cent dix épisodes.

de chaleur m'envahir et ma peau s'est couverte de chair de poule. Comme d'habitude j'hésitais entre : ça alors, il est venu jusque chez moi ! et : quel culot de venir frapper à ma porte ! Le temps de soupirer, j'ai vite enfilé mon gros peignoir tout simple en éponge et je suis allée ouvrir.

– Qu'est-ce que tu fous ici ? j'ai demandé à Donovan.

Comme je m'en étais douté, c'était bien lui derrière la porte.

Il portait un pantalon kaki et un pull gris anthracite. Le regard qu'il m'a lancé a tout de suite augmenté mon rythme cardiaque. J'avais les jambes en coton.

– Tu n'as pas répondu à mes textos.

Tiens, textos, au pluriel ? Il avait dû m'en envoyer plusieurs.

Je n'avais pas prévu qu'il puisse arriver sans prévenir. C'est vrai qu'il avait déjà prouvé que ma secrétaire n'était pas un obstacle, j'aurais dû m'en douter.

– Ce n'est pas que je ne puisse pas t'éviter aussi facilement que tu m'évites, lui dis-je en m'appuyant sur le chambranle de la porte. Je suis bien certaine que ton doorman ne me laisserait jamais monter chez toi sans t'en demander l'autorisation.

– Tu cherches à m'éviter ?

Apparemment, plus maintenant. Résignée, je l'ai laissé entrer. Comme la première fois qu'il était venu dans mon appartement, il est entré comme s'il était chez lui… ce qui, en fait, n'était que la stricte vérité. Sans se gêner, il a passé en revue le coin travail que je m'étais arrangé sur le canapé et le reste du poulet chinois à côté de mon ordi.

J'ai alors attrapé mon portable sur la table basse, je ne l'avais pas regardé depuis que je l'avais mis en mode silencieux : sept textos de Donovan au total. Je n'ai pas du tout aimé les picotements qu'ils m'ont provoqués dans l'estomac.

– Pourquoi tu m'évites ? me demanda-t-il, m'obligeant à réaliser qu'il était bien là en chair et en os.

– Si je voulais en parler, précisément, je ne t'éviterais pas.

J'ai jeté le portable sur le canapé et je suis partie dans la cuisine pour me servir un verre de merlot. Je m'en étais déjà pris un tout à l'heure, mais son effet avait disparu et la situation en appelait un autre. J'en ai aussi proposé un à Donovan qui m'a tout de suite dit oui, appuyé contre le dos du canapé.

– Bon, maintenant que je suis ici, je ne partirai pas tant que je n'aurai pas eu d'explication. Ou tant que je n'aurai pas vidé ma queue dans le fond de ta gorge. Tu as le choix.

Immédiatement, j'ai senti mes jambes fléchir quand j'ai vu son petit sourire diabolique. J'ai vite englouti la moitié de mon verre pour m'aider à garder ma résolution :

– Je ne peux pas faire du sexe avec toi, Donovan.

J'ai compris qu'il allait tout de suite commencer à discuter, mais il s'est ravisé quand il a vu le regard noir que je lui ai lancé.

– Ok, le sexe est hors de question… pour l'instant.

Dieu merci, il était d'accord, parce que je commençais sérieusement à perdre de l'assurance. Entre la douche, le merlot, la façon dont il me regardait, comme s'il voulait me mordiller tout le corps, je sentais monter des bouffées de chaleur. Mon Dieu, comme j'aurais eu envie soudain qu'il me morde vraiment ! Non, il ne fallait pas y penser, d'autant plus qu'il était là, chez moi. Non, il fallait qu'il s'en aille.

– Je n'ai pas envie de parler de ça pour l'instant avec toi, Donovan. Toi non plus, tu n'as pas envie de parler de ça, c'est moi qui te le dis. (Je suis passée devant lui, mon verre à la main, et lui montrant la porte.) Il serait donc préférable que tu t'en ailles.

– Tu ne penses pas sérieusement ce que tu dis.

Justement, si. Et j'en étais persuadée.

– Donovan… s'il te plaît…

– Parle, Sabrina, parle ! Sinon, je te jure, je vais trouver un moyen de te faire parler.

Il n'avait pas du tout l'air de plaisanter. Quand il faisait cette tête-là, il me terrifiait et, en même temps, j'avais des contractions dans la chatte, elle commençait à mouiller.

Oh… merde ! Je ne voulais pas faire ça, je ne voulais pas dire ça, mais ces paroles me sont venues à la bouche plus vite qu'une mauvaise nourriture que je n'aurais pas réussi à digérer :

– Comment peux-tu ne coucher qu'avec moi et dire que nous n'avons pas de véritable relation ?

– Quoi ?

– Allons, tu ne baises avec personne d'autre, et moi non plus, dis-je en commençant à faire les cent pas devant le canapé.

– Est-ce que « tu » veux que je baise avec d'autres femmes ?

– Non ! (Je m'étais soudain arrêtée de marcher, paniquée.) Et toi, est-ce que « tu » veux baiser avec d'autres femmes.

– Pas pour l'instant.

Ouf !

– Alors, comment peux-tu dire que nous n'avons pas de véritable relation ? On n'utilise même plus de préservatifs.

Il hocha légèrement la tête comme s'il trouvait cette conversation stupide, puis il me regarda les yeux dans les yeux en faisant le tour du canapé :

– Alors, dis-toi que nous sommes dans une relation, oui, mais purement sexuelle. Es-tu contente avec cette définition ? (Il attrapa le verre que j'avais dans la main et en but une gorgée.) C'est juste une question de sémantique, Sabrina.

– Et que dire du reste ? De ce que tu dis.

Certes, j'étais contente du terme « relation », mais il y avait tellement plus pour moi dans ce mot qu'un simple problème de sémantique !

– Comme quoi ?

– Par exemple, quand tu me dis que tu n'arrives pas à travailler parce que tu penses à moi ou quand tu vas dire derrière mon dos à Tom Burns qu'il doit prendre ma défense au travail.

– Ça, c'était juste pour m'assurer que tout allait bien se passer au bureau. Il aurait pu faire beaucoup de dégâts si je ne lui avais pas parlé.

Je m'étais à nouveau arrêtée de faire les cent pas pour lui répondre :

– Cette fois, je ne sais plus si tu ne mens qu'à moi ou si tu te mens aussi à toi-même.

– Je t'en prie, je ne mens à personne ! J'ai toujours été franc et honnête envers toi.

Il prit une autre gorgée de merlot et déposa le verre sur la table basse. Puis il mit les mains sur ses hanches en me regardant comme s'il attendait que je lui dise le contraire. En rejetant nerveusement mes cheveux encore mouillés sur mes épaules, j'ai répondu :

– C'est vrai, honnête, tu l'as été, mais poli, pas toujours. (Je n'étais pas certaine qu'il regardait bien la vérité en face, là était la question.) Écoute-moi, après m'avoir dit qu'il n'y avait rien entre nous, tes actes trahissent tout le contraire. Regarde, tu débarques chez moi sans prévenir alors que je n'avais même pas répondu à tes textos ! Ce n'est pas tout à fait le comportement de quelqu'un qui ne voit que du sexe dans une relation. C'est troublant et pas très sympa, je ne sais plus quoi faire ni quoi en penser.

Nous étions tous les deux face à face, en manque, et il faut bien avouer que notre conversation ne nous servait pas à grand-chose. Sans quitter mes yeux, Donovan s'est assis sur le bras du canapé, il avait l'air perdu dans ses réflexions. L'ambiance était lourde et je regardais la place qu'il y avait entre ses jambes. J'avais envie de m'y installer pour me blottir contre lui. Je voulais sentir son odeur, je voulais le toucher, je voulais ne faire qu'une avec lui, comme je l'avais si souvent fait avant. Mais je suis restée à ma place, les pieds bien plantés au sol de crainte de perdre l'équilibre. Après un moment qui m'a paru une éternité, il a posé la plus importante question de la soirée :

– Sabrina, mais que veux-tu ?

J'ai fermé les yeux, j'avais l'impression de vivre un déjà-vu, mais ce n'était qu'une illusion. En fait, il m'avait déjà posé cette question avant et la réponse avait été facile à donner. À ce moment-là, je ne savais pas que le besoin et le désir de lui prendraient racine en moi pour progressivement grandir en quelque chose de plus important. J'avais été honnête en lui demandant de me toucher, je décidai donc de rester toujours aussi honnête :

– Je ne veux rien d'autre que ce que nous avons déjà.

J'ai tout de suite senti ses épaules se décontracter. Il s'est penché pour me prendre la main et, contre toute attente, il m'a attirée entre ses jambes.

– Alors, je ne vois vraiment pas pourquoi on devrait se disputer.

Il a ensuite glissé une main sous mon peignoir pour me toucher les seins. Tout en me massant un téton entre ses doigts, il a murmuré :

– Maintenant, y a-t-il autre chose que tu voudrais me dire ?

J'ai tressailli sous l'effet du plaisir légèrement douloureux. Une seconde de plus, et je me laissais aller. J'ai dû lutter pour rester concentrée :

– Oui, Je voulais que tu admettes une chose : ce que nous avons est bien plus que tu veux bien le dire.

Tout de suite, il laissa tomber sa main en marmonnant quelque chose d'incompréhensible entre ses dents. Il me regarda quelques secondes avant de me demander :

– Admettre quoi exactement ? Que nous avons une relation sexuelle « engagée », c'est ça que tu voulais entendre ?

– C'est un bon début.

Un léger espoir commençait à germer en moi. Cette fois, il écoutait, il parlait… enfin, il essayait.

– Et quoi d'autre ?

– La possibilité de la laisser grandir vers autre chose, j'ai répondu en ravalant ma salive.

– Non ! dit-il, catégorique. (Il m'a repoussée et s'est levé.) Pas question de faire grandir quoi que ce soit !

Aïe ! J'ai senti une douleur me traverser la poitrine. Comment pouvait-il dire une chose pareille quand tout avait déjà tellement changé ? J'ai resserré la ceinture de mon peignoir, j'avais les yeux qui picotaient :

– Je ne le crois pas.

– Tu veux dire, faire grandir vers l'amour, c'est ça que tu veux ?

Il venait de prononcer le mot « amour » comme s'il parlait d'une maladie ou d'un truc qu'on voudrait jeter à la poubelle pour s'en débarrasser.

– Si le besoin s'en fait sentir, dis-je, toute docile.

– Pas question ! ajouta-t-il d'un ton moqueur.

J'ai pris une grande respiration tremblotante tout en espérant qu'il ne s'aperçoive pas combien ses mots m'avaient blessée. Des années de peurs et d'incertitudes ensevelies très loin revenaient tout à coup à la surface. Une vie entière de manque de confiance en moi qu'il me renvoyait à la figure. La gorge me brûlait.

– Pourquoi ? Dis-le ! Parce que je ne suis pas assez bien pour toi ? Parce que je ne suis pas la fille qu'il te faut ? Parce que jamais tu ne pourras aimer une fille comme moi ? Dis-le ! Je veux l'entendre de ta bouche.

– Non, parce que je ne peux aimer personne, Sabrina. (Sa voix s'était nettement radoucie.) Je ne peux pas tomber amoureux.

– Tu ne peux pas… ou tu ne veux pas ?

Il s'anima à nouveau :

– Les deux ! Je ne peux pas, je ne veux pas. Je dois vivre avec cette impossibilité. Personne ne peut s'approcher trop près de moi, pas même toi ! dit-il en pointant un doigt agressif vers moi. Surtout pas toi !

Les abeilles recommençaient à me piquer partout. Cette fois, au lieu de me donner envie de pleurer, j'eus envie de contre-attaquer. S'il disait aussi clairement que ce n'était pas de ma faute, alors ce devait être de « sa » faute…

– C'est à cause d'Amanda ?

– On ne parle pas d'Amanda, tu m'entends, répondit-il, très intense.

J'avais respecté ses souhaits à propos de sa fiancée disparue et j'étais toujours restée très discrète. Comme d'habitude, selon ses volontés, selon sa loi, j'étais en situation d'échec. Si je voulais avoir une chance de gagner, il fallait que je défie ses règles.

En refusant d'aller dans son sens, je me suis rapprochée de lui en disant :

– Tu l'as aimée, tu l'as perdue et tu ne veux plus aimer personne d'autre, c'est ça ?

– J'ai dit, pas question de parler d'Amanda !

Il a tout à coup fait un pas en arrière, puis, visiblement énervé, il a contourné le canapé. Il fuyait. Je n'ai rien lâché :

– Si tu aimes, tu pourrais souffrir une nouvelle fois, c'est ce dont tu as peur, n'est-ce pas ?

– Arrête, Sabrina ! me répondit-il en signe d'avertissement.

Il ne voulait pas se rapprocher. Il ne voulait pas me regarder dans les yeux, mais j'ai continué :

– On perd parfois des êtres chers, Donovan… Ce n'est pas une raison pour s'arrêter de vivre ! Ce n'est pas parce qu'elle est morte…

– Elle est morte par ma faute !

Cette fois, il me regardait bien en face.

Ses mots résonnaient dans tout l'appartement, sans explication, ils semblaient vides de sens. Comment pouvait-il dire qu'Amanda était morte à cause de lui ? J'ai vite passé en revue ce que je savais sur elle. Elle était morte dans un accident de voiture, l'année avant que je le rencontre, dans des circonstances stupides à cause d'un chauffeur inattentif, c'est ce que Weston m'avait raconté, mais il ne m'avait pas dit que Donovan en était responsable. Voulait-il juste me faire peur ? Bravo, il avait réussi ! Mais je n'avais aucun détail supplémentaire.

– Je ne comprends pas ce que tu me dis.

– L'accident de voiture d'Amanda, c'était moi le responsable, Sabrina, répondit-il en essayant de garder le contrôle, comme il le faisait toujours. C'est ce que j'essaie de te dire.

– Tout ça n'a aucun sens, c'est toi qui conduisais ? Tu étais aussi sur la route ?

– Non, ce n'est pas ça. (Il se passait la main dans le cou, il était agité.) Quand je tombe amoureux, je suis tellement entier, tellement préoccupé par la personne que j'aime, que je fais des choses que je ne devrais pas. Je suis trop impliqué, je me mêle de tout.

– Je ne comprends toujours pas.

Mais j'étais curieuse d'en savoir plus. Moi aussi, je le voulais « entier » pour moi.

– J'étais tellement obsédé que j'ai engagé un détective privé pour la suivre, j'avais toujours besoin de savoir où elle était. Elle s'en est rendu compte et nous avons eu une dispute, elle m'a dit qu'elle annulerait le mariage si je n'arrêtais pas. C'était plus fort que moi, je ne pouvais pas. J'étais trop accro, je voulais tout savoir sur elle !

Les yeux grands ouverts et tout brillants, il avait l'air d'avoir la rage, mais il était plus vivant que jamais. N'est-ce pas ainsi que l'on aime quand on est jeune ? Plein de passion et tellement préoccupé par l'autre ?

– Je lui ai demandé de la suivre à tout prix. Sa mort n'était pas un accident. Elle a fait demi-tour en sens contraire en essayant de le semer, voilà la vérité.

– Mon Dieu !...

– Tu l'as dit.

– Quelqu'un d'autre le sait ?

– Le détective privé, bien évidemment.

J'ai fait un signe de la tête et me suis assise sur le canapé en essayant de bien tout comprendre. La police avait transformé l'incident en accident, mais Donovan s'accusait de meurtre. Était-il véritablement responsable ? Ce qu'il avait décrit était somme toute assez banal. Certes, ce n'était pas très sain, mais... qui étais-je pour jouer la thérapeute ? N'aimais-je pas moi-même jouer au viol avec l'homme qui m'avait sauvée d'un viol ? En plus, faire appel aux services d'un détective privé n'était pas un délit. Que leur dispute, sa jalousie ou son manque de confiance en lui l'aient poussé à en avoir besoin, peu importe ! Tout cela concernait un Donovan différent... il était si jeune en ce temps-là.

Et, même s'il y avait un enquêteur qui la suivait sur la route, quelqu'un à qui Amanda avait essayé d'échapper, ce serait toujours un accident ? Ce n'était pas le détective privé qui l'avait poussée à faire demi-tour, il ne l'avait pas obligée.

Donovan s'en voulait trop.

Plus j'y pensais, plus je comprenais ce qu'il ressentait, vraiment. La mort déformait la perception des choses. Quand mon père est décédé, alors que j'étais partie loin pour aller étudier à Harvard, moi aussi je m'étais sentie coupable de ne pas être restée à la maison. Si j'étais restée près de lui pour l'aider à élever Audrey, il n'aurait pas été seul pour supporter cette pression. Ce qui lui aurait sans doute évité la crise cardiaque qui l'a emporté.

Moi aussi, je m'en étais voulue. Au début, beaucoup. Cela ne voulait pas dire que j'avais tué mon père pour autant. Tout comme Donovan, même s'il avait montré un excès de zèle dans sa passion, il n'avait pas tué Amanda. Peut-être personne ne le lui avait jamais dit aussi clairement ? J'ai levé la tête et me suis rendu compte que Donovan me regardait fixement, comme s'il essayait de lire dans mes pensées.

– Je sais que tu te sens responsable, mais ce n'est pas…

– Ce n'est pas ma faute ? coupa-t-il sèchement. C'est moi qui ai payé ce détective privé, moi qui lui ai dit de ne pas perdre sa trace, moi qui lui ai dit d'être agressif sur ce coup-là.

Cela me faisait de la peine de voir qu'il avait gardé ça en lui, qu'il avait seul porté ce poids pendant toutes ces années.

– Donovan… j'ai dit doucement, avec tendresse, en espérant soulager sa peine.

– Cela n'arrivera plus jamais, tu m'entends ? Tu comprends maintenant ? Je ne veux plus que cela recommence, ce Donovan n'existe plus.

J'étais à bout, je me suis précipitée sur lui :

– Tu n'as pas le droit de te faire ça, tu ne peux pas rester otage de ce qui est arrivé il y a dix ans. Voyons, c'était un accident !

Il a refusé de me prendre dans ses bras, il ne voulait même pas me toucher :

– Non ! Ce n'était pas un accident. Tout est de ma faute, elle est morte parce que je l'aimais trop.

– Tu ne peux pas passer le reste de ta vie à te punir toi-même de quelque chose que tu n'as pas voulu… Tu ne peux pas rester seul à cause d'un accident dont tu n'es pas responsable.

– Je ne me punis pas moi-même, de rien ni de personne, dit-il en reculant après m'avoir repoussée. (Son visage s'était refermé et sa voix était froide.) Je fais tout pour que personne d'autre ne soit blessé. Je tiens à t… à protéger les autres. Comme j'aurais dû le faire pour elle.

On était là tous les deux à se regarder, immobiles. Étrange impasse que la nôtre. Au fond, c'était tout simple : je voulais quelque chose qu'il refusait de me donner. Alors, pourquoi ne pas partir, tout simplement ? À moi de reconnaître la futilité de mon combat contre lui, à moi de foutre le camp.

Mais… les choses n'étaient pas si faciles. Notre situation n'était qu'un tissu de complications, tant de fils nous retenaient tissés ensemble. Même quand il m'avait pris ma virginité il y a dix ans, j'étais peut-être naïve et innocente, mais j'avais déjà compris que sa fêlure ressemblait à la mienne.

Aujourd'hui, j'avais mal pour lui. J'avais mal qu'il ait pu penser, depuis tout ce temps, qu'il méritait de rester seul pour ses actes passés. J'étais angoissée à l'idée qu'il puisse quitter l'appartement sans que j'aie pu le faire changer d'idée. Non, ce n'était pas possible, il ne pouvait pas partir sans que je me batte.

Je n'oubliais pas qu'il venait juste de me repousser. Il n'y avait donc plus qu'un seul moyen pour le retenir :

– Donovan, lui ai-je dit en laissant glisser mon peignoir jusqu'à terre, touche-moi !

Là, je me suis rapprochée de lui en mettant une main derrière sa tête et l'autre sur sa queue, que j'ai tout de suite sentie grossir à mon contact.

– Touche-moi, j'ai répété tout bas en collant sa bouche contre la mienne.

Il a encore hésité quelques secondes avant de glisser ses doigts dans mes cheveux, puis il a commencé à les tirer très fort jusqu'à me faire gémir contre ses lèvres. Il a littéralement dévoré mes petits cris… en les léchant avec insistance… en les savourant goulûment. Bientôt, il me mordilla la joue, puis il glissa vers mon cou.

J'ai posé ma bouche sur son oreille pour lui murmurer ce qu'il avait tant besoin d'entendre :

– Je sais que tu as porté ce poids pendant des années et qu'il est maintenant difficile de le laisser tomber parce que tu ne sais plus vivre sans lui. Crois-moi, lâche-le sans plus attendre et laisse-moi t'aider.

Sous-entendu, laisse-moi t'aimer…

Ses baisers devinrent plus doux à mesure que je parlais. Quand j'eus fini, il s'était complètement calmé.

Tout à coup, il tira à nouveau violemment sur mes cheveux pour me mettre la tête en arrière. Jamais il n'avait tiré si fort. Son autre main largement posée sur ma gorge, il me regardait fixement :

– Qui peut pardonner à un homme qui a fait ce que j'ai fait ? Qui voudrait de cet homme-là ?

– Moi ! j'ai crié de toutes mes forces. Moi ! Moi, je te pardonne !

Il a caressé ma joue.

L'espace d'un instant, j'ai cru qu'il s'abandonnait, j'ai cru qu'il avait compris, que nous allions pouvoir repartir sur de nouvelles bases.

Mais soudain, l'éclat vert de ses yeux disparut. Ils devinrent sombres.

– Je ne peux pas, dit-il brutalement. Je ne veux plus faire prendre de risque à quiconque, Sabrina. C'est la vie que j'ai choisie et je ne vais surtout pas la changer pour toi.

Sans plus rien dire, il m'a repoussée puis il est parti, me laissant seule, nue, brisée, abandonnée.

CHAPITRE 26

Le lundi matin, je me suis réveillée avec les yeux gonflés et un mal de tête terrible.

Un bon café et une bonne douche m'ont bien aidée à retrouver la forme. Tout en sachant que le maquillage allait terminer le travail, j'ai tout de même appelé le bureau pour dire que j'aurais deux heures de retard, histoire d'éviter la réunion des opérations en cours, prévue ce matin. Je savais que cela supposait éventuellement de rencontrer Donovan et je n'étais pas certaine de vouloir y faire face pour commencer mon lundi.

Bien que nous n'ayons rien dit de définitif, je me suis couchée en sachant parfaitement que la façon dont notre conversation s'était terminée sonnait la fin de notre courte relation. Même si Donovan avait l'intention de continuer le rapport purement sexuel, moi, je n'allais pas y arriver. J'étais déjà trop amoureuse. J'avais tellement eu mal de le voir repartir. Je ne voulais plus prendre le risque de me laisser embarquer dans cette histoire s'il ne voulait pas me donner quelque chose en retour.

Le jour se levant, j'ai retrouvé mes esprits. Si, pour le moment, Donovan était résolu à ne laisser personne s'approcher trop près de lui, il pouvait encore changer d'avis. Il s'était déjà laissé aller à ouvrir davantage son cœur qu'il ne l'avait prévu au départ. Maintenant qu'il m'avait bien comprise, que quelqu'un avait fini par lui dire qu'il n'avait pas à se sentir coupable de la mort d'Amanda, peut-être allait-il passer à autre chose ? Les choses changent. Les gens changent. J'avais déjà assez vécu pour le savoir. Après tout, j'étais fermement décidée à ne pas le laisser rentrer dans ma culotte quand j'ai rejoint *Reach*, et ma (bonne) résolution n'a pas duré très longtemps.

Je ne pouvais plus l'attendre éternellement. Je pouvais toujours espérer, mais il fallait que je sois prête, moi aussi, à passer à autre chose.

Seulement voilà, aujourd'hui n'était pas le bon jour.

Quand finalement je suis arrivée au bureau, j'ai passé toute la journée enfermée à réunir les rapports de synthèse pour *SummiTech*. Y a-t-il un meilleur moyen de soigner un cœur blessé que de se perdre dans son travail ? En plus, c'était le moyen le plus sûr de ne pas tomber sur Donovan dans les couloirs. En fin d'après-midi, j'ai dû sortir pour demander l'accord de Weston sur un projet qui demandait sa signature manuscrite.

– Ouais, ouais, m'a-t-il dit d'un air distrait en survolant les pages du rapport.

Deux personnes différentes sont passées pour déposer des dossiers sur son bureau avant qu'il ait fini de tout regarder.

– Ça me paraît très bien tout ça, a-t-il ajouté en apposant sa signature sur la bonne page. Peux-tu envoyer un double des dépenses prévues par mail à Audra ?

– Je l'ai déjà envoyé à Barrett. (Ce Barrett avait un poste équivalent au mien si ce n'est qu'il supervisait Opérations et finances et qu'il rendait compte directement à Donovan.) Y a-t-il eu un changement de procédure ?

– Juste pour quelque temps. On essaie de voir comment on pourrait redistribuer les tâches. Comme tu le vois, c'est moi qui ai hérité de la plus grande partie. (Un nouvel employé venait d'entrer avec une pile de courrier qu'il a déposée sur le bureau de Weston avant de filer.) Mais je vais devoir m'absenter bientôt pour le mariage et le voyage de noces, je ne peux donc pas prendre en charge tout le travail de Donovan.

J'allais faire ma millionième plaisanterie sur le faux voyage de noces quand j'ai réalisé ce qu'il venait de dire. J'ai senti un nœud dans ma gorge :

– Que veux-tu dire par prendre en charge le travail de Donovan ?

– Ah, c'est vrai, tu n'étais pas à la réunion de ce matin. C'est là que j'ai fait l'annonce. Donovan est parti pour la France.

Je me suis sentie mal, mon cœur soudain s'est emballé :

– Pourquoi… mais pourquoi ?

– Pour surveiller la fusion avec *Dyson Media*. Le mariage approchant, il a décidé d'y aller lui-même pour vérifier que tout se passe bien. Remarque, il a juste pris sa décision hier soir, il a dû sentir le vent des problèmes économiques tourner ou quelque chose comme ça.

– Il a juste pris sa décision hier soir… j'ai répété avec une grosse boule dans le ventre.

En fait, il était parti à cause de moi. Ce voyage n'avait rien d'une coïncidence.

C'en était fait. Il ne nous donnerait aucune chance.

– Combien de temps sera-t-il parti ? j'ai demandé en ravalant ma salive.

– Ça dépend, répondit Weston en se passant la main dans les cheveux. S'il reste juste pour la fusion, cela peut prendre entre un et deux mois. Mais il peut rester plus longtemps s'il le juge nécessaire. Il s'en rendra mieux compte sur place.

Weston mit ses mains derrière la tête tout en se balançant sur son siège :

– Je suis surpris qu'il ne t'ait rien dit. Je suppose que les choses ne se passent pas aussi bien que prévu entre vous deux ?

J'ai tourné la tête en regardant les murs en vitre pour qu'il ne voie pas mes lèvres trembler :

– Il n'y a rien entre nous. Rien du tout…

– Allons, Bri, tu ne vas pas me faire croire un bobard pareil. Je l'ai su par Donovan, pas par toi.

Un jour plus tôt, j'aurais dit le contraire. Ce matin, j'en aurais dit davantage à Weston sur la situation mais ça, c'était quand je pensais qu'elle pouvait encore changer. Avant d'être certaine que Donovan n'avait plus aucune intention d'arranger quoi que ce soit. J'ai regardé Weston et lui ai répondu le plus sincèrement du monde :

– Tu auras la même réponse venant de chacun de nous.

En me levant, j'ai ramassé les rapports que j'avais apportés et je suis sortie du bureau. Encore à la porte, poussée par la curiosité, je n'ai pas pu m'empêcher de lui demander :

– Weston, quand Amanda est morte, Donovan t'a-t-il dit qu'il se sentait responsable de son accident ?

– Non. Je ne m'en souviens pas. Il t'a dit quelque chose à ce sujet ? m'a-t-il répondu en penchant la tête, l'air pensif.

– Je pense qu'il ne faisait qu'exprimer la culpabilité du survivant, ai-je ajouté en haussant des épaules. Mais… (C'était plus fort que moi, je voulais savoir…) N'a-t-il jamais fait allusion au fait qu'il avait fait appel à un détective privé ?

– Pour l'accident ? demanda Weston qui ne comprenait plus rien.

Je l'ai laissé croire ce qu'il voulait. J'en avais déjà trop dit sur les secrets de Donovan.

– Quelque chose comme ça.

– Il ne m'a jamais rien dit à ce sujet.

J'ai acquiescé. C'était la réponse qu'il me fallait pour m'en aller. Sauf que je n'arrivais pas à partir, j'ai refait un pas en direction de Weston :

– Et si j'essayais de parler à ce détective…

Peut-être pourrais-je jeter moi-même un coup d'œil sur le rapport de l'accident. Ou bien, si je pouvais parler à ce type qu'il avait engagé, je pourrais comprendre pourquoi Donovan s'en voulait autant.

Non, c'était stupide.

Même si j'arrivais à retrouver ce détective – ce qui m'étonnerait vu que je n'avais aucun nom et qu'il avait été engagé il y a onze ans –, même si je pouvais lever le voile sur les raisons de cet accident, que pourrais-je bien en faire ? Prendre un avion pour la France et demander à Donovan de donner une véritable chance à notre relation ?

J'en riais en silence, j'ai préféré abandonner l'idée.

– Laisse tomber, c'est trop difficile. Je ne sais même pas pourquoi je t'en ai parlé.

À nouveau, j'étais sur le point de partir quand Weston m'arrêta :

– Tu sais, si jamais Donovan a vraiment engagé un détective privé, il doit en avoir une trace écrite. Il se méfie beaucoup d'Internet, des piratages de la vie privée et de tous ces machins-là. C'est pourquoi il a besoin de plus de placards de rangement que n'importe qui d'autre ici. Je sais, c'est très énervant, mais c'est comme ça.

Tiens ? Encore quelque chose que je ne savais pas à propos de Donovan. Il y avait tant de choses que j'ignorais encore sur lui. Comment avais-je pu penser que nous irions bien ensemble ? Quelle folie ! Mais je me suis efforcée de garder ma bonne humeur.

– En fait, je ne sais pas si nous avons des documents qui remontent à si loin, mais tu pourrais vérifier dans ses archives. Je vais te donner le code de son bureau.

C'était inutile, j'en étais persuadée. Et pourtant… si par hasard… s'il y avait quand même quelque chose à trouver ? Je me suis fait tout un cinéma pendant quelques minutes.

– En es-tu sûr ? Je m'en voudrais de dépasser la limite autorisée.

– S'il ne voulait pas que je l'utilise, me répondit Weston en me faisant un clin d'œil, il ne m'aurait pas donné son code.

*

* *

Weston avait raison. Donovan avait plus de placards de rangement que n'importe qui d'autre dans la maison. Je n'ai pas mis longtemps à comprendre que la plupart d'entre eux contenaient des documents standards concernant le bureau, je n'ai donc pas perdu mon temps à chercher mon trésor.

Le petit meuble à deux tiroirs, juste derrière son bureau, m'intrigua beaucoup car il était fermé à clé.

– Je suppose que tu n'as pas la clé de ce meuble ? j'ai demandé à Weston en appelant sur mon portable.

– Désolé, je t'ai donné tout ce que j'avais.

– Au moins, j'aurai essayé.

Je tournoyais sur le fauteuil de Donovan quand, en jetant un œil sur ses étagères, mes yeux sont tombés sur une photo, la même que celle que j'avais vue dans sa chambre, la première fois que nous avions parlé à Harvard. Une photo de lui et d'Amanda, sans doute prise le jour de leurs fiançailles. La voilà donc, la femme qui l'obsédait, celle qui le hantait, la femme dont il était toujours amoureux. Je voulais voir de plus près, je voulais « la » voir de plus près. La photo était sur une étagère du haut, difficile à atteindre pour l'examiner de plus près. En m'étirant sur la pointe des pieds, j'ai réussi à l'attraper ; le cadre n'était pas bien collé et quelque chose est tombé de l'arrière : une petite clé de tiroir… quelle coïncidence !

Je n'ai pas pu m'empêcher de lâcher un petit rire nerveux… Vite ! Il fallait que je l'essaie. Elle ouvrait bien le tiroir du haut du petit meuble derrière son bureau. Je sais, ce n'était pas bien de regarder dans ses papiers, je le savais avant même de faire entrer la clé dans la serrure. Cela n'avait rien à voir avec le fait que Weston m'ait donné le code d'entrée du bureau. Non. Là, je franchissais une limite : je fouillais dans les affaires personnelles de Donovan. Non, je n'allais pas regarder, je voulais juste voir si la clé était la bonne.

Mais une fois le tiroir ouvert, l'étiquette collée sur le premier dossier attira tout de suite mon attention. On pouvait y lire en grosses lettres noires : LIND SABRINA. Le dossier était épais et n'avait pas du tout l'allure d'un dossier d'une employée, comme ceux qui étaient stockés aux Ressources Humaines. Donovan n'avait aucune raison d'avoir un dossier sur moi… alors, pourquoi ?

Le cœur battant, je l'ai posé sur le bureau, je me suis assise et je l'ai ouvert. À l'intérieur, j'ai trouvé des pages et des pages d'informations me concernant, toutes sortes d'informations. Mes relevés de notes datant d'Harvard, le double du bail de location de mon premier appartement en Californie, un autre document qui avait l'air d'être une facture du chasseur de têtes qui avait trouvé mon job chez *NOW* à Los Angeles, une facture visiblement payée par Donovan Kincaid.

Il y avait plus, beaucoup plus : des photos de moi prises sur le vif, des copies de différents articles que j'avais écrits dans des magazines de marketing, des reçus des d'installations de sécurité des différents endroits dans lesquels j'avais vécu, une liste détaillée de tout ce que les déménageurs avaient emballé aux frais de *Reach* quand j'étais arrivée à New York.

Il y avait aussi des papiers concernant Theodore Sheridan, un petit tas de documents judiciaires prouvant qu'il avait fait de la prison pour agression sexuelle. La date disait que l'action en justice avait trois ans ; les factures de l'avocat de la victime avaient été également réglées par Donovan.

J'ai passé au moins une demi-heure à tout regarder. Une fois fini, je me suis assise en arrière sur le fauteuil, j'avais des frissons partout et un gros poids sur la poitrine. La tête me tournait : trop d'infos d'un seul coup, trop d'émotions à gérer. Je ne savais plus par où commencer et, quand bien même, que faire de tout ça ?

Aussi perturbée et confuse que je pouvais être, il y avait maintenant deux choses que j'avais comprises sans l'ombre d'un doute à propos de Donovan Kincaid.

La première était que ces dossiers prouvaient son obsession pour la femme qu'il aimait.

La seconde était que Donovan était amoureux de moi.

ÉPILOGUE

– Que puis-je vous servir, Monsieur ?

L'hôtesse de l'air était jolie. Forte poitrine et cheveux blonds, une vraie poupée Barbie. Pas du tout le même genre de beauté que Sabrina. Jamais jusque-là, je n'avais eu recours aux services de cette hôtesse. Comme j'avais dû organiser un vol au pied levé, j'avais pris la première que j'avais trouvée.

– Je prendrai un scotch sec. Rien d'autre.

J'espérais qu'elle aurait saisi la deuxième partie de ma réponse qui voulait tout simplement dire que je ne voulais en aucun cas être dérangé. Le vol pour Paris était long et elle avait tout à fait le style à penser que cela pouvait favoriser un rapprochement.

– Oui, Monsieur, me répondit-elle, avec ce petit air évasif et innocent que savent utiliser les femmes les plus entreprenantes.

Celui-là annonçait à coup sûr des problèmes, je l'aurais parié.

Pour être honnête, il fut un temps où j'aurais saisi une telle occasion quand elle se présentait, même si j'ai toujours préféré être celui qui fait le premier pas. Mais je n'étais plus intéressé par ce genre de facilité. Pas tant que j'avais encore le goût de Sabrina sur mes lèvres, pas tant que je sentais toujours le poids de ses blessures qui pesaient sur ma poitrine.

L'hôtesse de l'air m'a apporté mon drink, je l'ai remerciée d'un grognement assez froid pour la faire déguerpir et j'ai descendu une belle gorgée de mon scotch en laissant la chaleur de l'alcool atténuer les tensions de ces derniers jours. Puis j'ai sorti mon portable pour regarder la seule photo de Sabrina que j'avais dans mon dossier Images. Bien sûr, j'en avais des centaines, au bureau, mais celle-ci était la seule que j'avais prise moi-même quand elle s'était endormie sur mon lit. C'était celle que je préférais. Nue, les draps à peine tirés jusqu'à la taille, Sabrina était dans mes bras, entièrement lovée contre moi.

C'était aussi la seule photo jamais prise de nous deux ensemble et, si je voulais la protéger, il ne fallait en aucun cas qu'il y en ait d'autres.

– Nous sommes prêts pour le décollage, M. Kincaid, c'est quand vous voulez, m'a dit le pilote qui attendait mes ordres, debout devant moi.

Je n'étais pas prêt à la quitter. Jamais, je ne serais prêt à la quitter.

Je savais ce qu'il me restait à faire.

Après avoir avalé le reste de mon scotch en une seule gorgée, j'ai fait signe au pilote :

– Allons-y !

FIN

Achevé d'imprimer
en juillet 2018
par Corlet (France)
Dépôt légal : septembre 2018